ARNALDUR INDRIĐASON

Der König und der Uhrmacher

Weitere Titel des Autors:

Die Kommissar-Erlendur-Reihe:

1. Menschensöhne
2. Todesrosen
3. Nordermoor
4. Todeshauch
5. Engelsstimme
6. Kältezone
7. Frostnacht
8. Kälteschlaf
9. Frevelopfer
10. Abgründe
11. Eiseskälte

Duell
Nacht über Reykjavík
Schattenwege
Tage der Schuld

Die Flóvent-Thorsson-Reihe:

Der Reisende
Graue Nächte

Thriller:

Gletschergrab
Tödliche Intrige
Codex Regius

Die Konráð-Reihe:

Verborgen im Gletscher
Das Mädchen an der Brücke
Tiefe Schluchten
Wand des Schweigens
Das dunkle Versteck
Zerbrochene Stille

Titel in der Regel auch als Hörbuch erhältlich

ARNALDUR
INDRIÐASON

DER KÖNIG UND DER UHRMACHER

HISTORISCHER
ROMAN

Übersetzung aus dem Isländischen
von Freyja Melsted

Lübbe

NACHHALTIG
PRODUZIERT

Die Bastei Lübbe AG verfolgt eine nachhaltige Buchproduktion. Wir verwenden Papiere aus nachhaltiger Forstwirtschaft und verzichten darauf, Bücher einzeln in Folie zu verpacken. Wir stellen unsere Bücher in Deutschland und Europa (EU) her und arbeiten mit den Druckereien kontinuierlich an einer positiven Ökobilanz.

FSC www.fsc.org
MIX
Papier | Fördert gute Waldnutzung
FSC® C014496

Vollständige Taschenbuchausgabe
der bei Bastei Lübbe erschienenen Hardcoverausgabe

Titel der isländischen Originalausgabe:
»Sigurverkið«

Der Psalm auf S. 346 wurde in der Übersetzung
Von Wilhelm Klose übernommen.

Bei Fragen zur Produktsicherheit wenden Sie sich bitte an:
produktsicherheit@bastei-luebbe.de

Textredaktion: Anja Lademacher, Bonn
Umschlaggestaltung: Manuela Städele-Monverde unter Verwendung eines Designs von Séverine Besnard
Umschlagmotiv: Design: © Séverine Besnard; © e-Dantès; © siloto/shutterstock; Sophie McAulay/shutterstock
Satz: hanseatenSatz-bremen, Bremen
Gesetzt aus der DTL Documenta ST
Druck und Verarbeitung: GGP Media GmbH, Pößneck

Printed in Germany
ISBN 978-3-404-19450-6

2 4 5 3 1

Sie finden uns im Internet unter luebbe.de
Bitte beachten Sie auch: lesejury.de

Diese Geschichte ist fiktiv, und obwohl sie zum Teil auf wahren Begebenheiten beruht, unterliegt sie in jeder Hinsicht den Regeln der Dichtung.

Weh euch Richtern, die klar ihr wisst,
Wo das Recht und wo Unrecht ist …

Aus den Passionspsalmen von Hallgrímur Pétursson

Eins

Die Zeit war stehengeblieben. Selbst die ältesten Bewohner der Stadt hatten nie erlebt, wie die kunstvolle Uhr, die vor zweihundert Jahren dem Herrgott und der Jungfrau Maria zu Ehren gebaut worden war, die Stunde geschlagen und die Bewegungen von Mond und Sternen angezeigt hatte. Sie verstaubte in einem Lagerraum auf Schloss Christiansborg, als Beute aus einem längst vergessenen Krieg. Könige waren gekommen und gegangen, doch die Zeit stand weiterhin still. Einmal hatte man nach den begnadetsten Erfindern und Uhrmachern der Welt geschickt und ihnen den Auftrag gegeben, sich mit dem Uhrwerk zu befassen und die komplexe Mechanik wieder zum Laufen zu bringen. Sie alle hatten aufgegeben und gemeint, die Uhr sei zwar prachtvoll, würde aber nie wieder ticken oder den Gang der Himmelskörper anzeigen.

Und dabei blieb es, bis ein alter Uhrmacher, der eine Werkstatt in der Nähe der Holmensgade betrieb, einmal wegen einer anderen Uhr in den Königspalast gerufen wurde. Der Uhrmacher hatte zu Beginn seiner Ausbildung bei einem Kopenhagener Meister die Geschichten über den Schöpfer des kunstvollen Uhrwerks auf Schloss Christiansborg gehört. Er wusste also, dass es sich dabei nicht um ein gewöhnliches Stück handelte, sondern um ein Meisterwerk Isaak Habrechts, ein Schweizer, der die längste Zeit seines Lebens im Straßburger Münster verbracht und die weltberühmte Uhr dort geschaffen hatte.

Das Uhrwerk des Schweizers zeigte nicht nur die Stunden, sondern auch die Wochentage und Monate an. Darüber hinaus erschienen zu jeder vollen Stunde die drei Weisen aus dem Morgenland und verbeugten sich vor einer Figur der Jungfrau Maria, woraufhin die längst vergessene Melodie eines Psalms aus der Zeit Habrechts erklang. Oben auf der Uhr legte ein goldener Hahn den Kopf in den Nacken und verkündete mit Krähen und Flügelschlag den Beginn einer neuen Stunde. Und wenn die Uhr funktionierte, wie sie sollte, würden währenddessen Mond und Sterne über eine Darstellung des Himmelszelts ziehen.

Die Uhr war um die zweihundert Jahre alt, gefertigt im Jahre 1592, und es war nicht verwunderlich, dass Uhrmacher von nah und fern sie eher als übernatürliches Zauberwerk betrachteten, denn als etwas von Menschhand Geschaffenes.

Als der alte Uhrmacher seinen ursprünglichen Auftrag erledigt hatte und die Uhr auf dem Kaminsims im Arbeitszimmer eines königlichen Sekretärs wieder zum Laufen gebracht hatte, bog er beim Hinausgehen in Richtung des Lagerraums ab, in dem sich, so hatte man ihm erzählt, die Habrechtsuhr befand. Sein mittlerweile längst verstorbener Meister hatte vor langer Zeit selbst einmal versucht, sie zu reparieren, aber das Handtuch geworfen. Irgendwo gab es noch Skizzen und Notizen, die hatte er seinen Lehrlingen überlassen, und so war die Neugier des Uhrmachers nur noch weiter befeuert worden.

Ein eher reservierter Wärter lauschte seinem Anliegen. Er fand es amüsant, dass ein Uhrmacher aus dem weit entfernten Island sich für die kaputte Uhr interessierte, und erlaubte ihm freundlicherweise, sich das Stück anzusehen. Der Uhrmacher bedankte sich demütig und ging vorsichtig vorbei an Gemälden, Kunstobjekten und anderer Kriegsbeute, Büsten früherer Könige, Wappen, Bannern, Reitzeug und alten Falkenkäfigen, bis er zu der Uhr gelangte, die ganz hinten in einer Ecke stand. Vorsichtig entfernte er eine dreckige Abdeckung und achtete darauf, das Uhrwerk nicht noch mehr zu beschädigen.

Darüber hätte er sich aber wohl keine Sorgen machen müssen, dachte er im Stillen, als er vor dem Meisterwerk stand, oder vor dem, was davon übrig war. Der Hahn, der früher so stolz oben auf der Uhr gekräht hatte, war von seinem Sockel gefallen. Die Figuren, die verschiedene Lebensalter des Menschen repräsentierten – ein Kind, ein junger Mann, ein Erwachsener und ein Greis –, Symbole der Vergänglichkeit des Lebens, waren zerbrochen. Die Jungfrau Maria war nirgendwo zu entdecken, und nur einer der drei Weisen aus dem Morgenland, die an der Muttergottes vorbeidefilierten, stand noch auf seinem Platz. Auch die Christusfigur mit der Siegesfahne und die des Todes waren zerbrochen und der Mechanismus, der sie alle bewegte, beschädigt. Doch damit nicht genug, sogar die Glocken unter dem Dach der Uhr, die den Psalm spielten, waren zerbeult und hingen schief. Ein genauer Blick auf die Mechanik offenbarte noch mehr Schäden, viele der Zahnräder und Halterungen waren defekt, und der Uhrmacher erinnerte sich an die Worte seines Meisters, dass im Laufe der Jahre Teile der Uhr straßauf, straßab verkauft worden seien, darunter auch der Globus und mit ihm alle Sternbilder.

Der Uhrmacher wischte etwas Schmutz von der Stelle, wo die drei Weisen stehen sollten, und es schmerzte ihn zutiefst, die Uhr in diesem Zustand zu sehen. Er musste an seine geliebte Frau Margit denken, die vergangenen Sommer nach kurzer Krankheit verstorben war und ihm jeden Tag fehlte. Ihre zwei Kinder waren aus der Stadt weggezogen und kamen nur selten zu Besuch. Er hatte keine Beschäftigung mehr in der Wohnung über seiner Werkstatt und konnte nicht leugnen, dass die Einsamkeit ihm zu schaffen machte. Jahrelang hatte er sich um den Rest der Welt keine Gedanken machen müssen. Er war mit Leib und Seele Uhrmacher und hatte kaum Zeit gehabt, sich anderen Dingen zu widmen. Mit seinem Handwerk hatte er sich einen guten Ruf aufgebaut, sonst hätte man ihn wohl kaum nach Christiansborg gerufen, um die königlichen Uhren zu warten. Nicht, dass er sich viel darauf einbildete. Es spornte ihn höchstens an, noch sorgfältiger zu arbeiten. Ein guter Ruf war wertvoll, das hatte er in seiner Heimat, den Westfjorden Islands, auf eine schmerzliche Weise erfahren müssen.

Und während er in Gedanken versunken im Königspalast stand, vor der Herabwürdigung von Habrechts Werk, dem bedeutendsten Uhrmacher seiner Zeit, und versuchte, die komplizierten Mechanismen zu verstehen, hatte er einen verrückten Einfall. Vielleicht könnte er die Uhr reparieren, damit sie der Menschheit wieder Freude bereitete.

Die Idee überraschte ihn selbst. Auch wenn noch nie jemand seine Fähigkeiten als Uhrmacher angezweifelt hatte oder sein Wissen um all die filigranen Einzelteile, die nötig waren, um die Stunden des Lebens zu zählen, sah er sich für eine Aufgabe wie diese in keiner Weise qualifiziert. Trotzdem spürte er, dass er sich jetzt, im fortgeschrittenen Alter, genau dieser Aufgabe annehmen sollte. Es war wie eine spirituelle Erfahrung, und ihn überkam eine neue und freudige Erregung, die sich anfühlte wie ein Zeichen Gottes, ja, es war nichts Geringeres als eine Offenbarung.

Und so kam es, dass Jón Sívertsen aus Island, Uhrmacher im königlichen Kopenhagen, regelmäßig den Mann aufsuchte, der über die ausgedienten Besitztümer des Königs wachte, und vorbei an Wappen und Falkenkäfigen schritt, um sich mit Habrechts Uhr zu befassen. Der Wärter erlaubte es ihm, denn er wusste, dass von dem Uhrmacher keine Gefahr ausging, und er erkannte, dass er sich vielleicht eine Feder an den eigenen Hut stecken könnte, sollte es dem Mann gelingen, die Uhr zu reparieren. Außerdem war die Uhr bereits kaputt, schlimmer konnte es insofern nicht werden. Wenn er in der Werkstatt fertig war, arbeitete Jón also im Kerzenschein an dem Uhrwerk im Schloss – in einem dicken Mantel, denn der Winter hatte bereits Einzug gehalten.

Eines Abends dann, in der Adventszeit, verirrte sich Seine Königliche Hoheit, Christian VII., höchstpersönlich in den Lagerraum. Es hieß, er interessiere sich für antike Wappen, und er ging allein seines Weges, ohne Perücke und ungeschminkt, als er Jón Sívertsen bemerkte, wie er über die Habrechtsuhr gebeugt auf einem kleinen Holzhocker saß. Jón war vertieft in seine Arbeit und blickte erst auf, als Seine Hoheit bereits direkt hinter ihm stand. Er hielt ihn für den Wärter und erschrak so sehr, dass er aufsprang und beinahe das Gleichgewicht verlor, als ihm klar wurde, um wen es sich tatsächlich handelte. Er hatte den König bereits festlich gekleidet und hoch zu Ross auf den Straßen Kopenhagens gesehen und erkannte ihn sofort wieder. Also stand er wie das Kaninchen vor der Schlange neben seinem Hocker, senkte den Kopf so tief wie möglich auf die Brust und traute sich nicht, wieder aufzublicken.

»Wer bist du?«, fragte der König, der einen weiten Samtumhang über einem Nachthemd trug und nach Madeirawein roch.

»Verzeihung … ich heiße Jón … Jón Sívertsen, Eure Hoheit«, stammelte der Isländer und hielt seinen Kopf weiter gesenkt.

»Und was machst du hier, wenn ich fragen darf?«

»Ich … ich bin Uhrmacher, Eure Majestät, und ich … ich arbeite an … ich arbeite an …«

»Dieser Uhr«, sprach der König den Satz zu Ende, denn es schien, als habe der Uhrmacher die Fähigkeit dazu verloren.

»Ja, Eure Hoheit.«

»Was ist das für ein Uhrwerk, es ist ja völlig kaputt?«, fragte der König, zog ein parfümiertes Tuch aus der Tasche seines Umgangs und hielt es sich vor die Nase.

»Das ist ein Uhrwerk Isaak Habrechts, Eure Majestät.«

»Habrecht?«

»Er war Schweizer, Eure Hoheit.«

»Und was geht uns das an?«, fragte der König, als meine er sich und all seine Vorfahren, bis hin zu Gorm dem Alten und Harald Blauzahn.

»Ja, die Uhr ist … Ihr seid der rechtmäßige Besitzer, Majestät«, stammelte Jón. »Eure Hoheit … sie … sie gehört Euch.«

»Aha«, murmelte der König, der keine Ahnung hatte, was ihm gehörte und was nicht. Er besah sich das Uhrwerk. Musterte den Uhrmacher, der beklommen vor ihm stand. Dachte an den Madeirawein in seinem Gemach.

»Und wer hat dich gebeten, daran zu arbeiten?«, fragte er.

»Niemand, Eure Hoheit«, antwortete Jón.

»Niemand?!«

»Nein, Majestät. Ich … ich wusste nur, dass sie sich hier befindet, in diesem Lagerraum, oder sollte ich besser Sammlung sagen, und … und … ich wollte prüfen, ob ich sie nicht reparieren könnte.«

»Welch Unverfrorenheit! Davon weiß ich nichts! Sollte ich davon nicht in Kenntnis gesetzt werden?!«

»Der Wärter, Eure Hoheit, ich dachte, er hätte vielleicht …«

»Bist du ein Dieb?! Klaust du hier etwa Teile der Uhr?«

Der König sah Jón Sívertsen eindringlich an, ganz so, als hätte er ihn am liebsten auf der Stelle in Ketten legen lassen. Er musterte die ärmliche Kleidung. Die hängenden Schultern. Die Lederschürze, die einen kleine Bauchansatz bedeckte. Die zierlichen Uhrmacherhände mit den breiten Trauerrändern an den Nägeln. Den großen Kopf, der wie an der Brust festgeklebt erschien. Während ihrer Unterhaltung hatte der Uhrmacher nicht ein einziges Mal aufgeblickt.

»Eure Majestät … ich bin kein Dieb … die Uhr wurde zu Ehren Gottes gebaut, Eure Hoheit«, murmelte Jón in seine Brust, nachdem er seinen ganzen Mut zusammengenommen hatte. »Meine Wenigkeit wollte sehen, ob ich sie vielleicht wieder in Gang bringen könnte. Mehr ist es nicht, Majestät.«

Als in dem Lagerraum der Name Gottes fiel, zögerte der König.

»Nun gut«, sagte er schließlich und wedelte mit dem Dufttuch in Richtung der Habrechtsuhr, wie um Jón mitzuteilen, er solle mit seiner Arbeit fortfahren, bevor er von dannen zog, mit Schritten, so weich wie der Samt seines Umhangs.

Zwei

Und so kam Jón Sívertsen, wie er sich in Dänemark nannte, obwohl er in Breiðafjörður im Nordwesten Islands als Jón Sigurðsson geboren worden war, zu der besonderen Aufgabe, die schöne Uhr des Königs zu reparieren. Es war ihm ein Rätsel, warum man ihn nicht auf der Stelle enthauptet hatte, aber er beschloss, sich nach dem Wortwechsel mit dem König voll und ganz auf die Habrechtsuhr zu konzentrieren, und alle anderen Aufgaben zu verschieben. Jetzt musste er sich nicht mehr abends nach seinem Arbeitstag heimlich ins Schloss schleichen, sondern konnte es jeden Morgen durch den Dienstboteneingang in der Küche betreten.

Der Wärter hatte von dem Besuch Seiner Hoheit erfahren und sprach seitdem mit mehr Hochachtung über den Lagerraum, begann sogar, ihn als Sammlung zu bezeichnen, schließlich fanden sich dort eine große Menge königlicher Kunstobjekte. Er ließ den Weg zur Uhr freiräumen und einen Arbeitsplatz einrichten, mit Tisch, Werkzeugen und guter Beleuchtung. Außerdem bat er Jón, ihm Bescheid zu geben, sollte er noch etwas benötigen, würde es unverzüglich für ihn herbeigeschafft. Dem fügte er hinzu, Jón könne doch, sollte er dem König abermals begegnen und erneut mit dem Leben davonkommen, erwähnen, dass er schon lange im Dienst Seiner

Hoheit stehe und seinen Aufgaben als Wärter der Sammlung stets überaus sorgfältig und weit über die Amtspflichten hinaus nachgekommen sei.

Jón begann damit, die Habrechtsuhr Stück für Stück in ihre Einzelteile zu zerlegen, diese aufzulisten und ihre Funktion und Position festzuhalten. Das Meisterwerk setzte sich aus vielen komplexen Mechanismen und aufgezogenen Vorrichtungen zusammen. All das musste perfekt aufeinander abgestimmt werden, wenn es sich, bis hin zu den drei Weisen aus dem Morgenland und den Flügeln des Hahns, richtig bewegen sollte. Schnell erkannte Jón, dass einige große und wichtige Bauteile fehlten, und er erinnerte sich an die Worte seines einstigen Meisters, dass Teile der Uhr über die Jahre verkauft worden seien. Er sprach den Wärter darauf an, und dieser meinte sich zu erinnern, dass seine Vorgänger tatsächlich das eine oder andere Teil von dem alten Ding verkauft hätten. Er wollte sich erkundigen, ob in der königlichen Buchführung noch etwas darüber zu finden sei, klang dabei aber recht verlegen, als hätte er bei diesen Geschäften vielleicht auch selbst seine Finger im Spiel gehabt.

Doch dann geschah es eines Abends, dass der König sich langweilte und ihm der isländische Uhrmacher in dem Lagerraum für Wappen und anderes altes Gerümpel ehemaliger dänischer Könige in die Sinne kam. Er hatte schon einiges an Madeirawein intus und überlegte sich anzusehen, wie es mit der Reparatur der gottgeweihten Uhr voranging. Also warf er den Samtumhang über seine Schultern und machte sich auf den Weg in die hintersten Ecken des Palastes, wo Jón Sívertsen trotz der späten Stunde noch arbeitete. Diesmal bemerkte Jón den König etwas früher und stand sofort auf, als er von der Tür her ein leises Geräusch vernahm. Mit tief geneigtem Kopf stellte er sich regungslos neben die Uhr.

Lange stand der König vor dem Uhrwerk, die Madeiraflasche in der einen, das parfümierte Tuch in der anderen Hand. Er besah sich die vielen Einzelteile, in die Jón die Uhr zerlegt und die er auf der Arbeitsfläche aufgereiht hatte, Scheiben und Schrauben, Gewichte und Zahnräder in allen Größen. Dann richtete er sich an seinen demütigen Untertanen.

»Wie geht es voran?«, fragte er.

»Langsam, Eure Hoheit«, antwortete Jón.

»Ach ja? Und warum?«, fragte der König.

»Es fehlen Teile des Uhrwerks.«

»Warum fehlen die Teile?«

»Sie wurden im Laufe der Jahre verkauft, Majestät«, antwortete Jón.

»Das ist ja unerhört! Und nun?«

»Ich weiß nicht, ob ich die Uhr ohne sie reparieren kann, Eure Hoheit.«

»Und um welche Teile handelt es sich?«, fragte der König sichtlich empört.

»Nun, Eure Hoheit, am wichtigsten ist sicherlich die Jungfrau Maria, sie sollte hier stehen.« Jón zeigte auf eine Stelle unter den Glocken, wo auch die Weisen aus dem Morgenland stehen würden. »Sie ist nirgendwo zu finden. Und ich könnte noch viele weitere Teile nennen, Eure Majestät, die womöglich abhandenkamen, als die Uhr einem Apotheker hier in der Stadt gehörte. Vielleicht wurden sie gar verpfändet, Eure Hoheit.«

Der König trank einen großen Schluck Wein und musterte lange die Habrechtsuhr. Er hatte im Straßburger Dom Informationen über den Schweizer eingeholt und herausgefunden, dass alles stimmte, was der Uhrmacher erzählt hatte. Dieser Habrecht war einer der besten seiner Zunft gewesen, und sein Meisterwerk im Straßburger Dom wurde mit Recht als Weltwunder betrachtet. Außerdem hatte der König in Erfahrung gebracht, dass diese Habrechtsuhr hier, die jetzt ihm gehörte, ursprünglich eine Kriegsbeute gewesen war, aus dem Großen Nordischen Krieg, in dem sein Urgroßvater Friedrich gegen die verdammten Schweden gekämpft hatte. Nach der Eroberung Schleswigs war sie zunächst im Schloss Gottorf aufbewahrt worden. Von dort war sie nach Kopenhagen gekommen und immer wieder verkauft worden, bis sie irgendwann wieder in den Besitz des Königs gelangte und nach Schloss Christiansborg gebracht wurde. Er hatte auch herausgefunden, dass es sich um eine Kopie der Uhr in Straßburg handelte, die zwar viel kleiner war, aber dennoch eine bemerkenswerte Miniatur. Außerdem hatte Habrecht ein weiteres Werk gleicher Bauart, eine Art Schwester dieser Uhr, für keinen Geringeren als Papst Sixtus V. in Rom gebaut. Der König warf einen Blick auf Jón Sívertsen. Kurz gesagt, diese Uhr war ein durch und durch bemerkenswerter Gegenstand. Das wusste der Uhrmacher genauso gut wie er.

»Wie war noch einmal dein Name?«, fragte der König.

»Jón Sívertsen heiße ich, Eure Hoheit.«

»Sívertsen? Das ist hoffentlich kein schwedischer Name?«

»Nein, Majestät.«

»Woher kommst du dann?«, fragte der König.

»Aus Island, Eure Hoheit.«

Der König runzelte die Stirn. Meist waren ihm die Isländer eher lästig mit ihren penetranten Anfragen und ständigen Bittschriften. Vermutlich war es dem Madeirawein geschuldet, aber auf Anhieb fiel ihm nicht einmal ein, warum Island überhaupt zum dänischen Königreich gehörte. Dunkel erinnerte er sich, dass es mit irgendwelchen jahrhundertealten Verträgen zu tun hatte. Wahrscheinlich aus der Zeit, als das Königreich sich Norwegen unter den Nagel gerissen und abgelegene Inseln wie Island und Grönland bei dem Kauf gleich mit dazubekommen hatte. Die südlichen Kolonien interessierten ihn deutlich mehr, Tranquebar am Indischen Ozean oder auch die Inseln in Westindien. Sein Geheimer Archivar Grímur Thorkelín war aber Isländer, und der war ein hochgebildeter Mann. Außerdem hatten die Isländer jahrelang eifrig die Stadttore Kopenhagens verteidigt, sowohl gegen die verdammten Schweden als auch gegen die Engländer. In erster Linie waren es isländische Studenten gewesen, was der König wohlwollend erwähnte.

»Das wissen wir sehr zu schätzen«, sagte er zu Jón Sívertsen. »Aber hast du dänische Vorfahren?«

»Nein, Eure Hoheit, wie viele meiner Landsleute habe ich meinen Namen kurz nach der Ankunft in Dänemark geändert, damit er für die Menschen hier einfacher auszusprechen ist.«

»Und wie lautete dein eigentlicher Name?«

»Sigurðsson, mein Vater hieß mit Vornamen Sigurður, Majestät.«

»Sigurdor?«, wiederholte der König mit einem starken dänischen Akzent. »Und woher stammte er?«

»Aus Breiðafjörður in den Westfjorden Islands, Eure Hoheit. Wenn ich noch hinzufügen darf, Majestät, kannte ich keinen besseren Mann als meinen Vater. Niemand war gerechter oder anständiger als er.«

»Aha«, sagte der König, was eher höhnisch klang, denn sein eigener Vater war alles andere als gerecht und anständig gewesen. »Na, so was. Erzähl mir mehr von diesem ach so ehrenwerten Mann.«

Jón zögerte.

»Willst du mir nicht antworten?«

»Verzeiht, Eure Hoheit, aber ich möchte, in aller Demut, nicht darüber sprechen, Majestät.«

»Darüber? Was ist passiert?«, fragte der König. »Was war mit deinem Vater?«

Jón antwortete nicht sofort.

»Antworte mir!«, schrie der König, so sehr erzürnte ihn Jón Sívertsens Zögern.

»Es war während der Regentschaft Eures Vaters, Majestät«, sagte Jón leise. »Die Sache ist die, Eure Hoheit«, fuhr er fort und wagte endlich, den Kopf zu heben und den König anzusehen, »dort in Breiðafjörður, im Nordwesten Islands, hat er meinen Vater wegen Unzucht und falscher Vaterschaft enthaupten lassen, obwohl er keine Schuld auf sich geladen hatte.«

Der König zog die Augenbrauen hoch.

»Und seine Haushälterin musste ebenfalls sterben, Eure Hoheit. Euer Vater ließ sie ertränken, obwohl auch sie unschuldig war.«

Drei

König Christian VII. war empört und reagierte, wie er es manchmal tat, wenn ein Ratgeber oder Diener ihn erzürnte, er lachte schallend. Die Behauptung, Seine Hoheit König Friedrich V., sein eigener Vater, habe unschuldige Menschen hinrichten lassen, brachte ihn aus dem Konzept, und er wusste nicht so recht, ob er dem armen Uhrmacher die Madeiraflasche über den Schädel ziehen oder besser gleich die Wache rufen sollte, um ihn auspeitschen zu lassen. Eine derartige Unverschämtheit hatte er während seiner Regentschaft noch nicht erlebt. Was fiel ihm ein, diesem Dummerjan aus Island! Diesem Uhrmacherlumpen!

»Das ist … Hochverrat …!«, rief er schließlich und fixierte Jón Sívertsen mit seinem wütenden Blick. Dieser senkte den Kopf erneut und machte sich auf das Schlimmste gefasst. Der König hob die halbvolle Flasche und war kurz davor, sie Jón auf den Kopf zu schlagen, als er die Hand im letzten Augenblick wieder senkte. In Wahrheit war er doch ein wenig neugierig.

»Wie kannst du es wagen, ihn für unschuldig zu erklären?«, fragte der König.

»Verzeiht, Majestät, dass ich so spreche, aber die beiden haben nichts verbrochen, was eine Todesstrafe gerechtfertigt hätte, Eure Hoheit. Derartiges hätte mein

Vater nie getan«, antwortete Jón. »Und seine Haushälterin schon gar nicht.«

»Was für ein Unsinn!«, rief der König. »Das sagen sie alle, wenn sie auf dem Schafott stehen. Jetzt aber los, zurück zur Arbeit! Und du kannst deinem Herrgott danken«, sagte er und wedelte mit der Flasche in Richtung der zerstörten Uhr, »dass ich dich nicht … nicht auf der Stelle ins Stokhus bringen und einsperren lasse! Ja, ins Stokhus habe ich gesagt!«

Mit diesen Worten stürmte der König hinaus, drehte sich aber auf halbem Weg noch einmal um und stapfte zurück zum Uhrmacher.

»Falsche Vaterschaft?!«

»Mein Vater hat einen anderen Mann dazu überredet, sich zu seinem Kind zu bekennen, Eure Majestät«, sagte Jón. »Das war sein einziges Vergehen, Hoheit.«

Der König knurrte etwas und verpasste Jón Sívertsen eine Ohrfeige, bevor er verschwand. Jón blieb zurück, vor allem erstaunt über seine eigene Dreistigkeit, er verstand nicht, was ihn geritten hatte, so mit seinem König zu sprechen. Von sich aus hätte er die Sache nie zur Sprache gebracht, aber der König hatte ihn schließlich direkt gefragt. Er ließ sich auf den Hocker fallen, betrachtete das defekte Uhrwerk und bereute seine Worte. Was bildete er sich ein, die Taten des hochwohlgeborenen Vaters seines Königs zu hinterfragen, König Christian VII. von Dänemark, Island, Grönland und den Färöer-Inseln, Herzog von Schleswig und Holstein und Herrscher über irgendwelche entfernten Orte in der Südsee, die er nicht einmal nennen konnte?

Dass er eigentlich nur die Wahrheit gesagt hatte, war ihm in dem Moment kein Trost. So sprach man nicht mit seinem König, höchstens wenn man eine Revolution oder einen Aufstand plante, und Jón Sívertsen, ehemals Sigurðsson, würde nie auf die Idee kommen, eine Revolte anzuzetteln.

Tagelang traute er sich kaum, das Schloss zu betreten, um an der Habrechtsuhr zu arbeiten, aus Angst, er könnte dem König über den Weg laufen und wieder etwas Dummes sagen. Wenn er es dennoch wagte, schlich er durch den Kücheneingang, huschte an der Wand entlang und versuchte, keine Aufmerksamkeit auf sich zu ziehen. In der Sammlung angekommen, fuhr er damit fort, die Uhr zu zerlegen und die einzelnen Bauteile aufzulisten, um sich ein Bild davon zu machen, wie die Mechanik funktionierte und was fehlen könnte. Er meinte, mit der Zeit immer besser zu verstehen, wie die unterschiedlichen Elemente zusammenarbeiteten und welche Überlegungen hinter der komplexen Konstruktion des Uhrwerks steckten. Dabei vertraute er vor allem auf seinen Verstand und sein Wissen aus Büchern sowie auf die Anmerkungen und Skizzen, die sein Meister hinterlassen hatte, nachdem er sich vor langer Zeit einmal mit der Uhr befasst hatte. Manchmal stellte sich Jón vor, wie es wohl wäre, nach Straßburg zu reisen und Habrechts Meisterwerk im dortigen Dom zu sehen. Er fragte sich, ob es ihm bei der Arbeit helfen könnte, aber im selben Moment wurde ihm bewusst, dass ein armer Mann wie er in nächster Zeit wohl kaum die Gelegenheit für eine derartige Reise bekommen würde, und vermutlich für den Rest seines Lebens nicht.

Und so vergingen Tage und Wochen, ohne dass der König wieder zu Jón in das Lager taumelte. Der Wärter der Sammlung half ihm dabei, einige der verkauften

Teile wiederzufinden. Viele davon wurden bei einem Apotheker in der Købmagergade gefunden, darunter die große Scheibe, die alle Tage des Jahres anzeigte, auch wenn sie in einem ziemlich schlechten Zustand war. Andere mussten neu angefertigt werden, wie etwa die Darstellungen der verschiedenen Lebensalter, und das wollte Jón selbst machen. Mit Holz und Metall konnte er gut umgehen, und die vorhandenen Teile würden ihm als Vorbilder dienen.

Eines Abends kurz vor Mitternacht, nachdem das neue Jahr bereits Einzug gehalten hatte, machte Jón sich gerade bereit, zurück in seine Wohnung über der Uhrmacherwerkstatt zu gehen, als er jemanden kommen hörte. Er meinte, die Schritte von König Christian VII. zu erkennen, und plötzlich stand der Monarch tatsächlich vor ihm. Wie bei seinem letzten Besuch trug er ein Nachtkleid und keinerlei höfischen Schmuck, die weißen Haarsträhnen standen vom Kopf ab, die Wangen glühten und seine leicht vorstehenden Zähne, die gerade noch an den Resten eines Hirschs aus Seeland gekaut hatten, strahlten gelb. Den Hirsch hatte der Kronprinz auf den verschneiten Feldern bei Sorø erlegt. Christan VII. kam gerade aus der Küche, wo er manchmal abends vorbeischaute, um vor dem Schlaf noch ein wenig zu naschen. Seine Statur und Bewegungen waren zierlich, sein Gesicht schmal und die Nase stattlich, die Augen standen ein wenig hervor und der Mund hatte beinahe weibliche Züge. Jón Sívertsen kannte die Geschichten, die besagten, dass er es in der Kindheit nicht immer leicht gehabt hatte, weil sein Vater, König Friedrich, ihn selbst für die kleinsten Vergehen hart bestrafte.

Der König hatte eine Flasche Rotwein aus der Küche

dabei und besah sich lange die einzelnen Teile der Uhr, die Jón auf dem gesamten Arbeitstisch, dem Boden, den Regalen und sogar den Fensterbänken ausgebreitet hatte. Während der König die Unordnung betrachtete, stand Jón regungslos neben ihm. »Aha«, brummte der König, trank von dem Wein und stocherte mit dem Nagel des kleinen Fingers in den Zähnen, wo sich noch ein Stück von dem Hirsch versteckte.

Jón hielt sich zurück, schielte aber immer wieder zum König hinüber, es machte ihn verlegen, ihn in diesem Aufzug zu sehen. Alle wussten, dass Christian VII. in seinem Königreich keinerlei Macht hatte, und das schon seit Langem nicht mehr. Schon vor vielen Jahren hatte er sie einmal aus der Hand gegeben, an seinen deutschen Leibarzt und den Liebhaber der Königin Caroline Mathilde, der Name des Mannes war Jón entfallen, aber er wusste noch, dass die Geschichte ein entsetzliches Ende genommen hatte, der Arzt war enthauptet, und Caroline, Gott hab sie selig, verbannt worden. Der Erbprinz Friedrich, Halbbruder des Königs, übernahm die Führung im Königreich, aber der Frieden hielt nicht lange an, und nach einem weiteren Staatsstreich übernahm Christians Sohn, der Kronprinz Friedrich, mit nur sechzehn Jahren die Regierungsgeschäfte im Namen seines Vaters. Gerüchte, dass der König, der gerade vor dem Uhrwerk in seinen Zähnen stocherte, nicht ganz bei klarem Verstand, ja sogar regelrecht verrückt sei, machten – wenn Jón es richtig verstanden hatte – schon lange im Schloss Christiansborg die Runde. Außerdem hieß es, Christian lebe im Schloss mehr oder weniger in Isolation, und er sei für nichts weiter zu gebrauchen, als seine Unterschrift unter die fertigen Gesetzestexte zu setzen.

»Was hat es mit dir und dieser Uhr auf sich?«, fragte der König, als hätte ihr letztes Gespräch nie stattgefunden.

»Mit Verlaub, Eure Hoheit, ich verstehe nicht, was Ihr meint«, flüsterte Jón. »Entschuldigt meine Unwissenheit, Majestät.«

»Warum denkst du, dass du sie wieder in Gang bringen musst?«, fragte der König. »Du und kein anderer? Warum ausgerechnet du? Du? Du? Du?«

»Ich kenne mich ganz gut mit Uhrwerken aus, Majestät«, antwortete Jón demütig. »Ich befasse mich schon mein ganzes Leben lang mit unterschiedlichen Zeitmessgeräten, Eure Hoheit.«

»Ja, ja, ich weiß«, sagte der König, verärgert über Jóns Unverständnis. »Aber das können viele andere auch und die stehen nicht hier im Schloss und legen sich mit dieser Uhr hier an. Was zur Hölle kümmert sie dich?!«

Endlich verstand Jón, wie die Frage des Königs gemeint war, und sie brachte ihn in Erklärungsnot. In Wahrheit hatte er keine Ahnung, was er mit dieser Uhr wollte, zu der er eigentlich keinen Bezug hatte, bloße Neugier hatte ihn zu ihr geführt. Bei ihrem Anblick hatte er eine Art Offenbarung erlebt, die er sich selbst nicht erklären konnte, und so wusste er nicht, was er dem König antworten sollte.

»In aller Aufrichtigkeit, ich weiß es nicht, Eure Hoheit«, stammelte Jón endlich, als er spürte, dass der König wieder wütend wurde, genau wie bei seinem letzten Besuch. »Ich habe als junger Mann während meiner Ausbildung von Habrecht gehört, und mein Meister erzählte mir, dass eine seiner Uhren im Besitz des Königs sei, sie aber schon lange nicht mehr funktioniere und es keinen

Weg gebe, sie wieder in Gang zu bringen. Selbst hatte mein Meister sich ebenfalls mit dem grandiosen Uhrwerk befasst, so wie viele andere Uhrmacher auch, doch wie sie alle gab er auf. Als ich dann vor der Uhr stand, kam es mir vor, als ... als wäre es meine Aufgabe, sie wieder herzurichten. Vielleicht war es wegen etwas, das ein Dichter damals zu Hause im Breiðafjörður zu mir gesagt hat. Der Mann hieß Eggert. Er war es, der mir als Erster von Habrechts Kunstwerk in Straßburg erzählt hat.«

»Deine Aufgabe?«, fauchte der König.

»Besser kann ich es nicht ausdrücken, Eure Hoheit.«

Der König kratzte sich mit der Flasche am Kopf.

»Gibt es in Island also viele solcher Uhrwerke?«, fragte er, wusste aber nicht, ob er je andere Nachrichten aus der Kolonie bekommen hatte als Berichte von Vulkanausbrüchen, Erdbeben und Hungersnot. Es war erst etwa ein Jahrzehnt her, als die halbe Insel bei einem Vulkanausbruch in die Luft geflogen war. Die gesamte Jahresernte war zerstört worden, und die Isländer hatten einen Begriff dafür, den er nicht ordentlich aussprechen konnte. Möduhardidi, oder etwas in der Art. So viele Menschen verhungerten, dass die Kolonie jahrelang wenig Einnahmen brachte, wenn überhaupt, und in der Kanzlei hatte jemand sogar vorgeschlagen, die wenigen restlichen Bewohner, die dort noch ausharrten, nach Dänemark zu holen und ihnen damit die Möglichkeit zu geben, ihrem elenden Dasein auf der abgelegenen Insel in den eisigen Meeren zu entkommen.

»Nein, Eure Hoheit, dort gibt es nur wenige Uhren«, sagte Jón Sívertsen. »Die Menschen messen die Zeit auf andere Art und Weise.«

»Haben Uhrmacher dort überhaupt etwas zu tun?«

»Mit Verlaub, Eure Hoheit, nach Abschluss meiner Ausbildung habe ich immer nur hier in Kopenhagen gearbeitet«, antwortete Jón.

»Aha«, sagte der König und blickte seinen demütigen Untertanen lange an. Dann betrachtete er das zerlegte Uhrwerk. Dachte an Island, wo er noch nie gewesen war und auch keiner seiner Vorgänger. Wusste, dass er nie einen Fuß auf die abgelegene Insel setzen würde. Hatte auch überhaupt kein Bedürfnis, dieses kalte, nasse und stürmische Land zu besuchen. Er hatte die seltsamsten Geschichten darüber gehört. Dass Menschen in Torfhäusern lebten und unvorstellbar stanken. Bei dem Gedanken daran hielt er sich das parfümierte Tuch unter die Nase.

»Du weißt, dass es mit der Todesstrafe geahndet wird, wenn man dem König widerspricht oder ihn beleidigt«, sagte er schließlich. »Mit Seiner Hoheit redet, wie du es getan hast. Das ist Hochverrat, würde ich sagen. Schlimmster Hochverrat.«

»Eure Hoheit, verzeiht, ich … ich hatte nicht … es war nie meine Absicht, Euch zu beleidigen, Eure Majestät. Oder das Königreich, Hoheit.«

»Warum behauptest du dann, dass er unschuldig war?«, fragte der König.

»Verzeihung, Majestät, was meint Ihr?«

»Na, dein Vater, warum behauptest du, dass er unschuldig war?«

Jón wusste nicht, was er sagen sollte. Er wusste nicht, was für einen Sinn das Gespräch haben sollte. Fürchtete sich vor den möglichen Folgen. Das Letzte, was er wollte, war, den König erneut zu erzürnen, also blieb er regungslos und mit gesenktem Kopf stehen und wagte kaum zu atmen.

»Willst du mir nicht antworten?«, fauchte der König und verpasste Jón Sívertsen erneut eine Ohrfeige.

»Verzeiht, bei allem Respekt, aber er war mein Vater, Eure Hoheit«, brachte Jón schließlich hervor. »Er war unschuldig, Majestät. Mein Vater wurde nach den Gesetzen des Stóridómur zur Höchststrafe verurteilt, aber das ...«

»Dein Vater hat gegen die Gesetze verstoßen und es verdient, dafür enthauptet zu werden«, fiel der König ihm ins Wort. »Wenn du mich vom Gegenteil überzeugen kannst, werter Uhrmacher, werde ich dich verschonen, ansonsten erwartet dich das Gefängnis oder Schlimmeres.«

Jón blickte auf. Er sah, dass der König es ernst meinte.

»Eure Hoheit ...«

»Nicht alle bekommen diese Möglichkeit, das muss dir klar sein.«

»Aber ...«

»Los, vertue deine Zeit nicht mit dummem Gerede«, sagte der König ungeduldig.

»Ich ... ich weiß nicht, wo ich anfangen soll, Majestät«, stammelte Jón Sívertsen. »Wahrscheinlich begann alles mit dem Tod meiner geliebten Mutter. Sie hatte ihn gewarnt, aber ...«

Vier

Seit klar war, was bevorstand, war Sigurður nicht vom Krankenbett seiner Frau gewichen. Helga lag seit einem Tag im Fieberwahn, und er wischte ihr regelmäßig den Schweiß von der Stirn und half ihr, kleine Schlucke Wasser zu trinken. Mehr brachte sie nicht hinunter. Ihre letzte Stunde schien geschlagen zu haben.

Ihr Zustand hatte sich rasant verschlechtert, nachdem sie bettlägerig geworden war. Entschlossen hatte sie versucht, so lange wie möglich auf den Beinen zu bleiben, aber irgendwann hatten alle Kräfte sie verlassen, und es gab keine Rettung mehr. Der Anblick quälte Sigurður, aber Helga selbst nahm es mit Fassung, gläubig, wie sie war, hatte sie Vertrauen in ihren Gott und ein besseres Leben im Himmel. Auch ihren Sohn und alle anderen im Haus belastete es sehr mitanzusehen, wie sie innerhalb weniger Wochen dahinsiechte, bis ihr irgendwann jeder Atemzug schwerfiel und sie im Fieberwahn und in ihrem unruhigen Schlaf kaum noch wiederzuerkennen war. Der Tod hatte sie bereits gezeichnet, als sie in den letzten Zügen mit nach hinten gebeugtem Kopf und offenem Mund im Bett lag.

Es überraschte Sigurður, dass Helga inmitten dieses schrecklichen Überlebenskampfes eine alte Sorge zur Sprache brachte, über die sie seit ihrer Verlobung kaum gesprochen hatten. Dennoch war sie immer präsent gewesen, und jetzt, wo Helga wusste, dass sie nicht mehr lange zu leben hatte, wollte sie ihren Mann überreden, seine Tat zu überdenken.

»Vergiss nicht«, flüsterte sie, mehr tot als lebendig, »ich habe dich gewarnt. Ich wollte das nicht. Ich wollte nicht, dass unsere Ehe auf einer Lüge aufbaut …«

»Nicht doch, Helga, mach dir darüber keine Gedanken«, sagte er. »Das ist längst Vergangenheit. Mach dir deshalb keine Sorgen. Versuch einfach, dich auszuruhen.«

»Nimm dich in Acht«, flüsterte sie. »Du musst vorsichtig sein.«

»Warum machst du dir deswegen Sorgen? Hör auf, dir darüber Gedanken zu machen, meine Liebste.«

»Wahrscheinlich hätten wir … hätten wir besser nie geheiratet«, stöhnte Helga und fiel in einen unruhigen Schlaf.

Er kannte ihre Lage, als sie geheiratet hatten. Sie hatte ihm selbst erzählt, dass sie ihren Vater um Erlaubnis gebeten hatte, den Kindsvater zu heiraten, doch er hatte es abgelehnt. Sigurður war überrascht gewesen. Noch hatte man ihr die Schwangerschaft nicht angesehen, und ihm wäre nicht in den Sinn gekommen, dass sie bereits mit einem anderen Mann das Bett geteilt hatte. Gerüchte erreichten ihn immer erst spät, und für gewöhnlich nahm er sie nicht ernst.

»Ich bin nicht unversehrt«, hatte sie ihm vor der Kirche in Saurbær zugeflüstert.

»Was meinst du?«, fragte er.

»Unehelicher Beischlaf. Unzucht. Wie auch immer man das nennt. Ich bin schwanger.«

Sie war zu ihm gekommen, als er gerade an der alten Kirche in Saurbær bei Rauðisandur gearbeitet hatte. Der Pfarrer hatte ihn angeheuert, die Torfwände auszubessern und das Dach aus Treibholz zu reparieren, das in den Unwettern des Winters zu Schaden gekommen war. Er hatte nicht gewusst, dass Helga gerade ihre Verwandten in Saurbær besuchte, bis sie auf dem Friedhof plötzlich vor ihm stand. Schnell versuchte er noch, ein wenig Schmutz von seiner Kleidung zu wischen, denn er hatte im nahegelegenen Moor Torfsoden gestochen und damit die Wände der Kirche ausgebessert, was keine saubere Arbeit war.

Helga wollte Sigurður eine Bitte unterbreiten und wählte ihre Worte mit Sorgfalt. Sie erwarte ein Kind von einem Arbeiter ihres Vaters. Gunnar hieß er, und sie hätten beschlossen, dass er zu ihrem Vater gehen und um ihre Hand anhalten würde. Es war ein kurzes Gespräch gewesen. Dazu würde es niemals kommen, hatte Helgas Vater nur gemeint. Daraufhin erklärte Helga ihm die Situation, aber er erzürnte sich sehr und beschimpfte sie wild. Noch schlimmer erging es aber Gunnar, er wurde entlassen und vom Hof vertrieben.

Sigurður hörte ihr aufmerksam zu. Gunnar kannte er nicht persönlich, wusste aber, wer er war. Er galt als kräftiger Arbeiter, hatte aber kein Geld, weshalb die Sache für Helgas Vater klar war. Sigurður wusste auch, dass Helga viele Freier in der Gegend hatte, er war also nicht der einzige. Aber er war nicht dumm. Sie steckte in der Klemme und war damit zu ihm gekommen. Schon vor langer Zeit hatte er ein Auge auf sie geworfen und wusste, dass sie ihm gegenüber auch nicht abgeneigt war. Sie waren nicht weit voneinander entfernt aufgewachsen und kannten sich seit ihrer Kindheit. Er hatte schon immer versucht, ihre Gunst zu erwerben. Immer wieder waren sie sich in Sauðlauksdalur oder am Hafen von Örlygshöfn begegnet, und vor nicht allzu langer Zeit hatte er ihr gegenüber eine mögliche Verlobung erwähnt. Sie hatte ihm nichts versprochen, ihn aber auch nicht direkt abgelehnt. Vielleicht hatte er es zu umständlich formuliert. Es war nicht einfach für ihn gewesen, die richtigen Worte zu finden. Er meinte, er habe schon lange gehofft, dass sie seine Frau werden würde.

Womöglich hatte Gunnar sich wortgewandter ausgedrückt. Sie auf eine Art beeindruckt, die ihm nicht gegeben war.

»Es ist nie zu spät, Reue zu zeigen«, sagte Helga und ließ den Blick über den roten Muschelsand schweifen. »Ich hätte dir besser zuhören sollen. Wenn du diese gefallene Frau immer noch willst, ist sie dein.«

»Und das Kind?«, fragte Sigurður.

»Was meinst du?«

»Die Vaterschaft.«

»Niemand muss davon erfahren«, sagte Helga.

»Wäre es nicht am besten, wenn ich mich als der Vater ausgebe?«

»Das musst du nicht.«

»Ich denke, ich sollte offen zu dem Kind stehen«, sagte Sigurður. »Damit unterbinden wir alle Gerüchte. Ich werde ihm ein Vater sein, und du wieder eine ehrenhafte Frau. Ich will nicht, dass schlecht über dich geredet wird, und das ist die einzige Möglichkeit.«

Helga schüttelte den Kopf.

»Das wäre eine Lüge«, sagte sie.

»Das ist mir bewusst«, meinte Sigurður.

»Es wird nichts Gutes daraus entstehen, die Menschen so zu täuschen. Ich will nicht, dass du das für mich tust. Vor allem nicht wegen etwas, das allein meine Schuld ist.«

»Dein Vater sieht das bestimmt anders.«

»Auch ihm musst du keinen Gefallen tun.«

»Dann mache ich es für mich selbst«, sagte Sigurður.

Immer noch von Kopf bis Fuß mit Erde verdreckt ging er auf sie zu und küsste sie.

»Die Beziehung zwischen dir und Gunnar ist also beendet«, sagte er.

»Die ist beendet«, sagte Helga.

Drei Tage später wollte Sigurður bei Helgas Vater um ihre Hand anhalten. Er ging davon aus, auf Zustimmung zu stoßen. Helgas Vater Jón und seine Brüder waren fleißige Bauern und Fischer in Hænuvík, sie hatten sich ein stattliches Vermögen aufgebaut und waren stolz darauf. Er war nicht der Erste, der um Helgas Hand anhielt, aber bisher waren alle wieder weggeschickt worden. Sigurður hatte seinen Besuch nicht angekündigt, aber ein frisches Hemd unter der Jacke angezogen und sein bestes Pferd gesattelt. Auf dem Weg übte er, was er sagen wollte: Er habe schon vor einer Weile ein Auge auf Helga geworfen und könne gut für sie sorgen, wie ihr Vater bereits wisse, sei er ein guter Bauer, habe Gesinde, Milchkühe und eine ansehnliche Schafherde. Ein gottgefälliger Bürger, der lesen und schreiben könne und auch niemandem versprochen sei.

Das wollte er den Brüdern erklären und ihnen dabei auf Augenhöhe gegenübertreten. Von Beginn an hatten sie als Fischer gezeigt, dass sie hart im Nehmen und wenig zimperlich waren. Sigurður hatte aber schon öfter mit ihnen zu tun gehabt und wusste auch, dass sie bei all dem gerechte Männer waren. Sie galten als gute Arbeitgeber, waren kluge Geschäftsleute, kannten keine Gnade, wenn sie meinten, Unrecht zu sehen, und ließen sich von niemandem übers Ohr hauen. Nicht lang war es her, dass der dänische Kaufmann von der Handelsgesellschaft bei Vatneyri versucht hatte, sie über den Tisch zu ziehen, woraufhin sie zu dritt zu ihm nach Hause gegangen waren, ihn vor seiner gesamten Familie gepackt, zum Meer geschleift und beinahe ertränkt hatten.

Helgas Vater und einer seiner Brüder nahmen am Ufer gerade einen Grönlandhai aus, als Sigurður auf sie zugeritten kam. Sie hatten sechs ansehnliche Tiere weit draußen im Breiðafjörður gefangen und blickten auf, als er vom Pferd stieg und sie begrüßte. Von Weitem hatte Sigurður bereits den Gestank vom Ausschmelzen des Lebertrans gerochen. Die Brüder hatten mit dem Haifang gute Profite gemacht, seit der Tran in ganz Europa für Öllampen benutzt wurde, doch sie strebten stets nach mehr. Sigurður hatte gehört, dass es bei der Auseinandersetzung mit dem Kaufmann um die Preise für den Hailebertran gegangen war.

Er nahm seinen Hut ab, spuckte sich auf die Hand und strich seine Haare glatt. Erst stellte er ein paar Fragen zu dem Hai, wo und wie sie ihn gefangen hätten. Sigurður war schon oft mit den Brüdern aufs Meer hinausgerudert, um zu fischen. Sie heuerten ihn immer wieder an, beteiligten ihn am Gewinn und wussten seinen Fleiß und sein Geschick zu schätzen. Doch dann kam er endlich zur Sache. Wie sie natürlich wüssten, habe er Helga schon immer bewundert und wolle nun um ihre Hand anhalten. Die Brüder würden ihn ja bereits als ehrenwerten Mann kennen und müssten sich nicht sorgen, er könne ihr ein gutes Heim bieten. Er sprach mit ihnen auf Augenhöhe, so wie er es vorgehabt hatte. Die Brüder ließen ihn ausreden, und als Sigurður seine Bitte fertig vorgetragen hatte, wussten sie nichts gegen das Bündnis einzuwenden und schlugen vor, die Hochzeit so früh wie möglich zu feiern. Es dürfe nicht zu lange damit gewartet werden. Sie hätten sogar bereits überlegt, ihm den Vorschlag für diese Ehe selbst zu unterbreiten.

»Oh …? Ich wusste nicht …«

»Ich nehme an, sie hat dir alles erzählt«, unterbrach ihn Helgas Vater. »Über ihren Zustand. Warum das schnell gehen muss.«

Sigurður nickte.

»Ich weiß um ihre Lage«, sagte er. »Darüber haben wir gesprochen.«

Die Brüder sahen einander an.

»Sind wir uns also einig, dass die Hochzeit innerhalb von zwei Wochen stattfinden wird?«, fragte der Bruder, der Grímólfur hieß. Er rammte das Abhäutemesser in einen der Haie und ließ es dort stecken.

Sigurður sah Jón an.

»Sie hat mir erzählt, dass du den Kindsvater abgelehnt hast.«

»Weißt du, wer er ist?«, fragte Grímólfur, der als hitzköpfig galt, unberechenbar und schwierig im Umgang. Er war es, der den Angriff auf den Kaufmann angezettelt hatte.

»Sie hat von Gunnar gesprochen. Der für euch gearbeitet hat, bis vor Kurzem zumindest.«

»Er konnte die Finger nicht von ihr lassen«, sagte Jón und spuckte auf die Steine am Ufer. »Und dann ist er zu mir gekommen, wie ein jämmerlicher Köter, und hat um ihre Hand angehalten. Dachte, damit hätte sich die Sache erledigt. Hat dem Mädchen ein Kind gemacht, und wir sollten einfach zustimmen und sagen, Gott segne euch bis in alle Ewigkeit und aus.«

Die Brüder waren ganz aufgebracht.

»Gunnar ist nicht der richtige Mann für sie«, sagte Jón.

»Er ist nie im Leben gut genug«, stimmte Grímólfur seinem Bruder zu.

»Gegen eine Ehe mit dir haben wir aber nichts einzuwenden«, sagte Jón, nahm einen Stein auf und schliff mit schnellen Bewegungen sein Messer. »Eine Vereinigung unserer Familien wäre für uns beide von Vorteil.«

»Vor allem für dich«, sagte sein Bruder und grinste Sigurður zu, der die Bemerkung unkommentiert ließ. Seine Beziehung zu Helga hatte nichts mit ihren Geschäften zu tun.

»Es darf sich nicht herumsprechen, dass eurer Verbindung die Unzucht mit diesem Lumpen vorausgeht. Wenn du sie zur Frau haben willst, musst du auch zu dem Kind stehen«, sagte Jón. »Gegen eure Ehe haben wir nichts einzuwenden, aber das ist die Bedingung.«

»Damit habe ich gerechnet«, sagte Sigurður, während er nach den Zügeln seines Pferdes griff und sich auf den Rücken schwang. »Lasst uns nächste Woche Samstag ins Auge fassen. Alles Gute mit dem Hai.«

Sigurður hielt etwas Wasser an Helgas Lippen, aber sie konnte nicht mehr trinken. Kurz darauf hörte sie auf zu atmen, und er wusste, dass sie verschieden und in einer besseren Welt angekommen war. Er schloss ihre Augen, strich ein letztes Mal über ihre Wangen und legte ein schwarzes Seidentuch über ihr Gesicht, begleitet von einem kurzen Gebet. Danach bekreuzigte er sich und machte auch über der Leiche ein Kreuzzeichen. Ihr Leiden hatte ein Ende gefunden.

Fünf

Der König hatte sich ein wenig beruhigt. Seine Hoheit lauschte still und mit ernster Miene der Geschichte des isländischen Uhrmachers, der sich so liebevoll der Habrechtsuhr angenommen hatte, die in Hunderte Einzelteile zerlegt vor ihm lag. Er stellte nicht viele Fragen, aber fand heraus, dass Jón Sívertsen der Sohn von Sigurður und der verstorbenen Helga war und einen vollbürtigen Bruder hatte, aus dem in der Gegend dort in Nordwestisland ein wohlhabender Bauer geworden war und der ihn während seiner Ausbildung zum Uhrmacher seinerzeit unterstützt hatte. Außerdem hatten sie noch einen Halbbruder mütterlicherseits, der Einar hieß, und einen jüngeren Halbbruder, den Sohn von Sigurður und seiner Haushälterin.

»Einar, sagst du?«

»Ja, Majestät.«

»Das ist dann wohl der Sohn von Gunnar, dem Lumpen«, sagte der König. »Habt ihr euch gut verstanden?«

»Immer, Eure Hoheit«, antwortete Jón Sívertsen.

»Und das Verhältnis zwischen ihm und Sigurður?«

»Unser Vater hat Einar großgezogen wie einen eigenen Sohn, Eure Hoheit.«

Der König räusperte sich, er wirkte plötzlich beinahe verlegen und meinte, er müsse ins Bett.

»Sie hat sich also den Nächstbesten gesucht«, sagte er noch.

»Majestät?«

»Das muss schwer für ihn gewesen sein«, gähnte der König und verschwand in seine Gemächer.

Jón Sívertsen blieb allein in der Sammlung zurück und fragte sich, wie in aller Welt es dazu gekommen war, dass er seinen Vater hier im Palast gegenüber dem König selbst verteidigt hatte. Nie im Leben hätte er gedacht, er würde einmal dem dänischen Herrscher höchstpersönlich von dem tragischen Schicksal seines Vaters und seiner Haushälterin erzählen, wo doch des Königs Vater ausgerechnet derjenige gewesen war, der sie zum Tode verurteilt hatte. Seit er als junger Mann nach Kopenhagen gekommen war, um sich dort niederzulassen, hatte er mit keiner Menschenseele über diese Dinge gesprochen. Selbst die Isländer in der Stadt, fast alle Studenten oder wie er selbst einst für die Ausbildung gekommen, hatten noch nie von dieser Tragödie gehört. All die Jahre hatte ihn nur selten jemand darauf angesprochen, höchstens ein-, zweimal, wenn er auf Landsleute traf, die aus derselben Gegend in den Westfjorden stammten. Aber selbst dann wurde nicht wirklich über die Geschichte gesprochen, sondern höchstens ein wenig über den Bezirksamtmann, diesen Dreckskerl, und seine Frau geschimpft.

Jón Sívertsen hatte nie einen Grund gesehen, die Geschichte seines Vaters an die große Glocke zu hängen, schließlich war er ein zurückhaltender Mann, der Privates für sich behielt. Nach einer Begegnung in seiner Kindheit mit dem Dichter Eggert Ólafsson, hatte er nur noch die Uhrmacherei im Kopf gehabt. Eggert hatte ihm damals, als er sich in Sauðlauksdalur aufhielt, seine Uhr gezeigt, ein sorgfältig gearbeitetes Stück, das er in der dänischen Hauptstadt bekommen hatte. Der Dichter hatte sein Interesse an der Zeitmessung geweckt, ihm von den vielen Uhrwerken in Kopenhagen erzählt, und dass man dort auch lernen könnte, ein derartiges Wunderwerk selbst zusammenzusetzen. Tatsächlich war er auch der Erste gewesen, der ihm von der Habrechtsuhr und dem prächtigen Uhrwerk in Straßburg erzählt hatte, und manchmal überlegte Jón, ob es die Erinnerung an den Dichter in Sauðlauksdalur war, die ihn letztendlich ins Schloss Christansborg zum Werk des Schweizer Meisters geführt hatte.

Die Tage vergingen, und Jón Sívertsen konnte seine Arbeit im Schloss ohne weitere Störungen durch den König fortsetzen. Dennoch war er auf der Hut, und sobald er Schritte hörte, machte er sich auf das Schlimmste gefasst. Er wusste nicht, ob er die Worte des Königs ernst nehmen sollte. Bei jedem seiner Besuche hatte Jón den Eindruck, dass der König bereits gut über seinen Durst hinaus getrunken hatte, und außerdem erinnerte er sich daran, gehört zu haben, der Monarch sei nicht ganz bei Sinnen. Ihm war aber durchaus bewusst, dass der König nur mit dem Finger schnipsen müsste, um seine Drohungen wahr zu machen.

Während Jón auf den nächsten Besuch des Königs wartete, versuchte er, sich weiter auf die Habrechtsuhr zu konzentrieren und die komplizierten Mechanismen zu verstehen. Am schwierigsten war es, sich ein Bild davon zu machen, wie alles zusammenarbeitete, und zusätzlich erschwerte es seine Bemühungen, dass er immer noch nicht sicher war, welche Teile genau fehlten. Er kam nur langsam und mühevoll voran und mitunter überlegte

Jón, ob er vielleicht besser gar nicht erst mit all dem angefangen hätte. Seine Gedanken schweiften auch zu jenen, die sich vor ihm mit dem prachtvollen Uhrwerk befasst und aufgegeben hatten, und er begann zu verstehen, warum diese berühmten Uhrmacher ratlos vor der Uhr gestanden und überwältigt das Handtuch geworfen hatten. Vielleicht war es nichts anderes als Eitelkeit, zu denken, dass ein einfacher Mann wie er, aufgewachsen bei einem verurteilten Verbrecher in den Westfjorden Islands, es besser konnte als sie.

Doch eines Abends meinte er, das Uhrwerk fertig zerlegt zu haben. Er hatte alle Teile herausgenommen, bis nur noch das leere Gehäuse übrig war. Er hatte jedes einzelne Teil geputzt, ausgebessert und genau studiert, um seine Funktion zu verstehen, denn viele der zweihundert Jahre alten Elemente wurden von modernen Uhrmachern nicht mehr verwendet. Endlich war er so weit, alles wieder zusammenfügen zu können, als ein Luftzug durch den Lagerraum wehte. Er wusste, dass der König sich wieder zu ihm verirrt hatte.

Diesmal stand er in voller Galauniform vor ihm, mit gepuderter Perücke, die Rangabzeichen glänzten an seiner Brust und über der Schulter hing schräg eine rote Seidenschärpe, ein blaues Band war um die Taille gebunden und von der Hüfte baumelte ein prächtiger Degen. Darüber trug er einen bodenlangen Umhang aus Zobelfell mit einem dicken schwarzgepunkteten Kragen. Jón dachte, er käme gerade von einem Festmahl, aber so war es nicht. Seine Hoheit hatte dem königlichen Porträtmaler Modell sitzen müssen, und es war ihm schwergefallen, sich so lange nicht bewegen zu dürfen. Schließlich war sein Geduldsfaden gerissen, und er war hinausgestürmt und hatte geschimpft, so ein verdammtes Gemälde sei ihm doch schnurzegal.

Er knirschte mit den gelben Zähnen, riss sich die Perücke vom Kopf und warf sie auf den Boden, nahm den Zobelumhang ab und ließ sich in einen Sessel fallen, den der Wärter für ihn neben die Habrechtsuhr gestellt hatte. Dort saß er und seufzte tief, als wäre er allein, doch plötzlich bemerkte er den Isländer, der neben den verstreuten Teilen der Uhr stand, den Kopf tief geneigt, wie es sich für einen gemeinen Bürger in der Anwesenheit des Monarchen ziemte. Er betrachtete das zerlegte Uhrwerk und schüttelte den Kopf.

»Weißt du überhaupt, was du tust?«, fragte er.

»Mit jedem Tag lerne ich dazu, Eure Hoheit«, antwortete Jón und zeigte auf die drei Weisen aus dem Morgenland, die ihre Geschenke in den Händen hielten. Jón war es endlich gelungen, sie so zu platzieren, dass sie sich an der richtigen Stelle verbeugten, dort, wo die Jungfrau Maria mit dem Kind im Stall stehen sollte. Vorsichtig zog er den Mechanismus auf, der die Bewegung der Weisen steuerte, und wartete zusammen mit dem König darauf, das Wunder der Mechanik bestaunen zu können. Was am vorherigen Abend jedoch noch funktioniert hatte, misslang heute, die Weisen verharrten wie angewurzelt auf ihren Ausgangspositionen.

»Was ist jetzt schon wieder los?«, murmelte Jón und machte sich an den drei Figuren zu schaffen, um sie wieder in Bewegung zu setzen, aber vergeblich.

Der König beobachtete das Geschehen und war nicht im Geringsten beeindruckt. »Aha«, sagte er wiederholt und zog die Nase hoch. Außerdem merkte er an, dass Jón nicht besser als jeder andere Uhrmacher sei, und das in einem verärgerten Tonfall, der Jón nur noch mehr aus dem Konzept brachte, als wäre das Ärgernis mit den drei Weisen nicht schon schlimm genug. Er hörte auf, an ihnen herumzuwerkeln, und verneigte sich tief, dachte, er hätte die Sache besser vorbereiten müssen.

»Ich war einmal verliebt«, sagte der König.

Jón wusste nicht, was er sagen sollte, ob er überhaupt darauf antworten sollte.

»So wie dein Vater«, fügte der König nach einer Weile hinzu und deutete mit dem Finger auf Jón. »Hals über Kopf verliebt.«

»Ihr meint Ihre Hoheit Caroline Mathilde, Majestät?«

»Nein, nicht sie«, sagte der König und schnaubte, als der Name der verstorbenen Königin fiel. »Ich habe Anne Cathrine geliebt. Ach, was für eine Perle.«

Jón hatte eine Vermutung, wen er meinte, wobei er nie auf die Idee gekommen wäre, dass ihr Name eigentlich Anne Catherine war. Wenn er die richtige Frau im Kopf hatte, dann kannten alle Bewohner der Stadt sie nur unter dem Namen Stiefel-Cathrine. Sie war ein Freudenmädchen in einem Sündenbabel an der Holmensgade und hatte lange ein Verhältnis mit dem König gehabt, war aber vor einigen Jahren an Syphilis verstorben. Es gab viele Geschichten über Seine Hoheit, wie er mit Stiefel-Cathrine am Arm durch das nächtliche Kopenhagen gestreunt war und so das Motto seines Vaters, des Tyrannen Friedrich V., das »Prudentia et Constantia« lautete und dessen Wappen zierte, ein für alle Mal über Bord geworfen hatte.

»Wie alt warst du, als deine Mutter gestorben ist?«, fragte der König, nachdem er sich im Stillen an die goldenen Jahre mit seiner Stiefel-Cathrine erinnert hatte.

»Erst zwei Jahre, Eure Hoheit«, antwortete Jón.

»Zwei Jahre«, wiederholte der König nachdenklich. »Also erinnerst du dich nicht an sie.«

»Nein, Eure Hoheit. Später habe ich gemerkt, wie sehr die Menschen sie gemocht haben, und es schmerzte mich, sie nicht mehr an meiner Seite zu haben.«

»Aber würdest du nicht sagen, dass deine Mutter unzüchtig war?«, fragte der König nach kurzem Schweigen. »Schließlich hat sie für diesen ... wie hieß er noch mal ... diesen Gunnar die Beine breitgemacht.«

Die Formulierung des Königs verärgerte Jón, auch wenn er sich nichts anmerken ließ.

»Ich vermute, die beiden hatten nicht damit gerechnet, dass die Brüder in Hænuvík Gunnar so barsch abweisen würden, Eure Hoheit«, sagte Jón.

»Hat dein Vater wieder geheiratet?«, fragte der König. »Nachdem diese Frau ... deine Mutter verstorben ist?«

»Helga war ihr Name, Majestät. Nein, das hat er nicht, aber er pflegte eine Beziehung zu seiner Haushälterin, und das war der Beginn der Misere, Eure Hoheit«, sagte Jón.

»Die Haushälterin? Die wie er zum Tode verurteilt wurde?«

»Ja, Majestät.«

»Wer war sie?«, fragte der König.

»Sie war ein herzensguter Mensch, konnte keiner Fliege etwas zuleide tun, Eure Hoheit. Ihr Name war Guðrún ...«

Sechs

Der Brief des Pfarrers aus Sauðlauksdalur erforderte schnelles Handeln. Darin berichtete er in wenigen Worten von Gerüchten, ein Junge im zwölften Lebensjahr sei auf einem Hof bei Rauðisandur misshandelt worden und schließlich verhungert. Er fühle sich verpflichtet, den Bezirksamtmann davon in Kenntnis zu setzen. Außerdem schrieb er, dass gerade ein Medizinstudent aus Kopenhagen bei ihm verweile, ein junger Mann namens Bjarni Pálsson, der sich bereit erklärt habe, den Leichnam des Jungen zu obduzieren, sollte dies gewünscht werden.

Der Bezirksamtmann antwortete unverzüglich, dass er das Angebot des Medizinstudenten gerne in Anspruch nehme, und bestellte ihn zu dem erwähnten Hof, wollte sich aber so schnell wie möglich auch selbst ein Bild von der Lage machen und prüfen, was für ihn dabei herausspringen könnte. Angespornt wurde er dazu von seiner Frau, die Halldóra hieß und in der Gegend sogar noch unbeliebter war als ihr Mann. Die beiden galten als überaus egoistisch, als strenge Hausherren, die bei ihrem Gesinde nur wenig Gnade walten ließen. Der Bezirksamtmann Ólafur nutzte jede Gelegenheit, sich den Besitz der Menschen, die er verurteilte, unter den Nagel zu reißen, unerbittlich, eisern und geldgierig, gewappnet mit den sogenannten Gesetzen des Stóridómur, in denen festgelegt war, was als verbotene Beziehung zwischen den Geschlechtern galt und welche Strafen darauf standen. In der Gegend erzählte man sich, dass Halldóra die treibende Kraft hinter diesem Verhalten sei, und nannte sie scherzhaft den wahren Amtmann im Bezirk.

Ólafur kam mit seinen offiziellen Pflichten kaum hinterher. Bevor er losritt, fällte er noch schnell ein Todesurteil über ein junges Frauenzimmer, eine gewisse Katrín Símónardóttir, deren Vergehen es war, ein Kind von ihrem Stiefvater geboren zu haben. Zu allem Überfluss war sie so unverschämt gewesen, allen vorzulügen, einer der jungen französischen Fischer auf den Doggern hätte sie während eines Landgangs unter freiem Himmel geschwängert. Die Lüge flog auf, sie gestand, und Ólafur hielt sie eine Weile in seinem Amtssitz in Hagi gefangen und verurteilte sie schließlich zum Tode. Oft hatte er beklagt, dass es im Land kein Gefängnis gebe. Er hatte von Plänen gehört, in Reykjavík ein Zuchthaus zu errichten, aus denen aber noch nichts geworden war. Nach Katríns Festnahme war sie also nach Hagi gebracht worden, wo sie mehr Arbeiterin als Gefangene war und es auch bleiben würde, bis der König in Dänemark das Todesurteil entweder bestätigte oder ablehnte. Sie bat flehend darum, das Kind bei sich behalten zu dürfen, doch das kam für Halldóra nicht infrage, und so wurde es zu fremden Menschen geschickt.

All das ging dem Bezirksamtmann durch den Kopf, als er den Hof erreichte, auf dem der arme Junge angeblich misshandelt worden war. Offenbar hatte der junge Medizinstudent aus Kopenhagen bereits mit den Vorbereitungen für die Obduktion begonnen. Sie würde unter freiem Himmel stattfinden, denn auf dem kleinen Hof gab es sonst keinen geeigneten Ort für derartige Prozeduren. Man hatte die Haustür aus den Angeln gehoben, beim nahegelegenen Bach auf zwei Steinhaufen gelegt und die Leiche des Jungen darauf platziert. Die Bewohner des Hofes standen betrübt vor dem Haus und beobachteten den Arzt bei der Arbeit, Eltern um die vierzig, drei Kinder und das Gesinde. Der Medizinstudent hatte Klemmen, Zangen, Sägen und Messer mitgebracht, und als der Bezirksamtmann ankam, war er gerade im Begriff, die Brusthöhle zu öffnen.

Ólafur stieg aus dem Sattel. Er nahm sich keine Zeit, die Familie zu begrüßen, sondern eilte sofort zu dem Arzt, um ja nichts zu verpassen, außer Atem und schwerfällig, mit seinen schlaffen Wangen, dicken Lippen und dem schmalen Kinnbart, der seitlich am Gesicht bis zu den Ohren reichte. Er trug die Beamtenuniform, eine abgenutzte Jacke mit Quasten und Messingknöpfen, denn schließlich handelte es sich um eine offizielle Angelegenheit, und er hielt eine Gerte in der Hand, mit der er immer wieder gegen seinen Stiefel schlug, als wäre es eine alte Angewohnheit.

»Moment«, rief der Bezirksamtmann Ólafur, noch bevor er Bjarni erreichte. »Moment!«

Er begrüßte den Medizinstudenten mit Handschlag und auch dessen Freund, den er bereits kannte, er stammte aus Svefneyjar, einer Inselgruppe im Breiðafjörður, war ein Dichter und hochgebildeter Mann, der in Kopenhagen studiert hatte und in allen möglichen Fachgebieten bewandert war, von den Naturwissenschaften bis hin zu Rechtsfragen.

»Guten Tag, Eggert«, sagte der Bezirksamtmann und schüttelte seine Hand. »Was führt dich hierher?«

»Bjarni hat mich gebeten, ihm zu assistieren«, sagte Eggert ruhig. »Vielleicht kann ich ja behilflich sein.«

Es war kurz nach Sommerbeginn, doch an der Westspitze des Landes bei Látrabjarg hatte bis vor Kurzem noch Treibeis gelegen. In den Niederungen war der Frühling eisig kalt gewesen, die ärmeren Bauern hatten ihre Wintervorräte an Futter längst aufgebraucht, und zu allem Überfluss waren die Verhältnisse meist zu schlecht zum Fischen, sodass die Menschen mancherorts bereits verhungerten. Doch an diesem Tag war das Wetter gut, ziemlich warm und der Himmel war klar.

»Wurde er geschlagen?«, fragte der Bezirksamtmann und betrachtete die Leiche.

»Nicht, soweit ich sehe«, antwortete Bjarni.

»Also gut, dann schneide ihn auf«, befahl der Bezirksamtmann. »Worauf wartest du noch?«

Bjarni warf seinem Freund einen kurzen Blick zu, nahm das Skalpell in die Hand und ging zu Werke. Mit derartigen Aufgaben hatte er nicht gerechnet, als er sein Medizinstudium vorübergehend unterbrochen hatte, um Studienreisen durch Island zu machen und den Zeitgeist in einem Buch festzuhalten. Sein Freund Eggert und er reisten durchs ganze Land, sammelten Handschriften und naturkundliche Objekte, und machten sich mit den Lebensverhältnissen ihrer Landsleute vertraut. Vor Kurzem erst waren sie in Eggerts Heimat in den Westfjorden angekommen, wo ihnen Pfarrer Björn Halldórsson in Sauðlauksdalur eine Unterkunft zur Verfügung stellte. Der Pfarrer hatte einen eigenen Raum für sie einrichten lassen, damit sie in Ruhe arbeiten konnten. Wo Bjarni auch hinkam, suchten Kranke ihn auf und baten ihn um Behandlung, manchmal hatte ihre Aufdringlichkeit sogar die Reise behindert. Die Not war groß, und viele hatten schreckliche Verluste erlitten. Im Land gab es weder Krankenhaus noch Ärzte und auch sonst keine medizinische Versorgung, es sei denn, man zählte Aderlass und Kräuterheilkunde dazu.

Eggert und der Bezirksamtmann sahen zu, wie Bjarni die Brust aufschnitt und den Magen öffnete. Er diktierte Eggert seine Beobachtungen, der sie in einem Buch festhielt. Abgemagerter Rumpf, Ödeme an den Füßen und Kälteverbrennungen, keine Anzeichen auf Misshandlung oder Schläge, Eiter in den Lungen, der Magen völlig leer, bis auf ein paar Spuren von Stockfisch, dünnflüssige Substanz im Darm …

Bjarni nahm die Gedärme heraus und spülte sie im Bach ab, bevor er sie genau begutachtete. Danach ging er zum Kopf des Jungen, suchte Haaransatz und Hals nach Wunden ab, öffnete dann den Schädel und sprach eigentlich nur noch Latein. Die Hausbewohner konnten die Obduktion nicht mehr mitansehen und wandten sich ab.

Als er fertig war, reinigte Bjarni seine Instrumente im Bach und teilte dem Bezirksamtmann mit, dass der Junge, soweit er es beurteilen könne, in erster Linie an Unterernährung gestorben sei, die schon lange angedauert habe, und als schließlich eine Lungenentzündung hinzukam, sei alle Hoffnung bereits verloren gewesen. Er konnte nicht sagen, ob die Unterernährung ungewöhnliche Gründe hatte, ging aber nicht davon aus, denn das Frühjahr war für alle hart gewesen.

»Das haben wir im ganzen Land beobachtet«, warf Eggert ein, um der Aussage seines Freundes Nachdruck zu verleihen. »Armut, Mangelernährung und hohe Kindersterblichkeit. Bei unzureichender Ernährung kann sich eine einfache Erkältung zu einer schweren Krankheit entwickeln und die Menschen zur Strecke bringen.«

»Dann wird die Ermittlung das zeigen«, sagte der Bezirksamtmann Ólafur. »Ich werde schon herausfinden, ob sie ihn absichtlich haben verhungern lassen.«

Der Bezirksamtmann verlor keine Zeit und bereitete noch dort am Bach eine Inquisition vor. Er ließ die Leiche des Jungen wegbringen, sich einen Stuhl herantragen und die Tür reinigen, um sie als Schreibtisch zu benutzen, bevor er einzeln die Zeugen aufrief.

Sieben

Der König seufzte tief und warf einen Blick auf den Zobelmantel, der immer noch auf dem Boden lag.

»Warum erzählst du mir das alles?«, fragte er. »Diese Details gefallen mir nicht. Ein toter Junge, eine Obduktion ... warum erzählst du mir das alles?«

»Verzeiht, Majestät, aber ich gebe mein Bestes, Hoheit«, antwortete Jón Sívertsen, der sich bei der Erzählung sehr viel Mühe gegeben hatte.

Er wollte seine Geschichten unauffällig mit Beschreibungen vom Leben in der nördlichen und kalten Kolonie des Königreichs ausschmücken, wenn er schon einmal die Aufmerksamkeit Seiner Hoheit hatte. War das falsch von ihm? Fragen wie diese beschäftigten ihn, und während seiner seltsamen und wirren Verteidigungsrede vor dem König wurde Jón Sívertsen schnell bewusst, dass er sich in einer Zwickmühle befand. Er wollte die Geschehnisse so richtig und wahrheitsgetreu wie möglich schildern und dem König nichts von dem verheimlichen, was ihm wichtig erschien, auch wenn es ihn vielleicht unangenehm berührte. Aber wo sollte er die Grenze ziehen? Was war für die Geschichte wichtig? Wer spielte eine erwähnenswerte Rolle? Was hatte er vergessen? Was verschwieg er? Was wollte er erst später erzählen? Wie konnte er die Aufmerksamkeit des Königs fesseln? Wie konnte er verhindern, ihn andauernd zu erzürnen? Sollte er nur das sagen, von dem er annahm, dass der König es hören wollte? Oder war es das geringere Übel, einfach ehrlich zu sein und frei zu sprechen? Wäre es nicht besser, die Geschichte zu erzählen, ohne sich Gedanken um die möglichen Folgen zu machen? Aber was, wenn gewisse Details ihn in eine schwierige Lage brachten? Sollte er sie dann nicht besser einfach weglassen? Aber konnte er in seiner Position nicht auch die Ansichten Seiner Hoheit des Königs beeinflussen? Sollte er sich seine Rolle als Erzähler nicht zu Nutze machen?

Die Aufgabe schien ihm überwältigend. Er war nur ein einfacher Bauernsohn und Uhrmacher, der sich von früh bis spät mit Zeitmessgeräten beschäftigte und noch nie in eine solch vertrackte Situation geraten war.

»Ich verstehe das nicht«, sagte der König. »Woher zur Hölle willst du wissen, was dem Bezirksamtmann auf dem Weg zur Obduktion durch den Kopf ging?«

»Ich erlaube mir, eine Vermutung anzustellen, Eure Hoheit«, antwortete Jón. »Diese Dinge haben ihn immer sehr beschäftigt, also nehme ich an, dass sie ihm auch während der Vorbereitung der Inquisition durch den Kopf gingen. Ich dachte, es … es könnte die Erzählung lebendiger machen, Eure Hoheit.«

Jón war es nicht gelungen, die Zweifel des Königs zu beseitigen.

»Und warum sollte ich dir glauben?«, fragte der König. »Warum sollte ich deine Geschichten glauben? Versuchst du nicht einfach nur, dein Interesse zu wahren? Ich finde, dass du recht ungeniert von dem Bezirksamtmann erzählst. Vergiss nicht, dass er dort im hohen Norden mein Repräsentant ist, ihm gebührt also Respekt.«

»Verzeihung, Eure Hoheit, wenn ich zu weit gegangen bin«, sagte Jón Sívertsen. »Mir ist sehr bewusst, welchen Respekt ich dem ehrenwerten Herrn Bezirksamtmann schulde.«

»Gut!«

»Ich kann die Geschichte nur erzählen, wie ich sie erlebt habe, Majestät. Anders kenne ich sie nicht. Wie Eure Hoheit sie auslegt und beurteilt, kann ich nicht beeinflussen«, erlaubte sich Jón noch hinzuzufügen.

»Aha«, sagte der König, klang aber nicht im Geringsten überzeugt, dass die Wahrheit in Bezug auf seinen Repräsentanten in Island nicht doch verdreht worden war. »Was ist mit dieser ... dieser Katrín passiert, die zum Tode verurteilt wurde?«

»Das Urteil wurde im darauffolgenden Frühjahr vom Alþingi aufgehoben, Eure Hoheit«, sagte Jón. »Sie blieb am Leben.«

»Wenn ich mich recht erinnere, wurde irgendwo in eurem Land auch ein Zuchthaus errichtet«, sagte der König.

»Ja, in Reykjavík, Majestät, am Fuße des Arnarhóll«, sagte Jón, der die dänischen Steinmetze dort vor seiner Abreise nach Dänemark bei Messungen beobachtet hatte. »Aber das war erst eine Weile später. Und bei besonders strengen Urteilen wurden isländische Häftlinge manchmal auch danach noch nach Kopenhagen ins Stokhus gebracht, Eure Hoheit. Doch in milderen Fällen bekamen die Verurteilten meist die Möglichkeit, die Strafe abzuarbeiten.«

»Und ein Krankenhaus«, sagte Christian VII., wie um daran zu erinnern, dass der König seine Kolonie durchaus nicht vergessen hatte. »Ich erinnere mich doch an den Bau eines Krankenhauses.«

»Leider, Eure Hoheit, gibt es kein Krankenhaus im ganzen Land. Verzeiht meine Unverfrorenheit. Ihr denkt wahrscheinlich an Nesstofa«, fügte Jón schnell hinzu, als er sah, dass der König die Stirn runzelte. »Eine ansehnliche Arztresidenz auf der Halbinsel westlich von Reykjavík, nicht weit von dem königlichen Falkenhaus auf der Anhöhe Valhúsahæð. Soweit ich weiß, wurden beim Bau sogar Steine aus dem Falkenhaus benutzt. Bjarni, von dem ich erzählte, der die Leiche obduziert hatte, war unser erster Direktor für Gesundheitswesen und lebte dort, Eure Hoheit. Allein die Wohltat Eurer Hoheit ermöglichte einige Jahre nach den von mir geschilderten Ereignissen die Gründung dieser Institution.«

»Und der Dichter? Welcher Dichter war das?«

»Eggert Ólafsson, Majestät.«

»Nie von ihm gehört.«

»Mit Verlaub, ich habe ihn schon einmal erwähnt. Er war es, der mir seine Uhr gezeigt und in mir das Interesse für Uhrmacherei geweckt hat.«

»Na dann«, sagte der König und wedelte mit der Hand, als habe er genug von diesem Gerede. Jón solle doch lieber mit seiner Geschichte fortfahren. »Hast du noch mehr von dieser Tür zu erzählen?«, fragte er.

»Wenn Ihr erlaubt, Hoheit«, sagte Jón vorsichtig. »Unter den Zeugen, die an diesem Tag vor den Bezirksamtmann traten, war die Haushälterin meines Vaters in Geirseyri, Guðrún, die ich bereits erwähnte, Guðrún Valdadóttir, die den Bewohnern des Hofes immer wieder etwas von ihren Vorräten gebracht hatte. Sie fiel beim Bezirksamtmann in Ungnade …«

Acht

Als Guðrún an der Reihe war, unten am Bach vor dem Bezirksamtmann auszusagen, war sein Urteil in dem Fall eigentlich bereits gefällt, im Prinzip war es also völlig egal, was diese Leute noch dazu sagten. Die Frau des Hauses hatte behauptet, den Jungen so gut behandelt zu haben wie ihre eigenen Kinder, und führte ihre jüngste Tochter vor den Bezirksamtmann, die etwa so alt war wie der Junge und nur noch aus Haut und Knochen bestand. Der Winter sei kalt und sehr schneereich gewesen, meinte die Frau, und der Frühling auch nicht besser, die Nahrungsvorräte seien lange vor dem Urbanus aufgebraucht gewesen, und die Menschen hätten versucht, sich mit dem Wenigen durchzuschlagen, was aufzutreiben war. Auf anderen Höfen sei die Situation auch nicht anders, wie der Bezirksamtmann ja wisse. Ein wenig hatten sie von den Nachbarn erbetteln können, doch den meisten ging es nicht besser als ihnen, alle Bewohner des Hofes mussten auch im Frühling noch Hunger leiden, der Nahrungsmangel brachte sie ans Ende ihrer Kräfte, sodass sie kaum noch ihre Arbeiten erledigen konnten.

Vor etwa einer Woche war ihnen zum ersten Mal aufgefallen, dass der Junge krank war. Er hustete viel und hatte Fieber. Er beklagte sich nie, war aber ziemlich schwach, verlor schließlich das Bewusstsein und hörte auf zu atmen.

»Alles ging so schnell«, sagte die Frau. »Ich habe sogar versucht, ihm mehr zu geben als den anderen, aber wir hatten ja fast nichts. Höchstens etwas Sud mit einem kleinen Bissen Stockfisch. Wenn der Bezirksamtmann einen Weg sehen könnte, in seinem Urteil unsere Not zu berücksichtigen, wären wir ihm sehr verbunden. Wir meinten es gut mit dem Jungen. Er war der Sohn meiner verstorbenen Schwester und so ein liebes, armes Wesen. Wir haben ihn in Gottes Namen aufgenommen und bedauern ... bedauern sein schlimmes Schicksal zutiefst«, sagte die Frau und brach in Tränen aus.

Ein Zeuge nach dem anderen wurde vor den Bezirksamtmann zitiert, beschrieb die Zustände auf dem Hof und erklärte, dass man niemandem die Schuld für den schrecklichen Tod des Jungen zuschreiben könne.

Die letzte Zeugin war Guðrún Valdadóttir von Geirseyri, eine Freundin der Hausfrau, die oft auf dem Hof zu Gast war. Sie bestätigte alles, was die Frau bereits über die Nahrungsknappheit und die Hungersnot gesagt hatte, und dass der Junge schwach gewesen sei und gebrechlich, er sei erkrankt und kurz darauf verstorben, und man habe nichts mehr für ihn tun können, das hätten die Bewohner des Hofes ihr jedenfalls erzählt. Dass der Junge schlecht behandelt worden sei, war nichts anderes als ein Gerücht, und Pfarrer Björn in Sauðlauksdalur hätte es nie ernst nehmen und den verehrten Bezirksamtmann mit dem Brief behelligen dürfen.

Der Bezirksamtmann Ólafur hörte ihr schweigend zu. Ihm war aufgefallen, dass Guðrún sich nach der Obduktion mit Eggert und Bjarni unterhalten hatte, und es sah aus, als hätten sie sich gut verstanden. Das überraschte ihn nicht. Er kannte Guðrún. Wusste, dass sie zwar gläubig war und manchmal bei Björn in der Kirche Psalmen sang und es weit und breit keine bessere Schneiderin gab als sie, doch zu seinem Missfallen war sie freizügig und deshalb bereits in Schwierigkeiten geraten. Er hatte mit ihr zu tun gehabt, als sie ein uneheliches Kind mit Einar, dem Sohn von Sigurður in Geirseyri bekam. Das war Unzucht und laut den Gesetzen des Stóridómur eine Straftat, doch da es sich um ihr erstes Vergehen handelte, wurde es nur mit einer Geldstrafe geahndet, die Guðrún, mittellos, wie sie war, über einen Zeitraum von fast einem Jahr am Bezirksamtssitz in Hagi abarbeitete. Dort war sie nicht dafür bekannt gewesen, ihre Meinungen für sich zu behalten, und das tat sie auch jetzt nicht.

»Bjarni, der Arzt, hat mir von schrecklichen Fällen im ganzen Land erzählt«, sagte Guðrún am Ende ihres Verhörs. »Die Menschen brechen vor lauter Hunger zusammen, und niemand kann etwas dagegen tun. Andere haben auch nichts übrig und können sich kaum selbst durchbringen. Das ist das einzige Verbrechen.«

»Wie ich höre, weißt du alles besser als dein werter Herr Pfarrer«, sagte der Bezirksamtmann. »Und du weißt natürlich auch alles besser als ich. Und der hochgebildete Herr Medizinstudent auch, nehme ich an.«

»Bjarni meinte, das sei offensichtlich, und er verstehe nicht, warum bettelarme Leute sich einer derartigen Inquisition unterziehen müssten.«

»Ach, das hat er gesagt?«

»Ja, das hat er gesagt. Er meinte, bei diesem Prozess gehe es allein um Armut und sonst nichts.«

»Ich habe gesehen, dass ihr euch gut versteht«, sagte der Bezirksamtmann, und als er lächelte, blitzten seine tabakbraunen Zähne hervor.

»Gut verstehen? Spielt das denn eine Rolle?«

»Hurerei ist strafbar. Das sollte niemand besser wissen als du, liebe Guðrún. Und ich hoffe, du vergisst es auch nicht, wenn du vor diesen jungen Männern herumtanzt.«

Guðrún lachte über seine Worte.

»Herumtanze? Meint der Bezirksamtmann, dass ich mich mit Eggert und Bjarni unterhalten habe? Soll mir etwa verboten werden, mit anderen Leuten zu sprechen?«

»Wo hast du deinen Spross gelassen?«, fragte der Bezirksamtmann. »Hast du ihn vielleicht sogar dabei?«

Guðrún erkannte, dass sie den Bezirksamtmann erzürnt hatte, und wusste aus Erfahrung, dass das nichts Gutes verhieß.

»Er ist bei seinem Großvater, Sigurður von Geirseyri«, sagte sie ganz ruhig. »Ich bin dort gerade als Haushälterin beschäftigt.«

Wenn sie doch nur etwas mehr Mumm hätte, überlegte sie. Dann würde sie ihn fragen, wie es so in Hagi zugehe. Das ganze Gerede über Hurerei war einfach nur lächerlich, der Amtmann hatte selbst zahlreiche Affären, von denen alle wussten. Hinter vorgehaltener Hand erzählte man sich, er habe sogar einen außerehelichen Sohn. Und über die Trunksucht der Eheleute wurde in der Gegend auch nicht weniger gesprochen. Ihre Zwistigkeiten mit der Bevölkerung und ihre bevormundende Haltung waren allgemein bekannt. Ihre Geringschätzung des Eigentums anderer. Der Bezirksamtmann und seine Frau hatten in der Gegend wenig Freunde und waren ständig in aller Munde. Ihre Gier kannte keine Grenzen, darüber gab es viele Anekdoten, und während ihrer Zeit in Hagi hatte Guðrún es oft genug mit eigenen Augen gesehen.

Der Bezirksamtmann schloss die Bücher und steckte

sie in seine Tasche. Es war schon spät. Eggert und Bjarni hatten sich bereits auf den Rückweg nach Sauðlauksdalur gemacht. Der Hausherr kämpfte damit, die Tür wieder in den Rahmen zu setzen. Die Leiche des Jungen hatte man neben das Haus gelegt, um sie später zum Friedhof in Saurbær zu bringen.

»Traurig, wie diese Leute mit dem Jungen umgegangen sind«, murmelte der Bezirksamtmann leise.

Guðrún hörte ihn, die Aussage machte sie wütend und sie vergaß alle Vorsicht.

»Ihr habt euer Urteil längst gefällt«, sagte sie.

»Pass auf, was du sagst, meine Liebe«, antwortete der Bezirksamtmann nur.

»Menschen wie du, die etwas mehr haben, ihr seid doch alle gleich«, sagte Guðrún und vergaß völlig die gebotenen Höflichkeitsformeln. »Ihr seht die Not und tut nichts. Versucht sogar noch, selbst einen Nutzen daraus zu ziehen.«

»Ich habe dich gewarnt!«, rief Ólafur und wedelte mit der Peitsche vor ihrem Gesicht herum. »Ich kann dich für dein Verhalten auspeitschen lassen.«

Die Peitsche streifte ihre Wange, und sie spürte einen stechenden Schmerz. Sie wusste, dass er nicht zögern würde, seine Drohung umzusetzen, also versuchte sie, sich zu beruhigen.

Der Bezirksamtmann stieg auf einen Grashöcker, um von dort mühsam auf sein Pferd zu klettern, dann ritt er zum Hof und wechselte ein paar Worte mit den Bewohnern. Guðrún sah, dass ihre Freundin bei seinen Worten in sich zusammensank. Der Bauer versuchte noch, sie zu stützen, doch der Bezirksamtmann gab dem Gaul einen Hieb mit der Gerte und verschwand.

Guðrún lief zum Hof und erfuhr, dass der Bezirksamtmann zu dem Entschluss gekommen war, der Junge sei an Misshandlung und Vernachlässigung gestorben. Das Urteil würde er bald verkünden und eine angemessene Strafe verhängen.

Neun

Jón Sívertsen saß auf seinem Hocker vor der Uhr, und es war ihm gerade einigermaßen gelungen, die drei Weisen aus dem Morgenland wieder in Gang zu bringen, als der König ihn sprechen wollte. Es war bereits spätabends, und die Nachricht wurde vom Kammerherrn Seiner Hoheit überbracht, der den isländischen Uhrmacher und die Unordnung im Lager voller Verachtung betrachtete. Arrogant schüttelte er den Kopf und rümpfte die Nase, als wäre die Aufgabe weit unter seiner Würde. Er teilte Jón hörbar verwundert mit, dass Seine Hoheit wünsche, den Uhrmacher zu sehen.

Die Bitte machte Jón stutzig. Der König hatte ihn noch nie zu sich zitiert, bisher war er immer zu ihm gekommen. War wie zufällig in seinem Samtumhang, glatzköpfig, mit roten Flecken im Gesicht und oft mit der Madeiraflasche in der Hand ins Lager gestolpert und hatte sich zu ihm gesetzt und nach Habrecht und den Teilen der Uhr gefragt, die seine Aufmerksamkeit erregten. Insgeheim schien er sich auch sehr für Jóns Geschichten aus seiner Heimat zu interessieren, und wenn er es sich in dessen Sessel einmal gemütlich gemacht hatte, dauerte es nie lang, bis er zu fragen begann und mit zunehmendem Interesse lauschte.

»Der König?«, fragte Jón Sívertsen und sah den Kammerherrn verwundert an, strich seine Lederschürze glatt und betrachtete seine dreckigen Uhrmacherschuhe. »Seid Ihr sicher?«

Der Kammerherr pflegte unnötige Fragen von Menschen, die nicht dem Adel entstammten, zu ignorieren. Stattdessen seufzte er tief.

»Wer bist du eigentlich?«, fragte er.

Mit dieser Frage hatte Jón nicht gerechnet.

»Ich bin Uhrmacher und betreibe eine Werkstatt in der Nähe der Holmensgade, verehrter Herr«, antwortete er.

»Ja, aber was willst du vom König?«, fragte der Kammerherr, ein beleibter Mann, gut über fünfzig, mit müdem Gesicht, einem zweigeteilten Kinnbart und außergewöhnlich dichten Augenbrauen. Er diente schon lange im Schloss und hatte so einiges miterlebt, war einer der unfreiwilligen Zeugen des eigenartigen und langwierigen Zerfalls der absoluten Monarchie.

»Was sind deine Absichten?«, fragte der Kammerherr wieder. »Bist du etwa taub?«, fügte er hinzu, als er keine Antwort bekam.

Jón wusste nicht, was er sagen sollte.

»Was willst du von Seiner Hoheit?«, fragte der Kammerherr erneut und klang mittlerweile etwas ungeduldig.

»Nichts«, antwortete Jón. »Gar nichts. Er hat mir nur hier bei der Arbeit zugesehen, mehr nicht.«

»Du weißt von seinem Zustand. Er ist nicht ganz bei Sinnen, schon seit Jahren nicht mehr. Ich hoffe, du versuchst nicht, irgendeinen Nutzen daraus zu ziehen.«

»Nein, keineswegs, mir war nicht bewusst … ich habe die Nähe zu Seiner Majestät nicht gesucht, verehrter

Herr. Er hat sich für die Uhr und ihre Geschichte interessiert.«

»Ich hoffe um deinetwillen, dass du nicht planst, den König zu manipulieren«, sagte der Kammerherr. »Andere und bedeutendere Männer als du haben das versucht, und es hat sie um Kopf und Kragen gebracht.«

»Ich weiß nicht, welchen Einfluss ich auf Seine Hoheit haben könnte«, antwortete Jón. »Ich bin nur ein Uhrmacher aus Island und arbeite an dieser ...«

»Seine Majestät ist leicht zu manipulieren«, fiel der Kammerherr ihm ins Wort. »Nimm dich in Acht. Nimm dich in Acht, oder du wirst es bereuen. Verstehst du das, Uhrmacher aus Island?«

Jón nickte.

»Warum fragt er im Krankenbett nach dir?«

»Ist Seine Hoheit krank?«

»Ja, er liegt im Bett und will dich sehen. Was will er von dir?«

»Das weiß ich nicht«, sagte Jón, und ihm fiel tatsächlich kein möglicher Grund ein. »Ich habe keine Ahnung.«

»Nun gut«, sagte der Kammerherr, machte auf dem Absatz kehrt und eilte aus dem Lager. Jón wusste sich keinen anderen Rat, als ihm zu folgen. Der Kammerherr vergewisserte sich nicht einmal, ob Jón ihm tatsächlich folgte, sondern glitt wie eine Fregatte durch den Palast, vorbei an großen Gemälden von Kronprinzen und Grafen und dekorativen Objekten auf kleinen Tischen, durch den Empfangssaal und den Salon mit den vergoldeten Möbeln und sogar durch den großen Festsaal, wo prächtige Kristallleuchter von der hohen Decke hingen, die ein Echo erzeugte, als der Uhrmacher in seinen Holzschuhen hinter dem Kammerherrn her trippelte. Schon bald erreichten sie das Schlafgemach von Christian VII., und der Kammerherr betrat ohne Zögern den ehrwürdigen Raum. Dort lag Seine Hoheit auf dem Bett, hatte Fieber und Schmerzen im Unterleib und der Brust.

Die Zimmermädchen brachten heiße Umschläge, die sie auf den Bauch des Königs legen wollten, doch er verscheuchte sie, ebenso wie seine Ärzte, zwei besorgte Männer, die den Zimmermädchen Anweisungen gaben. Schließlich befahl er dem Kammerherrn, die Tür hinter sich zu schließen. Dieser verneigte sich und verabschiedete sich ein wenig hochmütig, wie Jón fand, fragte erst, ob das denn ratsam sei, und sah Jón verächtlich an, als sei er nur irgendein Landstreicher. Der König gab ihm keine Antwort und bedeutete ihm mit einer schwächlichen Handbewegung, sich zurückzuziehen.

Und dann war der Uhrmacher mit dem König allein. Er hatte für Jón einen Stuhl an die Bettkante stellen lassen und zeigte mit seinem Dufttuch darauf. Jón verneigte sich tief, bevor er Platz nahm. In dem Raum war es dunkel, und Jón konnte nicht viel erkennen, wagte aber ohnehin kaum, sich umzublicken. Die Bettpfanne des Königs stand auf einem Tisch, doch mehr sah er nicht. Jón hatte noch nie solch ein großes Bett gesehen. Der König lag in einem Meer von Daunendecken und Seidenkissen, sodass nur noch der Scheitel zu sehen war. Er bat Jón, ihm beim Aufsitzen zu helfen, und ohne lange nachzudenken, stützte Jón den Kopf des Königs und legte zwei Kissen unter seinen Rücken, bevor er zurücktrat, sich verneigte und wieder setzte.

»Er war ein guter Arzt«, seufzte der König und hustete in das Dufttuch. »Das muss man sagen.«

»Euer königlicher Leibarzt, Majestät?«

Der König schüttelte den Kopf.

»Verzeiht meine Unwissenheit, Eure Hoheit«, sagte Jón.

»Johann. Er war ein guter Arzt. Ein guter Mann. Ehrgeizig natürlich, aber ein guter Mann.«

Jón hielt es für geraten, zu schweigen. Ihm kam es vor, als wäre der König in eine Art Delirium verfallen. Dieser Johann konnte also ein beliebiger Mann sein. Vielleicht existierte er auch gar nicht wirklich.

»Struensee«, sagte der König und hob die Stimme, etwas verärgert über die Ahnungslosigkeit des Uhrmachers. »Er war ein guter Arzt.«

»Ach, Struensee, Eure Hoheit. Natürlich.«

»Ihm habe ich nachgetrauert. Machtgierig war er. Hat die Königin zum Gespött gemacht, aber so war es nun einmal. Mich hat er auch zum Gespött gemacht. Das gesamte dänische Königreich. Aber ein guter Arzt war er, das muss man ihm lassen. Wie man es von deutschen Ärzten kennt. Sie sind den dänischen weit voraus«, fügte der König hinzu und seufzte leise.

»Ich hoffe, Eure Hoheit fühlt sich nicht allzu schlecht«, sagte Jón mitfühlend.

»Nein, es geht einigermaßen.«

»Ihr werdet bestimmt bald wieder auf den Beinen sein, Majestät«, fügte Jón hinzu und versuchte, aufmunternd zu klingen.

»Wie läuft es mit der Uhr?«

»Ich freue mich darauf, Eurer Majestät die drei Weisen zu zeigen. Ich muss mich für mein vorschnelles Handeln neulich Abend entschuldigen. Mittlerweile fahren sie in einer Reihe an der Jungfrau Maria vorbei und jeder einzelne verbeugt sich vor ihr, wie er sollte«, sagte Jón und erlaubte sich ein Lächeln. »Oder zumindest an der Stelle, wo die Jungfrau stehen sollte, denn wie Ihr wisst, ist sie verschollen.«

Jón war nicht sicher, ob der König ihn überhaupt gehört hatte.

»Diese verdammten Quacksalber«, fauchte Seine Hoheit schließlich. »Ich habe den Verdacht, dass sie mich ins Irrenhaus stecken wollen. Ich bekomme solche Kopfschmerzen, sag ich dir. Ganz schreckliche Kopfschmerzen, es fühlt sich an, als würde mein Schädel entzweibrechen.«

Der König verstummte, und Jón rührte sich nicht. So verging eine Weile, bis er in der Seidenbettwäsche wieder zum Leben zu erwachen schien.

»Und was ist mit dir?«, fragte der König. »Bist du verheiratet? Kinder?«

»Seit letztem Sommer bin ich verwitwet, Eure Hoheit«, antwortete Jón. »Zwei Kinder habe ich, die beide in der Nähe von Kolding leben.«

»Ist euer Verhältnis gut?«

»Ich ... das hoffe ich. Wir könnten vielleicht ein wenig mehr Kontakt haben, Eure Majestät«, antwortete Jón und wünschte, der König würde ihn nicht länger zu seinen Privatangelegenheiten befragen. Er wollte nicht wirklich mit ihm über die Träume sprechen, die er gehabt hatte, als er nach Kopenhagen gesegelt war, und über die alten Sorgen aus der Heimat, die ihn so sehr bedrückt hatten, dass er beinahe seine Ausbildung abgebrochen hätte. Er war in sich gekehrt und antriebslos gewesen, und es war ihm nicht gelungen, die Vergangenheit hinter sich zu lassen. Isaak Habrecht hatte ihm vielleicht eine letzte Möglichkeit geboten, in seinem Leben etwas Besonderes zu vollbringen.

»Wo warst du stehengeblieben mit deiner Geschichte?«

»Ich hatte von Guðrún erzählt, Eure Hoheit, von unserer Haushälterin in Geirseyri, und den Anhörungen wegen des verstorbenen Jungen …«

»Diese Verfahren langweilen mich«, sagte der König. »Hast du nichts Interessanteres zu erzählen?«

»Ich wüsste nicht was, Eure Hoheit«, sagte Jón.

»Erzähl mir von deinem Vater«, bat der König. »War er auch einmal so krank wie ich jetzt?«

»Soweit ich weiß, war er immer sehr gut bei Kräften, Majestät«, antwortete Jón. Er hatte noch nie darüber nachgedacht und erinnerte sich nicht, seinen Vater je bettlägerig gesehen zu haben, bis auf einmal, als er vom Haifang zurückkam. »Mein Vater erfreute sich bester Gesundheit, Eure Hoheit«, sagte er.

Der König wedelte mit dem Dufttuch, und Jón verstand es als Hinweis, er solle fortfahren. Er überlegte ein wenig, bis ihm etwas einfiel, worüber er erzählen könnte.

»Das war ein Segen, denn es kann nur Unglück bedeuten, wenn der Versorger des Hauses ausfällt, und sei es nur für ein paar Tage oder Wochen. Oft muss es gar nicht lang sein. Höfe lösen sich auf, und die Menschen versuchen es mit Fischerei. Kinder verhungern.«

Jón wollte weiter von der Hoffnungslosigkeit erzählen, doch plötzlich hielt er inne und überlegte, ob der König nicht vielleicht doch lieber von anderen Dingen hören wollte, während er selbst auf dem Krankenbett lag.

»Was wollen die Leute dann dort hoch im Norden am Polarkreis?«, fragte der König.

»Island ist gewiss ein unwirtliches Land, Eure Hoheit«, sagte Jón. »Das Leben dort ist nicht leicht. Es gibt Erdbeben und Vulkane und Unwetter, die ganze Häuser unter dem Schnee begraben, sodass die Menschen sich viele Armlängen aus ihren Torfhütten graben müssen. Die Winter sind hart und dunkel, und auch im Frühjahr kann es kalt sein, die Sommer sind kurz, und zu allem Überfluss gibt es immer wieder schlechte Ernten und viele Seuchen ...«

»Und trotzdem leben dort Menschen«, unterbrach der König.

»Seit Hunderten von Jahren, Eure Hoheit. Und bei gutem Wetter gibt es keinen besseren und schöneren Ort.«

»Mir ist heiß«, ächzte der König fiebrig und stieß seine Decke weg.

»Soll ich die Ärzte rufen, Eure Hoheit?«

»Nein, nicht diese Esel!«, stöhnte der König. »Hilf mir lieber, mich abzukühlen. Erzähl mir von der Kälte in Island.«

»Ich weiß nicht, was ich da erzählen könnte, Eure Hoheit«, sagte Jón und die Geschichten aus seiner Heimat schwirrten ihm durch den Kopf, von den Menschen, die sich im Schneetreiben verirrten, von Lawinen erfasst wurden und nicht mehr nach Hause kamen, sondern erfroren, und erst nach der Schneeschmelze im Frühjahr wiedergefunden wurden.

»Es fühlt sich an, als würde ich verdunsten«, hörte er seinen König stöhnen.

Zehn

Sigurður saß auf einem Fohlenfell vor dem Loch im Eis und wartete, dass etwas anbiss. Er hatte einen Stock mit Eisenspitze tief ins Eis gestochen und die Leine daran festgemacht. Ab und zu zog er daran, um die Angelhaken mit den kleinen Bissen Robbenspeck unten im Wasser zu bewegen. Noch hatte er nichts gefangen, aber er wusste, dass es nicht mehr lange dauern würde. Im Meer gab es jede Menge Haie, so viele, dass man sagte, sie würden sich gegenseitig von den Angelhaken fressen.

Das Eis knarrte. Sigurður war früh am Morgen rausgegangen, nur mit dem Stock, einer Dechsel, den Angelsachen, etwas Essen in einer kleinen Schatulle und der Geduld des erfahrenen Anglers. Den ganzen Winter über hatte eine eisige Kälteperiode die nächste abgelöst, und im Þorri, dem vierten Wintermonat des altnordischen Kalenders, war der gesamte Fjord zugefroren gewesen, sodass man über das Eis nach Örlygshöfn und Hænuvík gehen konnte, aber jetzt zog es sich langsam aus dem Innersten des Fjords zurück, brach auf und schmolz. Es war eine der letzten Gelegenheiten in diesem Winter, einen Hai durch das Eis zu fangen. Noch vor Sonnenaufgang war Sigurður an der Fjordmündung ein gutes Stück auf das Eis hinausgegangen und hatte sich an einer passenden Stelle mit den Angelsachen eingerichtet. Das Eis war nicht sonderlich dick, als Sigurður mit dem Stock und der Dechsel ein ansehnliches Loch schlug. Nach den langen Frostperioden hatte es in letzter Zeit getaut, aber er fühlte sich dennoch sicher da draußen, als er den Robbenspeck am Angelhaken befestigte und die Leine hinabließ. Dann setzte er sich auf das Fohlenfell und wartete. Um sich die Zeit zu vertreiben, sagte er lustige Reime auf, wie man sie hier in der Gegend kannte. Auch einen Teil des Reimgedichts über Hrólfur Gautreksson und das über Flóres und Leó. *Unterm Umhang will er sich bücken, doch es will ihm nicht glücken, die Innereien drücken und ihm kracht der Rücken.* Immer wieder knarrte das Eis, aber das beunruhigte ihn nicht weiter.

Das Wetter war trüb, und ein kalter Wind zog auf. Sigurður blickte zum Himmel, beobachtete die Vögel und ließ da draußen auf dem Eis die Gedanken schweifen. Er dachte an seine Helga, um die er immer noch trauerte, und an ihren Vater und ihre Onkel in Hænuvík, die mit jeder Haileber, die sie am Meeresufer schmolzen, reicher und reicher wurden. Und er dachte an Einar, Helgas Sohn, zu dem er sich bekannt hatte, ein strammer Junge, der mit seinen zweiundzwanzig Jahren mittlerweile erwachsen war. Seine Mutter hatte ihn über alles geliebt, genau wie die beiden Jungen, die sie zusammen bekommen hatten, und Sigurður hatte immer darauf geachtet, dass Einars Kindheit der seiner eigenen Kinder in nichts nachstand. Niemand wusste von der wahren Vaterschaft, außer Helgas Vater, seinen Brüdern und Gunnar, der laut Helga der eigentliche Vater war. Darüber wurde dort im Fjord Schweigen bewahrt, und das würde auch immer so bleiben. Nicht einmal Guðrún, die Haushälterin, kannte die Wahrheit, und sie hatte mit Einar zusammen sogar einen Jungen bekommen, der ihnen das Leben in Geirseyri erheiterte.

Kurz vor Mittag fing Sigurður zwei eher kleine Haie, steckte frischen Robbenspeck auf die Angelhaken und entließ sie wieder ins Wasser. Er sah, dass die Eisscholle in der Ferne auf der Westseite abgebrochen war und vom Land wegdriftete. Das Knarren im Eis beunruhigte ihn mittlerweile doch ein wenig, und er überlegte, an Land zu gehen, als etwas fest am Angelhaken zog. Er wusste sofort, dass ein besonders großer Fisch angebissen hatte, und holte die Leine ein, erst ganz vorsichtig und dann immer bestimmter, doch eh er sich's versah, rang er mit dem Tier, das unter dem Loch im Eis tobte, panisch Runde für Runde schwamm und dabei immer tiefer abtauchte und versuchte, den Fischer mit sich nach unten zu ziehen.

Sigurður hielt die Leine mit aller Kraft und wickelte sie auf den Stock. Es war eine schwierige Aufgabe, und er musste all seine Kräfte zusammennehmen, denn der Hai zerrte weiter an der Leine und schwamm im Kreis, bis er einmal so fest daran zog, dass Sigurður den Stock aus dem nassen Handschuh verlor. Zum Glück landete er quer über dem Loch und fiel nicht hinein. Sigurður rannte hin, packte panisch die Angel und stemmte sich mit den Füßen an den Rand des Eislochs. Er zerrte wieder an der Leine, während der Hai weiterhin mit aller Kraft versuchte, ihn in die Tiefe zu ziehen.

In der Zwischenzeit legte sich Eisnebel über den Fjord, und andauernd knarrte und krachte es unter Sigurðurs Füßen, bis eine große Scholle von der Fläche, auf der er stand, abbrach und Richtung Land trieb. Plötzlich hörte er ein lautes Krachen und sah, dass auch er mittlerweile auf einer losen Scholle stand, die langsam aufs offene Meer hinaustrieb. Zwischen ihm und dem Ufer war nur noch Wasser und um ihn herum überall Brucheis.

Für einen Moment vergaß er den Hai und überlegte, ob er über die Eisbrocken laufen könnte, erkannte aber schnell, dass das keine Option war. Es waren zu wenige Eisstücke, und sie waren zu weit voneinander entfernt. Als der Hai erneut an der Leine zog, verlor Sigurður sie beinahe aus den Händen, also konzentrierte er sich wieder auf das Loch im Eis. Währenddessen driftete er immer weiter vom Land weg, und ihm war bewusst, dass er sich überlegen musste, wie lange er noch festhalten wollte.

Ihm blieb keine andere Wahl, als loszulassen und dem Hai die Freiheit zu schenken. Die Leine verschwand im Nu in dem Eisloch, Sigurður sprang auf und ging so nahe an den Rand der Eisscholle, wie er sich traute, blickte Richtung Land und sah, dass er sich rasch davon entfernte. Bald lief er auf der Scholle auf und ab, ähnlich wie der Hai vorhin darunter seine Runden gedreht hatte, und rief laut um Hilfe, aber an Land war niemand, der ihn hörte. Er war ganz allein draußen auf dem Eis. Sigurður starrte auf das offene Meer hinaus und sah seine Tage bereits gezählt.

Er hatte nur eine Möglichkeit, wenn er nicht noch weiter hinaustreiben wollte, während die Eisscholle unter seinen Füßen in immer kleinere Stücke zerbrach. Sigurður durfte keine Zeit verlieren und zog sich Handschuhe, Jacke und Pullover aus, ehe er sich splitternackt ins eiskalte Meer stürzte.

Er schnappte nach Luft, als die Kälte auf ihn einschlug wie tausend Peitschenhiebe, und versuchte, den Kopf über Wasser zu halten, während er um sein Leben strampelte. Schwimmen konnte er nicht, aber es gelang ihm, sich über Wasser zu halten, indem er wild mit Armen und Füßen paddelte. Ab und an ging er unter, aber kam immer wieder an die Oberfläche zurück. Doch mit der Zeit spürte er, dass ihm langsam die Kraft ausging. Der Kampf mit dem Hai war bereits anstrengend gewesen, und das Wassertreten forderte den Rest. Er bereitete sich schon auf das Schlimmste vor, als ein Eisbrocken an ihm vorübertrieb. Mit letzter Kraft kämpfte er sich zu ihm hin und ergriff ihn mit einer Hand. Verzweifelt hielt er sich daran fest, und irgendwie gelang es ihm, sich mit dem Oberkörper hinaufzuhieven.

Die Kälte spürte er gar nicht mehr, als er mit den Füßen paddelte, um auf dem Eisbrocken zum Ufer zu gelangen. Wegen des dichten Nebels, der sich über den Fjord gelegt hatte, konnte er das Land nicht sehen und wusste nicht, ob er überhaupt vorankam.

Er war kurz davor aufzugeben, als er plötzlich die Angelleine bemerkte. Erst war er nicht sicher, was da auf der Wasseroberfläche trieb, aber dann sah er auch die Rückenflosse eines Hais aus dem Meer ragen. Sie bewegte sich auf ihn zu, bevor sie untertauchte und kurz darauf auch die Angelleine verschwand. Die Flosse war riesig, Sigurður hatte schon lange keinen so großen Hai gesehen. Erst in diesem Moment wurde ihm richtig bewusst, womit er es unter dem Eis zu tun gehabt hatte.

Die Angst vor dem Hai weckte frische Kräfte in ihm. Panisch paddelte er im eiskalten Wasser, als er das Tier plötzlich wieder auftauchen sah, immer noch mit dem Angelhaken und der Leine im Maul. Es riss seinen Kiefer auf, und die spitzen Zähne kamen direkt auf ihn zu, aber anstatt zuzuschnappen, verschwand der Hai plötzlich in der Tiefe, und die Meeresoberfläche wurde still. Die Erleichterung war von kurzer Dauer, denn sofort bemerkte Sigurður, dass etwas an seinen Füßen zerrte und er mit einem Ruck unter die Oberfläche gezogen wurde. Er spürte einen stechenden Schmerz im Fuß und verlor den Halt auf dem Eisbrocken.

Mit letzter Kraft versuchte er noch, den Hai abzuschütteln, in Wahrheit hatte er sich jedoch bereits damit abgefunden, dass seine Tage gezählt waren, als er mit dem freien Fuß plötzlich auf dem Meeresboden auftrat. Auch der Hai bemerkte das nahe Ufer, ließ ihn los und verschwand im Fjord. Sigurður konnte wieder auftauchen, und zu seiner großen Erleichterung sah er, dass es nur noch wenige Ellen bis an Land waren. Er spürte wieder Boden unter seinen Füßen und wurde auf die Steine am Ufer gespült, wo er eine Weile erschöpft liegen blieb, bevor er sich aufrappelte und sah, dass es nicht weit zu seinem Hof war. Er kroch los und zog den Fuß, den der Hai erwischt hatte, mühsam hinter sich her.

Guðrún, die Haushälterin, war allein zu Hause und hörte draußen einen dumpfen Schlag. Als sie vorsichtig die Tür öffnete, um nachzusehen, woher das Geräusch kam, fiel ihr der splitternackte Sigurður in die Arme. Er sah aus wie ein Eistroll, und sie hätte ihn beinahe nicht erkannt. Sein Körper war mit Eis überzogen, die Haare und der Bart waren voller Eisklumpen und auf einem Bein war eine tiefe blutverschmierte Wunde zu sehen. Sie half ihm in die Stube und legte ihn auf das Bett. Unkontrollierbare Schauder durchliefen seinen Körper, und Guðrún, die den Ernst der Lage sofort erkannte, reagierte schnell, legte weitere Scheite ins Feuer und versorgte bestmöglich die Wunde am Fuß, bevor sie sich Stück für Stück auszog, zu Sigurður unter die Decke legte und begann, Wärme in den Eisklumpen zu massieren, der ihr so unversehens in die Arme gefallen war.

Elf

Der König von Dänemark war eingeschlafen, und es schien ihm besser zu gehen, sein Atem war langsamer geworden und er schwitzte nicht mehr so stark. Mit halb aufgerichtetem Oberkörper lag er im Bett, hatte die Augen geschlossen und strahlte eine große Friedlichkeit aus. Jón wusste nicht, was er tun sollte. Weder der Kammerherr noch die Ärzte und erst recht nicht die Zimmermädchen wagten es, diese unverhoffte Zusammenkunft am späten Abend zu stören, also blieb Jón neben dem Bett sitzen und wurde schon bald schläfrig.

Jón war wie gewohnt früh am Morgen aufgestanden und hatte bis spätabends an der Habrechtsuhr gearbeitet. Mittlerweile bereitete es ihm Freude, sich mit dem Uhrwerk des Schweizers zu beschäftigen, und sie wuchs an, je mehr Einblicke er in das Talent des Mannes und die komplizierte Mechanik der Uhr bekam. Das bestärkte ihn in dem Glauben, dass es die richtige Entscheidung gewesen war, die Uhr erneut zum Leben zu erwecken und ihre frühere Pracht wiederherzustellen.

Immer wieder aber überkamen ihn jedoch auch Zweifel, wenn er vor den Einzelteilen der Uhr stand, sie reinigte und versuchte, sie wieder zusammenzusetzen, damit sie sich drehten, wie sie es sollten. In diesen Momenten musste er oft an den Dichter in Sauðlauksdalur denken. Er erinnerte sich an ihre Freundschaft und das schreckliche Schicksal, das Eggert und seine Frau nur wenige Monate nach ihrer Hochzeit widerfahren war. Schon die Erinnerung an die ersten Treffen mit dem Dichter reichten aus, um ihn anzuspornen und davon zu überzeugen, dass er das Richtige tat. Während der einsamen Arbeit an der Uhr war ihm immer stärker bewusst geworden, dass es nicht zuletzt die Bekanntschaft mit dem Dichter war, die ihn dazu gebracht hatte, sich mit Habrechts Uhrwerk zu beschäftigten, um seine frühere Pracht wiederherzustellen.

Irgendwann war er einmal mit seinem Vater zum Pfarrhof gegangen, um Saatgut zu holen. Der Pfarrer Björn Halldórsson war in vielerlei Hinsicht seiner Zeit voraus gewesen, unter anderem hatte er begonnen, in Sauðlauksdalur Kartoffeln anzupflanzen. Sigurður interessierte sich für alle Möglichkeiten, seine Landwirtschaft zu erweitern, und hatte auf der Südseite des Hofes in Geirseyri sogar ein Beet vorbereitet, wo er versuchen wollte, wie der Pfarrer Kartoffeln anzubauen und vielleicht sogar Rüben und Kohl, selbst wenn die Bauern der umliegenden Höfe die verrückten Ideen des Pfarrers verlachten und im Gemüse nichts als Tierfutter sahen.

Während sein Vater mit Björn das Saatgut auswählte, bot die Pfarrersfrau Jón an, ins Haus zu kommen und einen Schluck Milch zu trinken. Als er wieder hinausgehen wollte, verirrte Jón sich in ein großes Zimmer mit Schreibtisch, einem Stuhl, Dokumenten und Papieren, allerlei Schreibwaren und mehr Büchern, als er je in seinem Leben gesehen hatte. Außerdem gab es die unterschiedlichsten Kräuter, sowohl getrocknet als auch frisch, jede Menge Steine, manche davon mit Moos bewachsen und andere mit glitzernden Kristallen an der Bruchstelle, Insekten, die mit Stecknadeln an Karten festgemacht waren, und Muscheln, Schneckenhäuser, Seetang und andere Ufergewächse.

Jón war wie verzückt von den vielen Dingen, doch vor allem ein wunderschöner Gegenstand auf dem Tisch zog ihn in seinen Bann. Er hatte noch nie ein derartiges Kunstwerk gesehen und wusste ehrlich gesagt nicht, welchen Nutzen es hatte. Es war eine weiße Scheibe unter einer Glaskuppel, auf der Symbole standen, von denen er wusste, dass es römische Zahlen waren, und einem Zeiger, der sich langsam und kaum merklich im Kreis nach rechts drehte und den er so lange anstarren musste, um die Bewegung zu erkennen, dass ihm dabei schwindlig wurde. Umrahmt war die Uhr von einer wundervollen Schnitzerei aus Eichenholz, mit zwei Spatzen, die über der Glaskuppel ihre Schnäbel zusammensteckten. Bei dem Anblick vergaß Jón alles um sich herum und bemerkte nicht einmal, dass jemand durch die Tür kam.

»Das ist eine Schweizer Tischuhr«, hörte er eine freundliche Stimme hinter sich sagen. »Du darfst sie gerne anfassen, wenn du willst.«

Jón erschrak und erkannte den Mann, es war der Dichter, den er vergangenen Sonntag in der Kirche gesehen hatte, der Bruder der Pfarrersfrau, die ihm vorhin etwas Milch gegeben hatte.

»Ich … ich habe nichts angefasst«, sagte Jón.

»Es ist nicht verboten«, sagte der Dichter und lachte, dann reichte er Jón zur Begrüßung die Hand, er heiße Eggert Ólafsson, und wie Jón vielleicht an der Unordnung erkannt habe, sei er momentan als Naturforscher tätig.

»Naturforscher?«, wiederholte Jón. Er hatte das Wort noch nie zuvor gehört, obwohl ihm die Haushälterin Guðrún das Lesen beigebracht hatte, was sie auch ohne die Haushaltsverordnung des dänischen Königs getan hätte, die Eltern sogar dazu verpflichtete, denn ihr lag viel daran, dass die Brüder Lesen, Schreiben und etwas Rechnen lernten. Jón sah Eggert mit fragendem Blick an. Er hatte das Gefühl, dort in der Abgeschiedenheit vor etwas wahrlich Bemerkenswertem zu stehen, das er mit Gelehrtheit, Erkenntnis und Wissenschaft, Sprachgewandtheit und fremden Ländern verband. Eggert war ein weitgereister, gebildeter Mann, der gerade durch ganz Island zog, um ein Buch zu schreiben über das Land, die Natur und die Menschen. Jón hatte seinen Vater und Guðrún voller Wertschätzung über ihn reden hören, außerdem kannten sie ein paar seiner Gedichte, die in der Gegend um Rauðisandur weitergegeben wurden. Eines der neuesten handelte von seinem Aufenthalt in Sauðlauksdalur, das er darin als Lustgarten des lieblichen Kohls bezeichnete. Er berichtete davon, wie wohl er sich dort fühlte. Es war ein lustiges Gedicht, das mittlerweile regelmäßig während der Abendunterhaltung im Pfarrhof gesungen wurde und sich weit verbreitet hatte. *Doch für eins brech' ich meine Lanze, die schönste Blüte ist die der Senfpflanze …*

»Ein Naturforscher erforscht die Natur, um ihre Mechanismen zu verstehen«, sagte Eggert und nahm die Uhr hoch. »Wie bei diesem Gerät hier. Siehst du den Zeiger, der Runde um Runde dreht, um die Stunden zu zählen? Wir Naturforscher sehen uns den Kreislauf der Zeit in der Natur an und versuchen zu verstehen, warum Blumen eingehen und wieder aufblühen und die Erde in einen

Winterschlaf verfällt und im Frühjahr wieder erwacht, immer zur selben Zeit, wie der Schlag einer Uhr.«

»Unsere Haushälterin Guðrún meint, dass die Erde gar nicht flach ist, wie Sveinn in Melanes es behauptet«, sagte Jón. »Vor Kurzem haben sie richtig darüber gestritten. Sie sagt, dass es vielleicht schwer ist, sich das vorzustellen, aber die Erde ist rund, wie der Mond und alle Sterne in Gottes Himmel auch.«

»Wenn du an einem klaren sonnigen Tag bei den Klippen von Látrabjarg auf das Meer blickst, kannst du mit eigenen Augen sehen, dass der Horizont leicht gebogen ist, genau wie die Erde«, sagte Eggert. Er holte einen Schlüssel hervor und steckte ihn in ein Schlüsselloch an der Hinterseite der Uhr. »Seglern ist schon vor langer Zeit aufgefallen, dass von einem Boot, wenn es auf sie zukommt, am Horizont erst nur die Spitze des Masts zu sehen ist und sie beim Davonsegeln auch als Letztes verschwindet.«

Er drehte den Schlüssel zweimal.

»Im Laufe eines Tages verliert sie eine Stunde. Ich versuche immer, sie exakt nach der Sonne zu stellen, aber sie ist nicht besonders genau.«

»So etwas Schönes habe ich noch nie gesehen«, sagte Jón und starrte immer noch wie verzaubert auf das Objekt. »Ich habe schon von Uhren gehört, aber noch nie eine zu Gesicht bekommen.«

Eggert hantierte an dem Gehäuse der Uhr herum, und plötzlich hatte er es hochgehoben und entfernt, sodass das feingliedrige Uhrwerk hinter der Scheibe zu sehen war. Eggert erklärte ihm, wie die einzelnen Teile aus Messing und Kupfer und Silber verbunden waren und zusammenwirkten, um den Zeiger auf der Scheibe in der richtigen Geschwindigkeit in die richtige Richtung zu bewegen. In Jóns Augen war jedes noch so kleine Teil des Uhrwerks ein Kunstwerk für sich, und wie sie auf komplexe Weise zusammenwirkten, um den Zeiger zu bewegen, eine reine Offenbarung.

»Wie kann man so etwas bauen?«, flüsterte er leise.

»Die Schweizer sind Vorreiter in der Uhrmacherei«, sagte Eggert und wusste nicht, ob der Junge ihn überhaupt hörte, denn er war immer noch wie gebannt von dem Zauber, der die Uhr fortbewegte. »Der Größte unter den Uhrmachern war ein Mann namens Isaak Habrecht, er stammte aus der Schweiz, einem Land in Südeuropa. Er war ein bedeutender Mann und sein Bruder tatsächlich auch, ebenfalls ein Uhrmacher«, fuhr Eggert fort und erzählte Jón die Geschichte von dem Straßburger Mönch, der sein ganzes Leben im dortigen Münster verbracht und eine wundervolle Uhr gebaut hatte. »Ich war nie da«, sagte er, »auch wenn ich es einmal fast geschafft hätte, aber Habrecht selbst hat einen Nachbau der Straßburger Uhr angefertigt, den ich einmal gesehen habe. Die Uhr befinde sich auf Schloss Christiansborg in Kopenhagen und ist völlig zerstört, aber dennoch bezeugt sie, welch großer Meister Habrecht war.«

Eggert hatte ein Bündel Löwenzahn mitgebracht, schnitt die Blüten ab und steckte sich immer wieder einen Stängel in den Mund. Jón hatte noch nie gesehen, dass jemand Löwenzahn aß. Der Dichter hätte genauso gut frischgemähtes Gras essen können.

»Die sind durchaus genießbar«, sagte Eggert und zeigte Jón eine Pflanze. »Es spricht nichts dagegen, mit Löwenzahn zu kochen«, sagte er und machte sich ein paar Notizen. »Lass dir nichts anderes einreden. Ich recherchiere für ein Buch über Neuheiten in der isländischen Küche. Ich möchte es *Kochen mit viel Pfeffer* nennen ...«

Der König erwachte aus seinem friedlichen Schlaf und erblickte Jón, der auf einem Stuhl an seiner Bettkannte saß.

»Was willst du hier?«, fragte der König.

»Ihr ... Ihr habt gestern Abend nach mir geschickt, Eure Hoheit«, sagte Jón. Er sprang auf und verneigte sich. »Mit Verlaub, Ihr hattet hohes Fieber, Fieberträume sogar, Majestät. Ich habe Euch eine Geschichte von meinem Vater erzählt, als er auf Haifischfang war, in der Hoffnung, Eure Qualen zu lindern.«

Der König starrte Jón an und nickte dann, als erinnere er sich. Er gab ihm ein Zeichen, sich wieder zu setzen.

»Es ist beeindruckend, dass er überlebt hat«, sagte der König.

»Wie erwähnt, Eure Hoheit, war er ein kräftiger Mann«, sagte Jón und ließ sich wieder auf dem Stuhl nieder. »Er war ein gefragter Haifischjäger und bekam sogar mehr Anteile als andere, Majestät. Das hat mir Eggert, der Dichter, erzählt.«

»Warum redest du andauernd von diesem Dichter?«

»Ich werde es von nun an lassen, wenn Ihr das wünscht, Eure Hoheit.«

»Er wirkt wie einer dieser impertinenten Aufklärer. So wie Struensee.«

»Wenn ich ehrlich sein darf, Eure Majestät, hatte er einen großen Einfluss auf mich. Ohne ihn wäre ich nie auf die Idee gekommen, hier in Kopenhagen die Uhrmacherei zu erlernen. Allein durch seine Anwesenheit hat er meinen Blick auf die Welt erweitert.«

»Aha«, sagte der König. Sein Interesse an Dichtern, die den Blick auf die Welt erweiterten, schien begrenzt zu sein.

»Eggert war der erste isländische Naturforscher, Majestät«, sagte Jón. »Er war fest davon überzeugt, dass die Bevölkerung über die Neuheiten in der Bodenkultivierung aufgeklärt werden müsste, wollte neue Gemüsesorten einführen, interessierte sich für alle Möglichkeiten, die Arbeit der Menschen zu erleichtern, und schrieb Gedichte über ...«

Der König hatte genug von dem Gerede.

»Euer Vater war wahrhaftig ein starker Mann«, unterbrach er Jón und schien sich mehr für den Bauern Sigurður von Geirseyri zu interessieren als für den Dichter.

»Er hat sich nie über etwas beklagt, Eure Hoheit«, sagte Jón. »Auch nicht, als Guðrún sein Bein wieder angenäht hat. Sie war eine ausgezeichnete Näherin«, fügte er hinzu.

»Ich habe über ihn nachgedacht, über deinen Vater«, sagte der König. »Warum hat er sich wohl auf diese beiden Frauen eingelassen? Deine Mutter und diese Guðrún? Beide haben mit anderen Männern geschlafen und von ihnen Kinder bekommen.«

»Vielleicht liegt es daran, dass wir ein kleines Volk sind«, antwortete Jón, der noch nie einen Grund gesehen hatte, sich diese Frage zu stellen. »Das Leben in der Abgeschiedenheit ist eintönig, und die Menschen stehen einander sehr nahe.«

»Isländer ...«, sagte der König nachdenklich. »Was sind das für Menschen?«

Jón wusste nicht, was er sagen sollte. Insgeheim hoffte er, dass es sich nicht wirklich um eine Frage, sondern nur um eine Bemerkung gehandelt hatte, die dem König einfach durch den Kopf gegangen war. Doch so war es nicht.

»Kannst du mir das sagen?«, fragte der König.

»Ich weiß nicht, ob ich zu Eurer Zufriedenheit antworten kann, Majestät«, sagte Jón und war nicht sicher, wie er auf die große und unverhoffte Frage reagieren sollte. »Ich weiß nur, dass es oft ein schweres Los war, Isländer zu sein, und ich bezweifle, dass sich jemand freiwillig dafür entscheiden würde.«

Der König sah Jón an, als warte er auf eine ausführlichere Antwort, aber als die ausblieb, griff er wieder das Thema der losen Sitten von Sigurðurs Frauen auf.

»Kann es sein, dass er Mitleid mit ihnen hatte?«, fragte der König. »Dein Vater? Mit den beiden gefallenen Frauen?«

»Dazu kann ich mich nicht äußern, Majestät«, sagte Jón, und ihm kam in den Sinn, dass die Erinnerung an Stiefel-Cathrine vielleicht einer der Gründe dafür war, warum sich ihre Gespräche immer wieder um diese Sache drehten. »Auch nicht, ob man sie überhaupt als gefallen bezeichnen kann, Eure Hoheit. So ist das Leben nun einmal. Zu Hause wurde jedenfalls nicht über diese Dinge gesprochen.«

»Sie hat sich nackt zu ihm gelegt, die Haushälterin.«

»Das hat Guðrún getan, um ihn gesund zu pflegen, denke ich, Majestät.«

»Sie hat bestimmt mehr getan als das.«

Es wirkte beinahe so, als fehle es dem König in der Erzählung an etwas Würze.

»Vielleicht hat sie das schneller zusammengebracht, Eure Hoheit.«

»Sie haben sich also gepaart«, sagte der König.

Während der König sich wünschte, der Uhrmacher würde etwas beherzter erzählen, war Jón die Ausdrucksweise seines Königs unangenehm.

»Zu dem Zeitpunkt natürlich nicht, Eure Hoheit, aber es stimmt, kurz darauf haben sich leider die Ahnungen meiner Mutter Helga, dass die falsche Vaterschaft nichts Gutes mit sich bringen würde, leider bewahrheitet.«

Zwölf

Als Sigurður bewusst wurde, dass er nicht länger damit warten konnte, ging er auf dem alten Fernwanderweg nach Tálknafjörður, über den Höhenzug Lambeyrarháls und vorbei an den Seen Kríuvötn. Langsam wurde es dunkel, und er war gut vorangekommen, auch wenn der Fuß, den im Winter der Hai erwischt hatte, noch nicht völlig wiederhergestellt war. Es herrschte Windstille, und die ruhige, warme Frühlingsstimmung spiegelte sich in dem Wasser der Seen. Die Landschaft sah aus, als hätte sie sich eigens für den Reisenden aus Geirseyri in Schale geworfen, aber er bemerkte es kaum. Sigurður war tief in Gedanken versunken und machte sich große Sorgen, weder das abendliche Vogelgezwitscher noch das Schwanenpaar, das seine Flügel auf dem See ausbreitete, konnten ihm Trost spenden.

In den letzten Monaten war viel passiert, was ihn beschäftigte, angefangen mit dem Antrag, den er Guðrún gemacht hatte, wenn man es denn überhaupt einen Antrag nennen konnte. Er hatte sich ziemlich ungeschickt angestellt. Wenige Tage nachdem er von der Haifischjagd zurückgekommen war und sich so weit wieder erholt hatte, bedankte er sich dafür, dass sie ihm das Leben gerettet habe, als sie in sein Bett gekommen war, um sich wärmend zu ihm zu legen. Ohne ihre Fürsorge und Aufopferung hätte er nicht überlebt. Auch danach habe sie sich liebevoll um ihn gekümmert, und das sei sehr großherzig von ihr gewesen. Er fügte hinzu, dass er schon seit einer Weile überlege, aus ihr die Frau des Hauses in Geirseyri zu machen, mit Hochzeit und Gottes Segen und allem, was dazugehöre, und wenn sie zustimme, würde er …

Sie unterbrach ihn mitten im Satz.

»Nein … nein … das geht leider nicht«, sagte sie ein wenig durcheinander.

Der Antrag kam wohl doch zu unverhofft. Sigurður hatte seine Wünsche durch Berührungen, Blicke und Komplimente bereits anklingen lassen, aber sie war nie darauf eingegangen, schließlich war sie die Kindsmutter seines Sohnes und konnte daher in eine Ehe kaum einwilligen. Das erklärte sie ihm auch mit wenigen wohlgewählten Worten. Es verstoße gegen das Gesetz, eine Verbindung mit dem Großvater ihres Sohnes einzugehen. Sie würde gerne seine Haushälterin bleiben, aber etwas anderes komme nicht infrage. Das sei absolut undenkbar.

»Aber was wäre, wenn ich gar nicht Einars Vater bin?«, fragte Sigurður nach einer Weile. »Würde das etwas ändern?«

Er hatte noch nie mit jemandem über die falsche Vaterschaft gesprochen, weder mit Einar noch mit den anderen beiden Söhnen oder sonst jemandem in Geirseyri, auch nicht mit Guðrún. Und seines Wissens hatte es sich auch nie in der Gegend herumgesprochen. Helgas Vater und ihre Brüder in Hænuvík hatten den Mund gehalten, und Gunnar, Einars eigentlicher Vater, auch. Nur wenige Männer, die ohnehin nicht viel über ihre eigenen Angelegenheiten sprachen, kannten das Geheimnis.

»Du bist nicht Einars Vater?!«, fragte Guðrún.

Sigurður schüttelte den Kopf und wunderte sich selbst, dass er dieses Geheimnis, das so tief in seinem Bewusstsein schlummerte, vor ihr aussprach.

»Wer ist dann sein Vater?«

»Er heißt Gunnar und ist Bauer in Hvammeyri, auf der anderen Seite der Berge. Er hat für den Vater meiner verstorbenen Helga gearbeitet, doch sie durften nicht heiraten. Ich hatte ihr schon seit einer Weile den Hof gemacht, aber es war zu spät, Gunnar hatte sie bereits geschwängert. Er ging zu ihrem Vater und hielt um ihre Hand an, aber der stimmte der Ehe nicht zu. In ihrer Verzweiflung kam Helga dann zu mir und war sich sicher, dass ihr Vater unter den gegebenen Umständen nichts gegen eine Ehe zwischen uns einzuwenden hätte.«

»War es unter der Bedingung, dass du die Vaterschaft anerkennst?«

»Ich war selbst der Meinung, dass es anders nicht zu einer Ehe kommen könnte.«

»Du hast sie geliebt.«

»Sie war eine einzigartige Frau. Ich wollte, und will, ihren guten Ruf bewahren.«

»Und Gunnar?«

»Ich habe nicht wieder von ihm gehört«, sagte Sigurður. »Wir waren ihm völlig egal. Soweit ich weiß, ist er seinem Sohn nie begegnet, höchstens rein zufällig.«

»Weiß Einar davon?«

»Wenn, dann nicht von mir«, antwortete Sigurður. »Ich habe ihn immer als meinen Sohn betrachtet und keinen Grund gesehen, mit ihm darüber zu sprechen. Es tut mir leid, dass ihr beide nicht das Glück hattet, den Bund der Ehe zu schließen.«

»Vielleicht lag es am Altersunterschied«, sagte Guðrún. »Zehn Jahre sind eine lange Zeit im Leben eines jungen Mannes. Er wird es gut haben als Arbeiter in Sjöundá, dort schätzt man ihn sehr, habe ich gehört.«

»Er ist ein guter Junge«, sagte Sigurður. »Das hat er von seiner Mutter, denke ich. Ändert das etwas an deiner Antwort?«

Guðrún überlegte.

»Sagst du die ganze Wahrheit?«

»Darauf hast du mein Wort.«

»Dann will ich, dass du zu Gunnar gehst und ihn überredest, die Vaterschaft anzuerkennen.«

»Ich bin nicht sicher, ob das etwas bringen wird«, sagte Sigurður. »Die Sache hat ihn sehr gekränkt.«

»Versprich mir, dass du zu ihm gehst.«

»Das kann ich tun, aber über den Ausgang kann ich nichts versprechen.«

Etwa zwei Monate später trat Guðrún einmal unauffällig an Sigurður heran und bat ihn, mit ihr einen Spaziergang am Meer zu machen, an der Landzunge entlang und in den Fjord hinein. Irgendwann blieb Guðrún stehen, setzte sich auf einen Stein und fragte ihn nach dem Versprechen. Seit ihrem Gespräch über Einar hatte sie ihn immer wieder daran erinnert, er hatte sich aber nur geräuspert und war nicht darauf eingegangen. Doch mittlerweile wehte ein anderer Wind.

»Du kannst es nicht länger hinauszögern«, sagte Guðrún, »du musst das Versprechen einhalten, das du mir gegeben hast.«

»Verzeih mir«, sagte Sigurður. »Das hatte ich natürlich vor, aber ...«

Er sah Guðrún an.

»Gibt es einen besonderen Grund, warum du das ausgerechnet jetzt ansprichst?«

»Ich bin schwanger«, antwortete Guðrún ihm. »Das ist der Grund.«

Sigurður ließ die Hochebene hinter sich und erreichte schon kurz darauf den Tálknafjörður. Von dort aus ging er weiter nach Hvammeyri, und als er ankam, sah er den Mann, den er sprechen wollte, an einem Trockengerüst für Stockfisch stehen. Er nahm gerade Fische aus, entfernte die Köpfe und band die Filets zusammen, bevor er sie auf das Gestell zum Trocknen hängte. Gunnar blickte auf, und als er Sigurður erkannte, unterbrach er seine Arbeit.

»Was willst du hier?«, fragte er abweisend.

»Verzeihung, ich wollte dich nicht stören, aber ich habe ein Anliegen, das nicht warten kann.«

»Was denn?«

Sigurður wusste nicht, wie er es anders formulieren sollte als direkt heraus. Er war noch nie besonders wortgewandt gewesen.

»Ich muss dich bitten, Einar als deinen Sohn anzuerkennen«, sagte er also.

Gunnar stand regungslos da, immer noch mit dem Fisch in der Hand, und starrte Sigurður an. Er hatte ihn sehr wohl verstanden, so still, wie es hier war, und dennoch hätten die Worte genauso gut in einer fremden Sprache formuliert sein können, so rätselhaft klangen sie in seinen Ohren.

»Was meinst du?«, fragte er.

»Ich muss dich bitten, die Vaterschaft für deinen Sohn anzuerkennen, den du mit meiner verstorbenen Frau Helga hast.«

»Die Vaterschaft anerkennen?«

»Ich finde, es ist an der Zeit«, sagte Sigurður, »und ich hatte gehofft, du würdest das auch so sehen.«

»Das … das hatte ich nie vor. Warum soll ich das jetzt auf einmal tun? Er ist dein Sohn. Ich habe mich nie in sein Leben eingemischt. Helga und du habt ihn zusammen großgezogen. Er ist euer Kind.«

»Ja, das stimmt, aber er ist trotzdem dein Sohn, und ich denke, wir sollten der Wahrheit zu ihrem Recht verhelfen, auch wenn viele Jahre vergangen sind.«

»Warum ausgerechnet jetzt?«, fragte Gunnar.

Sigurður musste kurz überlegen. Sollte er von seinen Liebschaften in Geirseyri erzählen? Warum war ihm nur herausgerutscht, dass die Sache dringend sei?

»Meine Haushälterin, Guðrún Valdadóttir, und ich wollen den Bund der Ehe schließen, und ich hielt es für richtig, ihr die Wahrheit über Einar, dich und Helga zu erzählen. Sie wollte, dass ich dich bitte, die Vaterschaft anzuerkennen. Ihr liegt viel daran, die Angelegenheit noch vor unserer Hochzeit zu klären.«

»Ist das dieselbe Guðrún, von der man erzählt, dass sie ein Kind mit Einar hat?«

»Das ist richtig.«

»Und jetzt wollt ihr beide heiraten?«

»Das ist richtig.«

»Und die Zeit drängt«, sagte Gunnar, als verstehe er endlich den wahren Grund, warum Sigurður nach all den Jahren den mühevollen Weg über die Hochebene auf sich genommen hatte.

»Ich hatte gehofft, du würdest die Sache gut aufnehmen«, sagte Sigurður. »Soweit ich weiß, habe ich dir nie unrecht getan. Helgas Vater vielleicht schon, und die

Brüder in Hænuvík, aber ich nicht. Und ich weiß, dass Helga dir lange nachgetrauert hat, wenn das ein Trost ist. Dein Sohn Einar war ihr Augenstern.«

»Hast du sie geschwängert? Diese Guðrún?«

Sigurður zögerte. Dann nickte er.

»Und jetzt willst du, dass ich dich von der Schuld befreie, mit der Kindsmutter deines Sohnes geschlafen zu haben?«

Wieder nickte Sigurður. Gunnar schüttelte den Kopf.

»Ich möchte mich nicht in deine Angelegenheiten einmischen«, sagte er und wandte sich wieder dem Fisch zu. »Das geht mich alles nichts an.«

»Du würdest uns einen großen Gefallen tun«, sagte Sigurður.

»Ich bin dir nichts schuldig«, sagte Gunnar. »Und was weiß ich schon über Einar? Ist er überhaupt mit Sicherheit mein Sohn?«

»Helga meinte …«

»Ach, lass mich in Ruhe«, sagte Gunnar. »Lasst mich alle einfach in Ruhe. Du und die Brüder in Hænuvík. Das ganze Pack.«

Sigurður erkannte, dass es nicht viel bringen würde, aber er war noch nicht bereit aufzugeben.

»Da ist noch was«, sagte er. »Lassen wir Einars Vaterschaft außer Betracht, es muss zweifellos schwer für dich sein, an die Ereignisse von damals zu denken. Das kann ich verstehen, glaub mir, aber geschehen ist geschehen.«

Wieder zögerte Sigurður.

»Eine andere Möglichkeit wäre jedoch«, fuhr er fort, »dass du behauptest, der Vater von meinem Kind mit Guðrún zu sein, um uns von unserer Schuld zu befreien.

Den Gefallen würde ich dir großzügig entlohnen. Du bist unsere einzige Hoffnung, sonst würde ich nicht fragen.«

»Nein, ich kann nichts für dich tun«, sagte Gunnar und tat so, als wäre er voll und ganz mit dem Stockfisch beschäftigt. »Du musst einen anderen Weg finden, deine Probleme zu lösen. Ich schulde dir keinen Gefallen, und von mir bekommst du nichts.«

Dreizehn

Jetzt, wo er endlich die drei Weisen aus dem Morgenland zum Laufen gebracht hatte, hielt Jón Sívertsen die Zeit für gekommen, sich auf die Suche nach der Jungfrau Maria zu begeben. Während seiner Tätigkeit als Uhrmacher hatte er gehört, dass die Muttergottes über die Jahre hie und da aufgetaucht war, so als zöge sie durch die Stadt. Er erinnerte sich, dass sein Freund Jón Ólafsson, der sich als Gelehrter bei der Arnamagnäanischen Sammlung mit den mittelalterlichen isländischen Handschriften beschäftigte, vor vielen Jahren einmal erzählt hatte, er habe bei einem »guten Freund« in der Sankt Peders Stræde eine Figur gesehen, die womöglich Habrechts Maria sein könnte.

Der Uhrmacher dachte gerne an die Besuche bei seinem Namensvetter auf dem Dachboden der Trinitatis Kirke zurück, wo die Handschriftensammlung nach dem großen Stadtbrand vor einigen Jahrzehnten gelandet war. Man gelangte über den Rundetårn dorthin, und manchmal, wenn Jón von der Uhrmacherei genug hatte, kletterte er hinauf in den runden Turm, um mit seinem Namensvetter zu plaudern und Neuigkeiten von zu Hause auszutauschen, denn der Gelehrte stand in regem Kontakt mit ihren Landsleuten und wusste immer über alles Bescheid.

Bei einem dieser Besuche war Jón, der Gelehrte, der

aus Grunnavík auf Hornstrandir ganz im Nordwesten Islands stammte, ungewöhnlich verdrießlich gestimmt, während er über alten Pergamenten stand und mühevoll versuchte, sie zu entziffern. Dieser kleine und zurückhaltende Mann hatte seinerzeit einiges dazu beigetragen, etliche isländische Handschriften aus dem Feuer zu retten, und er hatte die halbe Saga der Isländer aus dem Gedächtnis aufgeschrieben, nachdem diese Handschrift verbrannt war, aber kaum jemand wusste seine Arbeit zu schätzen. Die Mittel der Arnamagnäanischen Sammlung waren so knapp, dass er nur wenige Lumpen anzuziehen hatte und am Hungerstuch nagte. Der Mann aus Grunnavík trug einen abgetragenen und vielgeflickten Anzug, der von ein paar dünnen Fäden zusammengehalten wurde, und entschuldigte sich für sein Erscheinungsbild, die Geldmittel würden einfach nicht für den Lebensunterhalt reichen und er habe sich schon oft darüber bei der Kommission beschwert. Er wischte die Armut aus seinen Augen und räumte demütig ein, dass er sogar seinen besseren Anzug in einem Pfandhaus auf der Sankt Peders Stræde verpfändet habe, um Mietschulden zu begleichen. Und dort meinte er auch, die Muttergottes gesehen zu haben.

Sie unterhielten sich eine Weile über Island, Jón aus Grunnavík wollte alles Mögliche über das Leben in der Heimat seines Gastes wissen, und Jón Sívertsen erzählte ihm von dem Treffen mit Eggert Ólafsson in seiner Kindheit und dem Uhrwerk in Sauðlauksdalur und wie er über Habrecht gesprochen hatte, und erzählte auch, dass er sich möglicherweise genau deshalb ausgerechnet der Uhrmacherei zugewandt hatte. Im Zuge dieser Unterhaltung erzählte Jón aus Grunnavík von seiner Entdeckung in der Sankt Peders Stræde und den wenigen

Speziestalern, die er für seinen guten Anzug bekommen hatte. Vom Pfandleiher hatte er erfahren, dass die Jungfrau Maria, die dort im Regal stand, aus der Habrechtsuhr stamme. Er behauptete, ein Apothekersohn aus der Nachbarschaft habe die Statuette verpfändet, aber nicht wieder abgeholt.

»Es war ein bemerkenswerter Anblick«, sagte Jón aus Grunnavík, »die heilige Maria. Dort drinnen zwischen all dem gottlosen Plunder. Hast du das von der Kommission gehört?«, fragte er dann, um das Thema zu wechseln. »Sie saßen im Kaffeehaus Mini zusammen und haben sich reichlich gegönnt, hat man mir gesagt. Ein armer Schlucker wie ich wurde natürlich nicht eingeladen. Sie können keine anständigen Gelder bezahlen, aber für teuren Wein und üppige Desserts reicht es natürlich.«

»Nein, davon habe ich nicht gehört«, bekannte Jón Sívertsen.

»Ich habe keine Freude an solchen Treffen, und es ist mir egal, wenn sie ohne mich anstoßen«, sagte Jón aus Grunnavík und zog die Nase hoch. »Darum geht es nicht. Ich will nur meinen Anzug zurück. Um mehr bitte ich gar nicht.«

Sie sprachen noch ein wenig über die verdammte Kommission, und Jón aus Grunnavík beklagte sein Schicksal so sehr, dass Jón Sívertsen ihm ein paar Münzen hinwarf, bevor er wieder durch den runden Turm verschwand. Kurz darauf erfuhr er, dass Jón Ólafsson aus Grunnavík verstorben war, und so erwies er ihm, zusammen mit ein paar wenigen anderen, die letzte Ehre am Rande des Trinitatisfriedhofs.

All das ging Jón Sívertsen durch den Kopf, als er eines Tages beschloss, sich auf gut Glück in der Sankt Peders stræde auf die Spuren der Jungfrau Maria zu begeben, anstatt auf Schloss Christiansborg weiter an der Uhr zu arbeiten. Das Pfandhaus gab es immer noch, aber der Pfandleiher, dem Jón aus Grunnavík seinen Anzug übergeben hatte, war schon vor einer Weile verstorben, und ein anderer hatte übernommen. Der wusste nichts von einer Jungfrau Maria. Jón bat ihn, in den Büchern nachzusehen, wenn er so freundlich wäre, ob dort nicht vielleicht doch irgendwo etwas über die Muttergottes zu finden sei.

Missmutig zog der Mann alte Schuldenbücher hervor und fragte, ob er sich denn zumindest an den Zeitraum erinnere. Im Kopf versuchte Jón Sívertsen auszurechnen, wann er Jón aus Grunnavík auf dem Dachboden getroffen hatte, als er sich damals so über seine Armut beklagt hatte. Der Pfandleiher schlug ein Buch auf und fuhr mit dem Finger über die Zeilen, leckte dann am Finger, blätterte weiter und ging nach und nach die verpfändeten Gegenstände durch, von denen sicherlich viele einmal Isländern in Geldnot gehört hatten, Hüte, Kleider und Kristallgläser, Bücher und Sekretäre, Stühle und Schmuckkästchen. Alle verpfändet, in der Hoffnung auf eine bessere Zeit, die wie immer bald anbrechen sollte. Und wenn nicht, konnte man sich immerhin ein wenig im Porta oder Mini vergnügen.

Der Pfandleiher murmelte etwas und fragte, ob Jón vielleicht in das Pfandhaus im Assistenthus gegangen sei. Doch dann verschwand die mürrische Miene plötzlich aus seinem Gesicht, als er sah, dass sein Vorgänger eine Statuette der Jungfrau Maria eingetragen hatte, in gutem Zustand, verkauft an Martinsen, Jens, Lille Kannikestræde, für eine halbe Krone.

»Das war vor, mal sehen, ja, wie du sagtest, vor etwa

zwanzig Jahren«, sagte der Pfandleiher und blickte von dem Buch auf. »Danach wurde die gnädige Jungfrau, soweit ich weiß, nicht wieder hier gesichtet«, fügte er noch hinzu.

Als Jón sich am Abend wieder vor Habrechts Uhrwerk setzte, war er voller Hoffnung, die Muttergottes doch noch zu finden. Er würde diesen Jens Martinsen aufsuchen, um zu sehen, ob sie vielleicht immer noch in seinem Besitz war, und falls es so sein sollte, ob er sich überreden ließe, sie aus der Hand zu geben.

Jón streckte sich und gähnte, er wollte nach dem langen Arbeitstag gerade nach Hause gehen, als der König plötzlich wieder einmal bei ihm auftauchte. Sein Erscheinungsbild war deutlich besser als während der Krankheit, und er schien sich vollständig erholt zu haben. Er trug ein Nachthemd und eine Schlafmütze auf dem Kopf und fragte Jón, wie es ihm gehe. Der Uhrmacher erzählte ihm, dass er sich mit diesem und jenem herumschlage, doch er habe eine Spur, was den Verbleib der Statuette der Jungfrau Maria angehe. Man habe sie vor Ewigkeiten verpfändet, so unanständig das in den Ohren gottesfürchtiger Menschen auch klingen möge.

»Aha«, sagte Christian VII., als er auf seinem Sessel Platz nahm. Er schwieg und starrte in die Luft. Eine Weile blieb Jón neben ihm stehen, ohne etwas zu sagen.

Doch irgendwann fehlte ihm die Geduld, und er erdreistete sich, den König direkt anzusprechen und zu fragen, ob er etwas für Seine Hoheit tun, ihm vielleicht irgendwelche Fragen zur Uhr beantworten könne.

»Sag mir eins, Sívertsen, Uhrmacher, was waren das für Gesetze des Stóridómur, nach denen dort im hohen

Norden geurteilt wurde?«, wollte der König dann wissen, als gehe die Frage ihm schon seit einer Weile durch den Kopf.

»Sie hatten ihren Ursprung in der mangelnden gesellschaftlichen Moral, Eure Hoheit«, sagte Jón. »Im sechzehnten Jahrhundert soll diese erheblich abgenommen haben, und darauf wollte man reagieren.«

»Und dann wurden besondere Gesetze für Liebeleien beschlossen?«

»Wenn Ihr es so ausdrücken wollt, Majestät. Es wurden ausgesprochen harte Strafen festgelegt, vor allem für Geschlechtsverkehr innerhalb derselben Familie, und in der Hinsicht waren die Gesetze äußerst umfangreich, wenn ich das so sagen darf, Eure Hoheit.«

»Aber sie sollten Inzest zuvorkommen? Ähnlich wie im Gesetzesbuch hier. Um Kindstötungen zu verhindern?«

»Ja, Majestät, um geheime Geburten außerhalb der Ehe zu verhindern und einige andere Dinge, die als unsittlich galten und die Bezirke manchmal sogar viel Geld kosteten. Die Bezirksamtmänner sprachen die Urteile aus, aber manche waren strenger als andere.«

»Und der, den du erwähnt hast... Ólafur...?«

»Er kannte keine Gnade, Majestät. Keine Gnade. Aber im Grunde folgte er den Gesetzen. Das muss man ihm lassen.«

Für eine Weile schwieg der König.

»Was hat dein Vater gemacht, nachdem Gunnar ihn weggeschickt hat?«, fragte er dann und rückte die Schlafmütze zurecht, die zur Seite gerutscht war.

»Er griff ... griff zum letzten Mittel, Eure Hoheit«, sagte Jón. »Was noch Konsequenzen haben sollte.«

Vierzehn

Als Vater und Sohn sich nach einem ihrer Besuche in Sauðlauksdalur mit einem Sack Saatkartoffeln über der Schulter wieder auf den Weg nach Hause machten, stiegen sie an der Talmündung zur Küste hinab, wo das Boot lag, mit dem sie bei der Hinfahrt über den Fjord gerudert waren. Statt direkt zurückzufahren, beschloss Sigurður, weiter ins Innere des Fjords zu rudern, nach Fjörukot, einem ärmlichen kleinen Kotten, der sehr schwer zu bewirtschaften war und höchstens eine Kuh wert, wenn überhaupt. Sie zogen das Boot an Land, und Sigurður warf einen Blick auf den Hof, der verwahrlost und dem Verfall anheimgegeben wirkte. Dort lebte ein Mann namens Þórður, ein unverheirateter Einsiedler, der Sigurður manchmal auf die Haifischjagd begleitete und immer wieder in Geirseyri aushalf, ein fleißiger Mann, zurückhaltend und verschwiegen.

Nachdem er das Boot sicher festgebunden hatte, erklärte Sigurður, er müsse kurz mit Þórður sprechen, und bat Jón, auf ihn zu warten, es würde nicht lange dauern. Dann ging er zu der Hütte, erst etwas zögerlich, als wäre er sich seiner Sache nicht ganz sicher. Doch dann beschleunigte er seinen Schritt, obwohl er, nach seinem Kampf mit dem Hai, immer noch hinkte. Doch sein Entschluss stand fest.

Þórður lag auf seiner Koje in dem dunklen Wohnraum, hielt etwas Grütze in einer flachen Schüssel in der Hand und wunderte sich über den Besuch. Sigurður kam nicht oft bei ihm vorbei, genauso wenig wie andere aus der Gegend. Þórður sah kränklich aus, er habe sich etwas eingefangen und sei erst jetzt endlich aufgestanden, mitten am Tag, um einen Bissen Milchgrütze zu essen, sagte er und schlürfte aus der Schüssel.

Sigurður fragte, ob es denn etwas Ernstes sei, aber Þórður winkte ab, und es war, als würde allein der Besuch ihn schon aufmuntern. Sigurður genoss in der Gegend einen guten Ruf, und Þórður hatte selbst erlebt, dass er seine Leute gut behandelte.

»Wo hast du deinen Jungen gelassen?«, fragte er.

»Jón?«

»Ich habe euch zusammen anlegen sehen. Ist er denn nicht mit hochgekommen?«

»Er wartet beim Boot«, sagte Sigurður. »Ich wollte nicht lange bleiben. Wir waren gerade bei Björn in Sauðlauksdalur«, fügte er hinzu.

»Ach, ihr wart also beim Pfarrer?«

»Ich interessiere mich für seinen Kartoffelanbau«, sagte Sigurður. »Ich habe ein paar Knollen für das Beet bekommen, das ich in Geirseyri angelegt habe. Und ein paar Samen von Rüben und von etwas, das sich Senf nennt, und dann noch Radieschen.«

»Er baut so einiges an Tierfutter an, dort in seinem Tal«, sagte Þórður. »Aber für Menschen ist das nichts, ich habe die Rüben probiert, sie waren nicht gut. Und auch der Kohl ist alles andere als gute Nahrung, außer vielleicht für Kühe.«

»Aller Anbau ist bereichernd, finde ich«, sagte Sigurður.

»Aber darüber wollte ich nicht mit dir sprechen. Ich habe ein anderes Anliegen, das mir schwer auf dem Herzen liegt, und ich weiß nicht, wie ich es überhaupt ansprechen soll. Du kennst doch Guðrún, meine Haushälterin …«

Þórður nickte.

»Sie … sie erwartet ein Kind«, sagte Sigurður. »Mein Kind … und das führt mich hierher. Ich wollte fragen, ob du vielleicht bereit wärst … du musst mir versprechen, es für dich zu behalten. Was ich dich bitten will, für mich, für Guðrún und mich, musst du unbedingt für dich behalten.«

»Ich werde es versuchen«, sagte Þórður.

»Nein, du musst versprechen, dass nie jemand von diesem Gespräch erfahren wird. Egal, was passiert, ob du meiner Bitte entgegenkommst oder nicht. Das musst du mir fest versprechen. Ich muss dir vertrauen können.«

»Es wird unter uns bleiben«, sagte Þórður und wirkte etwas verwundert von so einer unmissverständlichen Forderung. »Du hast mein Wort. Aber machst du dir nicht unnötig … ihr heiratet und bekommt das Kind als Eheleute, nehme ich an.«

»Eine Ehe allein wird nicht ausreichen«, sagte Sigurður. »Das ist keine Lösung. Einar, den ich meinen Sohn genannt habe, hat bereits ein Kind mit ihr, und das gilt als Gesetzesbruch und wird härter geahndet als mit einer bloßen Geldstrafe wegen Unzucht. Das steht unter Todesstrafe.«

Die Koje knarrte, als Þórður sich aufrichtete und auf die Bettkante setzte.

»Den du deinen Sohn genannt hast?«

Sigurður nickte.

»Ach so!«

»Um dir in der Sache die ganze Wahrheit zu sagen, ist Einar tatsächlich nicht mein Sohn«, meinte Sigurður. »Ich habe zugestimmt, ihn als mein Kind anzuerkennen, als Helga und ich geheiratet haben, aber er ist nicht von mir.«

»Du … da erzählst du mir was«, sagte Þórður und konnte seine Verwunderung nur schwer verbergen.

»Kaum jemand weiß davon, aber ich bin nicht Einars Vater, auch wenn ich ihn als meinen Sohn großgezogen und immer so getan habe, als wäre er von mir.«

»Aber … wenn Einar nicht dein Sohn ist, habt ihr doch auch nichts verbrochen«, sagte Þórður. »Das wäre doch ein Grund zur Freude?«

»In unserer Situation wird es schwierig, die Obrigkeit von der wahren Vaterschaft zu überzeugen«, sagte Sigurður. »Ich befürchte, man wird mir nicht glauben. Ich habe nie bestritten, dass Einar mein Sohn ist, und wollte damit den Ruf meiner verstorbenen Helga schützen. Wenn ich die Vaterschaft jetzt leugne, würde es wie eine Ausflucht wirken. Die Einzige, die mir helfen könnte, ist nicht mehr am Leben, und Helgas Vater wird sich damit nicht in Verruf bringen, nehme ich an.«

»Was ist mit Einars eigentlichem Vater? Kannst du nicht mit ihm sprechen?«

»Das habe ich versucht, aber bin nicht weit gekommen … es hat ihn damals sehr gekränkt, dass er Helga nicht heiraten durfte, und er wollte mir nicht helfen. Ich wäre dir verbunden, wenn wir diese Möglichkeit vorerst außer Acht lassen könnten«, sagte Sigurður. »Ich wollte dich bitten, die Vaterschaft für mein Kind mit Guðrún anzuerkennen. Mir ist bewusst, dass es kein kleiner Gefallen ist, und ich werde es dir natürlich angemessen und so gut ich kann vergüten.«

Für eine Weile schwieg Þórður und fragte schließlich, ob er denn etwas Tabak habe. Sigurður zog einen Beutel hervor, den er am Abend zuvor vorbereitet hatte, reichte ihn Þórður und meinte, er könne ihn behalten.

»Ich weiß nicht«, sagte Þórður, stopfte den Tabak in eine abgekaute Pfeife und zündete sie mit dem dumpfen Licht der Lampe neben seinem Bett an.

Sigurður wartete geduldig ab.

»Ich weiß nicht«, sagte Þórður wieder. »Ich würde in jedem Fall auch eine Geldstrafe für Unzucht bekommen.«

»Die übernehme ich«, sagte Sigurður.

Þórður zog an der Pfeife und stieß den Rauch aus.

»Es wird noch mehr kosten«, sagte er.

»Das ist mir bewusst.«

Þórður blickte sich um und sah einen Handschuh, der auf dem Boden lag. Er nahm ihn auf und warf ihn Sigurður zu.

»Du hast Geld«, sagte er. »Fülle den Handschuh bis zu dem Daumen auf, dann kommen wir zusammen.«

Fünfzehn

Jens Martinsen lebte immer noch in der Lille Kannikestræde und empfing Jón Sívertsen eines Nachmittags, er trug einen breiten, buschigen Schnurrbart und hatte einen hässlichen Zwicker auf der Nase. Überhaupt war er eher unansehnlich, und Jón meinte auch, eine Alkoholfahne zu riechen. Jens war Schneider, er betrieb eine Werkstatt im Erdgeschoss eines baufälligen dreistöckigen Hauses und schien auch dort zu leben. Die Werkstatt war dürftig eingerichtet, und ein paar wenige Ballen Stoff lagen unordentlich herum. Martinsen musterte Jón, als wollte er ihm einen Schoßrock oder eine neue Hose schneidern, und hielt das auch für den Grund seines Besuchs.

Jóns wahres Anliegen überraschte ihn, es verwunderte ihn sogar sehr. Er hatte noch nie von dem Uhrmacher Isaak Habrecht oder seinem Uhrwerk im Schloss Christiansborg gehört, erinnerte sich aber sehr wohl an die Figur, die er beim Pfandleiher gekauft hatte.

Wie sich herausstellte, hatte die Jungfrau Maria den Schneider direkt beim ersten Anblick in ihren Bann gezogen. Er habe sie unbedingt mitnehmen wollen, und sei es nur, um sie aus den Krallen des skrupellosen Geschäftsmannes zu befreien, sagte er mit Verachtung in der Stimme. Leider Gottes, wenn er so blasphemisch sein dürfe, sei das Stück nicht mehr in seinen Händen, und so auf die Schnelle könne er gar nicht mehr sagen, wo die Muttergottes hingekommen sei.

»Darf ich nicht anbieten, Maß zu nehmen?«, fragte er dann und hielt bereits das Maßband in der Hand, um es an Jóns Schultern zu halten.

»Nein, danke«, sagte der und meinte, er habe es eilig, er wäre dem Schneider aber sehr verbunden, wenn er ihm irgendeinen Hinweis darauf geben könne, wo die Jungfrau Maria vielleicht zu finden sei.

»Wurdest du vom Palast geschickt?«, fragte Martinsen.

»Man kann sagen, dass ich dort tätig bin, ja. Im Schloss Christiansborg wären viele sehr dankbar, wenn du mir sagen könntest, was mit der Jungfrau Maria passiert ist.«

»Wäre sie denn von Wert? Ich meine, in Geld gemessen?«, fragte der Schneider.

»Das ist nicht ausgeschlossen«, sagte Jón, auch wenn er darüber nichts Genaueres wusste.

Martinsen blieb felsenfest dabei, er wisse nicht, wo die Marienfigur jetzt sei, auch wenn Jón bezweifelte, dass das stimmte. Doch so verblieben sie, und Jón Sívertsen ging die Kannikestræde weiter und betrat das Lille Apotek, ein beliebtes Restaurant in der Straße, nicht weit von den Studentenwohnheimen, und bestellte sich ein Bier.

Der Gastwirt war gesprächig, und Jón erzählte ihm von seinem Besuch beim Schneider. Der Wirt kannte ihn, hatte aber nicht viel Gutes über ihn zu erzählen, nein, ganz im Gegenteil. Jón erfuhr, dass Jens Martinsen vor vielen Jahren seine Frau verloren habe, Kinder hätten sie keine gehabt. In seiner Werkstatt in der Lille

Kannikestræde habe es gebrannt, vermutlich durch eine Unachtsamkeit mit einer Kerze, die Nachbarn hätten jedenfalls behauptet, der Schneider sei betrunken gewesen. Auf Jóns Nachfrage erzählte der Wirt, wie miserabel Jens Martinsens Geschäft laufe. Seit dem Brand trinke er noch mehr als zuvor und verspiele seine wenigen Einnahmen sofort wieder. Außerdem sei er ein reger Gast im Freudenhaus in der Holmensgade, und wenn das Geld nicht reiche, verpfände er immer wieder etwas aus seinem Besitz.

»Wir lassen ihn nicht mehr hier anschreiben«, sagte der Wirt aufgebracht. »Er schuldet uns ein Vermögen. Hat versucht, uns irgendwelchen Krempel anzudrehen, aber da ist er bei uns an der falschen Adresse.«

»Er muss bei dem Brand viel von seinem Besitz verloren haben«, sagte Jón und dachte an die Marienfigur.

»Ja, das hat ihm natürlich nicht geholfen«, sagte der Wirt.

»Hat er euch jemals eine Marienfigur zum Verkauf angeboten?«, fragte Jón.

»Das weiß ich nicht mehr«, antwortete der Wirt. »Gut möglich.«

Gegen Abend war Jón gerade damit beschäftigt, die Psalmenglocken der Habrechtsuhr zu polieren, als der König zu ihm kam, um sich zu erkundigen, wie er denn vorankomme. Die Glocken hatte Jón so gut wie möglich repariert, hatte die Dellen ausgebeult, neue Befestigungen unter dem Dach der Uhr angebracht und versucht zu verstehen, wie der Anschlag mit der vollen Stunde verknüpft werden musste, damit der vergessene Psalm erklang. Leider war es ihm nicht gelungen, die Spieluhr herzurichten, die den Glockenklang steuerte. Sie schien völlig kaputt zu sein, und Jón wusste nicht weiter. Schlimmstenfalls müsste er eine neue Spieluhr bauen, aber damit kannte er sich nicht wirklich gut aus.

Das alles erzählte Jón seinem König, der versprach, sich nach Spieluhrenbauern umzuhören. Der König sah aus, als komme er von einem Ausritt, hatte eine Gerte dabei, trug hohe Stiefel und roch nach verschwitzten Pferden. Er wirkte müde, wie er so in seinem Sessel saß, und schwieg lange.

»Und die Muttergottes?«, fragte er schließlich. »Wie läuft das Unterfangen, sie aufzuspüren?«

»Mühsam, Eure Hoheit«, sagte Jón geradeheraus. »Ich werde es aber weiter versuchen.«

»Vielleicht kannst du eine neue anfertigen.«

»Das wäre natürlich möglich, Eure Hoheit, aber am besten wäre es, die ursprünglichen Teile wiederzubekommen, wenn das irgendwie geht.«

Der König nickte zustimmend und gab Jón dann ein Zeichen, er solle sich durch seine Anwesenheit nicht bei der Arbeit stören lassen. Jón wandte sich also wieder dem Polieren der Glocken zu, und als er sich erdreistete, einen Blick auf den König zu werfen, war dieser bereits in das Land der Träume hinübergewechselt. Jón versuchte, so leise wie möglich zu arbeiten, und schon kurz darauf erklang aus der Richtung des Herrschers nur noch lautes Schnarchen.

Jón unterbrach seine Arbeit und fand in der Sammlung eine Decke, die er sich erlaubte, vorsichtig über den König zu breiten. Sein Kopf war zur Seite gerutscht, und Jón holte eine weitere Decke, die er zusammenfaltete, um den Kopf abzustützen und es Seiner Majestät etwas bequemer zu machen.

Dann machte sich Jón Sívertsen wieder an die Arbeit und tat, als sei nichts gewesen. Wie so oft, wenn er abends an der Uhr arbeitete und im Palast Stille einkehrte, reiste er schon bald in Gedanken zurück nach Geirseyri. Das Leben war ein ewiger Kampf, und er hatte immer seine Pflicht getan, auch wenn ihm manchmal nachgesagt wurde, ein Träumer zu sein. Er erinnerte sich nicht, jemals wegen Müßiggang oder Unzuverlässigkeit gemaßregelt worden zu sein, bis auf dieses eine Mal, als er für sich selbst die Theorie der Bewohner von Melanes über die Gestalt der Erde widerlegen wollte. Während eines Besuchs bei der Familie seiner Mutter in Hænuvík war er an einem sonnigen und wolkenlosen Tag einfach losgeritten und erst spätabends wieder zurückgekommen. Als man ihn fragte, wo er denn so lange gewesen sei, meinte Jón, er habe den Tag ganz oben auf den Klippen von Látrabjarg verbracht und dort mit eigenen Augen gesehen, wie die Erdkugel sich krümmte.

Sechzehn

Eines Tages ging Sigurður an der Küste entlang Richtung Westen und bemerkte an der Mündung der Hlíðardalsá ein Ruderboot, das jemand an Land gezogen hatte. Ein solches Boot hatte er schon einmal gesehen, und er ahnte, wem es gehörte. Am Vorabend hatte Guðrún gemeint, einen französischen Dogger auf dem Fjord gesehen zu haben. Von der Küste aus konnte Sigurður das Schiff nicht mehr ausmachen, aber es war sicherlich gekommen, um in den Fischgründen auf dem offenen Meer zu fischen, und trieb nicht weit entfernt ruhig dahin. Dieses Boot gehörte vermutlich zu dem Schiff, auch wenn es außer den Rudern keine Hinweise darauf gab, dass jemand damit unterwegs war. Als Sigurður aber den Bach hochblickte, meinte er, die Spuren von mindestens zwei Männern zu sehen, die noch vor Kurzem dort entlanggegangen waren.

Er beschloss, den Spuren zu folgen, und seine Sinne waren geschärft. Seiner Erfahrung nach verhießen derartige Bootsfunde meist nichts Gutes. Die Fußabdrücke waren deutlich zu sehen, und Sigurður folgte ihnen die Felsen hinauf, wo er ein paar Schafe antraf, die bei seinem Anblick erschraken und den Hang hinaufrannten. Er erkannte seine eigenen Schafe in der Herde und meinte, auch welche von dem Bauern aus Krossadalur zu sehen.

Er hatte schon öfter französische Seeleute verscheuchen müssen, wenn sie sich zu sehr breitmachten. Einmal hatte er aber auch schon dabei geholfen, sie zu retten, als ein starker Sturm aufkam und sie bei Látrabjarg in Seenot gerieten. In der Gegend sprach sich schnell herum, dass ein Schiff mitsamt der Besatzung bei den Klippen angespült worden war, und Sigurður machte sich trotz heftigen Sturms und wilden Schneefalls mit einigen erfahrenen Eiersammlern auf den Weg, die es gewohnt waren, in die Vogelfelsen zu klettern. Mit Mühe und Not schafften sie es die hohen Klippen hinunter, und irgendwie war Gott ihnen gnädig und es gelang ihnen, ein Seil zu dem Schiffswrack zu werfen und drei Männer zu retten, bevor es zerbrach und die restliche Besatzung ertrank. Einer der Männer, den sie zu sich holen konnten, hatte einen schweren Schlag auf den Kopf bekommen und verstarb noch vor Ort, aber die anderen beiden konnten sie nach Breiðavík bringen. Das Schiff zerbarst an den Klippen, und schon bald war nichts mehr davon zu sehen. In den darauffolgenden Tagen und sogar Wochen wurden immer wieder übel zugerichtete Leichen bei den Bauern der Gegend an Land gespült – und auch ein paar nützliche Gegenstände. So kam Sigurður etwa zu einem Schnapsfass und einer französischen Hose mit Saum aus einem hochwertigen Stoff, die ihm ganz gut passte und die er manchmal zu besonderen Anlässen trug.

Er folgte der Spur den Hang hinauf und war noch nicht weit gegangen, als er meinte, Menschen zu hören. Also legte er sich ins Gras und kroch weiter, bis er in einer Gletschermulde zwei Fischer sah, die ein Schaf mit zwei Lämmern gefangen hatten. Eines der Lämmer hatten sie bereits aufgeschnitten, es blutete gerade aus. Das andere wollte einer der Fischer ebenfalls töten, als Sigurður aufsprang und rief, sie sollten sofort damit aufhören.

Die Männer erschraken sehr, als sie ihn hörten, blickten auf und sahen Sigurður, der wütend vor ihnen stand. Plötzlich zog einer von ihnen eine Pistole aus seiner Jacke, richtete sie auf Sigurður und rief etwas in seiner Sprache. Sigurður war die Situation nicht geheuer, und er wich zurück. Das Mutterschaf rannte weg, blieb aber nicht weit entfernt stehen und blökte klagend den Lämmern zu. Das noch lebende Lamm konnte sich schließlich aus dem Griff des Fischers befreien und rannte zu seiner Mutter. Zusammen eilten sie den Hang hinab und waren schon bald aus dem Blickfeld verschwunden.

Der andere Franzose nahm das Lamm, das er aufgeschlitzt hatte, sagte etwas zu seinem Kumpel, und zusammen kletterten sie aus der Mulde und vorbei an Sigurður, um den Weg zurückzugehen, den sie gekommen waren. Sigurður beobachtete sie und redete ihnen ruhig zu, befahl ihnen, das Lamm zurückzulassen, dann könnten sie verschwinden, es gehe ihm nur um das Tier. Sie antworteten etwas, das er nicht verstand, und redeten miteinander, während sie sich rückwärts von ihm entfernten und zu ihrem Boot bewegten. Die ganze Zeit hielt der Seemann die Waffe auf Sigurður gerichtet, doch er folgte ihnen weiter, achtete aber stets darauf, einen guten Abstand zu dem Lauf der Pistole zu bewahren.

Einer der Männer ging voran, er war um die fünfzig und hatte einen dichten Backenbart. Er war es auch, der die Waffe auf Sigurður richtete und ihm unverständliche Befehle zurief. Der andere Fischer war jünger, so um die zwanzig, und sah Sigurður mit unschuldigem Blick an, während er das gestohlene blutige Lamm im Arm hielt.

Sigurður hatte schon früher einmal Fischer verjagt, die an Land gekommen waren, um sich frisches Fleisch zu holen, weil sie das gesalzene Zeug an Bord satthatten, aber am liebsten nicht dafür bezahlen wollten. Doch noch nie hatte jemand eine Waffe auf ihn gerichtet.

Der bärtige Mann rief Sigurður immer noch Dinge zu, sicherlich etwas, das ihn vertreiben sollte. Er wedelte mit der Pistole und hielt den Finger am Abzug. Sigurður hatte nicht vor, sich zu ergeben, doch ihm blieb nur die Hoffnung, dass der Franzose kein guter Schütze war. Er redete ihnen weiter ruhig zu und versuchte mithilfe von Gesten zu erklären, sie sollten das Lamm zurücklassen, mehr wolle er gar nicht. Doch die beiden Männer gingen nicht darauf ein.

Beim Boot angekommen, hatte sich Sigurður den Männern bis auf wenige Schritte genähert. Plötzlich warf der jüngere der beiden das Lamm schnell ins Boot, und begann, es ins Wasser zu schieben. Der ältere Fischer sah ihm dabei zu, und als er kurz den Blick von Sigurður abwandte, sprang dieser vor, um sich auf ihn zu werfen. Ohne zu zögern, feuerte der Franzose die Pistole ab. Sigurður zuckte zusammen und erwartete, die Kugel in der Brust zu spüren, aber nichts passierte. Beide Männer starrten verblüfft auf die Pistole. Der Schuss war nicht losgegangen. In der Aufregung drückte der Franzose noch einmal ab, aber es war genau wie davor auch. Endlich kam Sigurður wieder zu Sinnen und rannte auf ihn zu, packte die Pistole, warf sie weg und schlug fest auf den Fischer ein, bis dieser zusammenbrach. Schnell watete Sigurður zu dem Boot, das bereits auf dem Wasser war, packte das Lamm und ging damit an Land. In der Zwischenzeit war der ältere Fischer aufgestanden, er wich vor ihm zurück und ging langsam zum Boot. Sigurður sah den beiden hinterher, als sie auf den Fjord hinausruderten, und hörte sie ab und zu fluchen, bis sie aus seinem Blickfeld verschwanden.

Er sah die Pistole neben einem Stein, ein gutes Stück, wie es schien, auch wenn sie Gott sei Dank im entscheidenden Moment nicht funktioniert hatte. Er nahm an, dass man solche Pistolen bei der französischen Marine benutzte. Sie war ein handwerkliches Meisterwerk, mit einem schön geschnitzten Holzgriff, und als er sie aufnahm und ohne lange Überlegung den Abzug drückte, löste sich der Schuss, und er hörte das Sausen der Kugel, als sie an seinem Kopf vorbeistreifte.

Seitdem bewahrte Sigurður die Pistole stolz bei sich zu Hause auf und zeigte sie Gästen, wenn er von seiner Auseinandersetzung mit den französischen Fischern erzählte.

Bald sprach sich die Sache herum, und immer wieder kamen Leute nach Geirseyri, um die Geschichte von der Begegnung mit den Franzosen zu hören und die geschnitzte Marinepistole zu bewundern, denn so etwas bekam man in ihrer abgeschiedenen Gegend nicht oft zu sehen. Schon bald kam auch Ólafur aus Hagi einmal zufällig bei ihm vorbei und erlaubte sich, in voller Uniform die Wohnstube zu betreten. Er erklärte, von der Auseinandersetzung Sigurðurs mit den französischen Fischern gehört zu haben, und fragte, ob er in der Sache weitere Schritte unternehmen wolle. Sigurður schüttelte den Kopf und meinte, er kenne die beiden Männer nicht, ihr Schiff habe er nie gesehen und außerdem sei es ihm ja gelungen, sich das Lamm zurückzuholen. Er habe es selbst verarbeitet, also sei der Schaden auch nicht allzu groß gewesen.

»Sie sind unverschämt, diese verdammten Franzosen«, sagte Ólafur. »Gehen einfach so an Land und klauen sich unsere Schafe.«

»Es geht ihnen um das frische Fleisch«, sagte Sigurður, als könnte er das Bedürfnis der ausländischen Schafdiebe in gewisser Hinsicht nachvollziehen.

»Ich habe gehört, dass du jetzt eine französische Pistole besitzt«, sagte der Bezirksamtmann und schnäuzte sich auf den Boden.

Sigurður holte die Waffe, und Ólafur besah sie sich eine Weile und fragte schließlich, was er gedenke, dafür zu verlangen. Sigurður meinte, sie stehe nicht zum Verkauf, er wolle sie behalten. Ólafur versuchte noch, mit ihm zu diskutieren, aber Sigurður blieb eisern, was Ólafur gar nicht gefiel. Er hätte Sigurður für einen besseren Geschäftsmann gehalten, meinte er. Aber gut … Er sei bereit, ordentlich Geld für den französischen Schießknüppel zu bezahlen, und wenn Sigurður seine Meinung einmal ändern solle, dürfe er gerne Bescheid sagen.

In dem Moment kam Guðrún zu ihnen und sah die Unreinlichkeit, die der Bezirksamtmann auf dem Boden hinterlassen hatte.

»Das ist doch keine Art«, sagte sie, aber der Bezirksamtmann lachte nur und wurde darauf aufmerksam, dass der Bauch der Haushälterin ziemlich rund geworden war.

»Darf ich gratulieren?«, fragte er. »Du hast dich also nicht verändert. Lebst deine Lüsternheit aus, wie es dir passt. Oder wurde eine Hochzeit gehalten, von der ich nichts weiß?«

Guðrún murmelte wütend etwas Unverständliches vor sich hin und ging hinaus.

»Hast du sie etwa geschwängert?«, fragte der Bezirksamtmann und sah Sigurður an.

»Nein«, sagte er.

»Wer ist der Vater?«, fragte Ólafur. »Weißt du das?«

»Ja, das ist bekannt«, sagte Sigurður. »Þórður aus Fjörukot.«

Siebzehn

Jón Sívertsen schielte hinüber zu seinem König und war sich nicht sicher, wie viel er von der Erzählung überhaupt mitbekommen hatte. Der König war wach geworden und saß noch in seinen Reitsachen im Sessel. Er hatte einen Moment gebraucht, um sich darüber klar zu werden, wo er war, bevor er Jón bat, mit der Geschichte vom Leben am nördlichen Breiðafjörður fortzufahren. Jetzt schien es, als wäre er wieder eingenickt, und um sich zu vergewissern, schlug Jón vorsichtig mit einem Stift gegen eine der Psalmenglocken. Der König öffnete sofort die Augen und fragte, was das für ein Lärm sei.

»Verzeiht, Eure Hoheit, aber ich bin an eine der Glocken gekommen«, sagte Jón. »Ich hoffe, ich habe Euch damit nicht geweckt.«

»Ich sollte ins Bett gehen«, sagte der König müde. »Dein Vater hat den französischen Fischern also nichts durchgehen lassen.«

»Er ließ sich nicht so einfach bestehlen«, sagte Jón.

»Willst du damit etwa sagen, dass ich das tue?«, fragte der König, als habe die Sache mit ihm zu tun.

»Das wäre mir nie in den Sinn gekommen, Eure Hoheit«, sagte Jón schnell und wunderte sich, wie der König seine Worte so falsch auffassen konnte.

Der König murmelte etwas, das Jón nicht verstand.

»Da hat dein Vater den Bezirksamtmann also angelogen«, sagte er dann.

»Ja, Eure Hoheit, das hat er«, gab Jón zu. »In Wahrheit war das Kind von ihm, Majestät.«

»Aber er hat einen anderen Mann dazu gebracht, sich zu der Vaterschaft zu bekennen?«

»Das war aus der Not geboren, Eure Hoheit, wie ich erklärt habe. Er wusste, niemand würde ihm glauben, dass er nicht Einars Vater war, und wollte verhindern, dass der Bezirksamtmann dachte, er wäre der Vater des Kindes, das Guðrún unter dem Herzen trug. Denn dann hätte man gedacht, er hätte mit der Kindsmutter seines Sohnes geschlafen und damit eine Straftat begangen, die mit der Todesstrafe geahndet wurde. Es hätte ihrer beider Ende bedeutet.«

Der König schlug mit der Gerte in seine Hand.

»Er hat sich lediglich der falschen Vaterschaft schuldig gemacht, als er Þórður überredet hat, das Kind anzuerkennen, Majestät«, sagte Jón.

»Das ist deine Version der Geschichte«, sagte der König. »So willst du es sehen.«

»Mit Verlaub, aber ich versuche, so wahrheitsgetreu wie möglich zu erzählen, Eure Hoheit.«

»Ja, aber ich weiß nicht, warum ich das alles glauben sollte«, wiederholte der König das, was er auch bei einem früheren Gespräch bereits einmal angemerkt hatte.

»Ihr habt nur mein Wort, Majestät«, sagte Jón. »Das stimmt.«

»Vielleicht sollte ich mehr Kriegsschiffe in den Norden schicken«, sagte der König und erwähnte erneut, wie müde er sei. Er stand auf und wankte ein wenig, sodass Jón sich beherrschen musste, nicht sofort aufzustehen, um ihn zu stützen. Ihn hielt nur zurück, dass es ihm unangemessen erschien, seinen König zu berühren. »Um diese Diebe zu verscheuchen«, sagte Christian VII. und kam wieder ins Gleichgewicht. »Diese Fischgründe gehören uns. Wir müssen sie verteidigen.«

Der König stand lange schweigend vor den Einzelteilen der Uhr, in seinen hohen Reitstiefeln und mit der Gerte in der Hand, etwas aus dem Gleichgewicht, vielleicht wie das dänische Reich insgesamt. Trotz allem trug er immer noch dessen Krone, auch wenn man sich erzählte, er besitze die Macht nur noch auf dem Papier. Dort stand er also, stöhnte und seufzte, müde nach dem Ausritt und der Geschichte von den französischen Fischern, besah sich die Teile der Uhr und fragte, wie es Alleinherrschern zusteht:

»Was ist die Zeit?«

Es wäre eine Lüge zu behaupten, dass Jón Sívertsen noch nie über diese Frage nachgedacht hätte, wo er doch viele Stunden seines Lebens damit verbracht hatte, die Messgeräte der Zeit zu untersuchen. Er hatte sie gebaut oder repariert und wieder zum Laufen gebracht, wenn sie stehen geblieben waren, das Uhrwerk anders eingestellt, wenn die Zeit zu langsam oder zu schnell verging, oder sie auseinandergenommen und wieder neu zusammengebaut, wie er es gerade mit der Habrechtsuhr tat. Aber die Frage nach dem Phänomen an sich war eine ganz andere Sache und viel schwieriger zu beantworten, weshalb er nicht wusste, was er sagen sollte, als der König sie so beiläufig in den Raum stellte.

Sein Lehrmeister hatte ihm von den Theorien Aristoteles' über das Zusammenspiel von Vergangenheit, Gegenwart und Zukunft erzählt. Dass die Zeit weder

Anfang noch Ende habe, aber Veränderungen aufzeige, und es ohne diese Veränderungen keine Zeit gäbe. Der Kirchenvater Augustinus behauptete, Gott habe die Zeit zusammen mit der Welt erschaffen, vor der Schöpfung habe es demnach keine Zeit gegeben. Im Buch Mose steht, der Allmächtige habe zuerst Himmel und Erde geschaffen und an den darauffolgenden sechs Tagen weitergearbeitet, bevor er am siebten Tag ruhte. Das war die erste Zeitmessung. Aber was war ein Tag im Reich Gottes? Waren es dürftige vierundzwanzig Stunden? Und hatte jede Stunde sechzig Minuten? Oder dauerte ein Bruchteil einer Sekunde vielleicht Tausende Jahre? Eine Stunde eine Ewigkeit gefolgt von einer weiteren Ewigkeit? Sein Meister hatte gesagt, die Zeit sei nicht von Bedeutung gewesen, bis der Mensch angefangen habe, sie zu messen, sie in kleinere Einheiten zu unterteilen, um sie in Form der Zeitrechnung zu fassen zu bekommen. Die Maßeinheiten der Zeit seien ganz und gar menschengemacht, seit die Chinesen angefangen hätten, Sonnenuhren zu benutzen. Aber könnte man wirklich jemals herausfinden, was die Zeit eigentlich war?

»Das ist nicht so leicht zu beantworten, Majestät«, sagte Jón Sívertsen.

»Ach?«

»Nein, darüber gibt es sogar Uneinigkeiten, Eure Hoheit.«

»Was meinst du? Was für Uneinigkeiten?«

»Ja, dazu gibt es verschiedene Theorien, Majestät«, sagte Jón und wollte beginnen, das zu erläutern.

»Theorien?«, unterbrach ihn der König verblüfft. »Gibt es Theorien dazu?«

»Ja, Majestät, manche gehen sogar auf das Buch Mose

oder das antike Griechenland zurück und reichen bis in unsere Zeit.«

Der König starrte Jón an, und konnte ihm offensichtlich nicht ganz folgen.

»Wovon redest du?«

»Eure Hoheit, Ihr habt nach der Zeit gefragt?«

»Ich wollte nur wissen, wie spät es ist«, sagte der dänische König. »Welche Uhrzeit wir haben. Kannst du mir das nicht beantworten?«

»Selbstverständlich, Majestät, sie ist im letzten Viertel der zehnten Stunde«, antwortete Jón, als er verstand, dass die Frage kein Kopfzerbrechen über die Geschichte und Bedeutung der Zeit von ihm verlangte. »Schon ziemlich spät, Majestät.«

»Vielen Dank«, sagte der König.

Er sah sich in der Sammlung um, und sein Blick fiel auf einige Büsten seiner Vorgänger auf dem Thron, die auf einem Tisch den Staub anzogen. Darunter war auch eine von seinem Vater Friedrich. Der König besah sich lange sein Gesicht, bevor er einen dreckigen Lappen von Jóns Arbeitstisch nahm und ihn über die Büste legte.

»Ich mochte ihn nie«, flüsterte der König Jón zu, als er an ihm vorbei aus dem Raum ging. »Und er mich auch nicht.«

Jón blieb zurück und arbeitete noch ein wenig an den Psalmenglocken. Er dachte über den König nach und seinen Vater und schließlich auch über die Frage zur Zeit, die ihn soeben in Erklärungsnot gebracht hatte. Wie gerne hätte er den Dichter in Sauðlauksdalur gefragt, der ihn angespornt hatte, neugierig zu sein, nach Wissen zu streben und in anderen Größenordnungen zu denken als Dorschköpfen und dem Wert einer Kuh. Er hätte gerne gewusst, was Eggert über die Zeit gesagt hätte. Vielleicht, dass sie nicht immer gleich war. Dass manche zu wenig davon bekamen, während andere das Gefühl hatten, sie würde nie vergehen.

Doch er meinte leider zu wissen, was der Dichter geantwortet hätte.

Dass sie zu kurz sei.

Achtzehn

Letzten Endes hatte Guðrún die Situation akzeptiert. Sie war nicht zufrieden damit, aber hatte genau wie Sigurður keinen anderen Weg aus der Zwickmühle gesehen und ihm erlaubt, mit Þórður zu sprechen. Engeren Kontakt hatte sie nie mit ihm gehabt, aber sie kannte ihn wie die anderen Nachbarn in der Gegend auch und wusste, dass es nicht völlig aus der Luft gegriffen war, zu ihm zu gehen.

Þórður war ein Einsiedler und hatte nie geheiratet, aber immer wieder auf anderen Höfen gearbeitet, bis er sich in Fjörukot niedergelassen hatte. Eigentlich hätte er sich gerne eine Frau gesucht, um den kleinen Hof mit ihr zusammen zu bewirtschaften. Doch dazu war es nie gekommen. Er war ein harmloses Geschöpf und hatte bereits ein uneheliches Kind, das mit seiner Mutter auf einem Hof bei Rauðisandur lebte. Man erzählte sich, er habe ein Auge auf eine Arbeiterin aus Tálknafjörður geworfen, sei aber sofort abgewiesen worden. Mehr wusste Guðrún nicht über seine Frauengeschichten, nur, dass Þórður jetzt vorgeben würde, sie geschwängert zu haben.

Sigurður und sie versuchten nicht, es geheim zu halten. Ganz im Gegenteil. Eines Tages ruderte Guðrún zu Þórðurs Kotten und kam unterwegs an einem anderen Hof vorbei. Sie plauderte dort mit den Bewohnern und erzählte ihnen, wohin sie unterwegs sei. Sie habe Þórður ein paar Sachen zum Anziehen gemacht. In der Gegend war sie als gute Näherin bekannt, und man suchte sie oft deswegen auf, sogar die Pfarrersfrau aus Sauðlauksdalur hatte kürzlich bei ihr einen Talar mit vergoldeten Silberschnallen in Auftrag gegeben, der ein erstklassiges Kleidungsstück geworden war. Die Leute sahen also, wie sie mit den Sachen zu Þórður nach Fjörukot spazierte und wussten, dass es dafür einen Grund geben musste. Schon kurz darauf sprach sich in der Gegend herum, was Guðrún erzählte hatte, nämlich dass Þórður und sie sich in letzter Zeit nähergekommen waren.

Þórður wurde ziemlich verlegen, als sie in seiner kleinen Hütte auftauchte. Sigurður hatte erwähnt, dass er mit einem Besuch rechnen könne, als er ihm den bis zum Daumen gefüllten Handschuh gebracht hatte. Als er Guðrún die Küste entlangkommen sah, räumte er noch schnell ein wenig auf und bat sie, in der Wohnstube Platz zu nehmen. Dort saß sie dann mit den Händen im Schoß für etwa zwei Stunden und versuchte, nicht zu sehr auf den Spucknapf zu starren und möglichst wenig von dem Gestank des Hais einzuatmen, der vom Dachgiebel hing.

Sie unterhielten sich kurz über das Wetter und den Weg, höfliches Geplauder, bis Guðrún ihr eigentliches Anliegen ansprach und meinte, sie sollten sich ein wenig absprechen, falls sie vor der Geburt des Kindes Fragen beantworten müssten. Þórður stimmte ihr zu, und sie erfanden eine Geschichte, wie sie sich nähergekommen waren, dass es ganz plötzlich passiert wäre, ein weiteres Zusammenleben für sie aber nicht infrage käme. Guðrún gab vor, wie sie sich das alles dachte, und Þórður schien ihr gut folgen zu können, dann schwiegen sie eine Weile, bis Guðrún das Gefühl hatte, lange genug geblieben zu sein. Dann machte sie sich bereit zu gehen. Þórður stand ebenfalls auf.

»Du hättest nicht unbedingt kommen müssen«, sagte er. »Es reicht, wenn ich sage, dass ich der Vater des Kindes bin.«

»Wir wollten es so machen«, sagte Guðrún.

»Du kannst mir vertrauen«, sagte Þórður. »Ihr beide. Sigurður und du, ihr könnt mir vertrauen.«

»Das will ich hoffen«, sagte Guðrún schnell, schließlich wusste sie um den Handschuh. Doch dann hatte sie das Gefühl, nicht genug Dankbarkeit gezeigt zu haben, und sie fügte hinzu: »Danke dir für alles. Du hilfst uns sehr.«

»Nichts zu danken«, sagte Þórður. »Es ist wahrscheinlich angebracht, dass ich in Geirseyri vorbeikomme, wenn das Kind auf der Welt ist, und sei es nur für dieses eine Mal? Nachdem ihr das so haben wollt?«

»Mach das, wenn du willst, du bist bei uns immer willkommen«, sagte Guðrún.

Damit verabschiedeten sie sich.

Am Abend erzählte sie Sigurður von dem Besuch, während sie sich im Bett an ihn schmiegte, wie an jenem Abend, als er vom Haifang zurückgekommen war. Oft musste sie an den Augenblick denken, als er ihr in der Tür in die Arme gefallen war und sie sich zu ihm unter die Decke gelegt hatte. Beim Anblick der offenen Wunde am Fuß war ihr der Ernst der Lage sofort bewusst geworden. Er hatte gezittert wie Espenlaub, als sie die Wunde gesäubert und mit ihrer besten Nähnadel und dem feinen Seidenfaden von der Pfarrersfrau die zwei größten Schnitte zugenäht hatte. Sie hatte Bergkräuter in Milch zu einer Salbe eingekocht, mit der sie die Wunde eingerieben und schließlich verbunden hatte. Danach hatte sie sich vollständig ausgezogen und ganz nah an seinen nackten Körper geschmiegt und ihn warmgerieben, bis es ihm langsam besser ging.

Er hatte beobachtet, wie sie schnell und gefasst zur Tat geschritten war, als wäre nichts dabei, und als seine Zähne aufhörten zu klappern, schilderte er ihr die Erlebnisse von Anfang bis Ende. Seine größte Angst sei gewesen, nicht mehr von dem Eis herunterzukommen und auf das offene Meer hinauszutreiben. Er erzählte ihr, dass er einmal von einem Mann aus Strandir gehört habe, der auf dem Treibeis festgesessen und panisch auf der Eisscholle hin und her gerannt sei, bis er am Horizont aus dem Blickfeld der Menschen verschwand. Er hatte nicht dasselbe Schicksal erleiden wollen und lieber sein Glück versucht, an Land zu kommen. Sie spürte, wie die Kälte nach und nach aus seinem Körper wich und das Zittern weniger wurde, bis es ganz aufhörte und Sigurður einschlief.

Jetzt lag sie nach dem Besuch bei Þórður neben ihm und überlegte, ob sie es eines Tages bereuen würde, nach Geirseyri gekommen zu sein. Sie hatte Sigurður nur als den Großvater ihres Kindes gekannt, aber er hatte sie und seinen Enkel gut aufgenommen und versucht, ihnen die Ankunft in dem neuen Zuhause so angenehm wie möglich zu gestalten. Mit der Zeit lernte sie ihn als sanftmütigen und gutherzigen Hausherrn kennen, der von seinem Umfeld sehr geschätzt wurde. Er war einer der Fortschrittsdenker in der Gegend, baute wie Björn in Sauðlauksdalur Gemüse an und glaubte an all die Neuheiten, für die der Pfarrer und der Dichter Eggert eintraten und die der Bevölkerung nützlich sein sollten. Sie interessierte sich sehr für die spannenden Entwicklungen und half ihm dabei, in Geirseyri ein Beet für Experimente im Gemüseanbau anzulegen.

Als er ihr nach den Strapazen auf dem Eis erklärte, wie es um Einars Vaterschaft stand, und meinte, ihr die Wahrheit erzählen zu wollen, damit keine Geheimnisse zwischen ihnen stünden, glaubte sie ihm sofort und zweifelte seine Aussagen nie an. Sie hatte sein Interesse an ihr bemerkt, so unbeholfen und schüchtern, wie der Bauer in Geirseyri sonst war, und ihm klargemacht, dass zwischen ihnen nie etwas sein könne. Da sie ein Kind mit Einar hatte, wusste sie, dass eine körperliche Beziehung zu seinem Vater sie selbst und auch ihn das Leben kosten könnte.

Sigurður's Geständnis ließ die Sache jedoch in einem neuen Licht erscheinen. Sie teilte ihm mit, wie viel es ihr bedeute, die Wahrheit zu hören, und dass er ihr vertrauen könne, sie würde das Geheimnis bewahren. Sie fragte aber, ob es nicht an der Zeit sei, Einar über die Situation aufzuklären, er habe ein Recht zu erfahren, wer sein richtiger Vater sei. Sigurður meinte, er habe das schon lange tun wollen, aber Helgas warnende Worte, dass ihr Leben auf einer Lüge aufbaue und die falsche Vaterschaft schlimme Folgen haben könne, seien ihm nie aus dem Kopf gegangen, und er habe sich nie getraut, jemandem davon zu erzählen. Doch er wolle versuchen, es wiedergutzumachen. Kurz nach der Reise über die Hochebene zu Gunnar setzte er sich mit Einar zusammen und erzählte ihm alles über ihn und Helga und wie es dazu gekommen war, dass Sigurður sich als sein Vater habe eintragen lassen. Einar brauchte ein wenig, um zu verstehen, was die Information für ihn bedeutete, und Sigurður machte sich Sorgen, wie er reagieren würde. Einar war erstaunt, von seinem wahren Vater zu erfahren, und stellte viele Fragen, die Sigurður so gut wie möglich zu beantworten versuchte, vor allem die zur einstigen Beziehung zwischen Helga und Gunnar. Einar meinte, er hätte im Leben nicht mit so einer Nachricht gerechnet. Mit Gunnar hatte er bisher noch nie zu tun gehabt, und Sigurður erzählte ihm von seinem Besuch bei ihm in Tálknafjörður und dass Gunnar entschieden abgestritten habe, Einars Vater zu sein, und nichts mit ihm zu tun haben wolle. Im Großen und Ganzen nahm Einar die Nachricht mit einer Gelassenheit auf, die Sigurður auch von seiner Mutter gekannt hatte. Meinte, es würde nichts an ihrer Beziehung zueinander ändern. Sigurður könne ihm vertrauen, er würde Schweigen bewahren. Alles bleibe wie immer.

Guðrún lauschte dem ruhigen Atem Sigurðurs. Sie schmiegte sich näher an ihn und dachte darüber nach, dass sie keinen Grund habe, ihren Aufenthalt in Geirseyri zu beklagen. Mit diesem Mann, der Frauen wie sie nicht verurteilte, sondern ihnen vertraute und sie als ebenbürtig betrachtete, hatte sie es gut getroffen. Dass er sich jetzt endlich geöffnet und ihr die Wahrheit über Einar erzählt hatte, war ein Beweis für seine Anständigkeit. Sie spürte, welche Erleichterung es für ihn war, von den Vorfällen zu erzählen und das Geheimnis nicht länger mit sich herumzutragen. Er lauschte dankbar ihren Ratschlägen über mögliche Auswege aus ihrer verzwickten Lage und wollte alles tun, um ihnen ein gemeinsames Leben zu ermöglichen. Das hatte ihr gezeigt, wer er wirklich war, und sie überzeugt, dass sie mit diesem Mann zusammen sein wollte.

Guðrún spürte, dass er neben ihr wach wurde, und lächelte, als er sie ansah.

»Bist du wach?«, fragte er.

»Ich habe über dich nachgedacht. Über uns. Über unser Kind.«

»Machst du dir Sorgen?«, fragte er und sah die Unruhe in ihren Augen.

»Nein«, antwortete sie.

»Alles wird gut«, sagte er.

»Ich weiß«, sagte sie und streichelte ihn sanft. »Ich weiß.«

Neunzehn

Der Tod und Jesus mit der Siegesfahne standen bereits am richtigen Platz für ihren Umlauf, aber Jón Sívertsen war es nicht gelungen, die Figuren der verschiedenen Lebensalter wieder zusammenzusetzen. Das Kind hatte es am schlimmsten erwischt, es war in drei Teile zerbrochen und sah sehr mitgenommen aus. Eines der Teile war verschwunden, und Jón stellte sich darauf ein, es neu gestalten zu müssen. Die Figur des Greisenalters war in keinem viel besseren Zustand, entzweit und völlig verdreckt und ausgebleicht, sodass sie kaum noch zu erkennen war. Die Jugend war noch am besten weggekommen, und auch die Figur des Erwachsenenalters bedurfte nur weniger Reparaturen. Das Bauteil, auf dem sie befestigt waren, musste Jón weitgehend neu anfertigen und in der Uhr platzieren, aber wie bei den Weisen aus dem Morgenland bestand die größte Herausforderung darin, die Bewegungen der Figuren zu steuern. Mit dieser Mechanik war er nicht vertraut, und obwohl er durchaus technisch versiert war, tat er sich schwer zu verstehen, wie man ein solch seilgezogenes System wieder zum Laufen brachte.

In letzter Zeit half auch nicht, dass er kaum an etwas anderes denken konnte als an die Jungfrau Maria und daran, wie wichtig es war, sie zu finden. Jón wusste nur, dass sie irgendwann in die Hände des Schneiders Jens Martinsen gelangt war, der sich aber nicht an sie erinnerte. Möglicherweise war sie in dem Feuer zerstört worden, das bei dem Schneider ausgebrochen war, und dann gab es dazu nicht mehr viel zu sagen.

Eines Abends, nachdem Jón meinte, die Figur der Kindheit so gut wie möglich repariert zu haben, suchte er – in der Hoffnung, mehr über die Muttergottes in Erfahrung zu bringen – noch einmal Herrn Martinsen auf. Beim Schneider erwartete ihn eine verschlossene Tür, aber er musste daran denken, was der Wirt im Lille Apotek über die Aufenthalte von Jens in der Holmensgade erzählt hatte.

Da er ohnehin noch etwas in der Rådhusstræde erledigen musste, ging er anschließend die Gammel Strand hinunter, vorbei am Ballspielhaus des Königs, aus dem Rufe und lautes Gelächter in die Nacht hinausdrangen. Es war ein langgezogenes Gebäude, in dem sich die Gefolgschaft des Königs mit einem neuartigen Ballspiel vergnügte, von dem Jón Sívertsen, bevor er nach Kopenhagen gekommen war, noch nie gehört hatte. Nur das königliche Gefolge hatte Zutritt zu dem Haus, um sich dort die Zeit zu vertreiben. Sie bildeten zwei Mannschaften und stellten sich an den jeweiligen Enden des Hauses auf, in der Mitte lag ein großer Stein auf dem Boden. Eine Mannschaft warf den Ball auf die andere Seite, während ein Spieler zum Stein und zurück laufen musste. Die gegnerische Mannschaft musste versuchen, ihn mit dem Ball zu treffen, und wenn es gelang, schied er aus. Das Spiel ging weiter, bis nur noch ein Mann übrig war.

»Ballspiele!«, brummte Jón entrüstet, auch wenn es ihn für gewöhnlich wenig kümmerte, was die Herren dort oben so trieben. »Haben diese Leute nichts Besseres mit ihrer Zeit anzufangen?«

Er ging weiter und bog kurz darauf auf die Holmensgade ein, die sich vom Kanal bis hin zur Østergade erstreckte. Die Straße säumten kümmerliche Gebäude, die am ehesten wie Harems aussahen, auch wenn sie keinen Bezug zu der arabischen Welt hatten. Die zwei- oder dreistöckigen Häuser waren sehr heruntergekommen und stanken, viele trugen Namen, die keinen Zweifel daran ließen, welches Gewerbe dort betrieben wurde. »Das Frauennest« war vielleicht noch der harmloseste. In den Türen und Fenstern standen jede Menge Nutten und boten sich Jón Sívertsen mehr oder weniger aufdringlich an. Manche waren dick und ungeschickt, riefen ihm ihre Angebote laut zu und senkten den Preis, je weiter er sich von ihnen entfernte. Die Frauen mit dreckigerem Mundwerk wünschten ihn zur Hölle, wenn er sie nicht beachtete. Andere hatten bessere Laune, kokettierten mehr und trugen sogar Farbe auf den Lippen, sie zeigten ihre Brüste und boten ihm an, sie zu berühren, als Vorgeschmack auf das, was er bekommen würde. Mit dem Abend erwachte das Geschäft zum Leben und die Kneipen waren voll, lautes Gerede drang auf der ganzen Straße in die Nacht hinaus und überall wurde verhandelt. So einige Münzen wanderten von einer Hand in die andere, und Männer durften sich Frauen wählen, mit ihnen in die oberen Etagen gehen und die Türen hinter sich schließen. So ging es zu in der Holmensgade.

Jón blickte in die Kneipen hinein und hielt Ausschau nach dem Schneider Martinsen, er fragte herum, ob jemand wisse, wo er sei, und der ein oder andere schien ihn zu kennen, schließlich war er regelmäßig zu Gast in der

Straße. In letzter Zeit hatte ihn niemand gesehen, aber irgendein Zuhälter meinte, er habe ein enges Verhältnis zu einer gewissen Madame Isaksen, einer Bordellwirtin, die meist im »Haus der Herzen« weiter unten in der Straße zu finden war.

Dorthin ging Jón und betrat die kleine düstere Kneipe, er fragte nach Martinsen, und wie es der Zufall so wollte, hatte jemand eben erst beobachtet, dass er sich mit besagter Frau Isaksen unterhalten hatte, die drei Häuser weiter mit zwei anderen Prostituierten und einem Zuhälter ein kleines Gewerbe betrieb. Also zog Jón weiter zu besagtem Gebäude, in dem eine baufällige Treppe zu einem Flur führte, dessen Dielen angenehm knarrten. Dort waren drei Türen, und als Jón näher trat, ging eine davon auf und ein unvollständig gekleideter junger Mann, der für Jón wie ein Seemann aussah, knöpfte seine Hose eilig zu und verabschiedete sich. Die Frau, die er besucht hatte, lag nur mit einem Korsett bekleidet auf dem Bett und fragte Jón, ob er zu ihr wolle. Jón meinte, das müsse warten, er sei auf der Suche nach Madame Isaksen, und die Frau im Bett, die ihm um die zwanzig Jahre alt schien, meinte, sie empfange ihre Gäste im Stockwerk darüber, im hintersten Zimmer. Dann fragte sie noch, ob sie nicht doch etwas für ihn tun könne, sie sehe doch, dass er das wolle, und es würde auch nicht viel kosten. Sie war bereits aufgestanden und auf ihn zugegangen, als wollte sie ihn anlocken, aber Jón verneigte sich nur kurz und verabschiedete sich, sagte, er habe etwas anderes zu tun.

Im Stockwerk darüber knarrten die Dielen nicht weniger, und am Ende des Gangs sah er eine halb geöffnete Tür, und aus dem Zimmer dahinter drang Gestöhne.

Ohne lange zu überlegen, trat Jón trotzdem ein und sah eine Frau stattlichen Alters auf dem Bett liegen, die wohl Madame Isaksen sein musste, und Jens Martinsen, der sich auf ihr herumwälzte. Doch all das nahm Jón nur beiläufig wahr, denn auf dem Nachttisch neben dem Bett stand Habrechts Muttergottes mit dem Jesuskind im Arm. Zum Glück waren ihre Augen geschlossen.

»Du?«, stöhnte Jens, ohne seine Bewegung zu unterbrechen.

»Wer ist dieser Mann, Jens?«, fragte Madame Isaksen.

»Verzeihung«, sagte Jón, wendete seinen Blick aber nicht von der Jungfrau Maria ab, so sehr überwältigte ihn die Freude, sie gefunden zu haben. »Die Tür stand offen …«

Madame Isaksen stieß den Schneider von sich, setzte sich im Bett auf und sah Jón Sívertsen wütend an.

»Was hast du hier oben verloren?«, fragte sie. »Siehst du nicht, dass ich einen Kunden habe? Hat Rolf dich etwa hochgeschickt?«, fragte sie und meinte vermutlich den Zuhälter.

»Dich wollte ich gar nicht … ich bin wegen ihr hier … der Jungfrau Maria«, sagte Jón und zeigte auf die Marienfigur auf dem Nachttisch.

»Das ist der Mann, von dem ich dir erzählt habe«, stöhnte der Schneider, der still auf dem Bett lag, nicht allzu erfreut über die unerwartete Störung. »Der zu mir gekommen ist und nach der Muttergottes gefragt hat. Der für den König arbeitet. Das ist er.«

»Was willst du mit der Figur?«, fragte Madame Isaksen und machte keine Anstalten, ihren nackten Körper zu bedecken. »Sie gehört mir. Ich habe für sie bezahlt«, fügte sie dann hinzu und sah Jens an, als sollte er ihre

Aussage bestätigen, doch der murmelte nur etwas, das Jón nicht verstand.

»Sie ist ein notwendiger Bestandteil einer Uhr im Besitz des Königs«, sagte Jón und versuchte, nicht auf die Brüste der Hure zu starren, die ziemlich groß geraten waren. Die rötlichen Haare fielen über ihre Schultern, und Jón hatte den Eindruck, dass ihr ein paar Zähne fehlten. Sie hatte rote Wangen und ein schönes rundes Gesicht, doch ihr Blick war misstrauisch. »Ich hielte es für sehr dankenswert«, fügte Jón hinzu, »und ich weiß, dass auch der König sehr erfreut wäre, wenn du mir gestatten würdest, sie wieder dorthin zu bringen, wo sie hingehört.«

»König Christian?«

»Ja, derselbe.«

Madame Isaksen griff nach der Figur.

»Ich mag sie sehr«, sagte sie. »Seit ein paar Jahren steht sie hier bei mir, und jeden Abend bete ich für die Mädchen, dass sie nicht geschlagen werden oder an der Syphilis sterben oder Schlimmeres. Danach fühle ich mich jedes Mal besser.«

Jón sah, dass sie jedes Wort so meinte, die Muttergottes bedeutete ihr tatsächlich viel und spendete ihr eine Art von Trost, wie nur strenggläubige Menschen ihn empfanden.

»Sie ist ein wesentlicher Bestandteil der Uhr«, sagte Jón. »Ich bin sicher, dass Seine Hoheit auch bereit wäre, dafür zu bezahlen.«

Der Schneider Jens richtete sich auf und stützte sich auf die Ellbogen.

»Wie viel ist der König bereit zu bezahlen?«, fragte er.

»Darüber lässt sich bestimmt verhandeln«, antwortete Jón an Madame Isaksen gerichtet. »Ich nehme an, dass er dir gerne etwas dafür geben wird, wenn er sie sich nicht mit Gewalt zurückholen muss.«

»Ich werde sie so oder so nicht behalten können, das willst du doch damit sagen?«, fragte sie und sah Jón an.

Jón hatte Mitleid mit ihr. Er konnte sie gut verstehen, und tief im Inneren wusste er, dass die Jungfrau hier vermutlich besser aufgehoben war, unter den Ärmeren, die man dort an der Holmensgade als den Abschaum der Gesellschaft bezeichnete. Womöglich war sie nicht zufällig hier gelandet. Hatte ihr Sohn nicht Aussätzige und Blinde geheilt und sogar ein Freudenmädchen zur Freundin gehabt? Aber die Figur war auch Teil eines großen Kunstwerks, und am Ende erklärte Jón der Madame, dass die Muttergottes ins Schloss Christiansborg gehöre, egal auf welchem Weg sie dorthin zurückgelangen werde.

»Ihr rechter Platz ist bei der Uhr«, sagte Jón höflich, »und nirgends anders. Es wäre schön, wenn du das einsehen könntest. Habrechts Uhr wurde ihr zu Ehren erschaffen, und ohne sie würde sie all ihre Herrlichkeit verlieren.«

»Dann nimm sie«, sagte Isaksen und reichte Jón die Figur. »Und richte Christian aus, Dagmar Isaksen lasse ihn grüßen und erinnere sich gerne an die alte Bekanntschaft.«

Zwanzig

Der König betrachtete die Marienfigur, die wieder an ihrem Platz stand. Er hörte Jón aufmerksam zu und bat ihn, noch einmal zu erzählen, wie in aller Welt er es geschafft habe, die Jungfrau Maria zu finden, und er solle dabei ja nichts weglassen. Es war lange her, dass er in jener Ecke der Stadt Zeit mit seiner geliebten Stiefel-Cathrine verbracht hatte, und er stellte viele Fragen zu den Mädchen, von denen er manche einstmals namentlich gekannt hatte, fragte nach ihren Zuhältern, den Kneipen und ob es noch Trinkgelage gebe wie früher. Er meinte auch, sich dunkel an Dagmar zu erinnern, und freute sich über die Grüße, sie seien ein Zeichen dafür, dass man ihn selbst in den dreckigsten Winkeln Kopenhagens noch nicht ganz vergessen habe.

Jón erzählte ihm, dass der Schneider Martinsen sich einmal in finanzieller Not im Tausch für die Muttergottes die Zuneigung von Dagmar Isaksen und ihren Mädchen erkauft habe und die Statue somit rechtmäßig in ihre Hände gelangt sei. Dennoch habe Madame Isaksen, aufgrund ihrer Güte und womöglich auch einer alten Bekanntschaft mit Seiner Hoheit, eingesehen, dass die Uhr nicht ohne die Figur der Maria vorstellbar sei. Er habe die Muttergottes also mitnehmen dürfen, und zurück im Schloss habe er sie gründlich mit Seife gewaschen, von allem Schmutz befreit und poliert, bis sie wieder glänzte. Er habe auch ihren Sockel gefunden, und es sei ihm gelungen, sie wieder richtig zu befestigen. Jetzt warte sie nur darauf, dass die Weisen an ihr vorbeizögen, sich verneigten und Gold, Weihrauch und Myrrhe brächten, wie im Buch der Bücher beschrieben.

Das war zum ersten Mal seit langer Zeit, dass der König sich wieder in der Sammlung ausrangierter Besitztümer blicken ließ, um zu sehen, wie es Jón mit der Arbeit an der Uhr erging. Wie gewohnt kam Jón gewissenhaft jeden Morgen ins Schloss und fühlte sich dort mittlerweile wie zu Hause. Er plauderte mit den Frauen in der Küche, die ihm mitunter auch einen Bissen geräucherten Hering oder Speck abgaben, und unterhielt sich mit den Köchinnen oder den Zimmermädchen, wenn er sie traf, und auch mit den Dienern und Gärtnern, die den Uhrmacher mochten und ihn über Island ausfragten, obwohl keiner von ihnen genau zu wissen schien, warum es überhaupt Teil des Königreichs war. Manchmal war wenig los, und es wurde ganz ruhig im Schloss, aber an anderen Tagen herrschte großes Durcheinander, weil ein Ball bevorstand oder Fürsten und ranghohe Personen aus anderen Ländern in parfümierten Perücken und noblen Kutschen mit Pauken und Trompeten empfangen wurden. Hie und da gab es auch weniger prunkvolle Feste, bei denen viel getrunken wurde und es vorkommen konnte, dass Gäste in Selbstgesprächen oder vor sich hin singend durch die Korridore des Schlosses irrten. Davon bekam Jón meist nichts mit, wenn er bei der Habrechtsuhr saß. Nur gestern Abend hatte er nach seinem Ausflug zur Holmensgade noch miterlebt, wie eine Gräfin ein Dienstmädchen in die Sammlung gezerrt hatte, um sich bei den Falkenkäfigen an ihr zu vergehen. Sie war bereits dabei, ihren Rock auszuziehen, als Jón beschloss, sich bemerkbar zu machen, worauf sie ihr Vorhaben gnädigerweise kurz unterbrach und dem Uhrmacher befahl, sie allein zu lassen. Jón sah keine andere Möglichkeit, als zu gehorchen, verbeugte sich und beschloss, nach Hause zu gehen. Auf dem Heimweg dachte er darüber nach, dass die guten Sitten in diesem Babylon am Öresund vermutlich viel eher in Gefahr waren als in seiner Heimat am Breiðafjörður.

»Ach, die gute alte Zeit«, seufzte König Christian voller Bedauern, als er an das ausschweifende Leben mit seiner Stiefel-Cathrine zurückdachte. »Sie kommt nie wieder, das ist gewiss.«

Traurigkeit überfiel den König, und er wurde still. Die freudige Erinnerung wandelte sich in die Erkenntnis über die Vergänglichkeit des Lebens und die Kurzlebigkeit des Vergnügens.

»Was ist also die Zeit?«, fragte der König, wie er es schon einmal dort vor der Uhr getan hatte.

Jón schien, es wäre das Beste, die Frage unbeantwortet zu lassen.

»Ist sie vielleicht nur eine Ansammlung von Erinnerungen?«, fuhr Christian VII. leise fort und betrachtete das defekte Uhrwerk. »Wie alle Gegenstände in diesem Raum? Eine Vergangenheit, die nie wiederkommt? Diese verdammte Zeit. Sie bringt uns alle in Vergessenheit.«

»So kann man es sicherlich sehen, Majestät«, sagte Jón. »Ich weiß über die Zeit nur, dass sie unterschiedlich schnell vergeht. Oft kriecht sie nur langsam voran, doch manchmal verfliegt sie regelrecht, und man kommt gar nicht hinterher.«

»Alles verschwindet und stirbt ...«

Jón erkannte, dass Seine Hoheit sehr bedrückt war, und behielt daher für sich, dass auch er glaubte, die Zeit zerstöre alles, was ihr über den Weg lief. Es war auch gar nicht nötig, das auszusprechen, dem König schien der Gedanke bereits selbst durch den Kopf zu gehen.

»Werden wir es jemals schaffen, sie zu bezwingen?«, fragte Seine Majestät. »Die Zeit verstreicht, und wir packen uns den einen oder anderen Augenblick, bevor er in der Vergangenheit verschwindet und zusammen mit uns vergeht. Nichts bleibt davon übrig. Nichts. Gar nichts. Es ist alles vergebens.«

Jón Sívertsen wusste nicht, was er sagen sollte. Der König war bisher noch nie in derartig melancholisches Gerede verfallen, also schwieg Jón und hoffte ehrlich, Seine Hoheit könnte dieses unangenehme Gefühl schnell überwinden und wieder fröhlich sein.

»Soll ich vielleicht weiter von Þórður aus Fjörukot erzählen, Eure Hoheit?«, fragte Jón. »Was er mit dem Geld meines Vaters gemacht hat?«

Der König seufzte wieder und meinte nur, er habe zu tun, ohne sich weiter zu erklären. Die Geschichte müsse warten. Dann verließ er niedergeschlagen den Lagerraum, immer noch beschäftigt mit seinen Fragen über die Zeit.

Am Abend, als Jón müde vom Tag zurück zu seiner Uhrmacherwerkstatt ging, kreisten seine Gedanken ebenfalls um die Zeit und die Ewigkeit. Natürlich war das Leben nicht sinnlos, dachte er. Während die Zeit verging, kamen die Menschen durchaus voran. So war es auch im Uhrmacherhandwerk, überall tauchten neue Entwicklungen auf.

Und während er so nach Hause ging, befasst mit diesen Gedanken über Zeit und Erinnerung und Fortschritt, fiel ihm etwas ein, das ihm bisher noch nicht in den Sinn gekommen war. Jeder Schritt, den er machte, fiel letztendlich der Zeit zum Opfer. Passanten sahen ihn plötzlich auf dem Gehweg innehalten, bevor er selbstsicher einen Schritt nach vorne trat. Dann machte er einen weiteren Schritt nach vorne und hielt in Gedanken versunken noch einmal an, bevor er seines Weges ging, als wäre nichts gewesen, und doch hatte er festgestellt, dass jeder Schritt, den er auf seine Werkstatt zuging, ein Schritt in die Vergangenheit war.

Einundzwanzig

Eines Sonntags lud die Pfarrersfrau in Sauðlauksdalur nach der Messe wie gewohnt zum Essen ein und kam dabei mit Guðrún ins Gespräch. Sie bedankte sich bei ihr fürs Singen und ganz besonders für den schönen Talar. Dann fragte sie, ob sie die Näherin bitten dürfe, auch einen Rock zu machen, und zeigte ihr sogar den Stoff, den sie dafür gekauft hatte. Und wenn es nicht zu viele Umstände bereite, hätte sie auch gerne eine Jacke mit Saum und einem Zierkragen. Guðrún antwortete, das sei selbstverständlich möglich, und blickte zu Sigurður hinüber, der sich ein paar Schritte entfernt mit dem Pfarrer und dem Dichter Eggert Ólafsson unterhielt, vermutlich über die Experimente im Gemüseanbau. Ihr war nicht aufgefallen, dass jemand sie verstohlen angesehen oder über sie geflüstert hätte, ganz im Gegenteil, die Pfarrersfrau behandelte sie sehr zuvorkommend, und die Menschen waren fröhlich und unterhielten sich gut, bevor alle wieder zu ihren Höfen zurückkehrten.

Nur wenige Tage darauf besuchte Eggert sie in Geirseyri. Als Sigurður nach draußen kam, unterhielt der Gast sich vor dem Hof mit Jón, hüpfte ein paar Mal in die Luft und erzählte ihm offenbar etwas sehr Bedeutendes. Eggert begrüßte ihn freudig und meinte, er sei gekommen, um sich das Gemüsebeet anzusehen, wie sie es nach der Messe besprochen hätten, und Sigurður brachte ihn zur Südseite des Hofs, wo die Sonnenstrahlen um die Novität tanzten. Auch Guðrún war nach draußen gekommen, und Eggerts Gesicht leuchtete auf, als er das blühende Kartoffelkraut und den Kohl sah. Er meinte, Sigurður und Guðrún müssten einen ganz besonders grünen Daumen haben, so schön sei ihr Beet. Auf dem Fjord vor der Landzunge Vatneyri lag gerade ein dänisches Handelsschiff, das mit Tonnen voller Hai-Lebertran und anderen Gütern beladen wurde. Eggert erzählte, dass er morgen damit nach Dänemark fahren würde.

Jón beobachtete sie aus einigem Abstand und freute sich darüber, dass der Dichter seinen Vater und Guðrún so lobte. Er hatte Eggert dort vor dem Hof empfangen und sein Pferd gehalten, als er abgestiegen war, und Eggert meinte, er habe davon gehört, dass Jón ganz allein einen Ausflug zu den Klippen bei Látrabjarg gemacht habe, um die Krümmung der Erdkugel zu sehen. Jón fühlte sich geschmeichelt, dass der Forscher davon erfahren hatte, und erzählte, er habe tatsächlich deutlich gesehen, dass die Erde nicht flach sein könne, sondern in der Ferne am Horizont einen schönen Bogen forme. Zurück in Geirseyri habe er immer wieder die Erdkugel mit einem Stock in den Sand gezeichnet, aber eins verstehe er nicht, wenn er oben auf der Erde stehe, würden die Menschen auf der anderen Seite der Welt doch einfach runterfallen? Und warum floss das Wasser dort nicht einfach aus dem Meer? Eggert erklärte, dass sich auch andere diese Frage gestellt hätten, es aber Theorien aus England gebe, laut denen die Erde mit einer unsichtbaren Kraft alles anziehe, was sich auf ihr befinde.

Und um ihm diese Kraft zu veranschaulichen, hüpfte

der Dichter und Forscher dort vor dem Hof auf der Stelle und sagte, wenn er wieder auf der Erde lande, ziehe sie ihn an, ohne diese Anziehungskraft könne sie ihn nicht festhalten und er würde Richtung Himmelskugel und über die sieben Weltmeere schweben und verschwinden.

Nachdem Eggert sich eine Weile das Beet angesehen hatte, bat man ihn hinein, doch er lehnte ab. Er könne nicht lange bleiben, wolle aber mit Sigurður noch ein paar Dinge besprechen, es gehe um den Gemüseanbau. Dann trat er mit ihm ein paar Schritte zur Seite, und es stellte sich schnell heraus, dass es ihm nicht um Senf und Radieschen ging, sondern um Þórður aus Fjörukot.

»Hast du von Þórður gehört?«, fragte der Dichter.

»Was ist mit ihm?«, meinte Sigurður. Er wunderte sich über die Frage und witterte sofort Gefahr.

»Man erzählt sich, dass er auf wundersame Weise zu Geld gekommen ist«, sagte Eggert.

»Oh?«

»Er war mit Reichstalern beim Kaufmann und hat Brennivín und neue Stiefel gekauft. Und jede Menge Tabak. Er scheint über Nacht reich geworden zu sein.«

»Þórður?«

»Ja.«

»Woher weißt du das?«

»Das hat sich herumgesprochen. Manche sind natürlich neidisch, wie das immer so ist. Habt ihr noch nicht davon gehört? Guðrún und du?«

»Ich höre das zum ersten Mal«, sagte Sigurður, und es war nicht gelogen. »Hat er nicht einfach gut an einem Hai verdient?«

»Kann sein«, sagte Eggert. »Man erzählt sich auch, dass Guðrún ihm einen Besuch in seinem Kotten abgestattet hat und seine Lebensverhältnisse sich danach angeblich schlagartig gebessert haben.«

Sigurður versuchte, sich nicht anmerken zu lassen, wie sehr die Nachricht ihn beunruhigte. Beim Überbringen des Handschuhs hatte er Þórður gegenüber betont, dass er das Geld frühestens im neuen Jahr ausgeben dürfe und selbst dann immer nur wenig auf einmal. Idealerweise würde er den Handschuh erst in zwei oder drei Jahren öffnen. Er hatte geglaubt, Þórður verstehe das, denn er hatte ihm alle möglichen Versprechen gegeben. Er wisse, was auf dem Spiel stehe, und würde nichts tun, was Guðrún und ihm schaden könne. Das gelobte er, spuckte in seine Hand und reichte sie Sigurður.

»Vielleicht solltet ihr mit ihm sprechen«, sagte Eggert.

»Warum sollten wir das tun?«, fragte Sigurður und wusste, wie unsicher seine Stimme klang.

»Ich meine nur«, antwortete Eggert. »Ich weiß nichts darüber, und es geht mich natürlich absolut nichts an, aber ich wollte euch vor meiner Abreise noch davon erzählen. Mehr ist es nicht. Ich bin niemand, der sich über andere Menschen das Maul zerreißt, Sigurður. Meine Absichten sind gut.«

»Aber du scheinst zu denken, dass wir etwas mit der Sache zu tun haben«, sagte Sigurður und wollte ihn nicht sofort gehen lassen. »Sonst wärst du nicht gekommen.«

»Ich höre nur, was die Leute sagen«, antwortete Eggert, holte sein Pferd und stieg auf. »Und früher oder später werden auch die Leute in Hagi davon erfahren, und dann ist der Teufel los. Irgendjemand wird fragen, warum Guðrún immer noch für dich arbeitet, wenn sie doch von Þórður schwanger ist. Die Leute sehen, dass ihr ein inniges Verhältnis habt, und werden sich fragen, ob der Vater des Kindes vielleicht in Wahrheit ein anderer sein könnte und warum Þórður plötzlich neue Stiefel hat.«

»Aber er hat sich zu dem Kind bekannt«, sagte Sigurður.

»Ja, das stimmt, aber Neid fragt nicht nach richtig und falsch«, sagte Eggert. »Tratsch fragt nicht nach richtig und falsch. Ich wollte, dass ihr wisst, worüber man redet. Es ist euer Recht, davon zu erfahren, und ich wollte nicht abreisen, ohne mit dir darüber gesprochen zu haben.«

Sigurður bedankte sich bei ihm für die Umstände, die er sich gemacht habe, und Eggert ritt davon, aber Sigurður ging sofort zu Guðrún, um ihr zu erzählen, warum der Dichter in Wahrheit zu ihnen gekommen war. Sie meinte, sie mache sich deswegen keine Sorgen. Die Leute würden sich viel erzählen, lauter Geschwätz und dummes Zeug, sie sollten einfach abwarten, bis man sich wieder neue Dinge zu berichten hätte.

»Denkst du, ich sollte mit Þórður sprechen?«, fragte Sigurður.

»Kommt gar nicht infrage«, sagte Guðrún. »Vielleicht war es ein Fehler, zu ihm zu gehen, aber was geschehen ist, ist geschehen, und wir werden sehen, was passiert. Solange sich Þórður an die Abmachung hält, wird alles gut.«

»Soll ich nicht trotzdem mit ihm sprechen?«, fragte Sigurður wieder. »Noch einmal betonen, was auf dem Spiel steht, und ihm verbieten, das Geld mit vollen Händen auszugeben? Vielleicht hättest du gar nicht erst zu ihm gehen und eure Beziehung für alle offenlegen sollen? War das womöglich ein Fehler?«

»Das hat keinen Unterschied gemacht«, sagte Guðrún.

»Die Vaterschaft wäre so oder so zum Thema geworden, daran hätten wir nichts ändern können. Mit dem Besuch wollte ich vor allem versuchen, das Gerede der Leute in Schach zu halten.«

Sie saß eine Weile schweigend da und war sichtlich besorgt.

»Þórður aus Fjörukot«, seufzte sie schließlich. »Das hat man also davon.«

Am nächsten Sonntag gingen sie wieder zur Messe in Sauðlauksdalur, und alles war wie immer. Die Pfarrersfrau lud zum Essen ein, und Sigurður unterhielt sich mit dem Pfarrer, auch der Bezirksamtmann und seine Frau waren da und viele aus der Gemeinde, denn der Pfarrer und seine Frau genossen einen guten Ruf, und seine Predigten regten viele zum Nachdenken an. Guðrún war auf der Hut, aber nichts deutete darauf hin, dass die Menschen sich ihr gegenüber anders verhielten als sonst.

Doch dann trat die Pfarrersfrau beim Abschied mit ihr ein paar Schritte zur Seite und meinte, sie brauche die Kleidungsstücke, die sie bei ihr in Auftrag gegeben hatte, nun doch nicht. Der Rock und die Jacke müssten auf bessere Zeiten warten, sagte sie, die Jacke sei nicht so wichtig und den Rock brauche sie ohnehin erst später. Guðrún erklärte ihr, sie habe bereits mit dem Nähen angefangen, aber die Pfarrersfrau bat sie, so lieb zu sein und es gut sein zu lassen, sie würde in den nächsten Tagen jemanden schicken, um die Stoffe abzuholen.

Und damit war alles gesagt.

Zweiundzwanzig

Halldóra sah ihren Mann, den Bezirksamtmann, der völlig betrunken vor dem Haus lag, fuchsteufelswild an. Sie gab ihm einen Tritt und befahl ihm, gefälligst aufzustehen. Sein Pferd stand daneben. Das Gesinde hatte ihn gesehen, wie er nach vorne gebeugt, als würde er schlafen, nach Hause gekommen und vor der Tür vom Pferd gefallen war. Sie hatten ihm helfen wollen, doch Halldóra hatte sie weggescheucht und ihnen befohlen, sich wieder an die Arbeit zu machen. Sie zog an seiner Jacke und trat auf ihn ein, doch es war vergebens. Der Bezirksamtmann rührte sich nicht vom Fleck.

Also ging Halldóra zurück ins Haus und kam mit einem Eimer voller Wasser wieder, den sie ihm über den Kopf schüttete, woraufhin er endlich wach wurde. Langsam öffnete er die Augen und sah seine Frau verwirrt an. Er schien nicht mehr zu wissen, wo oben und unten war.

»Warst du bei dem verdammten Weib?«, rief die Bezirksamtmannsfrau, denn sie warf ihm vor, eine Affäre mit einer Witwe namens Ragnheiður in Miðhlíð zu haben. Und das war mit Sicherheit nicht die erste und vermutlich auch nicht die letzte Frau, mit der sich der ehrenwerte Bezirksamtmann außerehelich vergnügte.

»Was soll das …?«, raunte Ólafur und mühte sich auf die Beine. Er roch nach Alkohol und Tabak und hatte sich während des Heimwegs offenbar in die Hose gemacht, denn im Schritt seiner Uniform war ein dunkler Fleck zu sehen.

»Wo warst du?«, rief Halldóra.

»Ich habe mich um die Ge... um die Geschäfte gekümmert«, antwortete der Bezirksamtmann. »Um die Amtsgeschäfte, wenn ich das noch darf«, fügte er hinzu. Er lehnte sich gegen die Hauswand und sah seine Frau an, die den Blick wütend erwiderte und ihren Kopf schüttelte.

»Sieh dich doch nur an!«, sagte sie. »Wie ein Schwein. Was ist das nur für ein Bezirksamtmann, stockbesoffen und auf Weiberjagd! Kein Wunder, dass es in der Gegend keinen Anstand gibt, wenn die Leute sehen, wie du dich aufführst, du Jammerlappen!«, fügte sie hinzu und lachte spöttisch.

»Keinen Anstand?«, rief der Bezirksamtmann und suchte nach der Flasche, die er in seiner Jackentasche vermutete, aber egal, wie oft er danach griff, er fand dort nichts. Doch dann meinte Ólafur, sich dunkel zu erinnern, dass er sie unterwegs ausgetrunken und in die grüne Natur geworfen hatte, nachdem er von Miðhlíð aufgebrochen war, wo er vermutlich die Witwe Ragnheiður besucht hatte.

»Das fragst du noch, du Mistkerl!«, sagte Halldóra. »Þórður aus Fjörukot ist vor deiner Nase über Nacht ein reicher Mann geworden und erwartet ein Kind von Guðrún in Geirseyri. Þórður aus Fjörukot?! Würdest du den auch an dich ranlassen? Würdest du den ranlassen, du verdammter Jammerlappen?«

Der Bezirksamtmann blickte verstohlen auf seine Frau, dann zum Pferd, das sich bei Halldóras Wutausbruch erschrocken hatte und auf die Wiese hinausgelaufen war, auf das Gesinde, das versuchte, das Ehepaar nicht anzustarren, und dann auf den blauen Breiðafjörður hinaus, auf die unzähligen Inseln und Schären. Was würde er nicht für einen Schluck Brennivín geben, dachte er und versuchte sich zu erinnern, wo er noch ein Schnapsfass haben könnte, aber es wollte ihm ums Verrecken nicht einfallen.

»Hör doch auf damit, mein Schatz«, bat er seine Frau. »Mir geht es nicht gut. Hässlichere Männer als Þórður haben schon Kinder gezeugt«, fügte er hinzu und wankte ins Haus.

Halldóra folgte ihm schimpfend und fluchend bis zu ihrem Bett, auf das er sich fallen ließ und wo er sofort einschlief.

»Du wirst zu ihm gehen und mit ihm reden«, schnauzte Halldóra ihn an und zog dem Bezirksamtmann die Stiefel und die nasse Hose aus, knöpfte die Jacke auf und half ihm aus dem Hemd. Dann strich sie ihm über die Haare. »Du verdammter Trunkenbold«, sagte sie und deckte ihn zu.

Der Bezirksamtmann war kürzlich an zwei Schnapsfässer gekommen und hatte bereits eines davon geleert. Das andere hatte Halldóra vor ihm versteckt. In der Woche davor war nämlich ein Bauer aus Tálknafjörður nach Hagi gekommen, der die Fässer durch schweren Sturm und starken Regen auf dem Rücken über die Hochebene Miðvörðuheiði geschleppt und darum gebeten hatte, den Bezirksamtmann zu sprechen. Ólafur kannte den Gast, er hieß Þórlaugur, und fragte ihn, was er in Hagi wolle. Þórlaugur stellte die Fässer ab, völlig durchnässt vom Regen, und bat demütig um eine Audienz bezüglich der Sache, die der Bezirksamtmann ihm neulich vorgeworfen habe. Er fragte, ob es nicht möglich sei, gemeinsam eine Lösung zu finden, mit der sie beide leben könnten.

Ólafur nahm die beiden Fässer und räumte sie weg, bat Þórlaugur in die Stube und schloss die Tür hinter ihnen. Er holte ein paar Papiere hervor und blätterte sie durch, sein Blick war ziemlich verärgert.

»Zwei uneheliche Kinder waren das, nicht wahr, Þórlaugur?«, sagte er barsch. »Unzucht.«

Þórlaugur nickte, er war um die fünfzig und hatte hängende Schultern von seinem mühevollen Leben. Sein Kopf stand ein wenig vor, und er trug ärmliche Lodenbekleidung und verschlissene Schuhe aus Schafsleder. Der Bart hatte viele Lücken, und beide kleinen Finger waren gekrümmt.

»So ist es«, sagte er, zog die Nase hoch und sah den Bezirksamtmann bittend an. Das Regenwasser tropfte von seiner Kleidung und sammelte sich in einer kleinen Pfütze auf dem Boden.

Sein Nachbar vom nächsten Hof hatte ihm geraten, nach Hagi zu gehen, um zu sehen, ob sich nicht noch etwas tun ließe, sonst laufe er Gefahr, sein gesamtes Hab und Gut zu verlieren. Dabei komme es laut dem Nachbarn vor allem auf zweierlei an. Einerseits müsse er dem Bezirksamtmann Ólafur äußerst demütig gegenübertreten, denn es gefalle ihm, wenn die Leute vor ihm hinknieten, und andererseits müsse er Schnaps mitbringen, denn wenn der Bezirksamtmann eine Schwäche für etwas habe, dann für Brennivín, und am liebsten sei ihm, wenn er nicht dafür bezahlen müsse.

»Du bist also gekommen, um deine Verfehlungen zu gestehen?«, sagte Ólafur und wühlte in den Papieren.

»Das tue ich demütig«, erklärte Þórlaugur. »Es war ein Unfall, dass es so gekommen ist.«

»Beide Unfälle sind aber mit derselben Frau passiert«, sagte Ólafur.

»Ja, mit Sigurlaug, einer Arbeiterin auf meinem Hof. Ich habe sie sehr schätzen gelernt, nachdem meine Ingibjörg ertrunken ist. Ich habe überlegt, wenn ich so dreist sein darf ... ob Ihr die beiden Fässer von mir annehmen würdet, von uns, damit sie Euch die alltägliche Arbeitslast etwas erträglicher gestalten.«

»Ein Fass pro Vergehen?«, fragte Ólafur.

»Ich ... wir wären Euch für alle Ewigkeit sehr verbunden ... Wir leiden darunter, dass die Familie so auseinandergerissen und die Kinder auf andere Höfe geschickt wurden. Wenn Ihr so gnädig wärt ...«

Ólafur sah den Bauern lange an. Er kannte Þórlaugurs Hof und wusste, dass es dort nicht viel zu holen gab, eine Geldstrafe würde also nicht viel bringen. Dass der Mann an zwei Fässer Brennivín gekommen war, kam einem göttlichen Wunder gleich. Am meisten erfreute Ólafur aber, dass er sie in diesem Wetter auf dem Rücken den ganzen Weg über die Hochebene geschleppt hatte. Wie vorbildlich, dachte er, und ein Beleg für die Macht, die er als Bezirksamtmann über die Menschen hatte.

»Dann mach, dass du wegkommst«, schnaubte Ólafur verärgert. »Und lass die Fässer hier.«

Irgendwann spätabends, als alle anderen tief und fest schliefen, wachte der Bezirksamtmann auf. Er hatte starke Kopfschmerzen, und sein ganzer Körper war verspannt, aber er wusste nicht, warum. Er hatte vergessen, dass er am Morgen vom Pferd gefallen war. Durstig wankte er in die Küche, steckte den Kopf in einen Eimer voller Wasser, der dort stand, und trank große Schlucke. Dann setzte er sich gedankenverloren hin und vernahm den Gestank von Urin, bis er irgendwann merkte, dass er selbst so stark roch.

Himmelherrgott!

Er erinnerte sich dunkel an die Szene mit Halldóra vor dem Hof.

Spürte einen Schmerz in der Schulter. War er vom Pferd gefallen?

Was war noch mal mit Þórður aus Fjörukot? Was zur Hölle hatte er mit der Sache zu tun?

Und was war mit dem zweiten Fass passiert, überlegte Ólafur dann und blickte sich in der Küche um. Was zur Hölle hatte das Weib mit dem Fass gemacht?

Dreiundzwanzig

Der König war nicht amüsiert. Er sah den Uhrmacher Jón Sívertsen lange an und ermahnte ihn erneut, seine Worte mit Sorgfalt zu wählen. Mit derartigen Beschreibungen eines Repräsentanten des Königs begebe er sich auf dünnes Eis. Er müsse vorsichtig sein, wie er den Bezirksamtmann in einem Fall, der ihn persönlich betreffe, darstelle. Jón wollte sich nicht mit einem König anlegen. Er hatte schon zuvor über seine Verantwortung als Erzähler nachgedacht und darüber, wie er möglichst wahrheitsgetreu berichten könnte. Er meinte aber, nicht wesentlich von der Wahrheit abgewichen zu sein, auch wenn er sie vielleicht ein wenig zurechtgerückt hatte. Waren die Beschreibungen zu gewagt? Schon möglich. Sein Zuhörer schlief immer wieder in seinem Sessel ein und Jón fand, dass er gewisse Mittel, die er eigentlich für sehr gemäßigt hielt, benutzen durfte, um seine Aufmerksamkeit zu fesseln, die Geschichte damit ein wenig würzen durfte, könnte man sagen, um das Herz des Königs etwas schneller schlagen zu lassen. Gut möglich, dass er mit den Beschreibungen der Amtsleute in Hagi zu weit gegangen und die Kritik des Königs gerechtfertigt war. Wenn er daran zurückdachte, wie unbeliebt die beiden seinerzeit gewesen waren, fand er aber nicht, dass er übertrieben hatte. Der Fall betraf Jón natürlich persönlich, aber er hatte in aller Ehrlichkeit versucht, die Sachverhalte, die eine Rolle spielten, wahrheitsgetreu wiederzugeben.

»Man sollte immer versuchen, sich zu bessern, Eure Hoheit«, sagte er, »aber, mit Verlaub, ich weiß nicht, wie ich die Schilderungen vom Leben in Hagi und Ólafurs letzten Tagen in seinem Amt auslassen könnte.«

»Den letzten Tagen in seinem Amt?«, fragte der König.

»Ja, was ich eben geschildert habe, sollte sich als eine der letzten Amtshandlungen Ólafurs erweisen, Eure Hoheit. Kurz darauf trat er ab, und ein junger Candidatus iuris übernahm das Amt, sein Name war Davíð Scheving.«

Jón sah den König an, verkniff sich aber die Frage, wo Seine Hoheit in letzter Zeit gewesen sei und was er seit ihrer letzten Begegnung bei der Uhr getrieben habe. Das ziemte sich nicht. Doch es stimmte, der König war ein oder zwei Wochen lang nicht in den Korridoren des Schlosses gesehen worden und auch nicht bei Jón Sívertsen vorbeigekommen. Jón hatte sich unauffällig beim Wärter der Sammlung nach ihm erkundigt, doch der meinte, nichts zu wissen. Die Köchinnen, Küchenmägde und Diener waren auch nicht sicher, wo der König sich aufhielt. Jemand meinte, nachts einen Schrei aus dem Schlafgemach des Königs gehört zu haben, das seitdem nur noch vom engsten Kreis betreten werden durfte. Ein anderer behauptete, man habe Ärzte und Krankenpfleger dort gesehen und sogar den Kronprinzen und seine engsten Berater. Sie hätten sich sogar gestritten, der König und sein Sohn, und der Prinz sei verärgert davongestürmt, gefolgt von seinen Ratgebern, wie im Gänsemarsch. Ein weiterer meinte, König Christian sei eines Nachts in seine Sommerresidenz, das Schloss Marselisborg bei Aarhus, gebracht worden.

Als der Küchenchef auftauchte und das Gerede hörte, schnaubte er laut und befahl, diese Dummheiten zu unterlassen. Der König sei erkrankt, er habe heute schon dreimal Essen zubereitet und es persönlich ins Schlafgemach des Königs gebracht und später ein leeres Tablett zurückbekommen. Jón kam der Gedanke, dass der König vielleicht Probleme mit seiner geistigen Gesundheit habe und deshalb nicht mehr auf den Beinen sei, aber was wusste er schon über den Zustand seines Königs oder was in diesem Schloss so vor sich ging?

Eines Tages, als Jón frühmorgens zur Uhr kam, erwartete der König ihn zu seiner großen Überraschung in seinem Sessel, begrüßte ihn und fragte, wie es gehe und ob er nicht mit der Geschichte von den Isländern fortfahren wolle. Der König sah gut aus, wenn auch etwas müde. Er verlor kein Wort über seine Abwesenheit, und Jón wusste, dass es sich nicht für ihn gehörte, danach zu fragen. Er hatte aber das Gefühl, dass der König seinen Geschichten von den Halunken in den Westfjorden mittlerweile etwas kritischer lauschte.

»Du solltest dich jedenfalls bei den Schilderungen des Bezirksamtmanns und seiner Frau zurückhalten«, sagte der König ernst, als Jón versuchte, sich zu verteidigen.

»Als ich mit diesen Erzählungen begann, habe ich mir gelobt, nie die Unwahrheit zu sagen, Eure Hoheit«, erläuterte Jón. »Meiner Meinung nach habe ich mich daran gehalten.«

»Du kannst die Geschichte stark beeinflussen«, sagte der König. »Das habe ich dir schon einmal gesagt.«

»Gewiss, Majestät, deshalb verspüre ich noch eine stärkere Verantwortung. Bei allem Respekt, Eure Königliche Hoheit, es war, wenn ich das so sagen darf, nicht mein Wunsch, diese Geschichte auszugraben, und ich hätte es lieber gelassen. Sie weckt schmerzhafte Erinnerungen, wenn ich mir die Bemerkung erlauben darf. Aber da es jetzt so gekommen ist, habe ich nach bestem Wissen und Gewissen erzählt. Natürlich könnte ein anderer Erzähler ganz anders vom Bezirksamtmann, seiner Frau und all den Geschehnissen berichten, aber wie ihr erwähnt hattet, ist es meine Schilderung, und ich versuche, mich an die Wahrheit zu halten, ich kenne sie besser als alle anderen.«

»Die Wahrheit?«, schnaubte der König.

»Ich achte immer darauf, sie in Ehren zu halten, Eure Hoheit. Und ich will in der Hinsicht nur erwähnen, dass die Frau des Bezirksamtmanns Halldóra sich durchaus gutmütig zeigen konnte, wenn sie wollte. Etwa wenn Kinder in der Kirche von Hagi getauft wurden ...«

»Gibt es dort eine Kirche?«, unterbrach ihn der König.

»Das ist richtig, Eure Hoheit«, sagte Jón. »In Hagi gab es schon seit Langem eine Kirche, aber was ich sagen wollte, Halldóra war bekannt dafür, dass sie Kindern, die dort in der Kirche getauft wurden, einen ganzen Satz Kleidung schenkte, was sehr großzügig war.«

Wieder schnaubte der König.

»Es ist nicht schwer, die Wahrheit zu verdrehen, wenn es einem passt«, sagte er.

»Das ist völlig richtig, Majestät«, sagte Jón Sívertsen.

»Aber was ist das dann für eine Wahrheit? Gibt es vielleicht eine Wahrheit, die unabhängig ist von dem, der meint, sie am besten zu kennen?«

Auf derartige Fragen wusste Jón keine Antwort.

»Sie sagen, dass ich wieder einen Anfall hatte«, meinte der König und stand auf. »Halten es für das Beste im

Sinne des Königreichs, wenn ich so wenig wie möglich tue. So ist das. Sie sagen, das Ansehen des Königreichs habe in meiner Zeit gelitten. Die Jahre der Lust. Struensee. Caroline Mathilde und Louise Auguste. Das waren schwierige Zeiten. Habe ich dir von Caroline Mathilde erzählt? Bei unserer Hochzeit war sie erst fünfzehn. Wir waren zwei Kinder, die nie richtig zueinander gefunden haben. Kein Wunder, dass sie ihm verfallen ist. Dem deutschen Arzt. Und dann ist sie gestorben. Mit dreiundzwanzig Jahren.«

Jón wusste nicht, was er sagen sollte. Der König hatte bisher noch nie so über die Königin gesprochen oder seine Tochter Louise Auguste erwähnt, die hier im Schloss mit ihrem Vater lebte.

»Ich darf das natürlich nicht sagen, aber Struensee meinte es immer nur gut mit mir«, fuhr der König fort, und es war, als trauere er um einen alten Freund. »Alles, was er getan hat, war mir zu Nutzen. Und Dänemark, wohlgemerkt. Vieles von dem, was er ... Er hatte viele gute Ideen. Aber war natürlich skrupellos, hat unsere ... unsere Freundschaft ausgenutzt und das alles, ja, er war ein Schurke ... und Louise, meine geliebte Louise Auguste ...«

Der König sah Jón an.

»Der Uhrmacher gelobt also, mir die Wahrheit zu sagen, aber was ist die Wahrheit? Weißt du das? Weiß das überhaupt jemand?«, fragte er.

Der König verstummte, und Jón überlegte, was er Schlaues sagen könnte, doch dann fuhr Seine Hoheit in dem gleichen bedauernden Tonfall fort.

»Sie haben ihn gefoltert«, sagte er. »Mir verboten, ihn zu sehen. In einen goldenen Wagen haben sie mich gesetzt und sind mit mir durch Kopenhagen gefahren, als wäre ich von Vaterlandsverrätern befreit worden. Haben ihn ans Rad geflochten, das sollte anderen eine Warnung sein.«

Dem König kamen beinahe die Tränen, als er sich an die unruhige Zeit erinnerte. Doch dann ging es vorüber, und plötzlich begann er, von dem seltsamen Phänomen zu sprechen, das man Anziehungskraft der Erde nannte, mehr mit sich selbst als mit Jón. Der hörte den König noch etwas über die Weltmeere murmeln, als er sich entfernte, doch auf dem Weg aus dem Lager hielt Christian, der Siebte in der Reihe, ein paarmal inne und machte kleine königliche Hüpfer, als wolle er die Gravitationstheorien von Isaak Habrechts Namensvetter aus England, die schon seit Langem als Wahrheit anerkannt wurden, am eigenen Leib spüren.

Vierundzwanzig

Die Sonne war nirgendwo zu sehen, und die Wolken hingen tief, als Þórður eines Tages unten am Ufer bei Fjörukot in den Himmel blickte und sah, dass es wahrscheinlich regnen würde. Er pinkelte ins Meer, sodass es ordentlich schäumte, und hörte plötzlich Hufschläge hinter sich. Als er sich umdrehte, sah er, dass der Bezirksamtmann aus Hagi zu ihm ans Meer gekommen war und von seinem Pferd stieg. In seiner Uniform mit den Quasten an den Schultern wirkte er würdevoll und erhaben. Auf dem Kopf trug er den Bezirksamtmannshut, der ein wenig zur Seite gerutscht war. Þórður wischte sich die Hände am Hemd ab. Er hatte noch nie so hohen Besuch bekommen und wunderte sich erst, ahnte aber bald, worum es ging, und sein Herz pochte schneller vor Angst.

»Grüße dich, Þórður«, sagte der Bezirksamtmann freundlich, sah aber davon ab, ihm die Hand zu geben. »Wie geht es dir?«, fragte er und lockerte den Sattelgurt um zwei Löcher.

»Ach, wie immer«, sagte Þórður. »Ich glaube, es wird bald regnen.«

»Vielleicht darf ich kurz reinkommen«, sagte Ólafur, blickte zum Kotten hinauf und hatte den Eindruck, dass Þórður gerade das Torfdach reparierte.

»Natürlich«, sagte Þórður. »Ich habe etwas Hai und ein wenig Brennivín, die ich Euch anbieten kann.«

»Derzeit muss ich die Finger vom Brennivín lassen«, sagte der Bezirksamtmann und lächelte. »Das mit dem Hai ist aber eine andere Sache. Ist er gut abgehangen?«

»Weich wie Wolle«, sagte Þórður.

Er trug die neuen Stiefel, und ihm fiel auf, dass Ólafur sie begutachtete. Sie gingen zum Kotten hinüber, und Ólafur folgte Þórður hinein. Bei dem üblen Gestank hielt sich der Bezirksamtmann unwillkürlich die Nase zu, und das, obwohl er in der Hinsicht einiges gewohnt war. Er wusste nicht, woher der Geruch genau stammte, diese Mischung aus Exkrementen und fermentiertem Fisch. Þórður holte ein Messer und schnitt ein Stück von dem Hai ab, der beim Bett, direkt neben Ólafur, von der Decke hing. Der Bezirksamtmann schluckte ihn schnell, er war tatsächlich sehr weich und schmeckte gut, einen weiteren Bissen lehnte er aber dankend ab.

Ólafur hatte keine Eile, und sie unterhielten sich über dies und das, nichts Besonderes, das Wetter und den Haifang, den Lebertranpreis, das Fangwetter, wie viele Schafe Þórður habe und dergleichen. Þórður atmete ein wenig auf und glaubte langsam, der Bezirksamtmann sei nur zu ihm gekommen, um sich kurz auszuruhen, und würde schon bald wieder weiterreiten. Er bedauerte nur, dass er keinen Schnaps trinken wollte, denn von dem hatte er jetzt reichlich und hätte sich damit beim Bezirksamtmann beliebt machen können.

»Ja, ja«, sagte Ólafur, als ihnen der Gesprächsstoff ausging, dann sah er Þórður an, wie er da auf der Bettkante saß und Tabak aus einem vollen Säckchen in eine Pfeife stopfte und sich auf das Bett legte.

»Ach ja«, sagte Þórður.

»Man hört, dass sich hier in Fjörukot so einiges ereignet hat, das durchaus erzählenswert ist«, sagte Ólafur.

»Da gibt es nicht viel zu erzählen«, sagte Þórður. »Hier passiert nicht viel, würde ich sagen. Eigentlich äußerst wenig.«

»Na ja, ein Kind mit Guðrún Valdadóttir, wenn ich richtig gehört habe«, sagte der Bezirksamtmann. »Ist das wenig? Oder habe ich da etwas missverstanden?«

»Ach so, nein, doch, das ist wohl wahr«, sagte Þórður. »Wir haben ein Kind zusammen gezeugt. Es wird schon bald auf die Welt kommen.«

»Und wie kam es dazu, wenn ich fragen darf?«

»Ja, fragt nur«, sagte Þórður und versuchte sich zu erinnern, was er sagen sollte. »Es kam so, dass ich in Geirseyri vorbeikam und kurz dort Rast machte. Guðrún hat mich empfangen und … ja, eins führte zum anderen … Eine begabte Näherin, Guðrún. Eine großartige Frau, das muss ich sagen.«

»Und du hast bei ihr gelegen?«

»Ich darf doch sehr bitten.«

»Ist das ein Ja oder ein Nein?«

»Ja, ich habe bei ihr gelegen. Wir lagen eine Weile beisammen, ja. Es war sehr zärtlich. Ein guter Tag.«

»Und jetzt trägt Guðrún dein Kind, aber verheiratet seid ihr nicht, richtig?«

»Ja, so ist es.«

»Das fällt unter Unzucht und ist verboten«, sagte der Bezirksamtmann. »Das ist dir doch sicher bewusst. Derartiges wird mit einer Geldstrafe geahndet.«

»Das weiß ich.«

»Du bekennst dich also schuldig?«

»Voller Demut. Mein zweites Vergehen, das solltet Ihr wissen, bei allem Respekt vor Eurem Amt.«

»Hat euch jemand gesehen?«, fragte Ólafur.

»Nein. Niemand.«

»Es gibt also keine Zeugen eurer … Vereinigung?«

»Nein. Wir waren allein auf dem Hof, als es passiert ist.«

»Und es war nur einmal?«

»Ja, nur das eine Mal.«

»Habt ihr vor, die Sache zu beheben?«

»Was beheben, wenn ich fragen darf? Ich muss zugeben, dass ich nicht mehr so gut höre.«

»Wollt ihr heiraten?«

»Nein, darüber haben wir nicht gesprochen«, sagte Þórður und wurde stutzig.

»Warum nicht?«

»Nein, nein, nein, das war nie geplant. Dazu wird es nicht kommen.«

Ólafur blickte auf den Hai, der von der Decke hing. Þórður hatte das meiste davon schon gegessen, und was die Qualität betraf, hatte er die Wahrheit gesagt. Der Hai war äußerst weich am Gaumen.

»Soweit ich weiß, hast du dich vor Kurzem beim Kaufmann neu eingekleidet. Ich sehe, dass du schöne neue Stiefel trägst. Und du hast Brennivín. Und das ist doch eine neue Pfeife, nicht wahr?«

»Ich habe den Brüdern in Hænuvík beim Fischfang ausgeholfen«, sagte Þórður. Das war die Wahrheit, und er ließ es als Erklärung genügen.

»Sie fangen viel«, sagte Ólafur. »Ich habe mir sagen lassen, dass ihnen der Lebertran bereits aus den Ohren läuft.«

»Das tun sie, und nicht alle haben die Ehre, für sie arbeiten zu dürfen«, sagte Þórður selbstzufrieden.

»Das ist ein ansehnlicher Beutel Tabak, den du da hast«, sagte Ólafur und zog eine Pfeife aus der Tasche.

»Bitte, bedient Euch«, sagte Þórður, reichte ihm den Beutel und spuckte auf den Boden.

Ólafur stopfte den Tabak in seine Pfeife und blickte auf die Stelle am Boden, wo Þórður hingespuckt hatte, und auf den Hai über dem Bett, wo auch ein paar halbgetrocknete Fische hingen und etwas, das aussah wie ein Vogel. Dann sah er Þórður an, mit seinem fleckigen Bart, und fragte sich, wie in aller Welt es dazu gekommen war, dass Guðrún Valdadóttir, eine attraktive Frau, auch wenn er nicht viel von ihr hielt, diesen Mann an sich rangelassen hatte.

»Was steht da drauf?«, fragte der Bezirksamtmann und reichte Þórður den Beutel zurück. »Steht da ein Name drauf?«

Þórður sah den Amtmann an, als habe er ihn nicht richtig gehört.

»Das sind doch nicht deine Initialen?«, sagte der Bezirksamtmann und zeigte auf den Beutel. »Die da draufstehen?«

»Nein«, sagte Þórður und atmete auf, weil sich das Gespräch endlich nicht mehr um ihn und Guðrún drehte. »Den habe ich von Sigurður aus Geirseyri bekommen.«

Fünfundzwanzig

Zwei Tage später ritt der Bezirksamtmann nach Geirseyri, und sein Auftritt machte deutlich, dass er in offizieller Mission unterwegs war. Es war kurz vor Mittag, und außer Jón, der gerade Wasser vom Bach holte, war niemand da, um ihn zu empfangen. Jón stellte die Eimer ab, um das Pferd zu halten, während der Bezirksamtmann sich aus dem Sattel mühte. Dann richtete Ólafur sich auf, strich Jón über den Kopf und fragte, zu wem er denn gehöre. Jón nannte ihm bereitwillig die Namen seiner Eltern, worauf der Bezirksamtmann fragte, ob sein Vater zu Hause sei, doch Sigurður war mit seinen Arbeitern losgefahren, nur Guðrún und zwei Arbeiterinnen waren zu Hause, und Jón und sein Bruder Þórarinn.

»Dann sag doch Guðrún Bescheid, mein Junge, dass Ólafur gekommen ist, der Bezirksamtmann aus Hagi, und gerne mit ihr sprechen würde.«

Jón gehorchte sofort, brachte die Eimer in die Küche und sagte Guðrún, die gerade über ihrer Näharbeit saß, dass Ólafur aus Hagi gekommen sei, um sie zu sprechen. Guðrún reagierte gelassen und bat Jón, den Bezirksamtmann zu ihr hineinzuschicken. Sie machte sich nicht die Umstände, eigens aufzustehen, um den hohen Besuch zu empfangen. Ein Gespräch über ihre Unzucht hatten sie schon einmal geführt, als sie das Kind von Einar bekommen und ihre Strafe in Hagi abgearbeitet hatte. Ein weiteres Vergehen würde mit einer Geldstrafe geahndet werden, und jetzt hatte sie auch die nötigen Mittel, um diese zu bezahlen.

»Sei gegrüßt, Guðrún«, sagte Ólafur freundlich, als er zu ihr trat. Er nahm seinen Hut ab und stellte die Tasche beiseite. »Woran arbeitest du da?«

»Das ist ein leichter Pullover für den kleinen Jón, der Euch empfangen hat«, sagte Guðrún. »Ich bessere nur die Ärmelschoner aus.«

»Ich darf mich vielleicht kurz zu dir setzen«, sagte Ólafur und blickte sich um. »Ich bin in einer offiziellen Angelegenheit hier, damit das klar ist, und ich fürchte, du weißt bereits, wie das abläuft. Oder streitest du die Unzucht mit Þórður aus Fjörukot ab?«

»Setzt Euch«, sagte Guðrún, ohne von ihrer Näharbeit aufzublicken, und zeigte auf das Bett gegenüber von ihr. Ólafur gab sich damit zufrieden und nahm auf der Bettkante Platz, auch wenn sie nicht sonderlich bequem war. »Ich gestehe bereitwillig mein Vergehen«, fügte sie hinzu, als wäre nichts selbstverständlicher und ihr Geständnis nur eine Formalität.

Der Bezirksamtmann lächelte. In ihrem Tonfall lag keine Reue oder Bedauern.

»Nun gut«, sagte er, »dann ist das erledigt. Und die Vaterschaft? Damit ich es von dir persönlich höre.«

»Der Vater ist Þórður aus Fjörukot«, sagte Guðrún.

»Genau, das hat er auch gesagt«, meinte Ólafur und kramte aus seiner Tasche ein paar Papiere hervor, machte die Tasche wieder zu und legte die Papiere darauf.

»Habt Ihr mit ihm gesprochen?«, fragte Guðrún und blickte von dem Pullover auf.

»Ja, das habe ich«, antwortete Ólafur.

»Nun gut.«

»Ich habe noch dein Geständnis wegen Unzucht mit Einar Sigurðsson, Sohn von Sigurður«, sagte der Bezirksamtmann, »dem Bauern hier in Geirseyri. Ich muss also nur den Namen ändern, oder wie?«, sagte er und reichte Guðrún die Papiere. »Du kannst solche Dokumente lesen, nicht wahr?«

Guðrún unterbrach ihre Näharbeit und sah den Bezirksamtmann an. Dann nahm sie die Papiere entgegen und überflog ihre früheren Sünden. Sie war sich nicht sicher, was der Bezirksamtmann von ihr wollte.

»Wie Ihr meint«, sagte sie und reichte Ólafur die Papiere zurück. »Mir ist das egal.«

»Gewiss«, sagte der Bezirksamtmann. »Was ich aber noch fragen wollte, kannst du diese Aussagen über dich und Einar noch bestätigen?«

»Ja, das kann ich«, sagte Guðrún.

»Gut«, sagte der Bezirksamtmann. »Einar, der Sohn von Sigurður in Geirseyri, ist der Vater deines Kindes.«

»Ja.«

»Dann wäre das erledigt«, sagte der Bezirksamtmann. »Und wo ist der Junge, wenn ich fragen darf?«

»Er ist bei seinem Großvater ... darf ich fragen, warum Ihr das wissen wollt? Warum kommt Ihr mit diesen Papieren hierher? Die Sache hatte sich doch längst erledigt. Ich habe meine Buße getan. Und jetzt gestehe ich, von Þórður schwanger zu sein. Die beiden Fälle haben nichts miteinander zu tun.«

»Und doch hängen sie zusammen. Das Verbrechen ist das gleiche. Der Vorsatz der gleiche. Für die Behörden muss alles seine Richtigkeit haben«, sagte Ólafur. »Du wirst mit einer Geldstrafe rechnen müssen. Ich nehme an, dass du sie diesmal nicht bei uns in Hagi abarbeiten wirst.«

»War das alles?«, fragte Guðrún.

»Eins wollte ich dich noch fragen«, sagte Ólafur. »Es scheint, dass Þórður aus Fjörukot von plötzlichem Reichtum überschüttet wurde. Hast du eine Idee, wie es dazu gekommen sein könnte?«

»Nein, darüber weiß ich nichts«, sagte Guðrún.

»Nein? Na gut, du scheinst es mit ihm zumindest besser getroffen zu haben als mit seinem Vorgänger, jetzt, wo eure Hochzeit bevorsteht.«

»Hochzeit?«, fragte Guðrún verwundert.

»Er meinte, ihr hättet darüber gesprochen.«

»Ach so, ja ... das wird sich herausstellen.«

»Er behauptet, um deine Hand angehalten zu haben.«

»Ich habe ihm in dieser Hinsicht kein Versprechen gemacht«, sagte Guðrún.

»Aber es gab einen Antrag?«

»Wenn er das so sagt, wird es wohl stimmen.«

»Gibst du es zu?«

»Ja, das tue ich wohl.«

»Ich bedanke mich für die Auskünfte«, sagte Ólafur, stand auf und warf die Bezirksamtmannstasche über die Schulter. »Du wirst von mir hören, was die Geldstrafe angeht.«

»Auf Wiedersehen«, sagte Guðrún und blickte nicht von dem Ärmelschoner auf.

Ólafur war auf dem Weg nach draußen, als er plötzlich innehielt und sich noch einmal zu Guðrún umdrehte, als habe er noch eine Kleinigkeit vergessen.

»Þórður hat seine größte Freude mit dem Geschenk«,

sagte er. »Ich soll Sigurður ganz besonders von ihm grüßen.«

Guðrún nickte und meinte, sie würde es weitergeben. Dann verabschiedeten sie sich.

Gegen Abend kam Sigurður zurück. Guðrún war nach dem Besuch des Bezirksamtmanns den ganzen Tag unruhig gewesen und erzählte ihm davon. Sie meinte, Ólafur sei sonderbar höflich gewesen und habe Fragen gestellt, bei denen sie nicht sicher war, wie sie hatte antworten sollen. So sei die Frage nach dem Antrag sehr überraschend gekommen. Einen Antrag habe es nie gegeben, und deshalb habe sie keine Ahnung gehabt, wie sie reagieren sollte.

»So überfreundlich«, sagte sie besorgt. »Übertrieben höflich. Er hat mir etwas verschwiegen, dieser Schuft.«

»Denkst du nicht, dass du dir da unnötig Sorgen machst?«, fragte Sigurður.

»Er hat nach Einar und mir gefragt. Warum tut er das?«

»Ist er nicht lediglich seinen Aufgaben als Bezirksamtmann nachgekommen? War er betrunken?«

»Nein, er war nicht betrunken. Was hast du ihm gegeben?«, fragte Guðrún.

»Ihm gegeben? Wem?«

»Þórður. Du hast ihm etwas gegeben. Sigurður, was war das? Was hast du ihm gegeben?!«

Sechsundzwanzig

Mit jedem Tag verstand Jón Sívertsen besser, wie die Uhr aufgebaut war. Wie die einzelnen Teile funktionierten, miteinander verbunden waren und zusammenwirkten. Wie die Bewegung der Zeiger andere Mechanismen der Uhr in Gang setzte und schließlich im Glockenklang und dem Krähen des Hahns resultierte. Wie die langsame Bewegung der Weisen und der Figuren der Lebensalter auf ihrem Umlauf gemeinsam mit der Scheibe, die alle Tage des Jahres zeigte, eine Symphonie der Zeitmessung erklingen ließen. Mit seinem Verständnis des Uhrwerks wuchs auch seine Bewunderung für Isaak Habrecht. Dass die Uhr außerdem zweihundert Jahre alt war, ließ sie und den alten Meister nur noch herrlicher erscheinen.

Es war Abend geworden, und das Schloss Christiansborg war in eine friedliche Stille gehüllt, als Jón wie gewohnt seine Arbeit beendete und sich auf den Weg nach Hause machte. Etwas ließ ihn aber noch einen Moment vor der Habrechtsuhr verweilen. Erinnerungen, die aufgekommen waren. Eine alte Wehmut, die nie ganz verschwunden war. Seit er angefangen hatte, dem König von den Geschehnissen in seiner Heimat Mitte des Jahrhunderts zu erzählen, reiste er in Gedanken, auch wenn er allein war, immer wieder dorthin zurück.

Meist passierte es, wenn er wie jetzt in einer stillen

Stunde vor dem zerlegten Uhrwerk stand, und obwohl seitdem viel Zeit vergangen war, traten immer noch Tränen in seine Augen, wenn er an seinen Vater und an Guðrún dachte und auch an seinen Wohltäter, den Dichter Eggert Ólafsson, und an das schreckliche Schicksal, dass ihn fünfzehn Jahre nach besagten Geschehnissen ereilt hatte. Er, der dem Land so viel Gutes wollte und ihm ein Loblied geschrieben hatte. *Gesegnet seist du, segne dich.* Wer hätte gedacht, dass dieses *Island der felsigen Fjorde*, das er besungen hatte, ihm den Tod in den Tiefen des Breiðafjörður bringen würde.

Jón hatte von den schrecklichen Vorfällen aus einem Brief von seinem Bruder Þórarinn erfahren. Das Schreiben bewahrte er auf und holte es manchmal hervor, wobei ihn jedes Mal eine tiefe Trauer erfasste, wie sie schon beim ersten Lesen in ihm aufgekommen war. Die Worte hatten sich in sein Gehirn eingebrannt.

Verfasst in Geirseyri,
Juni des Jahres 1768

Mein liebster Bruder, möge der Friede Gottes allzeit mit dir sein.

Hier haben sich Dinge ereignet, an die wir uns zweifellos noch lange erinnern werden und von denen ich dir schwersten Herzens berichten muss. Wir wissen nur zu gut, wie sehr du den Dichter Eggert Ólafsson geschätzt hast und wie sehr er dich in dem Vorhaben, für deine Ausbildung nach Kopenhagen zu gehen, bestärkt und unterstützt hat. Wir alle sind bestürzt von dem schrecklichen Unfall, der sich auf dem Breiðafjörður ereignet hat und ihn zusammen mit seiner Ehefrau und weiteren Mitreisenden das Leben gekostet hat. Die Nachricht hat sich hier in den Westfjorden und im ganzen Land wie ein Lauffeuer verbreitet.

Die Hochzeit von Eggert und seiner Ingibjörg im vergangenen Herbst in Sauðlauksdalur ist uns allen noch in guter Erinnerung, das Brautpaar hatte zu einem Fest geladen, und es war eine pure Freude, mit ihnen zu feiern und ihr Glück zu teilen. Den Winter haben sie bei den Pfarrersleuten verbracht, aber Eggert plante, bei Hofstaðir im Bezirk Miklaholt auf Snæfellsnes eine Landwirtschaft aufzubauen, und dahin wollten sie Ende Mai mit ihrem gesamten Hausrat übersiedeln. Für den Umzug hatte Eggert den besten Mann an seine Seite geholt, den man dafür finden konnte, nämlich Gissur Pálsson, er besaß ein Ruderboot mit acht Riemen, das beste weit und breit. Erst ging die Truppe nach Saurbær, wo der Pfarrer aus Sauðlauksdalur zum Dreieinigkeitsfest eine wundervolle Messe hielt, bevor er alle mit einem eigens verfassten Gedicht verabschiedete. Danach luden sie den Besitz der Eheleute auf das Ruderboot, es war viel und wertvoll, geschätzt auf über sechshundert Reichstaler. Manche behaupten, der Umfang der Ladung sei eine der Ursachen für das spätere Unglück gewesen. Jede Menge isländischer Handschriften und seltener Bücher, alte Gegenstände und dergleichen in großen Kisten und darauf noch große Wollsäcke, die auch über den Fjord gebracht werden sollten.

Ein zweites Boot war dabei, das von Jón Arason gesteuert wurde, und sie fuhren erst nach Skor, bevor sie den Breiðafjörður überqueren wollten. Doch dann kam ein Unwetter auf, und die können hier im Frühjahr am schlimmsten sein. Eggert aber hielt unverdrossen an seinem Vorhaben fest, und die beiden Boote verließen die Anlegestelle bei Skor. Jón Arason kehrte kurz darauf wieder um, als der Sturm weiter brauste und das Unwetter sogar noch zunahm. Es ist nichts über das Schicksal Eggerts und seiner Mitfahrer bekannt, seit sie in der Dunkelheit verschwunden sind. Einzige Zeugen der Tragödie waren die Brandungswellen.

Mit Eggert ertranken auf dem Boot neben der Besatzung seine Frau Ingibjörg Guðmundsdóttir, 34 Jahre; der Studiosus Ófeigur Vernharðsson, 24 Jahre, und Valgerður Jónsdóttir, 18 Jahre.

Mein liebster Bruder, hier herrscht Trauer und Betroffenheit wie noch nie zuvor. Mit dem Boot ist ein einzigartiger Mensch untergegangen, eine Blüte des Landes, unser Licht, unsere Hoffnung und Freude.

Dir auf ewig verbunden,
Dein Bruder Þórarinn

Die Nachricht hatte Jón Sívertsen beim ersten Lesen tief getroffen, und sein Wohltäter tauchte oft in seinen Träumen auf. Dann stand er am Meer, blickte auf den Breiðafjörður hinaus und beschloss, trotz der vielen Warnungen loszufahren. Es war, als hätte nichts diesen fortschrittlichen Mann aufhalten können. Als wäre er unverwundbar und drohe seinem Schicksal mit der Faust. Jón kannte Geschichten von Männern, die bei gefährlichem Wetter warnende Worte ignoriert hatten, entgegen aller Vernunft losgefahren und nie wieder zurückgekehrt waren. Man nannte sie dem Tode geweiht und sagte, keine menschliche Kraft hätte sie retten können. Den Hinterbliebenen war das nur wenig Trost, womöglich warfen sie sich sogar vor, nicht genug getan zu haben, um sie aufzuhalten.

So war es auch bei Eggert gewesen.

Siebenundzwanzig

Jón war so tief in seine Gedanken versunken, dass er nicht hörte, wie eine junge Frau die Sammlung betrat, zur Uhr kam und still neben ihm stehen blieb, ohne ihn zu stören. Sie betrachtete das Uhrwerk, oder das, was davon übrig war und überall auf dem Arbeitstisch verteilt lag. Sie musterte auch Jón, mit seinem gekrümmten Rücken, dem müden Blick und der Schürze vor dem Bauch, der in Gedanken weit von Schloss Christiansborg entfernt zu sein schien.

»Wer ist das denn?«, fragte sie schließlich mit hoher Stimme und zeigte auf die Uhr. »Ist das etwa die Jungfrau Maria?«

Die junge Frau riss Jón aus seinen Gedanken, und er erschrak so sehr, dass er kurz aufschrie und sich erst wieder beruhigen musste.

»Ich habe Euch nicht bemerkt«, sagte er.

»Entschuldige bitte, ich wollte niemanden erschrecken, ich bin auf der Suche nach meinem Vater. Ich frage mich, wo er sein könnte«, sagte die junge Frau und lächelte.

»Euer Vater? Ich fürchte, ich kenne ihn nicht«, sagte Jón. »Hier ist außer mir niemand, es tut mir leid.«

»Jeder kennt ihn«, die junge Frau lächelte. »Er ist der König, Christian VII.«

»Oh? Ist er …? Meint Ihr …?«

»War er nicht hier?«

»Verzeiht ... Ihr müsst also ... Ihr seid ...«

»Louise Auguste«, sagte die junge Frau. »Wie ich erfahren habe, verbringt mein Vater viel Zeit hier bei der Uhr.«

»Verzeiht, Eure Hoheit, ich wusste nicht ... wusste nicht, wer Euer Vater ist, verzeiht mir bitte vielmals«, stammelte Jón und ärgerte sich über sich selbst. Er hatte die Prinzessin noch nie gesehen und sie nicht erkannt. Sah aber sofort, dass es sich um eine Adelige handeln musste, so erhaben wirkte sie, in einem Festkleid mit einem breiten rosa Seidenband um die Taille und Handschuhen, schönen Haaren unter einem zierlichen Schleier und langen Diamantohrringen, die im Licht glitzerten. »Es stimmt«, fuhr Jón fort, »er hat mich hier des Öfteren mit seiner Anwesenheit beehrt und ein erfreulich großes Interesse für Habrechts Uhr gezeigt.«

Die Frau blickte wieder auf die Einzelteile der Uhr.

»Ist sie nicht kaputt?«, fragte sie.

»Sie ist tatsächlich in einem sehr schlechten Zustand, Eure Hoheit.«

»Mein Vater meint, sie sei für immer zerstört. Die Arbeit sei reine Zeitverschwendung.«

»Das ... das wird sich noch herausstellen«, sagte Jón. Es kränkte ihn ein wenig, zu hören, dass der König nicht an sein Unterfangen glaubte und somit vermutlich auch nicht an ihn. »Ich gebe zu, dass es keine einfache Aufgabe ist, so ein altes und kompliziertes Uhrwerk zu reparieren, aber ich tue mein Bestes.«

»Ja«, sagte Louise Auguste gleichgültig. »Es ist ja auch nur eine Uhr«, fuhr sie fort. »Oder etwa nicht?«

Jón Sívertsen wollte ihr erklären, dass eine Uhr nicht gleich einer Uhr war, ganz im Gegenteil, und dafür gäbe es keinen besseren Beweis als genau dieses Kunstwerk von Habrecht. Doch er ließ es bleiben und wiederholte nur, dass er nicht wisse, wo ihr Vater sich aufhalte, und verbeugte sich, weil er das bei ihrem Eintreten möglicherweise vergessen hatte.

»Ich bin jedenfalls auf der Suche nach ihm«, sagte Louise Auguste.

»Das werde ich ihm ausrichten, Eure Hoheit, falls er hier vorbeikommt«, sagte Jón, und nachdem er sich von dem größten Schreck des unerwarteten Besuchs erholt hatte, sah er sich die Prinzessin genauer an. Man erzählte sich, dass die beiden Eheleute, Louise und ihr Mann, der Herzog Friedrich von Augustenburg, sehr unterschiedlich seien. Er galt als sehr verschlossen, schüchtern und humorlos, ein Langweiler, der immer nur über seinen Büchern saß. Sie aber erfreute sich des Lebens, genoss mit Leib und Seele die Feste auf dem Hof und war stets fröhlich und aufgeschlossen. Deshalb wurde sie manchmal sogar als die Venus Dänemarks bezeichnet. Man sagte, sie habe einen Liebhaber, schließlich lasse die Ehe mit dem Herzog zu wünschen übrig. Nach dem, was man so hörte, waren sie eilig verlobt worden, als sie vierzehn Jahre alt war, um das dänische Königreich zu stärken und zu verhindern, dass sie in die erbärmliche schwedische Königsfamilie einheiratete. Außerdem hatte Jón gehört, dass die beiden Geschwister, der Kronprinz Friedrich und Louise Auguste, sich sehr nahestanden und sie immer zu ihrem Bruder halte, in allem, was die Führung des Reichs anbelangte, und der König nicht zuletzt ihretwegen nur auf dem Papier die Macht besaß.

»Mein Vater erzählt, dass der Herr Uhrmacher aus Island stammt«, sagte Louise Auguste und wedelte mit einem Fächer, den sie in der handschuhbekleideten Hand hielt.

»Das ist richtig, Eure Hoheit«, sagte Jón.

»Ist es dort nicht furchtbar kalt?«, fragte sie.

»Doch, Eure Hoheit, in Island kann es im Winter ziemlich kalt werden. Dort gibt es große Gletscher, und die Winter sind lang.«

»Aber auch im Sommer ist es kalt, soweit ich gehört habe.«

»Ja, die Sommer können auch kalt sein, insbesondere im Vergleich zu Eurem gnädigen Dänemark, Verzeihung, gnädige Frau, wollte ich sagen, ich meine … Eure Majestät, Eure Hoheit.«

Jón Sívertsen hatte sich in der Anrede vertan, und Louise Auguste lachte auf, als sehe sie in dem isländischen Uhrmacher einen amüsanten und unterhaltsamen Kerl. Sie strich mit dem Fächer sanft über seine Wange, bevor sie sich umdrehte und die Sammlung verließ. Jón blickte ihr hinterher und sah, dass sie innehielt, den Fächer zusammenklappte und wieder zu ihm trat.

»Vater meint, er habe hier schon viel über Island erfahren«, sagte sie und lächelte, wie aus reiner Höflichkeit. »Irgendwelche Familiengeschichten. Von Verbrechern, wenn ich ihn recht verstanden habe. Über Menschen, die vom Unglück verfolgt sind, die sich nicht an die Gesetze gehalten haben.«

»Das war nicht mein Wunsch, Eure Hoheit, aber es stimmt, er hat mich gebeten, Geschichten vom Leben in meiner Heimat Island zu erzählen, einer Gegend auf der Nordseite eines breiten Fjords namens Breiðafjörður, im Nordwesten der Insel.«

»Geschichten von Blutschande, falscher Vaterschaft und Unzüchtigkeiten«, sagte die junge Königstochter.

»Nein, Blutschande nicht, Eure Hoheit, aber falsche Vaterschaft und ja, auch Unzüchtigkeit. Derartige Vergehen.«

»Kommt das in Island oft vor?«

Jón wusste nicht, wie er am besten auf die Frage antworten sollte.

»Wir sind ein kleines Volk, und viele haben bereits angemerkt, dass die Gesetze sehr streng verfasst sind, also ja, falsche Vaterschaften kommen nicht selten vor, das kann man so sagen.«

»Und deshalb werden Kinder getötet?«, fragte Louise Auguste.

»In manchen Fällen kam es dazu, ja«, gestand Jón.

»Wollte mein Vater darüber etwas wissen?«

»Nein, nicht direkt«, sagte Jón und war völlig verwirrt. Die vielen Fragen hatten ihn überrumpelt. »Er hat sich für alle möglichen Dinge interessiert, von denen ich ihm erzählt habe, über das Leben dort in den Westfjorden und die Menschen in meinen Geschichten«, fügte Jón hinzu.

»Zum Beispiel?«

»Ja, zum Beispiel den Haifang, Eure Hoheit.«

»Das ist gut. Vielleicht wäre es besser, sich auf Geschichten wie diese zu beschränken. Ich weiß nicht, ob es meinem Vater guttut, von den Unzüchtigkeiten in Island zu hören«, sagte Louise Auguste. »Er ist sehr leicht zu begeistern und reagiert manchmal unberechenbar. Es ist nicht egal, auf welche Art und Weise er die Dinge zu hören bekommt. Die Geschichten scheinen etwas in ihm geweckt zu haben, das ihn immer wieder zu dieser Uhr führt. Ich hoffe, der Herr Uhrmacher missbraucht den guten Willen nicht, der ihm entgegengebracht wird.«

»Ich weiß gar nicht, wie ich das tun sollte, verehrte Prinzessin«, antwortete Jón, und er sagte die Wahrheit. Er dachte an die Unterhaltung mit dem Kammerherrn des Königs zurück, bei der das Thema ebenfalls zur Sprache gekommen war. Es schien, als bereiteten die häufigen Besuche Seiner Majestät in der Sammlung den Bewohnern des Schlosses zunehmend Sorgen.

»Gut«, sagte Louise Auguste. »Wir wollen ihn keinesfalls beunruhigen. Er kann sich sehr empören und verfällt danach oft in eine tiefe Schwermut, wie es neulich auch passiert ist. Ich sage das natürlich nur im Vertrauen«, fügte sie hinzu. »Wir wollen vermeiden, ihm die Besuche hierher verbieten zu müssen.«

»Natürlich«, antwortete Jón.

Dann machte die Prinzessin auf dem Absatz kehrt und ließ Jón leicht verwirrt allein in der Sammlung zurück. Er setzte sich wieder auf seinen Stuhl und hoffte, nichts Unangebrachtes gesagt zu haben, aber meinte, höflich gewesen zu sein und ihre Fragen mit gutem Willen beantwortet zu haben. Es schien aber, als habe er das Umfeld des Königs in Unruhe versetzt. Oh, hätte er doch nie seinen Vater und Guðrún Valdadóttir erwähnt. Hätte er sich doch nur zurückgehalten und nicht einfach draufloserzählt von dem Bezirksamtmann Ólafur in Hagi oder Eggert, dem Dichter, oder Þórður aus Fjörukot und den Brüdern aus Hænuvík oder den Pfarrersleuten in Sauðlauksdalur, den französischen Fischern und den Kindern der armen Leute, die auf Türen lagen.

Ach Gott, ich und mein Gerede, dachte Jón besorgt und bereute, je einen Schritt in diese Sammlung von Besitztümern früherer Könige und längst vergessener Uhrmacher gesetzt zu haben.

Er besah sich die Einzelteile, die einst in den Händen Habrechts gelegen hatten, und seine Gedanken wanderten wieder zu dem Dichter, dem schrecklichen Schicksal, das ihn auf dem Breiðafjörður ereilt hatte, und die Zeit, über die er dennoch eine gewisse Macht hatte. »Träum vom Licht«, flüsterte er, hielt ein Zahnrad hoch und sah es sich an, drehte es auf seinem Finger gegen den Uhrzeigersinn und überlegte, wie schön es doch wäre, wenn er dieses Uhrwerk wieder zusammensetzen und damit die Zeit zurückdrehen könnte, um seinen Freund in Skor aufzuhalten und ihm zu sagen, er solle warten und die Zeit ihre Arbeit tun lassen. Den nächsten Tag abwarten, besseres Wetter, und dann über den Fjord ziehen zu weiteren Siegen, mit Gottes Liebe und Segen.

Achtundzwanzig

Der Bezirksamtmann Ólafur ließ Þórður aus Fjörukot mitteilen, dass er für ein offizielles Verhör bei ihm in Hagi zu erscheinen habe, es gehe um seine Beziehung zu Guðrún Valdadóttir, die einen Gesetzesbruch darstelle. Unter der Vorladung stand noch eine Anmerkung, dass der Bezirksamtmann nach dem Verhör über das weitere Vorgehen entscheiden werde. Þórður wusste nicht, wie er das auffassen sollte, und es blieb auch keine Zeit, um zu prüfen, ob Guðrún ebenfalls eine Vorladung bekommen hatte. Der Verwalter in Hagi, der ihm die Nachricht überbracht hatte, wusste nichts darüber, Þórður sollte aber auf der Stelle mit ihm kommen.

Þórður traute der Sache nicht, wusste aber, dass jede Widerrede vergeblich war. Also machte er sich bereit und sattelte sein einziges Pferd, einen ziemlich alten Gaul. Der Verwalter aus Hagi wartete währenddessen in der Hütte, und als er wiederkam, hatte Þórður den Eindruck, dass er sich reichlich an dem Hai bedient hatte.

Es war bereits Abend, als sie in Hagi ankamen, aber immer noch warm, und vom Meer wehte ein sanfter Wind. Der Bezirksamtmann stand vor dem Hof und trug nur ein Hemd und die Hose seiner Uniform. Er begrüßte Þórður knapp und befahl dem Verwalter, ihn zu den Schafställen zu bringen, damit das Verhör beginnen könne. Þórður wollte protestieren, aber Ólafur gab nur ein Handzeichen, worauf der Verwalter ihn am Arm packte und zu den niedrigen Ställen brachte, die nicht weit entfernt vom Wohnhaus standen.

Darin war es dunkel, und Þórðurs Augen mussten sich erst an das Licht gewöhnen, doch dann erblickte er zwei oder drei Lämmer, Reitzeug und allerlei Werkzeuge und auch einen Mann, der auf dem Boden lag und schlief. Der Verwalter weckte ihn mit einem Tritt, und es stellte sich heraus, dass es ein Landstreicher namens Hrólfur war, den man wegen Herumstreunens und Bettelei festgenommen hatte. Er starrte die Neuankömmlinge mürrisch an, bevor er sich aufrichtete, mit dem Rücken an einen der Futtertröge lehnte und fragte, ob es nicht höchste Zeit sei, ihm etwas zu essen zu geben.

Þórður erkannte den Mann sofort, wusste, dass er sich vor nicht allzu langer Zeit noch auf verschiedenen Höfen in Tálknafjörður verdingt hatte. Irgendjemand hatte erzählt, dass er Hrólfur auch in Rauðisandur gesehen habe und er sogar auf die Inseln Flatey und Svefneyjar gefahren war und sich bei Leuten eingenistet hatte, die sich dann mit ihm herumärgern mussten. Jetzt war er auf Befehl des Bezirksamtmanns festgenommen worden, ein abgemagerter Hänfling von einem kümmerlichen Hof in Króksfjörður, der kein richtiges Zuhause hatte. Seine Frau und die beiden Kinder waren an einer Seuche verstorben, und er hatte die mühselige Landwirtschaft aufgegeben und war nur noch umhergezogen, hatte hie und da gearbeitet oder sich Essen und Unterkunft erbettelt.

»Bist du nicht Þórður aus Fjörukot?«, fragte er, als der

Verwalter sie allein gelassen hatte. »Warum hält man dich hier fest?«

»Ehrlich gesagt, hat man mir das noch nicht mitgeteilt«, antwortete Þórður, denn er wusste es tatsächlich nicht.

»Ja, so geht es mir auch, ich weiß nicht, was sie von mir wollen, einem armen Landstreicher, der ohnehin nichts wert ist«, sagte Hrólfur. »Hast du Tabak?«, fragte er dann.

»Es ging alles so schnell, außer meiner Kleidung habe ich nichts dabei«, sagte Þórður.

»Ich bestehe nur noch aus Fleisch und Knochen. Das Letzte, was ich gegessen habe, war ein kleiner Bissen Butter, den ich in Svefneyjar erhascht habe«, sagte Hrólfur. »Haben sie dir was zu essen gegeben?«

»Ich bin gerade erst gekommen«, sagte Þórður. »Bist du schon lange hier?«

»Seit vorgestern«, sagte Hrólfur. »Sie haben noch nicht nach mir gesehen. Ich habe demütig um ein kleines bisschen Roggenbrei gebeten, vielleicht ein paar eingeweichte Körnern dazu oder sogar einen Bissen von dem getrockneten Fisch, den ich in der Küche gesehen habe, aber dann kam die Bezirksamtmannsfrau und hat mich weggescheucht und einsperren lassen … hier drinnen, sie meinte, jemand wie ich habe in ihrem Haus nichts zu suchen.«

Als Þórður nichts erwiderte, weil er zu tief in seine eigenen schweren Gedanken versunken war, wechselte der Bettler das Thema.

»Und, was gibt es Neues von Guðrún und dir?«

»Guðrún und mir?«

»Ja, Guðrún Valdadóttir.«

»Was soll mit uns sein?«

»Sie ist doch schwanger mit eurem Kind, oder etwa nicht?«

»Was weißt du schon?«

»Ich habe alles über euch gehört, über Guðrún und dich. Alle reden darüber, egal, wo man hinkommt. Stimmt es also? Stimmt es, was man über euch sagt?«

»Was denn?«, fragte Þórður. »Was sagt man denn über uns?«

»Na, dass zwischen euch etwas war«, sagte Hrólfur. »Ich fürchte ... ich fürchte, die meisten Menschen hat das doch sehr überrascht ...«

Die Tür zum Stall ging auf, und der Bezirksamtmann trat ein, zusammen mit dem Verwalter und zwei weiteren Arbeitern. Er trug immer noch nur das Hemd, was keinen besonders offiziellen Eindruck machte, als er Hrólfur befahl, sofort aufzustehen. Hrólfur rappelte sich auf und fragte noch einmal, ob er nicht bald etwas zu essen bekommen könnte, aber Ólafur befahl ihm nur, seinen Mund zu halten. Er zählte dem Landstreicher die Gesetzesübertretungen auf, die ihm vorgeworfen wurden. Und das schien offenbar der Wahrheit zu entsprechen, denn der Beschuldigte hatte gestanden, herumgestreunt zu sein und hie und da auch geklaut zu haben. Dann verlas Ólafur das Urteil und die Strafe, nämlich zwanzig Peitschenhiebe auf den nackten Rücken. Das Urteil werde direkt vor Ort vollzogen.

Der Gerichtssaal war nichts anderes als ein Schafstall, und die beiden Lämmer dienten als stille Zeugen. Þórður hörte, dass Hrólfur noch um Gnade flehte, im Namen Gottes, des Sohnes und des Heiligen Geistes. Er würde sich nie wieder erdreisten, von Menschen Essen zu erbetteln, die selbst nicht viel hätten, und er gelobte Besserung in allen Bereichen seines erbärmlichen Lebens.

Ólafur ignorierte das Gerede und holte seine Pferdepeitsche, die auf einem Haken an der Wand hing, reichte sie einem der Arbeiter und befahl, das Urteil zu vollstrecken. Zwei Männer packten Hrólfur, zogen ihm das löchrige Hemd aus und hielten ihn über einem der Tröge fest, während ein anderer die Schläge austeilte. Hrólfur begann schon beim ersten Peitschenhieb zu wimmern, und kurz darauf drangen seine Schreie durch die Stallwände hinaus auf den Fjord. Als die Bestrafung vollzogen war, verfluchte Hrólfur leise den Bezirksamtmann und alle Anwesenden. Ersticken sollst du, zum Teufel, etwas in der Art.

Sein ohnehin kreidebleicher und knochiger Rücken war voller blutiger Wunden, als er gestützt wieder aufstand. Ólafur ging zu ihm und fragte, was er da gemurmelt habe, ob er ihn etwa verflucht habe, aber Hrólfur antwortete nicht, stand gebückt da und wurde noch im Stall freigelassen. Ein paar Frauen kamen angerannt, sie hatten seine Schreie gehört und brachten ihn ins Haus, um seine Wunden zu versorgen. Dem Bezirksamtmann war anzusehen, dass er von dieser Fürsorglichkeit nicht begeistert war, doch er ließ sie gewähren.

Þórður aus Fjörukot hatte das Geschehen aus einigen Schritten Entfernung beobachtet, bis Ólafur ihn mit ernstem Blick zu sich winkte und ihm befahl, mit ins Haus zu kommen. In der Wohnstube wies er ihm einen Sitzplatz zu und bemerkte im selben Moment, dass sein weißes Hemd einen roten Fleck hatte, der von dem Landstreicher stammen musste. Der Bezirksamtmann ließ sich davon nicht aus der Fassung bringen, aber Þórður konnte seinen Blick nicht mehr von dem Fleck abwenden und ahnte langsam, dass die Bestrafung des Bettlers womöglich nicht zufällig in seiner Anwesenheit vollzogen worden war.

Neunundzwanzig

Ólafur räusperte sich und brummte etwas Unverständliches über Landstreicher und Bettler, holte dann ein paar Papiere, eine Feder und Tinte sowie sein offizielles Siegel hervor und reihte sie feierlich auf dem Tisch auf. Þórður beobachtete ihn dabei. Falls der Bezirksamtmann ihm mit all diesem Getue und dem Vollzug der Strafe im Schafstall Angst vor dem einjagen wollte, was ihm bevorstand, dann gelang das.

»Zuallererst will ich dir unmissverständlich klarmachen, Þórður, dass es harte Strafen zur Folge haben kann, vor diesem hohen Amt hier falsch auszusagen«, sagte Ólafur. »Ich will also, dass du gründlich nachdenkst, bevor du beschließt, während des bevorstehenden Verhörs von der Wahrheit abzuweichen. Das wird ernste Konsequenzen für dich haben. Hast du das verstanden?«

Þórður nickte.

»Lass uns mit dem Tabaksbeutel beginnen«, sagte Ólafur. »Hast du ihn dabei?«

»Nein, leider, ich hatte keine Gelegenheit, etwas mitzunehmen, der Verwalter meinte …«

»Ich will dich bitten, dich in deinen Antworten kurzzufassen«, sagte der Bezirksamtmann verärgert. »Warum denkst du, dass Sigurður dir den Beutel gegeben hat?«

»Er meinte, ich könnte ihn haben«, antwortete Þórður. »Vielleicht solltet Ihr ihn da besser selbst fragen.«

»Warum ist Sigurður zu dir gekommen?«

»Er hatte Björn in Sauðlauksdalur besucht und auf dem Heimweg nur kurz bei mir vorbeigeschaut.«

»Worüber habt ihr gesprochen?«

»Nichts Besonderes, soweit ich mich erinnere«, sagte Þórður. »Über das Wetter und die Reise.«

»Hat er seine Haushälterin erwähnt, Guðrún Valdadóttir?«

»Kann sein, dass wir auch über sie gesprochen haben«, sagte Þórður und dachte über die Wahrheit nach. Er versuchte, möglichst nicht auf den Blutfleck auf dem Hemd des Bezirksamtmanns zu starren.

»Was hat er gesagt?«

»Er hat erzählt, wie fleißig sie ist, wenn ich mich recht erinnere.«

»Hat er nach deiner Beziehung zu Guðrún gefragt?«

»Das könnte aufgekommen sein, ja.«

»Und was hast du gesagt?«

»Nur das, was ich Euch auch bereits gesagt habe, dass ich sie geschwängert habe.«

»Und das entspricht der Wahrheit?«

»Das ist unsere Wahrheit, ja«, antwortete Þórður.

»Und eure Hochzeit?«

»Was ist damit, wenn ich fragen darf?«

»Sie meinte, die sei geplant. Und dass du um ihre Hand angehalten hättest. Du streitest das ab und sagst, eine Hochzeit stehe nicht bevor. Was stimmt also? Einer von euch beiden lügt die Obrigkeit an.«

Þórður wusste nicht, was er sagen sollte. Der Bezirksamtmann meinte, eine Ungereimtheit in ihren Aussagen gefunden zu haben. Þórður wusste genau, dass sie nie über eine Hochzeit gesprochen hatten, aber jetzt hatte Guðrún anscheinend etwas anderes behauptet.

»Wenn ich … wenn ich so zurückdenke«, sagte Þórður, »kann es sein, dass ich es einmal erwähnt habe, aber ich habe es … ich muss es vergessen haben.«

»Du hast einen Heiratsantrag vergessen?«

»Ich nehme an, dass es irgendwann ausgesprochen wurde«, sagte Þórður.

»Das wage ich zu bezweifeln, aber du verstehst mein Problem. Guðrún und du, ihr behauptet bei einer derart wichtigen Angelegenheit unterschiedliche Dinge, da muss ich mich fragen, wie es dazu kommt.«

»Vielleicht hat Guðrún mich missverstanden«, sagte Þórður.

»Lass uns zu etwas anderem kommen«, sagte der Bezirksamtmann, holte Þórðurs Handschuh aus einer Schublade und legte ihn auf den Tisch.

»Erkennst du diesen Handschuh, Þórður?«, fragte der Bezirksamtmann.

Þórður wurde stutzig, doch er versuchte, sich nichts anmerken zu lassen.

»Mag sein.«

»Ich habe meinen Verwalter gebeten, sich ein wenig in deinem Haus umzusehen. Dort hat er ihn gefunden, unter einer Matratze. Kein besonderes Versteck, aber du bist auch kein besonderer Mann, Þórður. Stimmt's?«

»Wollt Ihr mir den wegnehmen?«, fragte Þórður und starrte auf den Handschuh. Ihm wurde bewusst, dass der Verwalter sich nicht nur an seinem Hai bedient, sondern auch nach Beweisen für Täuschungen und Lügen gesucht hatte.

»Denkst du nicht, Þórður, dass es an der Zeit ist, mir die Wahrheit zu sagen?«, meinte der Bezirksamtmann, ohne auf Þórðurs Frage einzugehen.

»Das Geld habe ich mir verdient«, sagte Þórður. »Das ist der Lohn für meine Arbeit der letzten Jahre.«

Der Bezirksamtmann schwieg, lehnte sich vor und sah Þórður lange an. Der Bauer aus Fjörukot wurde langsam unruhig. Sein Blick wanderte immer wieder zwischen dem Handschuh und dem Bezirksamtmann hin und her, und in Gedanken ging er die Besuche von Sigurður und Guðrún durch, und alles, was über einen Antrag und Tabak gesagt worden war. Vor seinem inneren Auge tauchte der Landstreicher auf, den sie am Futtertrog festgehalten hatten. Die Peitschenhiebe auf seinem Rücken. Er sah wieder den Bezirksamtmann an, und plötzlich blieb sein Blick auf dem Blutfleck hängen.

»Ich habe dich gewarnt, vor diesem hohen Amt die Unwahrheit zu sagen, Þórður«, erklärte der Bezirksamtmann. »Also frage ich noch einmal. Findest du nicht, dass es an der Zeit ist, mir die Wahrheit zu sagen? Woher kommt dieses Geld? Warum hat Sigurður dir Tabak geschenkt?«

»Aus Gefälligkeit«, sagte Þórður, aber er zögerte, sodass seine Behauptung eher wie eine Frage klang.

»Stammt das Geld auch von Sigurður?«

Þórður antwortete nicht.

»War das auch von Sigurður?«

Die Bewegung war so klein, dass der Bezirksamtmann sie kaum bemerkte.

»Hast du gerade genickt?«, fragte er.

Wieder bewegte Þórður zur Antwort kaum merklich den Kopf.

»Und warum sollte Sigurður dir so viel Geld geben?«, fragte der Bezirksamtmann und schüttelte den Handschuh. »Was hast du für ihn getan, was diese Summe wert ist? Kannst du mir das sagen, Þórður? Kannst du mir das sagen?«

Þórður antwortete nicht.

»War das wegen der Vaterschaft?«, fragte der Bezirksamtmann. »War es wegen der falschen Vaterschaft, dass er dir Geld gegeben hat?«

Wieder nickte Þórður mit einer solch kleinen Bewegung, dass der Bezirksamtmann sie kaum bemerkte.

»Raus mit der Sprache! Sprich aus, was du sagen willst, und hör auf mit diesen Spielchen!«, rief Ólafur und richtete sich auf.

Þórður erschrak, als er den wütenden Mann so vor sich sah.

»Ja«, sagte er leise.

»Ja, was?«, rief der Bezirksamtmann.

»Er hat mich bezahlt, damit ich für ihn lüge«, sagte Þórður leise. »Er hat mich gebeten, mich als der Vater des Kindes auszugeben. Seines Kindes mit Guðrún. Das hat er getan und mich dafür in Gottes Namen bezahlt. Es war nicht meine Absicht, die Gesetze zu brechen. Das wollte ich nie«, stammelte Þórður schließlich mit Tränen in den Augen.

»Dieser verdammte Mistkerl«, sagte Ólafur und lehnte sich in seinem Stuhl zurück.

Dreißig

In den Tagen nach Louise Augustes Besuch kehrte bei der Uhr keine Ruhe ein. Der Wärter der Sammlung behelligte Jón Sívertsen und wollte wissen, wie er vorankomme und wann er damit rechne, fertig zu werden. Ob er nicht bald so weit sei. Dazu konnte Jón nicht viel sagen. Seiner Ansicht nach hatte er mittlerweile die wichtigsten Teile des Uhrwerks beisammen und kam gut damit voran, sie wieder zusammenzusetzen. Manche Mechanismen waren aber schwieriger zu verstehen, und so kostete es mehr Zeit, sie zu reparieren. Er hatte sogar überlegt, sich mit einem Astronomen zu beraten, denn es fiel ihm schwer, die Bewegungen der Himmelskörper exakt zu steuern. Dieses Problem schilderte er dem Wärter, und der meinte, er würde sich erkundigen, ob sich im Umfeld der höfischen Gesellschaft nicht irgendwelche Sternenverrückte finden ließen.

Anders als sonst verweilte der Wärter noch etwas länger bei Jón vor der Uhr und löcherte ihn mit Fragen zum Uhrwerk und seiner Arbeit, bevor er schließlich auf den König zu sprechen kam. Er habe gehört, Seine Majestät komme andauernd zu ihm in die Sammlung, insbesondere abends, und es schien, als wollte der Wärter wissen, worüber sie sich unterhielten, ohne direkt zu fragen, schließlich wollte er nicht wie ein neugieriges Klatschmaul wirken. Also redete er um den heißen Brei herum, merkte aber schnell, dass Jón Sívertsen nicht zum Plaudern aufgelegt war.

»Du weißt natürlich, dass er nicht ganz bei klarem Verstand ist«, sagte der Wärter vorsichtig. »Und das schon seit Langem nicht mehr.«

Etwas in dieser Richtung hatte Jón schon einmal gehört.

»Hat er dir vielleicht schon einmal eine Ohrfeige verpasst?«, fragte der Wärter. »Das macht er manchmal. Völlig unerwartet.«

Das hatte Christian VII. tatsächlich getan, aber Jón wollte nicht genauer darauf eingehen und dieses Gespräch so schnell wie möglich beenden, um sich wieder Habrechts Werk zuzuwenden. Es war ihm unangenehm, so über seinen König zu sprechen. Der Wärter wollte jedoch nicht so schnell aufgeben und versuchte, aus ihm herauszubekommen, was der König dort bei der Uhr so trieb und wie er sich verhielt. Jón aber hatte an seinem König nichts auszusetzen und rückte ihn in ein gutes Licht.

»Hat er hier schon Purzelbäume gemacht?«, fragte der Wärter.

»Purzelbäume?«, fragte Jón. »Nein, das hat er nicht.«

Der Wärter erzählte von den Stimmungsschwankungen des Königs und fragte Jón auch dazu aus. Er erklärte, dass Seine Hoheit manchmal gut gelaunt sei, fröhlich und engagiert, aber an anderen Tagen ziehe er sich zurück, sei niedergeschlagen und schweigsam und stehe kaum aus seinem Bett auf. Der Wärter erzählte weiter, ohne zu bemerken, dass Jón sich nicht für das Geplauder interessierte. Der König habe Halluzinationen, schlafe sowohl mit Frauen als auch mit Männern, zumindest habe er das in seinen jüngeren Jahren getan, dabei hätten ihn die Bewohner des Schlosses früher nämlich des Öfteren ertappt. Bei den Worten lehnte der Wärter sich vor und hielt die Hand vor den Mund, zwischenzeitlich sei das wohl ein großes Problem gewesen.

»Ja, wie dem auch sei. Ich würde jetzt gerne in Ruhe weiterarbeiten«, sagte Jón, um klarzumachen, dass er das Gespräch für beendet hielt.

Der Wärter erkannte endlich, dass er aus dem Uhrmacher nicht mehr herausbekommen würde. Er bat ihn, ihre Unterhaltung für sich zu behalten, und verabschiedete sich knapp. Um die Sache mit den Astronomen würde er sich kümmern.

Schon kurz darauf kam der König wieder einmal in der Sammlung vorbei und setzte sich zu Jón. Er fragte, wie er mit der Arbeit vorankomme, und bat ihn, mit der Geschichte von den Geschehnissen in den Westfjorden fortzufahren. Also erzählte Jón ihm von einem halb verhungerten Landstreicher, der wegen Bettelns und Herumstreunens die Pferdepeitsche des Bezirksamtmanns zu spüren bekommen hatte. Und schließlich auch von dem Verhör.

Der König lauschte still, und sein Gesichtsausdruck war ernst. Lange saß er nachdenklich in seinem Sessel, und Jón wusste nicht, ob er weitererzählen sollte oder ob der König vorerst genug hatte. Letzteres schien zuzutreffen, denn Seine Hoheit stand auf und meinte, er müsse mit seinen Beratern sprechen. Irgendetwas schien ihn aber noch zu beschäftigen, und er trat mit ernster Miene vor der Uhr von einem Fuß auf den anderen, bevor er sich räusperte.

»Ich erinnere mich an die Auspeitschungen«, sagte er leise.

Jón war nicht sicher, ob er richtig gehört hatte.

»Mein Vater war fest von Bestrafungen überzeugt«, sagte der König und blickte auf die Uhr. »Für die kleinsten Vergehen. Ein kleiner Versprecher, Schulden statt Schuldigern im Vaterunser, reichte schon aus für fünf Peitschenhiebe. Er rief die Küchenmädchen und Stallburschen hinzu, als sollte es ihnen eine Warnung sein, aber vor allem sollte ich gedemütigt …«

Der König strich mit dem Finger über die Jungfrau Maria.

»Dann hat er seinen Verwalter damit beauftragt, den kleinen Prinzen auszuziehen, und ihm befohlen, ordentlich zuzuschlagen. Es müsse richtig knallen, hat er gesagt.«

Jón senkte den Kopf und traute sich nicht zu sprechen. Der König hatte bisher noch nie von den schmerzhaften Erinnerungen an seinen Vater erzählt, und es war, als merkte er selbst, dass er vielleicht zu weit gegangen war. Er wechselte schnell das Gesprächsthema und fragte, ob seine Tochter, die liebe Louise Auguste, in letzter Zeit einmal zu ihm gekommen sei. Jón Sívertsen bestätigte das, und der König fragte, was sie denn von ihm gewollt habe. Jón antwortete bereitwillig, dass sie sich die Habrechtsuhr angesehen habe, oder das, was davon zu sehen sei, und dann noch ein wenig zu den Geschichten aus Island gefragt habe, die er dem König, ihrem Vater, erzähle.

»Warum hat sie danach gefragt?«

Jón wusste nicht, was er sagen sollte. Er erinnerte sich, dass Ihre Hoheit, die Prinzessin Louise Auguste, ihm gesagt, nein, sogar befohlen hatte, nicht zu viel von den schrecklichen Folgen der Liebesgeschichten seiner Landsleute zu erzählen und mehr vom Haifang und dergleichen. Vor allem aber wollte er nicht in die Lage kommen, vor seinem König schlecht von dessen Tochter zu sprechen.

»Das weiß ich nicht, Eure Hoheit«, antwortete Jón und hielt es für das Beste, nicht weiter von dem Gespräch mit der Königstochter zu berichten, auch wenn das nicht unbedingt das war, was er wollte.

»Aha«, sagte der König nur und verließ die Sammlung, tief in Gedanken versunken und ohne sich zu verabschieden oder zu bedanken, wie er es sonst für gewöhnlich tat.

Dann vergingen zwei Tage, und weder Mitglieder der Königsfamilie noch Astronomen ließen sich blicken. Stattdessen bekam der Uhrmacher Besuch vom obersten Ratgeber des Kronprinzen Friedrich, jenem Mann, der das Königreich von seinem Vater übernehmen sollte und im Prinzip bereits übernommen hatte, wenn auch nicht offiziell. Der Ratgeber war jung, vermutlich ungefähr so alt wie der Prinz, groß gewachsen und ein ehrwürdiger Repräsentant der neuen Zeiten, die gerade auch hier bei Hof Einzug hielten. Er war klug, gebildet und frei von dem Hochmut, den manche bei Hofe einem Untergebenen wie dem Uhrmacher entgegenbrachten. Und er verzichtete auf Firlefanz wie Perücken, Puder und Rouge, die für manch ältere Adlige einfach nicht wegzudenken waren.

Der junge Mann interessierte sich sehr für das Uhrwerk und stellte ein paar Fragen zu Dingen, die ihm ins Auge stachen, bevor er sich seinem eigentlichen Anliegen zuwandte, ähnlich dem, das auch Louise Auguste zum Uhrmacher geführt hatte. »Was macht der König immer hier?« Jón versuchte, die Frage so gut wie möglich zu beantworten, und hatte Verständnis dafür, dass die Menschen bei Hofe sich Sorgen um ihren König machten, der in einem solch fragilen Zustand verkehrte. Er sagte, Seine Hoheit interessiere sich für diese alte Uhr von Isaak Habrecht und wolle die Fortschritte seiner Arbeit mitverfolgen, und außerdem schien er Gefallen an seinen Erzählungen vom Leben in seiner Heimat im Nordwesten Islands gefunden zu haben.

Jón erklärte nicht, wovon die Geschichten genau handelten oder welche Rolle er darin spielte, denn seiner Ansicht nach ging das außer ihn und den König niemanden etwas an.

»Was sind das für Geschichten?« Der junge Ratgeber blieb hartnäckig.

Das sind Geschichten von den Bewohnern der Gegend, meinen Eltern, der Familie, Freunden, den einfachen Bürgern und den Obrigkeiten.

»Soweit ich weiß, geht es auch um alte Rechtsfälle«, sagte der Berater.

»Ja, darum ging es auch«, sagte Jón.

»Etwas von geheimen Schwangerschaften und falscher Vaterschaft und von bestimmten Gesetzestexten, die so etwas verbieten.«

»Richtig, ja. Stóridómur heißen diese Gesetze in Island, gnädiger Herr.«

»Ja«, sagte der Berater etwas widerwillig. »Christian VII. ist ein sensibler Mann, und es scheint, als hätte manches von dem, was ihm erzählt wurde ... wie soll ich sagen ... ihn aufgewühlt.«

»Ich weiß nicht, was das sein sollte«, erwiderte Jón.

»Nein, und ehrlich gesagt ist das auch unerheblich.

Weitere Gespräche dieser Art mit dem König sollten ab sofort unterbleiben. Das lässt Seine Hoheit, der Kronprinz, mitteilen.«

»Der Kronprinz?«

»Ja«, sagte der Berater. »Seine Hoheit, Prinz Friedrich. Er weiß von diesen Besuchen und hat mich gebeten, mit dem Uhrmacher zu sprechen.«

»Inwiefern hat es den König aufgewühlt?«, fragte Jón besorgt.

»Wie gesagt, das soll kein Grund zur Beunruhigung sein«, sagte der Berater, der trotz seiner jungen Jahre genauso höflich war, wie man es auch von den älteren Beratern kannte.

»Ich wollte keine Probleme bereiten«, sagte Jón und erinnerte sich daran, wie er einmal vom König angeschrien und geohrfeigt worden war, wie zerbrechlich er gewirkt hatte, als er sich an die goldenen Zeiten zurückerinnert hatte.

»Das ist gut.«

»Aber was ist, wenn er mich fragt? Was soll ich ihm dann erzählen?«

»Das ist mir egal, nur so wenig wie möglich über Unzucht und falsche Vaterschaften.«

»Ich werde mein Bestes geben«, versprach Jón und wunderte sich, dass der Kronprinz höchstpersönlich einen Mann geschickt hatte, um ihn zurechtzuweisen und ihm zu befehlen, wie er mit seinem Vater, dem König, zu sprechen hatte.

Ihm war nicht bewusst gewesen, dass die Besuche des Königs in der Sammlung Aufsehen erregt hatten und sogar die Kinder des Königs es für nötig hielten, sich in die Angelegenheit einzumischen. Noch hatte man ihnen die

Treffen aber nicht verboten, und das sah Jón als Zeichen dafür, dass sie Seiner Hoheit mehr nutzten als schadeten. Manchmal saß Christian VII. lange bei ihm, lauschte aufmerksam seinen Geschichten und hakte oft nach. Und manchmal schaute er nur kurz vorbei, etwa weil ihn eine Frage nicht losließ. Manchmal schlief er während seiner Besuche ein. Manchmal war er fröhlich und aufgeweckt, hielt eine Flasche Madeirawein in der Hand und war davor in der Küche vorbeigegangen, um von den Resten des Essens zu naschen. An anderen Tagen war er schweigsam und niedergeschlagen, verlor kein Wort darüber, wie Jón den Bezirksamtmann beschrieb, und stellte auch keine Fragen zu französischen Fischern oder den Brüdern aus Hænuvík.

Inzwischen wusste Jón also, dass vieles von dem, was sich zwischen ihnen abgespielt hatte, zu den Kindern des Königs durchgedrungen war und es ihnen nicht egal war, worüber sie sich unterhielten. Aufgrund der Reaktionen des Königs schienen sie es für angebracht zu halten, den Uhrmacher zu bitten, seine Worte anders oder vorsichtiger zu wählen. Was hätte Eggert in dieser Situation getan?, fragte Jón sich. Dem Dichter wäre es leichtgefallen, dem König Geschichten aus Island zu erzählen. Sie wären nur so aus ihm herausgesprudelt und zu Abenteuererzählungen geworden über unsterbliche Helden und große Liebe und schwere Schicksale, und es wären nicht diese traurigen und düsteren Geschichten von einfachen Bauern in grauenvollen Umständen, die er seinem König erzählt hatte und die ihm jetzt offenbar das Leben schwer machten.

Jón Sívertsen strich über seine Schürze und seufzte. Hätte er doch nie den Namen seines Vaters in den Mund genommen. Die Geschichten aus den Westfjorden hatten also etwas bei Christian VII. ausgelöst. Etwas, das ihn so sehr bedrückte, dass seine beiden Kinder sich fragten, was dort bei Habrechts Wunderwerk eigentlich geschah. Ich hätte meinen Vater nie erwähnen sollen, dachte Jón wieder, als er endlich nach Hause ging und besorgt und verängstigt die Schritte in die Vergangenheit zählte.

Einunddreißig

Þórðurs Verhör dauerte ziemlich lang, schließlich wollte Ólafur sein Amt gewissenhaft ausüben. Der Bauer aus Fjörukot berichtete, dass Sigurður mit der ungewöhnlichen Bitte auf ihn zugekommen sei, die Vaterschaft für sein Kind mit Guðrún Valdadóttir zu übernehmen. Þórður habe sich erst geweigert, aber Sigurður sei so beharrlich geblieben, dass er schließlich eingewilligt und dafür eine stattliche Geldsumme angenommen habe. Im Laufe des Verhörs stellte sich heraus, dass Sigurður behauptet hatte, er sei gar nicht der Vater von Einar, dem Sohn der verstorbenen Helga Jónsdóttir, auch wenn das alle dachten. Er hatte sich dem Gesetz nach also nicht der Unzucht schuldig gemacht, doch nach all den Jahren würde ihm das niemand glauben, vor allem nicht die Obrigkeit, der ehrwürdige Bezirksamtmann in Hagi. Sigurður habe bereits versucht, den eigentlichen Vater dazu zu überreden, zu seinem Sohn zu stehen, aber ohne Erfolg. Für den Mann sei nicht in Frage gekommen, ihm zu helfen, sodass Sigurður in diese missliche Lage geraten sei. Þórður habe seinem geschätzten Nachbarn in Not den Gefallen nicht ausschlagen können und bitte den allmächtigen Gott, ihm die Fehltritte zu verzeihen.

»Wobei die Reichstaler vermutlich auch eine Rolle gespielt haben, würde ich annehmen«, sagte Ólafur. Er hatte einen Protokollanten hinzugeholt, um Þórðurs Aussagen wortgetreu festzuhalten.

»Ich bin schwach geworden«, gestand Þórður. »Ich weiß nicht, was in mich gefahren ist, meiner Familie ging es noch nie um das Geld. Nein, ganz im Gegenteil, wir kennen nichts als die Armut, aber daran könnte es natürlich auch gelegen haben. Ich sage das nicht, um meine Taten zu rechtfertigen. Was ich getan habe, ist beschämend. Das weiß ich. Eine reine Schande. Dann muss ich die Stiefel wohl zurückgeben«, fügte er noch hinzu.

»Und was meinst du, wenn du sagst, Sigurður sei nicht der Vater von Einar?«, fragte der Bezirksamtmann. »Was für ein Unsinn ist das?«

»Er schien sich der Sache sicher zu sein«, sagte Þórður. »Er hat mir erzählt, dass er den eigentlichen Vater von Einar aufgesucht hat, Gunnar Þorleifsson aus Tálknafjörður, aber der habe sich geweigert, nach so vielen Jahren die Vaterschaft anzuerkennen.«

»Das ist doch nur eine Ausflucht«, sagte Ólafur. »Diese Leute … diese Leute sind sich für nichts zu schade. Das siehst du doch selbst. Vor nichts machen sie Halt. Und dann denkt sie noch, sie könnte sich vor mir aufspielen, beschämend ist das, spielt sich vor der Obrigkeit auf, dieses verdammte Weibsbild«, sagte er, und Þórður nahm an, dass er Guðrún Valdadóttir meinte. »Hochmütig und arrogant ist sie, diese dumme Näherin. Nichts als eine verdammte Lügnerin.«

Þórður erzählte weiter von seinen Vergehen und Lügen und schilderte den Besuch von Guðrún in Fjörukot, bei dem sie sich ausführlich abgesprochen hätten. Er gestand bereitwillig, dass sie eine Täuschung vorbereitet hatten, um die falsche Vaterschaft so glaubhaft wie möglich erscheinen zu lassen. Der Zweck sollte die Mittel heiligen, aber natürlich sei der versierte Bezirksamtmann ihnen auf die Schliche gekommen. Und jetzt saß er hier, ein armer Tropf, auf der Anklagebank und fragte sich, was wohl mit ihm geschehen würde. Ging davon aus, dass auch er die Peitsche zu spüren bekommen würde.

»Hättest den Handschuh halt besser verstecken müssen, du Dummkopf«, sagte Ólafur und ließ dem Gesetzesbrecher gegenüber keine Gnade walten. »Am besten bleibst du als Gefangener hier in Hagi, während wir den Fall genauer untersuchen. Zu gegebener Zeit werde ich dann eine angemessene Strafe für deine Beteiligung an diesem Komplott festlegen.«

Der Bezirksamtmann konnte nur schwer seine Freude darüber verbergen, dass er so entschlossen an dem Fall drangeblieben war und jetzt diesen Erfolg erzielt hatte. Er zuckte regelrecht vor Aufregung, als er vorlas, was dem Paar aus Geirseyri vorgeworfen wurde, das sich anscheinend über das Gesetz und die Regeln der Gesellschaft erhaben wähnte. »Diese feinen Leute in Geirseyri«, murmelte er und der Protokollant räusperte sich, aber Ólafur meinte, das müsse er nicht aufschreiben.

Als sie abends schlafen gingen, erzählte er Halldóra von dem Verhör und den vielen Gesetzesübertretungen. Die schwerwiegendste war, dass Sigurður mit der Kindsmutter seines Sohnes Einar geschlafen und sie geschwängert hatte, was an sich schon nach der Todesstrafe verlangte. Mit dem außerehelichen geschlechtlichen Umgang hatten sie gegen die Gesetze des Stóridómur verstoßen, die erlassen worden waren, um jegliche Unzucht zu verhindern. Außerdem hatten die beiden vorsätzlich versucht, die Behörden zu täuschen, indem sie

Þórður entgegen Bezahlung gebeten hatten, die Vaterschaft für das Kind zu übernehmen.

»Er hat viele Schafe in Geirseyri«, sagte Halldóra.

»Gewiss«, sagte Ólafur.

»Sie werden es abstreiten«, sagte Halldóra. »Diese Leute haben es faustdick hinter den Ohren. Wenn sie so etwas ins Werk setzen, einen solchen Betrug. Sie haben mit jedem Schritt gezielt versucht, dich zu täuschen und zu verhindern, dass die Gerechtigkeit siegt.«

»Und damit nicht genug.«

»Was meinst du?«

»Laut Þórður behauptet Sigurður, nicht der Vater von Einar, also Guðrúns Kindsvater zu sein.«

»Aha?«

»Ja. Angeblich behauptet er, der Vater sei nicht er, sondern ein Mann namens Gunnar.«

»Ist doch klar«, sagte Halldóra. »Ist doch klar, dass er das behauptet. Solche Ausreden hört man in diesen Fällen doch häufig!«

»Eine erbärmliche Lüge«, sagte Ólafur und spürte, wie Halldóra ihn unter der Decke in der Lendengegend streichelte, offenbar ebenfalls erfreut über die Entwicklungen in dem Fall.

Der Bezirksamtmann brummte zufrieden und musste an seinen Besuch in Geirseyri denken und an die französische Pistole, die Sigurður nicht aus der Hand geben wollte. Ein wahrhaftes Prachtstück. Und er überlegte, sichtlich erfreut, dass vielleicht noch nicht aller Tage Abend war und die Pistole möglicherweise doch noch irgendwie in seinen Besitz übergehen könnte.

»Das hast du gut gemacht, Óli«, sagte Halldóra. »Du bist also doch noch zu etwas zu gebrauchen.«

Die Bemerkung seiner Frau verärgerte Ólafur, und er wollte ihr deutlich machen, dass sie seine Fähigkeiten nicht so unterschätzen dürfe, und sich auf sie wälzen, hatte aber seine liebe Mühe damit.

»Du hast ganz schön zugelegt«, sagte seine Frau, während sie die Bemühungen beobachtete.

»Ach, halt den Mund«, stöhnte Ólafur und gab auf, er drehte sich zur anderen Seite und fing an, leise zu schnarchen, bevor Halldóra noch etwas sagen konnte.

Zweiunddreißig

So kam es, dass sich Sigurður erneut auf den Weg über den Höhenzug Lambeyrarháls machte, um Gunnar zu treffen.

Guðrún und er hatten über den Besuch des Bezirksamtmanns gesprochen und befürchteten das Schlimmste. Guðrún hatte vermutet, dass er mehr wusste, als er preisgab, und dass er wahrscheinlich von Þórður Dinge erfahren hatte, die ihnen schaden könnten. Sein Auftreten deutete darauf hin. Und auch sein Gerede von dem Geschenk. Das wirkte verdächtig und hatte Guðrún keine Ruhe gelassen. Sigurður versprach sich wenig von einem weiteren Besuch bei Gunnar, nachdem er seine erste Bitte so entschieden abgelehnt hatte, aber Guðrún hatte ihn noch einmal überredet, sie meinte, es wäre der einzige Ausweg.

Der Besuch des Bezirksamtmanns hatte ihr keine Ruhe gelassen, sie hatte nicht einschlafen können und war in Gedanken wieder und wieder seine Worte und Gesten durchgegangen. Sie erinnerte sich an ihre Antworten auf seine Fragen und überlegte, ob ihr irgendetwas herausgerutscht war. Ob sie etwas gesagt hatte, das den Bezirksamtmann gegen sie aufbringen könnte. War er deswegen zu ihr gekommen? Um die Anklage gegen sie vorzubereiten? Sie versuchte, aus seinen Aussagen schlau zu werden, und kam immer wieder auf zwei Dinge zurück. Den Tabaksbeutel und die Hochzeit.

Sie spürte, dass Sigurður sich bewegte.

»Schläfst du?«, hatte sie geflüstert.

»Nein«, sagte Sigurður und drehte sich zu ihr um. »Du auch nicht?«

»Ich muss über den Besuch des Bezirksamtmanns nachdenken«, sagte Guðrún. »Ich denke, er wird uns nicht in Ruhe lassen. Warum sollte Ólafur sonst über Þórður reden? Warum sollte er bei ihm gewesen sein? Er hat sonst nichts mit ihm zu tun und war sicher nicht aus Höflichkeit dort. Er weiß mehr, als er zugibt. So viel ist sicher.«

Sie hatten beide wachgelegen, flüsterten und lauschten dem leisen Schnarchen der anderen Bewohner des Hauses. Sigurður versuchte, Guðrún Mut zu machen, und meinte, es sei immer noch möglich, dass Þórður sich an ihre Geschichte gehalten habe, es bringe nichts, sich schon vorher Sorgen zu machen. Sie war da jedoch deutlich weniger zuversichtlich gewesen. Die Fragen zu Einar hallten ständig in ihrem Kopf wider.

»Warum hat er mich zu Einar gefragt?«, sagte sie. »Von Þórðurs unerwartetem Reichtum erzählt und so getan, als stünde zwischen Þórður und mir eine Hochzeit bevor? Durch die Blume natürlich. Er spielt Spielchen mit uns. Ich weiß, wie er denkt. Ich war bei ihm in Hagi. Ich weiß, wie er ist. Wie er sich aufführt, wenn er meint, das Recht auf seiner Seite zu haben.«

Wieder versuchte Sigurður, sie zu beruhigen.

»Vielleicht hätten wir besser gleich zu Beginn die Wahrheit über Einar sagen sollen«, flüsterte Guðrún. »Dann hätte der Bezirksamtmann uns womöglich geglaubt, aber jetzt wird er das nicht mehr tun. Worte werden daran nichts ändern können.«

»Wir wären in genau der gleichen Situation«, hatte Sigurður gemeint. »Er hätte mir nie geglaubt.«

»Du musst noch einmal mit Gunnar sprechen«, sagte Guðrún nach langem Schweigen. »Nur das kann uns noch retten, wenn der Bezirksamtmann sich nicht abbringen lässt. Das ist unsere einzige Hoffnung, Sigurður. Du musst noch einmal zu ihm gehen und ihn überreden, zu der Vaterschaft zu stehen. Sonst haben wir keine Chance. Die Lügen und die Gaukelei mit Þórður sind einerlei, aber wenn es zum Schlimmsten kommt, schickt die Sache mit der falschen Vaterschaft uns beide in den Tod.«

Guðrúns Angst und Unbehagen waren Sigurður sehr nahegegangen, und er hatte sie in den Arm genommen und ihr gut zugeredet. Natürlich würde er noch einmal zu Gunnar gehen, und der hätte bestimmt Verständnis für ihre Lage und würde einsehen, dass er Verantwortung übernehmen musste. Sie dürften nicht vom Schlimmsten ausgehen. Er würde mit Gunnar sprechen und ihn bitten, dem Bezirksamtmann die Situation zu erklären. Sollte es hart auf hart kommen, könnten sie immer noch bei einer verständnisvolleren Obrigkeit Berufung einlegen. So redete er eine Weile dahin, bis er spürte, dass Guðrún in seinen Armen eingeschlafen war.

Sigurður kam auf dem Weg über die Berge gut voran. Und je länger er unterwegs war, desto mehr beeilte er sich. Seine Gedanken über die möglichen Folgen seiner Taten und darüber, wie wichtig es war, Gunnar auf seine Seite zu ziehen, ließen ihm keine Ruhe.

Er traf Gunnar bei ihm zu Hause in Hvammeyri an,

wo er gerade zusammen mit zwei anderen Männern östlich des Hofes am Meer ein Netz reparierte. Sigurður begrüßte ihn, und sie tauschten Höflichkeiten aus, bevor er Gunnar bat, mit ihm ein paar Schritte die Küste entlangzugehen, er müsse ihn etwas fragen. Gunnar zögerte erst und meinte, er sei beschäftigt, ließ sich aber schließlich überreden, und als sie außer Hörweite der Männer waren, wandte sich Sigurður ihm zu und meinte, Gunnar kenne bestimmt den Grund für seinen Besuch, er sei noch einmal gekommen, um ihn um seine Hilfe zu bitten, was Einars Vaterschaft betraf. Er fragte, ob es nicht irgendeine Möglichkeit gäbe, ihn dazu zu bringen, seine Entscheidung noch einmal zu überdenken.

»Ich dachte mir schon, dass du mich noch einmal fragen würdest, als du hier so aufgeregt angekommen bist.«

»Der Bezirksamtmann beschäftigt sich mit der Sache und lässt uns keine Ruhe«, sagte Sigurður und informierte Gunnar über die Entwicklungen seit ihrem letzten Treffen. Guðrún und er hätten Grund zu glauben, dass der Bezirksamtmann sie mehrerer Vergehen verdächtige. Ihnen stünden schwere Zeiten bevor, und das alles könne ein schreckliches Ende nehmen.

Wie bei seinem ersten Besuch hörte sich Gunnar schweigend an, was Sigurður zu sagen hatte, doch an seiner Antwort änderte es nichts.

»Warum kommst du mit diesen Sorgen zu mir? Das alles geht mich nichts an. Diese Schlinge hast du dir selbst um den Hals gelegt. Ich bin dir nichts schuldig. Nichts.«

»Meine Guðrún hängt ebenfalls mit in der Sache drin, wenn du es schon nicht für mich tust, dann doch bitte für sie.«

»Warum denkst du, dass der Bezirksamtmann mir

glauben würde? Ist es nicht schon viel zu spät? Ich bin doch nur eine weitere Ausrede in dieser Geschichte, die ihr euch zurechtgelegt habt. Das wird er doch denken! Es für eine eurer Täuschungen halten. Eine weitere Lüge. Da mache ich nicht mit. Außerdem habe ich es dir bereits gesagt: Was weiß ich schon über die wahre Vaterschaft?«

»Gunnar ...«

»Ich hasse euch«, meinte Gunnar, »und ich schäme mich nicht, das zu sagen. Dich. Helgas Vater. Seine Brüder. Nach all den Jahren hasse ich euch immer noch. Die Wünsche meiner lieben Helga haben für euch keine Rolle gespielt, aber ich weiß, wovon sie geträumt hat. Ich war es nämlich, den sie wollte. Das hat man uns genommen. Man hat es uns genommen, und ich wurde weggescheucht und wie Dreck behandelt, wie ein Schandfleck. Sie haben von oben auf mich herabgeblickt, diese Männer, die an ihrem Lebertran verdient haben wie die Könige. Auf mich herabgeblickt haben sie wie auf einen armen Tropf. Du auch. Und jetzt hat sich das Blatt auf einmal gewendet. Auf einmal bin ich in deinen Augen ein wichtiger Mann. Ich kann nichts für dich tun. Ich habe nicht die geringste Lust, dir zu helfen. Du hast dich selbst in diese Zwickmühle gebracht und kannst dich gefälligst auch selbst daraus befreien. Mich geht das alles nichts an.«

Sigurður gab noch nicht auf.

»Auch nicht gegen Geld?«

Gunnar sah ihn an.

»Ich kann es dir vergelten.«

»So einfach lasse ich mich nicht kaufen«, sagte Gunnar. »Ich will nichts von dir.«

»Was ist mit Guðrún?«, fragte Sigurður. »Sie hat dir

nichts getan. Sich nichts zuschulden kommen lassen. Ihr wird es ergehen wie mir. Was ist mit ihr?«

Gunnar antwortete nicht.

»Du weißt es. Du weißt, wie es war. Was wirst du sagen, wenn der Bezirksamtmann dich fragt? Was wirst du zu ihm sagen?«

»Ich kann nichts tun. Es ist viel zu spät«, sagte Gunnar. »Du solltest gehen. Für dich gibt es hier nichts zu holen«, sagte er dann und ging zurück zu den Männern mit den Netzen.

Dreiunddreißig

Als Ólafur zum zweiten Mal innerhalb kurzer Zeit nach Geirseyri ritt, war Sigurður gerade rechtzeitig von seinem Besuch bei Gunnar zurückgekommen, um ihn vor dem Hof zu empfangen. Guðrún und er hatten den Bezirksamtmann bereits aus der Ferne gesehen und waren sofort alarmiert und sichtlich besorgt. Beide wussten, dass sein Besuch nichts Gutes bedeuten konnte. Begleitet wurde er von seinem Verwalter, jenem Mann, der erst vor Kurzem Þórður nach Hagi gebracht hatte.

»Grüß dich, Sigurður«, sagte Ólafur, als er vom Pferd stieg und dessen Hals tätschelte. Er war nicht zum Plaudern nach Geirseyri gekommen, und so redete er nicht lange um den heißen Brei herum. »Ich muss dringend mit Guðrún und dir sprechen. Jeweils unter vier Augen. Es geht um Þórður aus Fjörukot …«

»Geht es um den Tabaksbeutel, den ich ihm gegeben habe?«, fragte Sigurður.

»Lasst uns doch reingehen«, sagte Ólafur. »Ich will die Geschäfte nicht hier vor dem Hof besprechen.«

»Ja, natürlich, bitte, aber wenn es um den Tabak geht, gibt es nicht viel zu besprechen. Nach dem hattet Ihr Euch doch erkundigt? Ich habe ihn bei Þórður vergessen und bin noch nicht dazu gekommen, ihn wieder abzuholen. Das erschien mir nicht dringend. Ich werde es irgendwann tun. Aber es würde mich nicht wundern, wenn er behauptet hat, dass er ihm gehört. Es ist ...«

»Sigurður«, sagte Ólafur und klang ein wenig bevormundend. »Sollten wir uns nicht reinsetzen?«

Sigurður nickte. Er hatte nicht damit gerechnet, den Bezirksamtmann so leicht wieder abwimmeln zu können, aber er wollte es zumindest versucht haben. Sie gingen zusammen ins Haus, wo Guðrún den Bezirksamtmann kühl begrüßte. Sigurður und Guðrún sahen einander in die Augen. Er hatte ihr noch schnell von seinem vergeblichen Ausflug nach Tálknafjörður erzählt, und sie hatte nicht verstanden, wie der Mann ihnen so eine einfache Bitte abschlagen konnte. Sigurður versuchte gar nicht erst, Gunnars Gedankengänge zu verstehen, und meinte nur, es gebe keinen Weg, Gunnar umzustimmen, er sei nun einmal immer noch verletzt und wütend, vor allem auf die Brüder, die sich jetzt in dem Geld wälzten, das ihnen der Hailebertran eingebracht hatte.

Der Bezirksamtmann nahm dort Platz, wo er auch bei seinem letzten Besuch gesessen hatte, und bat darum, mit Sigurður allein zu sprechen. Aus seiner Tasche kramte er ein paar Zettel hervor, auf denen er sich notiert hatte, was er fragen wollte. Dann räusperte er sich und sah Sigurður an.

»Stimmt es, Sigurður, und bitte bestätige mir das hier und jetzt, dass dein Sohn Einar ein Kind mit deiner Haushälterin Guðrún Valdadóttir hat?«

Sigurður zögerte.

»Musst du da überlegen?«, fragte Ólafur.

»Nein«, sagte Sigurður. »Ich verstehe nur nicht, warum das die Behörden interessiert.«

»Beantworte bitte meine Frage«, sagte Ólafur. »Um alles andere musst du dir keine Gedanken machen.«

»Einar hat ein Kind mit Guðrún, das stimmt«, sagte Sigurður.

»Und das wusstest du von Anfang an?«

»Ja, das war nie ein Geheimnis«, sagte Sigurður. »Das Kind lebt hier bei seiner Mutter in Geirseyri.«

»Und wer ist dann der Vater des Kindes, mit dem Guðrún jetzt schwanger ist?«

»Das habt Ihr schon einmal gefragt. Soweit ich weiß, hat Þórður aus Fjörukot die Vaterschaft bereits anerkannt«, antwortete Sigurður.

»Þórður, ja«, sagte der Bezirksamtmann, »das sagtest du bereits. Die Sache ist die, ich habe mit Þórður gesprochen, er verweilt bei uns in Hagi und hat mir eine seltsame Geschichte erzählt. Und unter Eid eine Zeugenaussage gemacht.«

Der Bezirksamtmann starrte Sigurður lange an, doch der verzog keine Miene.

»Ich nehme an, du bist mit den Gesetzen zu falscher Vaterschaft vertraut?«, fragte er dann.

Sigurður schwieg.

»So etwas wird hart bestraft«, fuhr der Bezirksamtmann fort. »Þórður meinte, du seist mit einem Problem zu ihm gekommen, das Guðrún und dich betrifft. Kommt dir das bekannt vor?«

Immer noch hielt es Sigurður für das Beste, so wenig wie möglich zu sagen.

»Irgendwann wirst du mit der Sprache rausrücken müssen, Sigurður, und je früher du das machst, desto besser. Þórður hat unter Eid ausgesagt, dass du vor nicht allzu langer Zeit in Fjörukot warst und ihn gebeten hast, die Vaterschaft für Guðrúns Kind zu übernehmen, was einen Gesetzesverstoß darstellt. Þórður meinte, er habe sich erst geweigert, aber dann hättest du ihm den Beutel mit Tabak angeboten und noch mehr versprochen und später auch einen Handschuh voller Reichstaler gebracht. Kannst du das bestätigen?«

Sigurður schwieg weiterhin, obwohl all das der Wahrheit entsprach. Þórður war also eingeknickt und hatte alles erzählt, denn sonst hatte niemand von dem Handschuh gewusst. Sigurður sah keinen Grund mehr, die Worte des Bezirksamtmanns zu bestreiten. Guðrún und er waren aufgeflogen.

»Ich bin nicht Einars Vater«, murmelte er.

»Was sagst du? Mein Gehör ist nicht mehr, was es einmal war.«

»Einar ist nicht mein Sohn«, sagte Sigurður.

»Ist das so?«

»Ja, das gestehe ich hiermit«, sagte Sigurður.

»Was für ein Unsinn …«

»Ich gebe zu, dass ich allen etwas vorgemacht habe. Was die Vaterschaft von Einar betrifft. Das gebe ich bereitwillig zu und gestehe auch, das Wissen um die wahre Vaterschaft für mich behalten zu haben, sogar gegenüber meinen Nächsten. Helga aus Hænuvík, meine verstorbene Ehefrau, hat Einar mit einem Arbeiter der Brüder dort gezeugt. Er heißt Gunnar und lebt mittlerweile in Hvammeyri. Die Brüder haben einer Ehe zwischen Helga und Gunnar nicht zugestimmt. Er galt als ihrer nicht würdig, und sie ist mit ihren Sorgen zu mir gekommen. Warum genau, weiß ich nicht, aber gegen eine Ehe mit mir hatten die Brüder nichts einzuwenden. Ich habe Helga geliebt, und so kam es, dass ich sie geheiratet und

Einar als meinen Sohn anerkannt habe. Unsere Ehe war glücklich, bis Helga verstarb. Einar war wie mein eigener Sohn und ich habe nie jemandem erzählt, wer sein eigentlicher Vater ist. Nicht einmal meine beiden Söhne mit Helga kennen die Geschichte. Das ist die Wahrheit, die ganze Wahrheit.«

Der Bezirksamtmann lächelte.

»Und warum erzählst du mir das gerade jetzt?«, fragte er.

»Ich will, dass die Wahrheit bekannt wird«, sagte Sigurður. »Nun, da bereits Nachforschungen angestellt wurden, sollte die ganze Wahrheit ans Licht kommen. Nicht nur ein Teil davon, sondern die ganze Wahrheit. Ich wollte immer Helgas guten Ruf schützen, aber jetzt ist etwas anderes wichtiger.«

»Sag mir eins, Sigurður, denkst du wirklich, dass die Behörden dir diesen Unsinn abkaufen?«

»Das ist die ganze Wahrheit.«

»Ich weiß nicht, was ich von solch einer Geringschätzung halten soll, Sigurður. Geringschätzung, so will ich es nennen, gegenüber der Obrigkeit.«

»Es war nicht meine Absicht, das hohe Amt zu missachten«, sagte Sigurður, »ich wollte nur klarstellen, was richtig und wahr ist. Die Geschehnisse in dem Fall haben eine längere Vorgeschichte, als Ihr denkt.«

»Du wurdest beim Lügen ertappt«, sagte der Bezirksamtmann, »und nicht nur das, du hast auch ein kompliziertes Lügennetz gesponnen, um deine Taten zu vertuschen, und deine Haushälterin und Þórður und weiß Gott wen noch in die Sache mit hineingezogen. Reicht das nicht? Ist es damit nicht genug? Willst du diese Lügengeschichten noch weiterspinnen? Du hast mit der Kindsmutter deines Sohnes geschlafen und sie geschwängert. Die Sache ist todernst, ich weiß nicht, ob dir das bewusst ist. Wenn du dem also wirklich noch weitere Lügen hinzufügen willst, dann bist du selbst schuld.«

Sigurður wollte etwas entgegnen, aber der Bezirksamtmann befahl ihm, damit bis zum offiziellen Verhör unter Eid zu warten, und schickte ihn weg. Dann ließ er Guðrún zu sich rufen. Der Bezirksamtmann erzählte ihr, Sigurður hätte seine Vergehen gestanden und somit auch ihre Rolle in dem Fall von falscher Vaterschaft und Unzucht offengelegt. Dann fragte er, ob auch sie geständig sei und noch etwas hinzuzufügen habe.

»Er wusste, dass Ihr ihm niemals glauben würdet«, sagte Guðrún, nachdem sie Sigurðurs Aussagen bestätigt hatte.

»Jetzt bist du nicht mehr so hochmütig«, sagte der Bezirksamtmann.

»Er ist nicht Einars Vater. Das ist die Wahrheit.«

»Eine verdammte Lüge ist es!«

»Es geschieht so oder so, was Euch beliebt, egal was wir sagen. Damit hatte er recht.«

»Womit?«

»Ihr habt kein Interesse daran, die Wahrheit herauszufinden, und hättet ihm ohnehin nicht geglaubt. Das wusste er. Deshalb ist es so gekommen, wie es kommen musste.«

»Das sieht euch ähnlich, mir jetzt die Schuld dafür zu geben«, sagte der Bezirksamtmann und lachte.

Guðrún stand auf.

»Ihr habt bekommen, was Ihr haben wolltet«, sagte sie. »Was geschieht nun?«

Der Bezirksamtmann hatte keine Eile. Er nahm in aller Ruhe seine Tasche und strich etwas Dreck von seiner Hose.

»Jetzt lasse ich eure Aussagen niederschreiben und weitere Zeugen rufen«, sagte er. »Bis zur Urteilsverkündung bleibst du hier und rührst dich nicht vom Fleck. Sigurður werden wir festnehmen und nach Hagi bringen. Ich hoffe, es wird nicht allzu lange dauern.«

»Sigurður ist nicht Einars Vater. Wir haben nichts verbrochen.«

»Na dann ist es ja gut«, sagte der Bezirksamtmann ohne jegliche Regung, während sein Blick auf die französische Pistole fiel. »Da bist du ja«, sagte er und steckte sie in seine Tasche. Kurz darauf ritt er mit seinem Verwalter davon und brachte Sigurður in Handschellen nach Hagi.

Vierunddreißig

Als hätte Jón Sívertsen nicht schon genug königlichen Besuch bekommen, ließ sich der Kronprinz Friedrich selbst eines Tages bei ihm blicken. Er wurde von dem jungen Ratgeber begleitet, doch von sonst niemandem, und hatte seinen Besuch nicht angekündigt, sondern tauchte ganz plötzlich auf und betrachtete eine Weile schweigend die Uhr. Jón, der sich zwar langsam an derartige Vorfälle gewöhnte, wusste nicht so recht, was er tun sollte, und stand lange nur da und erlaubte sich, ab und an zum Prinzen hinüberzuschielen. Er meinte, den sensiblen Gesichtsausdruck des Königs auch bei ihm zu erkennen. Und trotzdem waren sie sehr unterschiedlich. Der Prinz strahlte eine Gleichgültigkeit aus, vielleicht die Tristesse eines Menschen, der immer alles bekommen hatte, was er wollte, und nicht mehr fähig war, sich an den Dingen zu erfreuen.

»Ist das alles?«, fragte der Kronprinz schließlich, und Jón war nicht sicher, ob er mit ihm oder seinem Ratgeber sprach. Die Worte schienen an niemanden Bestimmtes gerichtet, sondern eher als allgemeine Bemerkung gemeint zu sein.

Der Prinz sah den Ratgeber an, der als Antwort auf die Frage nickte. Dann wanderte sein Blick weiter zu Jón, den er von Kopf bis Fuß musterte. Ohne verärgert zu klingen, fragte er, ob er für dieses Werk verantwortlich sei und woher er die Erlaubnis habe, daran zu arbeiten. Jón verneigte sich tief und erklärte, dass der Vater des Prinzen, König Christian VII., ihm erlaubt habe, dieses bemerkenswerte und geschichtsträchtige Uhrwerk Isaak Habrechts, eines großen Schweizer Meisters, wie die Uhr im Dom zu Straßburg bezeugte, zu reparieren.

»Ach, ist das so?«, fragte der Prinz und sah wieder zu dem Uhrwerk hinüber, das in Einzelteilen vor ihm lag. »Es scheint nicht allzu gut zu laufen?«

»Das Uhrwerk ist sehr komplex, Eure Hoheit«, sagte Jón zu seiner Verteidigung. »Und ein paar Teile fehlen, was die Arbeit behindert und erschwert. Ich bin aber überzeugt, dass ich es schaffen kann und die Uhr bald wieder in all ihrer Herrlichkeit schlagen wird, Eure Hoheit.«

Der Prinz warf einen Blick zu seinem Ratgeber hinüber, der immer noch schweigend neben ihm stand. Er besah sich die Uhr, die Jungfrau Maria, die drei Weisen aus dem Morgenland, die an ihr vorbeidefilierten, und die Glocken, die Jón erfolgreich repariert hatte, sodass sie wieder erklangen wie vor zweihundert Jahren.

»Was will er hier?«

»Seine Hoheit?«

»Ich möchte wissen, was mein Vater hier will?«, fragte der Prinz, und seine Stimme klang nicht mehr freundlich.

Die unvermittelte Frage des obersten Machthabers im dänischen Königreich verunsicherte Jón. Es gab vermutlich nicht nur eine Antwort auf diese Frage. Der König langweilte sich in dem riesigen Schloss, und die Besuche bei Jón boten ihm eine Abwechslung in seinem Alltag. Er interessierte sich auch ehrlich für die Uhr und ihre Geschichte. Es erfreute ihn, Jón bei der Arbeit zuzusehen, und er fragte bei jedem Besuch nach den Fortschritten, so viel stimmte. Außerdem war Jón nicht wie die Grafen und Herzoge, die Hofdamen und Fürstinnen und anderen Offiziere in seinem Umfeld, und vielleicht sogar der einzige Mensch, bei dem der König das Gefühl hatte, sich offen unterhalten zu können. Schließlich hatte er sich nie wieder so wohl gefühlt wie in seinen besten Jahren, als er sich regelmäßig unter das einfache Volk gemischt hatte. Des Weiteren kam hinzu, dass die Geschichten, die Jón aus Island erzählte, in denen der Vater des Königs eine gewisse Rolle spielte, zunehmend seine Aufmerksamkeit erregt hatten, schließlich hatte der König doch eine traumatische und qualvolle Kindheit unter der eisernen Führung des strenggläubigen König Friedrichs V. durchlebt.

Angesichts dieser Tatsachen war es nicht verwunderlich, dass Jón Sívertsen um Worte verlegen war, sich aber schließlich für die einfachste Antwort entschied, in der Hoffnung, dieses Treffen damit schnell beenden zu können.

»Ich habe bemerkt, dass Seine Hoheit sich für Habrechts Uhr interessiert«, sagte er, »und meine Arbeit daran.«

»Nun gut«, sagte der Prinz und zog seine Worte in die Länge, als wollte er Jón nicht so einfach davonkommen lassen. »Ich kann nur nicht verstehen, was ihn an diesem Ding so interessieren könnte. Das ist doch nicht einmal eine richtige Uhr, hier liegt nur irgendwelcher Krempel herum.«

»Mit Verlaub …«, begann Jón, aber der Prinz hob die Hand, wie um ihm mitzuteilen, dass es keiner Antwort seinerseits bedurfte.

»Wenn ich richtig gehört habe, wird er hier mit Geschichten aus Island berieselt«, sagte der Prinz.

»Er hat mich nach meiner Herkunft gefragt, Eure Hoheit«, antwortete Jón.

»Meinem Eindruck nach regen ihn diese Geschichten über irgendwelche Gesetzesverstöße nur unnötig auf, über die versaute Lebensweise dort oben und all die Vertuschungsversuche und Intrigen, und wenn ich richtig verstanden habe, erscheinen die Vertreter des Königs dabei nicht gerade in einem guten Licht. Ist das richtig?«

»Der ehrwürdige König Christian VII. hat mich darum gebeten«, sagte Jón und wählte seine Worte mit größter Sorgfalt, »ihm die Geschichte meines Vaters zu erzählen, eines einfachen Bauern im Nordwesten Islands, der in der Tat aufgrund von Liebesgeschichten in Konflikt mit dem Gesetz geraten ist, Eure Hoheit. Ich habe versucht, ehrlich und wahrheitsgetreu zu erzählen. Es war nie meine Absicht, mit meinen Geschichten jemanden zu kränken«, fügte er hinzu und musste an den Bezirksamtmann Ólafur denken. Wieder einmal fragte er sich besorgt, ob er in seinen Beschreibungen von ihm vielleicht übertrieben hatte.

»Ja, ich habe bereits gehört, dass es sich um Geschichten über irgendwelche Bauern handelt«, sagte der Prinz leicht verärgert, »die behaupten, mit diesen und jenen Arbeiterinnen Kinder zu haben oder eben nicht, je nachdem, wer fragt, und die mit ihren verrückten Einfällen versuchen, den Bezirksamtmann zu täuschen, um der gerechten Strafe zu entkommen.«

»Die Strafen für gewisse Vergehen bezüglich Unzucht waren zu jener Zeit sehr hart, Eure Hoheit. Zum Glück ist es nicht mehr so schlimm, wie es einmal war. Was die Strafen betrifft, meine ich, Eure Hoheit.«

»Aber damals haben die Menschen sie noch zu spüren bekommen?«

»Richtig, Eure Hoheit. Mein Vater wurde bestraft und seine Haushälterin auch, wenn ich das erwähnen darf, und zwar nicht weniger heftig als er.«

»Manche dieser Geschichten scheinen meinen Vater aufgewühlt zu haben«, sagte der Kronprinz und sah seinen Berater an, der seit ihrer Ankunft kein Wort gesagt hatte. »Vor allem, was die falsche Vaterschaft anbelangt.«

Der Ratgeber nickte.

»Mein Vater tut nicht gut daran, sich dieses dumme Gerede anzuhören«, sagte der Prinz.

»Ich bedauere sehr, den Menschen hier Sorgen bereitet zu haben, Eure Hoheit«, sagte Jón. »Das war nie meine Absicht, ich wollte dem König nur auf seinen eigenen Wunsch hin die Geschichte von einem alten Rechtsfall in meiner Heimat erzählen. Nie hätte ich damit gerechnet, den König dadurch aufzuwühlen, Eure Hoheit.«

»Deshalb habe ich beschlossen«, fuhr Prinz Friedrich fort, als hätte er kein Wort von dem gehört, was Jón gesagt hatte, »dass die Arbeit des Herrn Uhrmacher hier beendet ist ... wie auch immer sein Name sein mag ...«

Der Prinz sah ihn fragend an.

»Jón Sívertsen, Eure Hoheit.«

»Gut. Ich sage es noch einmal, die Anwesenheit eines Uhrmachers ist hier nicht mehr erwünscht. Der Zugang zu diesen Räumlichkeiten ist in Zukunft unter allen Umständen untersagt, und jeder Verstoß dagegen wird entsprechend geahndet werden. Außerdem befehle ich, alle Unterhaltungen mit dem König vertraulich zu behandeln. Falls mir zu Ohren kommt, dass etwas davon diesen Raum verlässt, werde ich harte Maßnahmen ergreifen. Verstanden?«

Jón vergaß zu antworten, so bestürzt war er von den Worten des Prinzen.

»Verstanden, Uhrmacher?«, wiederholte der Prinz.

»Aber … Eure Hoheit, das habe ich nicht gewollt«, sagte Jón. »Ich wollte nur dieses Uhrwerk hier reparieren. Es war der Wunsch des Königs, dass ich ihm diese Geschichten erzählte. Mit Verlaub, Eure Hoheit, meine Erzählungen hängen in keiner Weise mit der Uhr zusammen.«

»Ich werde nicht mit einem Uhrmacher diskutieren«, sagte der Prinz zu seinem Ratgeber und würdigte Jón keines weiteren Blickes. »Diese Sache hat nichts Gutes hervorgebracht.«

»Aber …«

Jón wollte erneut protestieren, aber dann trat der Ratgeber einen Schritt vor und bedeutete ihm mit einer Handbewegung, sich in Acht zu nehmen. Der Prinz betrachtete die Uhr in all ihren Einzelteilen und sah dann Jón an, bevor sein Blick zu den Büsten der früheren dänischen Könige wanderte, von denen eine mit einem dreckigen Tuch verhangen war.

»Was ist das?«, fragte er und ging zu der Statue seines Großvaters, nahm den Lappen herunter und warf ihn auf den Boden. »Wer hat das getan?«

Er sah Jón vorwurfsvoll an.

»König Christian, Eure Hoheit, bei einem seiner Besuche …«, begann er.

»Mein Vater? Hat er das getan?«

»Er meinte, sie hätten sich nicht gut verstanden, Eure Hoheit.«

»Inwiefern?«

»Mehr hat er nicht gesagt, Eure Hoheit.«

»Dieser Idiot«, platzte es aus dem Prinzen heraus, und er sah seinen Ratgeber wütend an, bevor er auf dem Absatz kehrtmachte und hinausging.

»Wo hält der König sich auf?«, fragte der Ratgeber Jón, als der Prinz den Raum verlassen hatte.

»Verzeihung? Wo er sich aufhält?«, wiederholte Jón, immer noch bestürzt.

»Wir haben überall gesucht, der König ist nicht hier im Schloss Christiansborg, und das wahrscheinlich schon seit gestern nicht mehr. Wo also hält er sich auf?«

Die Frage überraschte Jón Sívertsen.

»Es tut mir sehr leid, ich fürchte, hier bei mir hat er sich schon seit einer Weile nicht blicken lassen«, antwortete er schließlich.

»War Seine Hoheit in der letzten Zeit also nicht hier?«

»Nein, ich habe ihn nicht gesehen. Ist mit ihm denn alles in Ordnung?«

»Wir müssen das Beste hoffen«, sagte der Ratgeber. »Zum Glück hat sich sein Verschwinden noch nicht herumgesprochen. Hoffentlich finden wir ihn bald. Wir haben Männer losgeschickt, um nach ihm zu suchen. Das ist schon einmal passiert. Beim letzten Mal ist er von selbst wiedergekommen, ohne dass es jemand außerhalb des Schlosses bemerkt hätte. Und genau das wäre auch jetzt wünschenswert.«

»Kann ich dann nicht weiter an der Uhr arbeiten?«, fragte Jón, besorgt um den König und sich selbst, aber vor allem um den Fortgang des Werkes.

»Dazu ist alles gesagt«, antwortete der Ratgeber freundlich. »Geht nach Hause, Uhrmacher.«

Fünfunddreißig

Halldóra, die Bezirksamtmannsfrau, hockte an der Hauswand, als sie den Reiter sah, der sich aus der Ferne näherte. Sie hatten diese Tage mit ihm gerechnet, und Halldóra erkannte den Mann sofort, er war jung und stattlich anzusehen, so hoch zu Ross. Sie bestaunte, wie er auf dem Pferd saß, schlank und mit geradem Rücken, ein gutaussehender Mann, dachte sie, als sie aufstand, ihren Rock glattstrich und hoffte, dass er sie nicht beim Pinkeln gesehen hatte.

Sie ging ihm entgegen, um ihn zu begrüßen, er müsse Davíð Scheving sein, sie hätten ihn bereits erwartet. Der junge Mann bestätigte dies etwas schüchtern und stieg vom Pferd, schüttelte ihre Hand und ließ den Blick über den Breiðafjörður schweifen. Er bewunderte die schöne Landschaft an diesem herrlichen Sommertag. Es war absolut windstill, und er betrachtete das spiegelglatte Meer, die Inseln, Schären und Holme. Auf der anderen Seite des Fjords ragten die Berge von Snæfellsnes im roten Licht der Abendsonne aus dem Meer, der gesamte Gebirgszug war zu sehen, den man Zaun der Hölle nannte, und ganz im Westen leuchtete der kegelförmige Gletscher. In der Ferne erklang das Blöken einiger Schafe, der Gesang der Goldregenpfeifer und Regenbrachvögel und die Schreie der Möwen, und über das Meer zog eine Gänseschaar, deren Flügel beinahe die Oberfläche streiften. Für einen Augenblick blieb er neben seinem Pferd stehen und genoss den Anblick. Was für ein schöner Fleck Erde, dachte er sich, begeisterungsfähig, wie er war, und der Vorsehung dankbar, die ihn an diesem traumhaften Sommerabend hierher nach Hagi geführt hatte.

Halldóra fragte ihn, ob er allein unterwegs sei, und er meinte, die Familie würde im Laufe der nächsten Wochen nachkommen. Er habe vorausreiten wollen, um sich ein Bild von der Lage zu machen, sich die Landwirtschaft in Hagi anzusehen und sich in die offenen Fälle des Bezirksamtmanns einzuarbeiten. »Ja«, sagte Halldóra, »es gibt sicherlich genug zu tun. Die Landwirtschaft gedeiht prächtig, das kann ich dir versichern, und mein lieber Ólafur hat in den letzten Monaten als Bezirksamtmann viel vorangebracht. Seit einer Weile haben wir einen Gefangenen hier, der zum Tode verurteilt wurde, ein gewisser Sigurður aus Geirseyri, von dem Fall hast du bestimmt gehört. Seine lüsterne Haushälterin, die ebenfalls vom Bezirksamtmann Ólafur zum Tode verurteilt wurde, wird in Geirseyri festgehalten. Ja, schwere Vergehen wegen Unzucht waren das, und ein unerhörtes Täuschungsmanöver des Paares. Sie wollten einem Gunnar aus Tálknafjörður die Vaterschaft andrehen, der sich aber nicht in die Sache mit hineinziehen ließ. In Hagi kam es zum Prozess, Zeugen wurden gerufen und das Todesurteil verkündet. Das Alþingi hat das Urteil bereits unterzeichnet, und es wurde unverzüglich an den Durchlauchtigen König Friedrich V. nach Schloss Christiansborg geschickt, damit auch dieser es bestätigen kann. Dann muss es nur noch vollstreckt werden, doch das fällt dann in den Aufgabenbereich des neuen Bezirksamtmanns. Doch das sollte für dich kein Problem sein, mein Guter, aber was plaudere ich, willst du nicht reinkommen, Ólafur hätte dich gerne würdiger empfangen, aber er ist erkrankt und in den letzten Tagen kaum aufgestanden.«

Davíð hatte zu dieser ruhigen Abendstunde vor dem Hof inmitten der wunderschönen Landschaft nicht wirklich damit gerechnet, auf diese Weise ins Amt eingeführt zu werden, schon gar nicht von der Frau des Amtmanns. Er lächelte schief und bedankte sich, ohne genauer auf ihren Bericht einzugehen. Von besagtem Fall hatte er bereits gehört, es war der letzte Gerichtsfall, den sein Amtsvorgänger sich vorgenommen hatte, und er nahm an, dass alles seinen Lauf nehmen würde, auch wenn er nicht gerade erfreut darüber war, die Hinrichtungen selbst durchführen zu müssen, was er dem Gouverneur Magnús Gíslason auch so mitgeteilt hatte. Seit er zum ersten Mal von den Gesetzen des Stóridómur gehört hatte, waren sie ihm veraltet vorgekommen und die vorgesehenen Strafen völlig absurd, aber so war es nun einmal. Um daran etwas zu ändern, müsste das gesamte Justizsystem reformiert werden, und das würde er nicht dort vor dem Hof tun können und schon gar nicht allein.

Halldóra brachte ihn zu Ólafur, der auf seinem Bett lag und sich den ganzen Tag noch nicht geregt hatte. Er beklagte sich über irgendeinen Schmerz in der Brust und Hitzewallungen, war aber wach und meinte, er bedauere sehr, den neuen Bezirksamtmann nicht ordentlich empfangen zu können, doch seine Gesundheit mache ihm mittlerweile sehr zu schaffen. Davíð erwiderte, er solle sich deshalb keine Sorgen machen und viel eher darauf konzentrieren, schnellstmöglich wieder auf die Beine zu kommen. Ólafur erklärte, dass Halldóra und er den Amtswechsel in den vergangenen Wochen bereits vorbereitet hätten, er habe seinen Besitz bereits in Kisten gepackt, und sie würden abreisen, sobald seine Gesundheit es zulasse. Das Gesinde würde nach ihrem Umzug zum Großteil in Hagi bleiben, vorwiegend gute Leute, und ein Teil der Schafherde ebenfalls und natürlich die offizielle Aktensammlung und Bibliothek.

So unterhielten sie sich über Kleinigkeiten, bis Ólafur müde wurde und meinte, er müsse schlafen, und Davíð ihn allein ließ und nach draußen ging. Es war bereits spätabends, aber zu dieser Jahreszeit noch hell, also ging er eine Runde um das Haus und sah, dass es einiger Reparaturen bedurfte, ja, sogar ziemlich heruntergekommen war. Er ging weiter zu den Ställen, die in einem ähnlichen Zustand waren. Drinnen hörte er jemanden vor sich hin singen und lauschte. Er erkannte die Reimgedichte und betrat den Stall. Bei einem Heuhaufen saß ein Mann in Handschellen. Er vermutete, dass es sich um Sigurður aus Geirseyri handelte, den zum Tode verurteilten Häftling des Bezirksamtmanns.

»Seid gegrüßt«, sagte Sigurður, als er den Mann sah, der zögernd in der Tür stand.

»Ich heiße Davíð«, antwortete er. »Du musst Sigurður sein.«

»Der bin ich, und wer seid Ihr, wenn ich fragen darf?«

»Ich bin Ólafurs Nachfolger«, sagte Davíð. »Der neue Bezirksamtmann. Ich habe gehört, dass du hier festgehalten wirst. Behandeln sie dich gut?«

»Ich klage nicht«, sagte Sigurður. »Aber ohne die Handschellen wäre es mir natürlich lieber. Sie sind sehr unangenehm. Die Amtsleute befürchten, ich würde bei der ersten Gelegenheit fliehen, aber wo sollte ich denn hin? Wenn es mir gelänge, würde ich doch nur zurück nach Geirseyri gehen, zu meiner liebsten Guðrún. Sie fehlt mir mehr als alles andere.«

»Deine Haushälterin?«

»Ihr kennt den Fall?«

»Nein, nicht wirklich«, sagte Davíð. »Aber ich werde mich einarbeiten, wenn ich das Amt übernehme, und verspreche dir, dass ich ihn unvoreingenommen betrachten werde. Die Entscheidung liegt beim König und ist noch nicht gefallen. Hab Geduld und warte ab, wie die Situation sich entwickelt. Das Gleiche gilt für Guðrún.«

»Er hat sofort alle meine weiblichen Lämmer nach Hagi geholt«, sagte Sigurður. »Dreißig an der Zahl, die mit mir hierhergekommen sind, meine geliebten Schafe. Und noch mehr haben sie mir genommen, nicht nur die Tiere und mein Geld, sondern alles, was ich hatte, das irgendwie von Wert war. Und dann haben sie mich und meine liebe Guðrún verflucht. Dabei haben wir nichts verbrochen, sie wollen es nur nicht glauben, gierig, wie sie sind, und unerbittlich. Sie hassen uns. Hassen. Anders kann man es nicht sagen. Meine liebe Guðrún wahrscheinlich sogar noch mehr als mich. All unsere Versuche, das Schlimmste zu verhindern, haben sie gegen uns verwendet. Haben uns nicht einmal richtig zugehört, als wir …«

»Ja«, unterbrach ihn Davíð, »lass uns noch einmal darüber sprechen, wenn ich mir die Protokolle angesehen habe. Ich werde sie genau studieren, das verspreche ich, dann können wir alles genau durchgehen.«

»Es ging mir besser, als Þórður noch hier war«, sagte Sigurður. »Þórður aus Fjörukot. Aber dann wurde er wieder freigelassen, aber er hatte natürlich auch nichts weiter getan, als seinem Nachbarn zu helfen. Ich glaube, er ist unbescholten davongekommen. Er war am Boden zerstört, der Arme, weil er vor dem Bezirksamtmann eingeknickt ist, aber ihn trifft keine Schuld. Es wäre einfach, ihm die ganze Schuld zuzuschieben, aber er hat mir nur einen Gefallen getan und dafür ein bisschen Geld angenommen. Doch dann kam es, wie es kommen musste. Der Bezirksamtmann hat ihm das Geld natürlich wieder weggenommen, denn er musste eine Strafe zahlen. Es ist nun einmal, wie es ist.«

»Ja«, sagte Davíð Scheving, »ich werde sehen, ob ich wegen der Handschellen etwas tun kann, aber das geht frühestens, wenn ich das Amt auch offiziell übernommen habe.«

»Wenn Ihr Grüße bestellen könntet, an meine Guðrún und die Jungs, dann wäre ich Euch sehr verbunden«, sagte Sigurður. »Ansonsten beklage ich mich nicht. Ich habe nichts zu bemängeln.«

»Das ist gut«, sagte Davíð.

»Ich habe hier in der Einsamkeit viel Zeit, um nachzudenken, und musste in letzter Zeit viel an meine Helga denken, Gott hab sie selig«, sagte Sigurður.

»Helga?«

»Sie hat das alles so vorhergesehen.«

»Helga, war sie …?«

»Meine Frau, die nach kurzer Krankheit verstorben ist. Sie hat mich davor gewarnt, mich als den Vater ihres Sohnes eintragen zu lassen, und meinte, das würde übel enden. Ich weiß nicht, wie sie so weit in die Zukunft sehen konnte, aber das hat sie gesagt, und ihre Vorhersage ist eingetreten.«

Sigurður blickte auf und schenkte Davíð ein schwaches Lächeln, als verstehe er die Welt nicht mehr.

»Ich weiß nicht, wie sie das vorhersehen konnte.«

Davíð verabschiedete sich, und als er wieder in der frischen Luft stand, dachte er über sein neues Amt in Hagi nach und die Entscheidung des Königs, die bevorstand. Es kam ihm vor, als habe ein dunkler Schatten sich über die herrliche Pracht des Breiðafjörður gelegt.

Sechsunddreißig

Jón war beinahe wieder zu Hause in seiner kleinen Wohnung über der Uhrmacherwerkstatt angekommen, als er hörte, dass jemand seinen Namen rief. Es war bereits spät, und er war tief in Gedanken versunken. All seine Werkzeuge hatte er in eine Tasche packen müssen, die hatte er über den Rücken geworfen, nachdem er aus dem Dienst des Königs und – was er noch viel mehr bedauerte – auch unehrenhaft aus dem Dienste Habrechts entlassen worden war. Deshalb bemerkte er erst beim zweiten oder dritten Rufen, dass jemand mit ihm sprechen wollte. Er hörte seinen Namen, wollte aber in dem Moment mit niemandem reden, und so beschloss er aus Angst vor dem Gesindel in der Straße, etwas schneller zu gehen, als eine kurvige Frau aus einer dunklen Ecke trat, nach seinem Arm griff und sich ihm in den Weg stellte.

»Erkennst du mich nicht wieder?«, fragte sie.

Jón sah die Frau genauer an, während er versuchte, sich von ihr zu befreien. Er erkannte sie tatsächlich, vor ihm stand eine Dirne aus der Holmensgade, Madame Dagmar Isaksen höchstpersönlich.

»Du?!«, rief Jón ziemlich laut. »Was willst du denn hier?«

»Schsch, etwas leiser«, flüsterte Madame Isaksen und

zog ihn zu sich heran. »Er hat mich gebeten, dich aufzusuchen. Ich soll dich zu ihm bringen.«

»Wer? Von wem redest du?«

»Ich habe heute Nacht jemanden herumstreunen sehen und wusste sofort, um wen es sich handelte. Er wollte unbedingt mit zu mir nach Hause kommen, und jetzt ist er dort. Mit ihm ist alles in Ordnung, aber er will dich sprechen und hat mich gebeten, dich zu ihm zu bringen. Frag mich nicht, warum.«

»Er? Meinst du etwa ...«

»Seine Hoheit, König Christian VII., ist bei mir. Er ist ziemlich bedrückt und will dich sprechen«, sagte Madame Isaksen und wurde etwas ungeduldig, als käme Jón ihr ziemlich schwer von Begriff vor.

»Im Schloss sucht man nach ihm«, sagte er. »Der Kronprinz und die Ratgeber ...«

»Das war zu erwarten«, sagte Madame Isaksen und versuchte, Jón festzuhalten, erwischte aber nur die Werkzeugtasche. Doch Jón machte sich los und meinte, er müsse erst nach Hause, sie solle auf ihn warten. Madame protestierte, aber er beharrte darauf und eilte in die Werkstatt, wo er die Werkzeugtasche ablegte und sorgfältig die Tür hinter sich abschloss, als er wieder zu Madame Isaksen in die dunkle Gasse trat und sie sich zusammen auf den Weg in die Holmensgade machten.

Auf dem Weg erzählte sie ihm von ihrer Begegnung mit dem König, kurz nachdem er im Haus der Herzen ein Bier getrunken hatte, ganz allein und in seine Gedanken versunken, in einem Mantel mit Kapuze, sodass er nicht leicht zu erkennen war, auch wenn der Wirt und andere Gäste sofort ahnten, um wen es sich handelte. Er wollte nicht auffallen und verließ das Lokal, um direkt in die

Arme von Madame Isaksen zu laufen, die sofort wusste, wer er war, sich tief verneigte und vorstellte. Auch er erinnerte sich an ihren Namen und daran, dass Jón ihm Grüße von ihr bestellt hatte. Er erinnere sich an sie, obwohl viel Zeit vergangen sei, seit er Stammgast in dieser Ecke der Stadt gewesen war, mit seiner Geliebten, der Stiefel-Cathrine. Madame Isaksen erzählte daraufhin, dass sie Cathrine gekannt habe, merkte aber, dass sie und der König dort in der Straße immer mehr Blicke auf sich zogen, vor allem er. Sie erkundigte sich, was sie für Seine Hoheit tun könne, und er fragte sie, ob es vielleicht möglich wäre, mit zu ihr zu kommen.

Und dort habe er sich seitdem aufgehalten und viel von seiner geliebten Cathrine geredet, in ihren hohen Kniestiefeln, und er habe sich an die gute alte Zeit erinnert, als er in diesen Straßen das Leben genoss. Madame Isaksen erzählte ihm, dass sie sich noch an die beiden und ihr Gefolge erinnerte, und es freute ihn, wie gut sie über seine alte Freundin sprach. Die Madame gab ihm zu essen, und irgendwann legte er sich ins Bett und kroch unter die Decke. Davor verbot er ihr aber noch, den Leuten auf Schloss Christiansborg von seinem Aufenthalt bei ihr zu erzählen.

Danach schlief er tief und fest, wachte jedoch gegen Abend auf und wirkte deutlich munterer und klarer im Kopf. Er berichtete von dem Uhrmacher, der ihm Geschichten aus Island erzähle, die ihn sehr beschäftigt und an Dinge erinnert hätten, über die er lange nicht hatte nachdenken müssen. Dann fragte er, ob Madame Isaksen ihm nicht den Gefallen tun könne, diesen Jón aufzuspüren und zu ihm zu bringen. Er arbeite wahrscheinlich an der prachtvollen Uhr, aber sie könne ihm vielleicht eine

Nachricht überbringen. Das wollte sie auch, doch als sie das Schloss erreichte, sah sie Jón herauskommen und folgte ihm, bis sie außer Sichtweite waren. Und jetzt waren sie also hier, in der Holmensgade.

Sie schlichen die Treppe hinauf zum Zimmer der Madame Isaksen, möglichst leise, falls der König schlafen sollte, und öffneten vorsichtig die Tür, aber er war aufgestanden, hatte sich ausgezogen und stand splitternackt vor ihnen und unternahm auch nichts, um seinen Körper zu bedecken, als sie sich beide vor ihm verneigten.

»Ach ja, Jón Sívertsen«, sagte er und schien etwas selbstbewusster als vorhin. »Danke, dass du gekommen bist. Gibt es noch Wein, Madame Isaksen? Dann würden wir gerne einen Schluck trinken und vielleicht einen Bissen essen, ich habe nämlich Hunger.«

Madame Isaksen verneigte sich erneut und meinte, sie werde mal sehen, was sich da tun ließe, aber Jón hob ein paar Kleidungsstücke des Königs vom Boden auf und brachte ihn dazu, sich zumindest ein wenig zu bedecken. Dann setzte der König sich an einen kleinen Rauchtisch und erklärte, er habe tagelang darüber nachgedacht, welch schwerwiegende und schreckliche Folgen der im Grunde unbedeutende Beischlaf in Island haben konnte, wenn dabei ein Kind entstanden war.

»Verzeihung, Eure Hoheit«, sagte Jón besorgt und setzte sich auf das Bett, »wenn meine Geschichten Euch keine Ruhe lassen. Das war nicht meine Absicht. Ich hätte nie damit begonnen, Euch von meiner Familie dort in den Westfjorden zu erzählen, wenn ich auch nur die geringste Ahnung gehabt hätte, dass es Euch Kummer bereiten oder irgendwie beunruhigen würde. Ich hätte Eurer Majestät auch nie etwas davon erzählt, wenn Ihr es mir nicht befohlen hättet, denn einem Befehl meines Königs muss ich Folge leisten, Eure Hoheit. Und jetzt seid Ihr hier, ganz allein, und ich befürchte, dass ich vielleicht etwas gesagt habe … das …«

»Was befürchtest du, Jón Uhrmacher?«, fragte König Christian. Er sah, dass Jón, der sonst immer wie die Ruhe selbst wirkte, ziemlich aufgeregt war. »Mit wem hast du gesprochen?«

»Nun ja«, sagte Jón und wollte dem König nichts verheimlichen, »mit Louise Auguste, wie Ihr wisst. Sie sorgt sich um Euch … und ähm … ein Ratgeber, ja, wahrscheinlich der oberste Ratgeber Eures Sohnes, ist zu mir gekommen, und danach hat mir Seine Hoheit, der Prinz von Dänemark persönlich, die Ehre erwiesen, mich bei der Habrechtsuhr zu besuchen, mir seine Sorgen geschildert und im Grunde verboten, dass ich Euch weiter Geschichten von meinem Vater und seiner Haushälterin, Gott hab sie selig, aus der Mitte des Jahrhunderts erzähle.«

»Aha«, sagte der König und starrte nachdenklich in die Luft. Jón wollte ihn nicht stören, und so verging eine Weile, bis Madame Isaksen mit einem Tablett voll wohlriechendem Speck und einem Krug Wein für den König zurückkam. Sie stellte alles auf dem Rauchtisch vor ihm ab und fragte dann Jón, ob sie auch ihm etwas bringen könne, aber Jón hatte weder Appetit noch Durst, also meinte Madame Isaksen, sie würde sie dann alleine lassen. Beim Hinausgehen warf sie Jón Sívertsen noch einen vielsagenden Blick zu, und er verstand, dass sie von ihm erwartete, den König dazu zu bringen, sich wieder zurück ins Schloss Christiansborg zu begeben. Jón antwortete mit einem resignierten Gesichtsausdruck, aber nickte dennoch zögerlich, er würde es zumindest versuchen.

»Willst du also nicht weitererzählen?«, fragte Christian VII. und wischte sich mit dem Handrücken über den Mund, bevor er den Wein die Kehle hinunterlaufen ließ.

»Ich werde natürlich tun, was der König wünscht«, sagte Jón, »aber die Befehle des Kronprinzen bringen mich in eine schwierige Lage.«

»Mach dir deshalb keine Gedanken«, sagte Seine Hoheit und trank den letzten Tropfen Wein aus. »Du kannst frei erzählen, ganz wie es dir beliebt, es wird mir nicht schaden.«

Jón konnte nicht anders, als den Wunsch seines Königs zu befolgen, also erzählte er Christian VII. dort in Madame Isaksens Freudenhaus davon, wie Sigurður in Handschellen nach Hagi gebracht worden war, aber Guðrún in Geitrseyri zurückgelassen wurde und der Bezirksamtmann sie beide zum Tode verurteilte, Sigurður sollte enthauptet werden und sie ertränkt. Das Alþingi hatte das Urteil bereits bestätigt und den Fall an Christians Vater geschickt, bei dem die endgültige Entscheidung lag. Außerdem hatte sich ein junger Anwalt des Falls angenommen, der hier in Kopenhagen seine Ausbildung genossen hatte, Davíð Scheving war sein Name. Er war deutlich gutmütiger eingestellt und betrachtete den Fall ganz anders als der scheidende Bezirksamtmann Ólafur.

Jón machte eine Pause und fragte den König, der ihm schweigend zugehört hatte, ob ihm etwas fehle, erhielt aber keine Antwort. Er wiederholte also die Frage und fügte hinzu, ob er Seine Hoheit vielleicht zurück ins Schloss begleiten solle, aber auch darauf reagiert der König nicht. Zu allem Überfluss sorgte Jón sich jetzt auch noch, dass Dagmar Isaksen vermutlich das Zimmer für ihre Dienste brauchte. Danach saßen sie eine Weile still beisammen, Jón auf dem Bett der Madame und der König am Rauchtisch, in Gedanken versunken und betrübt. Schließlich seufzte Seine Hoheit und stöhnte leise.

»Er hat das Leben meines Friedrichs gerettet.«

»Von wem sprecht Ihr, Eure Hoheit?«, fragte Jón.

»Struensee, natürlich«, antwortete der König. »Als die Pocken umgingen, hat er den Jungen impfen lassen, und mein kleiner Friedrich hat überlebt, und meine liebe Caroline hat sich in den Arzt verliebt. Mehr als je in mich. Ach Caroline, sie war so jung, als wir geheiratet haben.«

Jón ärgerte sich im Stillen über sich selbst. Wieder hatte er dazu beigetragen, den König mit seinen Geschichten zu belasten, und nichts schien ihm in seiner Situation helfen zu können, er war aus dem Schloss geflohen und gefangen in diesem Sündenbabel auf der Holmensgade. Gott bewahre, wenn der Kronprinz davon erfährt, dachte Jón und hatte Angst davor, noch tiefer in die Angelegenheiten der Königsfamilie mit hineingezogen zu werden.

Jón sah dem König an, wie sehr er den deutschen Arzt vermisste, und in diesem Moment wurde ihm klar, dass es in ihren Leben eine unerwartete Parallele gab, die ihm bisher nicht aufgefallen war. Beide waren sie mit Männern des Fortschritts befreundet gewesen, die ein schreckliches Schicksal ereilt hatte. Der eine ertrank bei einem Unwetter im Breiðafjörður, der andere wurde mit grauenvollen Methoden vor den Toren der Stadt hingerichtet.

»Soll ich euch nicht zum Schloss zurückbringen?«, fragte Jón wieder. Er hatte Mitleid mit seinem König und hoffte, seine Stimmung heben zu können. »Dort würde Eure Hoheit es besser haben.«

»Erzähl mir lieber mehr«, bat der König. »Mein Vater hat also einen Brief bekommen, nicht wahr, und musste das Todesurteil nur noch unterzeichnen? Er konnte streng sein, das muss man sagen. Ein Pietist! Das war er. Von der schlimmsten Sorte. Er hat felsenfest an strenge Bestrafungen geglaubt. Das weiß ich nur zu gut. Niemand weiß das so gut wie ich.«

Jón war unsicher, was er sagen sollte. Je weniger er über die Probleme und Geheimnisse der dänischen Königsfamilie wusste, desto besser fühlte er sich.

»Aber erzähl weiter«, bat der König. »Ich verstehe immer besser, warum du mir diese Geschichten von deinen Leuten erzählst«, seufzte er dann, und Jón hatte das Gefühl, dass er von schmerzhaften Erinnerungen an seinen Vater geplagt wurde. »Immer besser verstehe ich, um wen es in deinen Geschichten eigentlich geht«, sagte Christian VII.

Jón sah seinen König besorgt an.

»Ich weiß es genau, siehst du«, sagte der König. »Ich weiß es genau.«

Siebenunddreißig

Als der Tag kam, an dem Ólafur und Halldóra Hagi endgültig verlassen sollten und sie bereits alle Taschen und Truhen verschlossen, sich vom Gesinde verabschiedet und ihr Hab und Gut, den Viehbestand und alles andere weggebracht hatten, setzten Davíð Scheving und Ólafur sich ein letztes Mal zusammen, um die offenen Angelegenheiten zu besprechen und das Amt offiziell zu übergeben. Davíð hatte sich detailliert mit dem Fall der Leute aus Geirseyri vertraut gemacht und bemerkt, dass während der Ermittlungen immer wieder schlampig gearbeitet worden war. Er hatte ausführlich mit Sigurður im Stall gesprochen, sehr zu Ólafurs Missfallen, und war damit eigentlich sowohl bei ihm als auch bei seiner Frau in Ungnade gefallen, was in den letzten Tagen zu einer etwas angespannten Stimmung geführt hatte.

»Ich muss noch einmal meine Verwunderung darüber ausdrücken, dass du nicht direkt mit den betroffenen Personen gesprochen hast, also mit Jón aus Hænuvík und diesem Gunnar Þorleifsson aus Tálknafjörður«, sagte Davíð bei diesem letzten Treffen, denn er konnte es sich nicht verkneifen, den großen Streitpunkt zwischen ihnen noch einmal anzusprechen. »Du hast sie gar nicht als Zeugen befragt und ihre Aussagen mit denen von Sigurður und Guðrún verglichen.«

»Ich habe Gunnar eine schriftliche Anfrage geschickt, das weißt du doch«, sagte Ólafur und wiederholte damit, was er ihm schon einmal erklärt hatte, zog einen Brief aus einem Aktenstapel und hielt ihn dem neuen Bezirksamtmann unter die Nase. Sein Tonfall war nicht frei von Verachtung, als gehöre es sich für diesen jungen Mann nicht, die scheidende Obrigkeit anzuzweifeln. »Er hat die Vaterschaft geleugnet.«

»Wäre es nicht besser gewesen, ihn persönlich zu befragen? Das hätte durchaus ein neues Licht auf Sigurðurs Aussagen über Einars Vaterschaft werfen können. In dem Aspekt des Falls ist er einer der Hauptzeugen.«

»Warum solltest du, sollten wir, sollte irgendjemand diesen Unsinn der Leute aus Geirseyri glauben?«, fragte Ólafur verwundert. »Nachdem ihr Täuschungsmanöver aufgeflogen war? Du musst doch erkennen, dass wir es hier mit einem großangelegten Komplott zu tun haben, durch das sie die Todesstrafe abwenden wollten. Sie haben einen armen Schlucker überredet, fälschlicherweise die Vaterschaft anzuerkennen. Bei einer genaueren Prüfung würden nur noch mehr Lügen aufgedeckt. Du würdest bei derartigen Strafen wahrscheinlich genauso handeln wie sie. Ich weiß, dass ich es ohne Zögern tun würde. Aber es ist nicht unsere Aufgabe, die Gesetze zu hinterfragen, sondern nur, nach ihnen zu urteilen. Das war eine Ausflucht, sage ich. Eine Ausflucht. Das Urteil wurde vom Alþingi bestätigt. Sigurður und Guðrún haben sich dort nicht verteidigt. Sind beide nicht hingegangen, sondern haben sich krankheitsbedingt entschuldigt. Was nicht wirklich glaubhaft war.«

Sie hatten dieses Gespräch schon einmal geführt, kurz nachdem Davíð sich mit der Akte vertraut gemacht hatte. Er war nicht glücklich darüber, mit einem offenen Fall betraut zu werden, und fürchtete bereits die Entscheidung des Königs, die mit einem der nächsten Schiffe erwartet wurde.

Er erkannte, dass es keinen Zweck hatte, mit dem scheidenden Bezirksamtmann zu diskutieren, und hakte nicht weiter nach. Was geschehen war, war geschehen, und sie verabschiedeten sich dort vor dem Hof in Hagi trotz allem höflich, wie es sich für zwei Beamte gehörte, und der neue Bezirksamtmann blickte Ólafur und seiner Frau bei ihrer Abreise noch eine Weile hinterher.

Schon kurz darauf begann Davíð, den Fall neu aufzurollen, und ging dabei schnell und gewissenhaft vor. Zwei Dinge waren ihm wichtig. Zum einen hatte er mit Sigurður ausführlich über die Ereignisse gesprochen und tendierte dazu, ihm zu glauben. Er meinte zu erkennen, dass der Bauer aus Geirseyri nur nach einem Ausweg aus seiner misslichen Lage gesucht hatte, gewiss auf unbeholfene Art, aber das war im Grunde das Einzige, was man ihm und seiner Haushälterin vorwerfen konnte. Er beharrte auf seiner Unschuld und bezog sich dabei auf Einars wahre Vaterschaft, und es gab keine Widersprüche in seinen Aussagen. Und außerdem war Davíð grundsätzlich gegen das Verhängen der Todesstrafe bei kleineren Verstößen gegen die Gesetze des Stóridómur. Zwei Menschenleben standen auf dem Spiel, und das nur wegen einer falschen Vaterschaft.

»Ich kann die beiden dafür nicht hinrichten«, flüsterte er seiner Frau in einer der schlaflosen Nächte zu, die der Fall ihm bescherte. »Das kann ich mir nicht einmal vorstellen …«

Schon bald befreite er Sigurður von den Handschellen und erlaubte ihm, bei alltäglichen Arbeiten auf dem Hof zu helfen, er dürfe nur Hagi nicht verlassen, solange sie noch auf den Beschluss des Königs warteten. Dann sattelte er sein Pferd und ritt zu Guðrún nach Geirseyri, bestellte ihr die Grüße von Sigurður und erzählte ihr, dass er jetzt wie jeder andere Arbeiter auf Hagi behandelt werde und sie ihn besuchen dürfe. Außerdem befragte Davíð sie zu dem Fall, der sich seinem Eindruck nach vor allem um die Frage zu drehen schien, wer Einars wahrer Vater war. Guðrún erklärte ihm, dass Sigurður zu Beginn ihrer Beziehung behauptet hatte, nicht Einars leiblicher Vater zu sein, und das auch versucht hatte, Ólafur weiszumachen, der ihm aber keinen Glauben schenken wollte. Sigurður habe sich zweimal an Gunnar in Tálknafjörður gewandt, aber der habe ihnen nicht helfen wollen, weil er immer noch verbittert und verärgert darüber war, wie die Brüder aus Hænuvík und auch Sigurður ihn damals behandelt hatten. Seiner Ansicht nach habe Sigurður ihm Helga weggeschnappt.

Später ritt Davíð weiter Richtung Westen nach Hænuvík, wo er Helgas Vater Jón nur noch auf der Bahre liegend antraf, nachdem er wenige Tage zuvor verstorben war. Seine beiden Brüder bestätigten aber Guðrúns Aussagen und meinten, in der Bucht würden viele Gerüchte umgehen und natürlich darüber hinaus auch, vor allem nach der Festnahme von Sigurður und Guðrún. Man erzähle sich nämlich, dass Gunnar der eigentliche Vater von Einar sei, und die beiden deshalb die verdammten Gesetze, nach denen sie zum Tode verurteilt worden waren, gar nicht hätten brechen können. Davíð wusste, dass derartiges Gerede kein handfester Beweis war, aber in gewisser Hinsicht untermauerte es die Aussagen der Angeklagten.

Davíð übernachtete in Hænuvík und ritt am nächsten Tag fjordeinwärts und über den Pass nach Tálknafjörður. Die Reise verlief gut, und in Hvammeyri traf er Gunnar an, der gerade vom Fischen zurückgekommen war. Er erklärte ihm sein Anliegen und fragte ihn, ob es stimme, dass sein Vorgänger Ólafur nie mit ihm gesprochen habe. Gunnar bestätigte, den Bezirksamtmann nie getroffen zu haben, er habe zu dem Fall aber auch nicht mehr zu sagen als das, was er bereits schriftlich mitgeteilt habe.

»Da bin ich tatsächlich anderer Ansicht«, meinte Davíð.

»Wurden sie nicht bereits verurteilt?«, fragte Gunnar.

»Ich habe vor, dem König Friedrich V. zu schreiben und nötigenfalls um eine Begnadigung der beiden zu ersuchen, das hängt aber letztendlich von deiner Aussage ab.«

»Also, ich habe damit nichts zu tun«, sagte Gunnar, und egal, was der Bezirksamtmann versuchte, er bekam ihn nicht dazu, die Vaterschaft von Einar einzugestehen.

»Dir muss doch bewusst sein, dass von deinen Worten das Leben der beiden abhängt«, sagte Davíð schließlich, als er die Hoffnung eigentlich bereits aufgegeben hatte, den Mann noch umzustimmen.

Gunnar antwortete nicht.

»Ich meine, wenn du tatsächlich Einars Vater bist, kannst du das doch nicht so hinnehmen. Das ist deine letzte Möglichkeit, die Ungerechtigkeiten, die den Leuten in Geirseyri widerfahren sind, ins rechte Licht zu rücken. Ich habe mit den Bauern in Hænuvík gesprochen, sie kennen die Wahrheit. Also frage ich dich ein letztes Mal, bist du Einars Vater?«

»Sie haben sie mir weggenommen«, sagte Gunnar

nach langem Schweigen. »Ihr Vater, der alte Jón, und seine Brüder, Sigurður, sie alle haben sie mir weggenommen und mich verscheucht. Wir haben uns geliebt, Helga und ich, sie war mein Ein und Alles, und ich habe seitdem keine andere Frau auch nur angesehen. Sie haben sie in die Arme von Sigurður getrieben. Ich sehe keinen Grund, auch nur einen Finger zu heben, um diesen Leuten zu helfen.«

»Das kann ich nachvollziehen«, sagte Davíð.

»Der Schmerz ist heute noch so groß wie damals«, sagte Gunnar.

»Bist du Einars Vater?«

Gunnar zog das Boot weiter an Land. Er nahm die Ruder und legte sie auf das steinige Ufer. Betrachtete den Fang. Er hatte gut gefischt.

»Ich kann nichts von dem bestätigen, was Sigurður in dem Fall behauptet«, antwortete er.

Als Davíð nach Hagi zurückkehrte, hatte er den Brief an König Friedrich V. mit dem Ansuchen um Begnadigung in Gedanken beinahe Wort für Wort vorformuliert und wollte sofort mit dem Schreiben beginnen. Darin müssten die Fehler, die bei der Untersuchung des Falls gemacht worden waren, klar dargelegt werden, ebenso wie die Informationen, die neu ans Licht gekommen waren und Zweifel an der Schuld Sigurðurs und Guðrúns im schwerwiegendsten Anklagepunkt, der mit der Todesstrafe geahndet wurde, aufkommen ließen. Unter den Umständen wollte er Seiner Königlichen Hoheit nahelegen, Sigurður und Guðrún von der schlimmsten Strafe zu bewahren und für ihre kleineren Vergehen eine mildere Strafe auszusprechen.

Die Begnadigungsbitte schickte er mit dem nächsten Schiff nach Dänemark, aber wie es der Zufall wollte, kam mit demselben Schiff ein Schreiben aus Schloss Christiansborg von Seiner Königlichen Hoheit, das mit wenigen Worten das Todesurteil des Paares aus Geirseyri bestätigte, mit dem Befehl, es unmittelbar zu vollstrecken.

Achtunddreißig

Jón unterbrach seine Erzählung und sah den König an, der tief in Gedanken versunken am Rauchtisch saß und kein Wort sagte. Sonst stellte er oft Rückfragen, kritisierte Jóns Schilderungen oder wollte bestimmte Details erfahren, aber jetzt saß er nur schweigend da und zeigte keine Reaktion. Jón wusste nicht, ob er weitererzählen oder den König lieber noch einmal bitten sollte, sich doch wieder zurück nach Schloss Christiansborg zu begeben, er wisse doch, dass sich seine Leute Sorgen um ihn machten und bereits überall in der Stadt nach ihm suchten.

Eine Bewegung des Königs unterbrach schließlich Jóns Gedankengang, denn er sah ihn an und fragte, ob er nicht mit der Geschichte fortfahren wolle. Jón hatte das natürlich vor, doch ehe er weiter von dem neuen Bezirksamtmann in Hagi und seinen Versuchen erzählen konnte, das Urteil zu revidieren, fragte der König plötzlich nach der Uhr.

»Wie kommst du mit der Reparatur der alten Habrechtsuhr voran?«, fragte er.

»Die Sache ist die, Majestät, Euer Sohn, Seine Hoheit, der Prinz, hat mir verboten, mich der Uhr auch nur zu nähern«, sagte Jón.

»Was soll das heißen?«, fragte der König.

»Er hat meine Arbeit im Schloss für beendet erklärt, obwohl ich noch lange nicht fertig bin, wie Eure Hoheit wissen. Er will mich dort nicht haben, seiner Ansicht nach habe ich einen schlechten Einfluss auf Eure Hoheit, wenn ich das richtig verstehe.«

»Hat er dir verboten, an der Uhr zu arbeiten?«, fragte König Christian VII.

»Ich wollte mich nicht beklagen, Majestät, aber Ihr habt schließlich gefragt, und so lauten die Befehle Eures hochehrwürdigen Sohnes Friedrich.«

»Wie kommt er nur darauf?«, fragte der König und schien all sein Interesse an Jóns Geschichten vorerst verloren zu haben.

»Ich weiß es nicht«, antwortete Jón, denn er wusste es wirklich nicht. »Es steht natürlich in seiner Macht, Eure …«

»Macht?!«, rief der König, und Jón merkte sofort, dass er einen wunden Punkt getroffen hatte. »Macht?!«, rief er wieder. »Steht das in seiner Macht?!«

König Christian sprang von seinem Stuhl auf, nicht eleganter als sein Alter erlaubte, und stand wie ein Donnergott im Zimmer der Madame Isaksen. Er sah Jón an, der sich vom Bett erhoben hatte, unsicher, was kommen würde. Der König glühte regelrecht vor Wut, fluchte wild über Macht und Machtlosigkeit und ließ sich dann über die Respektlosigkeit aus, mit der man ihn dort im Schloss behandele, und das ständig, ständig, rief er zweimal. Als sei er nichts anderes als ein Spielball seines Sohnes, nie werde er mit einbezogen, und seine Berater und Stellvertreter taten so, als sei er zu nichts gut und würde schlichtweg nicht existieren.

»Verbietet dir, an der Uhr zu arbeiten und mir Geschichten aus Island zu erzählen! Verbietet!«, rief der König voller Wut und Empörung und begann, seine Kleider zusammenzusuchen.

Jón half ihm, das Hemd, die Hose und die Jacke anzuziehen, und reichte ihm die kniehohen Stiefel, die in einer Ecke lagen, und ein seidenes Tuch, das er dem König um den Hals band, wobei er für einen Moment alle Regeln über den angebrachten Abstand eines einfachen Bürgers zu seinem König außer Acht ließ.

Währenddessen schimpfte der König weiter über alle, die im Schloss unrechtmäßige Macht ausübten, wie er es ausdrückte. Er warf sich den Mantel mit der Kapuze über, bat Jón, mit ihm zu kommen, und ging die Treppe nach unten. Dort trafen sie auf Dagmar Isaksen, und der König verabschiedete sich höflich von ihr und bedankte sich für den Gefallen, es habe ihm gutgetan mit ihr über seine frühere Geliebte sprechen zu können. Dann eilte er auf die Straße hinaus und weiter in Richtung Schloss Christiansborg.

Niemand erkannte sie, also gingen sie ungestört durch die Straßen und über die Plätze, der König voran, gefolgt von Jón, der stets darauf achtete, einige Schritte hinter Seiner Hoheit zu bleiben. Der eine oder andere Bürger sah sie und fragte sich, ob der Mann unter der Kapuze nicht der König sei, schüttelte dann aber den Kopf, als müsste es sich um eine Verwechslung handeln. Entweder das oder der König war tatsächlich so verrückt, wie man sich erzählte.

Seine Hoheit hielt nicht ein einziges Mal an, bis sie die Tore zum Schloss Christiansborg erreichten. Er tobte immer noch vor Wut, als er an den Wachposten vorbeirannte, die kerzengerade am Eingang standen. Er rief laut nach seinem Sohn Friedrich, und seine Schreie hallten durch das gesamte Schloss, wo er denn gefälligst sei, er müsse mit ihm sprechen, und er solle gar nicht erst versuchen, sich vor ihm zu verstecken. Ab und zu schnappte er sich einen Diener und fragte ihn, ob er wisse, wo der Kronprinz sei. Und so ging es weiter, bis sie das Arbeitszimmer des Prinzen erreichten und Christian VII. hineinstürmte. Der Prinz besprach sich gerade mit seinen Ratgebern, die verwundert von ihren Dokumenten aufblickten, als sie den aufgebrachten König bemerkten. Der Prinz aber blieb ruhig und sah ihn mit stoischer Miene an.

»Was fällt dir ein, mich so zu bevormunden?!«, schrie der König seinen Sohn an. »Wie kannst du es wagen, Junge? Glaubst du etwa, mein Wort zählt hier nicht mehr? Denkst du, du kannst mich einfach mit deinen dreckigen Schuhen niedertrampeln?«

Die Ratgeber versuchten, vor dem wütenden König die Fassung zu bewahren, aber die Situation war ihnen sichtlich unangenehm. Unter ihnen war auch der junge Mann, der Jón bei der Uhr besucht und höflich mit ihm gesprochen hatte, der oberste Ratgeber des Prinzen. Jón wäre am liebsten im Marmorboden versunken.

»Willst du dich etwa aufführen wie dein Großvater?«, rief der König und kümmerte sich nicht um die vielen Menschen um sie herum. »Du solltest dich schämen!«

Der Kronprinz sah seinen Vater und den Uhrmacher an, der versuchte, sich möglichst unauffällig zu verhalten, und gab seinen Ratgebern schließlich ein Zeichen, dass ihre Besprechung vorerst beendet wäre. Alle Ratgeber bis auf den obersten packten eilig ihre Sachen zusammen und ließen das Arbeitszimmer und den schimpfenden

König schnellstmöglich hinter sich, aber als Jón es ihnen gleichtun wollte, griff Christian VII. nach seinem Arm und meinte, er gehe nirgendwohin.

»Wo bist du gewesen?«, fragte Friedrich seelenruhig, »und warum führst du dich so auf?«

»Wo bin ich gewesen? Ich war ... das ist, das spielt überhaupt keine Rolle«, sagte der König. »Hast du diesem Mann hier, Jón Sívertsen hier, verboten, an der Habrechtsuhr zu arbeiten? Hast du das getan? Entgegen meinen Befehlen? Entgegen meinen Wünschen? Hast du ihm ernsthaft verboten, sich der verdammten Uhr auch nur zu nähern? Ich werde dir zeigen, dass du keine Macht dazu hast. Nicht die geringste. Nämlich gar keine, mein Lieber! Keine Macht!«

Jón fühlte sich immer schlechter. Nicht nur, weil er völlig unfreiwillig mitansehen musste, wie der König mit dem Kronprinzen schimpfte, als wäre er ein ungezogener Junge, sondern auch, weil der Kronprinz jetzt wahrscheinlich denken musste, dass er heulend zum König gelaufen war, sich bei ihm über den Prinzen beschwert und um Hilfe gebeten hatte. Er hatte nämlich den Eindruck, der Kronprinz sehe ihn an, als würde er auf Rache gegen ihn sinnen. Jón wollte etwas zu seiner Verteidigung sagen, aber brachte kein Wort heraus. Er schüttelte nur resigniert den Kopf und wäre am liebsten vor Scham im Boden versunken.

»Können wir das später besprechen?«, fragte der Kronprinz und blieb die Ruhe selbst. »Es ist gut, dass du zurück nach Hause gekommen bist, ich habe mir Sorgen um dich gemacht. Wir beide, Louise und ich. Wir hatten Angst, dass dir etwas zustoßen könnte.«

»Du sollst dir keine Sorgen um mich machen, Junge!«,

brüllte der König. »Und das Mädchen erst recht nicht. Denkst du, die Leute wissen nicht, dass sie …«

»Genug jetzt!«, rief sein Sohn.

Für einen Augenblick schien es, als überlegte der König, ob er zu weit gegangen war, und er beruhigte sich ein wenig, auch wenn der Frieden nicht lange andauerte. Die Tür des Arbeitszimmers stand offen, und vier oder fünf Leibwächter des Prinzen hatten sich davor versammelt. Der Prinz gab ihnen unauffällig ein Zeichen, und sie ergriffen den König schnell und zerrten ihn hinaus. Jón war es unangenehm, das Echo seiner Schreie zu hören, in denen er die Leibwächter verfluchte und seinen Sohn, den Prinzen von Dänemark, zur Hölle wünschte.

»Ich bin hier immer noch der König«, rief Christian VII. »Ich bin immer noch der König dieses Landes, sag ich euch! Das bin ich! Ich ganz allein!!«

Als die Schreie immer leiser wurden, sah Jón Sívertsen den Prinzen an und überlegte, ob man die Situation nicht anders hätte lösen können. Prinz Friedrich schien seinen vorwurfsvollen Blick zu bemerken und trat mit verärgerter Miene auf ihn zu.

»So weit ist es also gekommen«, sagte er.

»Eure Hoheit …?«

»Eine solche Posse hier im Schloss, und das alles wegen eines Uhrmachers!«, sagte er wütend und betonte die Berufsbezeichnung auf besonders verächtliche Weise.

»Nein, Eure Hoheit, keinesfalls. Seine Majestät hat nach mir geschickt, und ich habe ihn in der Holmensgade angetroffen und versucht, ihn zu überreden, mit mir hierher zurückzukommen, was er dann auch getan hat, Eure Hoheit.«

»Und worüber wurde dabei gesprochen? Über die

Menschen im Schloss? Über mich? Über meine Schwester Louise Auguste? Worüber?«

»Nein, Euch hat er nicht erwähnt«, sagte Jón, was der Wahrheit entsprach, und er neigte seinen Kopf bis auf die Brust.

Seine Worte taten wenig, den Prinzen zu beruhigen.

»Eins möchte ich betonen, mit Verlaub, Eure Hoheit«, fügte Jón hinzu, »ich habe nie unangemessen über Habrechts Uhr gesprochen, wie Seine Hoheit angedeutet hat, wobei ich einem König natürlich nie widersprechen würde.«

»In der Holmensgade?«

»Richtig, Eure Hoheit«, sagte Jón. »Er sehnt sich nach der Zeit, die er mit seiner alten Freundin verbracht hat, Anne Cathrine hieß sie, wenn ich mich recht an ihren Namen erinnere.«

»Was für ein dummes Gerede!«, seufzte Kronprinz Friedrich. »Dieser Unsinn wird nie ein Ende nehmen! Verschwindet jetzt, Uhrmacher! Bevor ich mich vergesse und hier noch ein Kopf rollen wird …«

Neununddreißig

In Hagi wehte ein frischer Wind. Davíð Scheving hatte sich zusammen mit seiner Frau und ihren fröhlichen Kindern eingelebt, und sie fühlten sich wohl dort am Breiðafjörður. Der Sitz des Bezirksamtmanns musste ein wenig hergerichtet werden, nachdem sein Vorgänger sich um vieles nicht gekümmert hatte, doch Davíð steckte viel Arbeit in die Renovierung und wollte Hagi zu einem Vorzeigehof in der Gegend machen. Er stockte die Schafherde auf, stellte neue Arbeiter ein, um jene zu ersetzen, die Ólafur und Halldóra gefolgt waren, schaffte Nutzland und erneuerte die Torfwände des Hauses, außerdem ließ er zusätzliche Ställe errichten. Vor allem Sigurður aus Geirseyri packte mit an, und je besser der Bezirksamtmann ihn kennenlernte, desto mehr Sorgen machte er sich um seine Zukunft.

Während Davíð sich in Hagi einrichtete, wartete er angespannt und ängstlich zugleich auf einen Brief aus Schloss Christiansborg. An manchen Tagen war er zuversichtlich, dass alles gutgehen und die Wahrheit siegen würde. An anderen verließ ihn alle Hoffnung, und er befürchtete, seine Bitte um Begnadigung nicht deutlich genug formuliert zu haben, dann überlegte er, was er vielleicht besser hätte machen können.

Er sprach nur selten über den Fall, denn mit der Zeit

wurden ihm die Gedanken an die Leute aus Geirseyri immer mehr zur Last, und außerdem wollte er keine falschen Hoffnungen wecken. Guðrún und Sigurður hatte er erklärt, dass sie nichts weiter tun könnten, als zu warten. Friedrich V. allein hatte die Macht, verurteilte Verbrecher zu begnadigen, und eigentlich hatte er das Todesurteil längst bestätigt. Zu dem Zeitpunkt hatte er aber noch nicht den Bericht des Bezirksamtmanns über die Unzulänglichkeiten des Urteils gesehen, die er für so schwerwiegend hielt, dass Anlass zu einer erneuten Prüfung bestand. Manchmal verspürte Davíð sogar so etwas wie Optimismus, wobei man den dänischen König Friedrich als Anhänger des Puritanismus kannte, der die härtesten Strafen forderte, wenn jemand vom Weg der Tugend abkam. Davíð wollte dem Paar in Geirseyri keine falschen Hoffnungen machen, hatte ihnen aber erklärt, dass es unmöglich vorherzusehen sei, wie der Fall ausgehen würde. Wenn der König sich die Sachlage noch einmal ansehen sollte, wäre es durchaus denkbar, dass er das Urteil noch einmal revidiere.

Der Bezirksamtmann erlaubte ihnen, sich gelegentlich zu treffen, also machte sich Guðrún einmal auf den Weg nach Hagi und blieb für ein paar Tage. Als an ihrem letzten Tag der Abend anbrach, gingen sie und Sigurður zusammen auf die Südseite des Hofes, wo der Bezirksamtmann einen kleinen Gemüsegarten angelegt hatte, genau wie Björn aus Sauðlauksdalur. Sigurður hatte in Geirseyri ebenfalls Gemüse angebaut und Davíð eifrig geholfen. Alles war gut gediehen, nur die Karotten waren aus irgendeinem Grund ungenießbar.

»Ich weiß, dass er sein Bestes gibt«, sagte Guðrún und nahm Sigurðurs Hand, um ihn zu trösten. »Es ist gut, ihn auf unserer Seite zu wissen. Und seine Frau ist wundervoll und denkt auch, dass alles gut wird.«

Guðrún hatte Davíð und seine junge Frau bei ihrer Ankunft in Hagi vor dem Hof angetroffen. Sie hatten natürlich auch über den Fall gesprochen, und der Bezirksamtmann hatte gesagt, es sei schon etwas Zeit vergangen, seit er die Bitte um Begnadigung versandt habe, womöglich komme die Antwort mit dem nächsten dänischen Handelsschiff, das in Vatneyri vor Anker gehen würde.

Sigurður wirkte bedrückt, als sie dort am Beet standen, und Guðrún spürte, dass er etwas auf dem Herzen hatte. Er meinte, in letzter Zeit schlafe er nur unruhig und träume schlecht, von seiner verstorbenen Frau Helga, beim Aufwachen würden ihre warnenden Worte in seinen Ohren widerhallen. Er meinte, er hätte besser auf sie hören und ihre Warnungen ernst nehmen sollen. Am meisten bereue er aber, Guðrún in die Sache hineingezogen zu haben, als sie miteinander geschlafen hätten. Darum drehten sich seine Albträume.

»Sie kannte mich besser als ich mich selbst«, sagte er.

»Wer?«

»Helga.«

»Das ist Unsinn.«

»Ich hätte wissen müssen, dass es so kommen könnte«, sagte Sigurður, der schon seit einer Weile von diesen Schuldgefühlen geplagt wurde. »Du hattest bereits ein Kind mit Einar.«

»Du wusstest, dass er nicht dein Sohn ist«, sagte Guðrún. Sie hatten schon einmal darüber gesprochen, aber es war ihr nicht gelungen, Sigurður zu beruhigen. »Du hast nichts verbrochen. Das Verbrechen existiert sowieso nur in diesem absurden Gesetzestext. Der Bezirksamtmann Davíð, er … hör dir an, was er über die Gesetze des Stóridómur zu sagen hat. Er meint, dass sie völlig veraltet sind und in der Form eigentlich nie in Kraft hätten treten dürfen. Hör dir an, was er darüber zu sagen hat.«

»Das ändert nichts«, sagte Sigurður und war untröstlich. »Das ändert nichts an unserem Fall.«

»Gunnar wird sich bestimmt noch eines anderen besinnen«, sagte Guðrún. »Wir sind nicht ganz unschuldig, das weiß ich, aber das schlimmste der Verbrechen, die uns vorgeworfen werden, haben wir nicht begangen. Er wird sich bestimmt noch eines anderen besinnen. Ich weigere mich, etwas anderes zu glauben. Davíð hat …«

»Das ist alles meine Schuld«, unterbrach sie Sigurður. »Ich habe dich in eine schreckliche Situation gebracht. Eine unmögliche Situation. Jetzt habe ich das Gefühl, dass ich dir keine Wahl gelassen habe, Guðrún. Je mehr ich darüber nachdenke, desto schlimmer kommt mir unsere Lage vor. Ich habe dir das alles aufgebürdet. Verstehst du das nicht? Was mit mir passiert, ist mir völlig egal. Auf Nimmerwiedersehen, das war's. Aber dass du das durchleben musst. Ich darf mir gar nicht vorstellen, was im äußersten Fall passieren wird.«

Er hatte diese Gedanken bisher nicht so klar ausgesprochen, und sie verstand, wie er sich fühlte, und würde lügen, wenn sie behauptete, dass ihr der Gedanke nicht auch schon gekommen war.

»Mein Liebster, mein bester Freund«, sagte sie und nahm seine Hand. »Ich bestimme selbst über mich. Das habe ich schon immer getan.«

»Verzeih mir«, flüsterte er. »Verzeih mir, dass ich dich in dieses Unglück hineingezogen habe.«

»Sag so etwas nicht.«

»Ich habe Angst, dass sie es nicht verstehen werden«, sagte Sigurður. »Wer auch immer dort in Dänemark diese Entscheidungen trifft. Was erwarten wir davon, an eine Obrigkeit zu appellieren, die noch nie einen Fuß auf diesen Boden gesetzt hat und nichts über unser Land weiß, nichts mit uns zu tun hat und wir nichts mit ihr? Irgendwelche Männer in einem anderen Land ...«

Sie hielten sich immer noch an den Händen, als Davíð aus dem Haus trat und sah, wie sie sich Richtung Meer entfernten. Dann drehte er sich um und bemerkte einen Mann, der schnell herbeiritt. Davíð kannte ihn nicht, doch bei seinem Anblick überkam ihn Unbehagen. Wie sich herausstellte, war es der Assistent des dänischen Kaufmanns in Vatneyri.

Sie begrüßten sich, und Davíð bat ihn hinein, doch der Mann blieb im Sattel sitzen und meinte, er müsse gleich wieder zurück, er wolle nur so schnell wie möglich eine Nachricht überbringen. Früh am Morgen sei ein Schiff angekommen und würde wahrscheinlich nur für etwa zwei Tage anlegen, oder eben so lange, wie es dauerte, es mit Hailebertran und anderen Gütern zu beladen, falls der Bezirksamtmann noch etwas mitschicken wolle.

»Es ist ein dänisches Schiff, nehme ich an?«, fragte Davíð.

»Es kam unter anderem auch eine Sendung für den Bezirksamtmann an, und der Kaufmann wollte, dass sie ihm so schnell wie möglich überbracht würde«, sagte der Bote. »Es handelt sich um Briefe aus Dänemark, einer davon aus Schloss Christiansborg.«

Er öffnete eine Tasche, die er über der Schulter trug, und holte ein paar kleinere Briefe hervor und dann einen großen Umschlag, sicher versiegelt mit dem Wappen des Königs, und reichte ihn Davíð. Er machte die Tasche wieder zu und betonte noch einmal, dass das Schiff in zwei Tagen ablegen würde, dann ritt er davon.

Der Bezirksamtmann stand vor dem Haus und hielt den Brief vom König in der Hand, besah sich das rote Siegel und blickte dann zu Guðrún und Sigurður hinüber, die am Meer entlangspazierten und den Gast aus Vatneyri nicht bemerkt hatten.

Davíð ging zurück ins Haus, zog sich in sein Arbeitszimmer zurück, setzte sich an den Schreibtisch und zündete die Lampe auf seinem Tisch an. Eine Weile lang betrachtete er den Brief, bevor er das Siegel brach und ihn öffnete. Darin war nur ein einziges Blatt, und der Text war nicht lang, unterschrieben war es von Seiner Hoheit, dem König. Davíð las die Botschaft, und dann wieder und sogar ein drittes Mal, bis er das Schreiben beiseite legte und auf die Flamme der Leuchte starrte.

»Barmherziger Gott im Himmel«, seufzte er dann.

Die Anweisung war eindeutig.

Die Bitte um Begnadigung wurde klar und unmissverständlich abgelehnt und dem Bezirksamtmann vielmehr befohlen, die Todesstrafe unverzüglich zu vollstrecken.

Vierzig

Eines Tages ging nachmittags die Tür zu Jón Sívertsens Werkstatt auf, und vor ihm stand ein Bote aus Schloss Christiansborg, der Kammerherr des Königs höchstpersönlich, der ihm mitteilte, dass seine Anwesenheit im Schloss gewünscht werde.

Es war erst wenige Wochen her, dass man Jón nach den Streitigkeiten am Hof befohlen hatte, sich gefälligst zu verziehen. Der Besuch des Kammerherrn überraschte ihn daher sehr. Er war davon ausgegangen, dass er endgültig und für alle Zeit verbannt worden war, aber die Situation hatte sich offenbar geändert. Doch Jón war müde nach allem, was vorgefallen war, und fragte daher den Kammerherrn, ob er denn wirklich dorthin müsse?«

Er hatte begonnen, sich mit der Tatsache abzufinden, dass er nie wieder in das königliche Schloss zurückkehren würde, zu Habrechts Wunderwerk, das so bedeutend war und ihm so sehr fehlte. Dass es nie wieder dem Herrgott zu ehren ticken, sondern endgültig auf dem königlichen Müllhaufen enden würde. Es hatte ihm auch nicht gefallen, seinen König so in Rage zu sehen, und am liebsten hätte er den Streit zwischen dem König und dem Kronprinzen nicht miterlebt, und auch nicht bezeugen müssen, wie der ehrwürdige Christian VII. hinausgezerrt wurde. Welch hässliches Schauspiel, hatte er im Nachhinein oft gedacht, wenn er versuchte, die Szene aus seiner Erinnerung zu löschen.

Der Kammerherr antwortete wie schon zuvor nicht auf unnötige Fragen, sondern stand mit ernster Miene neben der Tür und wartete geduldig, dass der Uhrmacher sich bereitmachte. Jón holte tief Luft und schielte zu der Werkzeugtasche hinüber, die immer noch auf dem Boden lag, genau dort, wo er sie an dem Tag seiner Verbannung abgelegt hatte. So sehr bedrückte ihn, wie die Angelegenheit sich entwickelt hatte, dass er es nicht über sich gebracht hatte, sie noch einmal zu öffnen. Für einen Moment überlegte Jón, ob er sie mitnehmen sollte, denn er wusste nicht, was ihn bei diesem Ausflug nach Schloss Christiansborg erwartete, aber er entschied dann, die Tasche liegen zu lassen, wo sie war, schließlich machte er sich keinerlei Hoffnungen, dass man ihm erlauben würde, die Arbeit an der Uhr fortzusetzen.

Dann schloss er die Werkstatt hinter sich ab, stieg in die Kutsche des Kammerherrn und machte sich mit ihm auf den Weg in den Palast. Er war neugierig, auch wenn sich etwas Angst dazugesellte. Der Kammerherr brachte ihn direkt zum Kücheneingang, und die Leute dort freuten sich, den Uhrmacher wiederzusehen, und begrüßten ihn herzlich. Die Küchenhelferinnen winkten ihm lächelnd zu, die Diener klopften ihm auf den Rücken und eine Köchin umarmte ihn, hieß ihn willkommen und küsste ihn auf den Mund. Bei all den freundlichen Worten wurde ihm warm ums Herz, er bedankte sich und wollte gerne bleiben und sich noch ein wenig unterhalten, aber der Kammerherr wurde unruhig und gab ihm ein Zeichen, dass dieses Trödeln nicht gern gesehen war. Also gingen sie weiter durch die Korridore des Schlosses, durch Zimmer und große Säle, bis zu den Gemächern des Königs. Davor standen zwei seiner Leibwächter. Der Kammerherr hielt inne und wandte sich an Jón.

»Seine Hoheit hat ständig nach dir gefragt«, sagte er. »Der Kronprinz weiß nichts von diesem Besuch, und es sollte auch niemand davon erfahren. Und auch von falscher Vaterschaft, Unzüchtigkeiten und längst vergessenen Verbrechen in Island zu erzählen bleibt weiterhin untersagt. Ist das klar?«

Jón nickte, obwohl er nicht genau wusste, warum.

»Ich tue das für meinen König, wenn es ihn etwas besänftigen kann.«

»Besänftigen?«, fragte Jón.

Der Kammerherr schien keinen Grund zu sehen, sich weiter zu erklären.

»Worüber … worüber sollen wir dann reden, wenn ich fragen darf?«, entgegnete Jón.

»Na, über die Uhr«, sagte der Kammerherr. »Über die Arbeit in der Sammlung, doch möglichst nicht allzu ausführlich. Ich werde hier draußen warten, falls noch etwas sein sollte.«

»Es gibt keine Arbeit mehr«, sagte Jón. »Oder darf ich etwa mit den Reparaturen fortfahren?«, fragte er schließlich auf gut Glück. »An der Habrechtsuhr?«

»Das fällt nicht in meinen Bereich«, antwortete der Kammerherr hochmütig. Er öffnete die Tür zum Schlafgemach des Königs und bedeutete Jón hineinzugehen, blieb aber selbst bei den beiden Leibwächtern im Flur stehen.

Die dicken Samtvorhänge waren zugezogen, und um das Bett herum standen einige Duftkerzen, darin lag Christian VII. und sah ziemlich erschöpft aus, unrasiert und kränklich, mit roten Augen. Er bot Jón an, sich auf einen Stuhl neben dem Bett zu setzen, und meinte, er freue sich, ihn zu sehen.

»Die Freude ist ganz meinerseits, Eure Hoheit«, sagte Jón. »Ich hoffe, es geht Euch einigermaßen gut.«

»Darüber muss sich niemand Gedanken machen«, antwortete der König. »Wie geht es unserer Uhr?«

»Ich habe schon seit einer Weile nicht mehr an der Habrechtsuhr gearbeitet«, sagte Jón. »Euer Sohn, Seine Hoheit Kronprinz Friedrich meinte, weitere Arbeiten an ihr seien nicht mehr nötig.«

»Aha?«

»Ich dachte, Ihr wüsstet...«

»Ich weiß gar nichts«, sagte der König. »Hat er dir verboten, an der Uhr zu arbeiten?«

»So habe ich es aufgefasst, Majestät«, sagte Jón.

»Aber warum? Was kümmert ihn der Habrecht? Lief die Arbeit nicht gut?«

»Ich hatte das Gefühl, gut voranzukommen, Eure Hoheit«, antwortete Jón.

»Aha«, sagte der König und wunderte sich sichtlich über die Entscheidung seines Sohnes. Das war aber nicht der eigentliche Grund dieses ungewöhnlichen Treffens, denn eigentlich wollte der König nämlich mehr von den Geschehnissen in den Westfjorden erfahren.

»Ich wollte dich bitten, mir weiter von deinen Leuten aus Island zu erzählen, wenn du so freundlich wärst«, sagte er und versuchte, sich im Bett aufzurichten, was ihm sehr schwerfiel.

»Nichts würde ich lieber tun, Eure Hoheit«, sagte Jón, »aber ich wurde gebeten, nur über die Uhr zu sprechen und nichts anderes.«

»Wer hat das gesagt?«

»Das wurde mir auf dem Weg hierher mitgeteilt, Eure Hoheit.«

»Dann befehle ich dir jetzt, mit der Geschichte fortzufahren. Du wirst dich doch nicht etwa den Anweisungen deines Königs widersetzen.«

Jón wäre niemals auf die Idee gekommen, sich der Bitte seines bettlägerigen Königs zu verweigern, und zögerte nicht einen Augenblick, als er an dem Punkt weitererzählte, wo sie aufgehört hatten. Streng genommen handelte die Geschichte auch gar nicht mehr von Unzüchtigkeiten und falscher Vaterschaft, sondern vielmehr von deren Folgen, also widersetzte sich Jón seiner Ansicht nach auch nicht zwangsläufig den Befehlen. Der König hörte ihm aufmerksam zu und rührte sich lange nicht. Jón kam an den Punkt, an dem der neue Bezirksamtmann Davíð den zweiten Brief von König Friedrich V. gelesen hatte, als König Christian ihn unterbrach.

»Der Puritaner«, sagte er, und es klang ziemlich spöttisch. »Mein Vater war immer sehr kurz angebunden. Unnötige Ausschweifungen konnte er nicht ausstehen. Aber er war nicht so heilig, wie er immer getan hat. Er konnte jeden unter den Tisch trinken und lebte auch nicht in Enthaltsamkeit, mein guter Vater, das kann ich dir sagen, obwohl er das andauernd gepredigt hat. Sie haben also während dieser Querele um die Todesstrafe wie ganz normale Menschen gelebt?«, fragte der König dann. »Sigurður und Guðrún?«

»Wie ich bereits sagte, Eure Hoheit, gab es zu jener Zeit in Island kein Gefängnis. Bei den gravierendsten Fällen wurden Beschuldigte auf dem Sitz des jeweiligen Bezirksamtmanns festgehalten und halfen bei den anfallenden Arbeiten mit. Falls jemand als gefährlich eingeschätzt wurde, verwendete man zur Sicherheit Handschellen. Aber Guðrún kümmerte sich tatsächlich ganz normal um die Landwirtschaft in Geirseyri, und mein Vater half in Hagi mit. Der Bezirksamtmann Davíð erlaubte ihnen, sich gelegentlich zu treffen, denn er hielt sie nicht für gefährlich. Sie hatten gewisse Fehler gemacht, waren im Grunde aber zwei gute und fromme Menschen. Und tatsächlich entwickelte sich zwischen Davíð und meinem Vater eine Art Freundschaft, sodass die darauffolgenden Ereignisse für den Bezirksamtmann nur noch schwerer zu ertragen waren.«

»Aber du meintest, dass es mittlerweile in Island ein Gefängnis gibt?«, sagte der König, als müsste er den unbegreiflichen Zustand, dass Verbrecher dort am nördlichen Polarkreis frei herumliefen, genauer klären, bevor er sich wieder auf die Geschichte konzentrieren könnte.

»Richtig, in einer Siedlung namens Reykjavík, Majestät.«

»Aber sie waren ja nicht ganz unschuldig, jedenfalls nicht, was die falsche Vaterschaft angeht«, stellte der König nach einiger Zeit fest.

Jón zögerte. Ständig lenkte der König das Gespräch auf die Aspekte, über die er eigentlich nicht reden sollte.

»Das wurde nur mit einer Geldstrafe geahndet, Eure Hoheit«, sagte Jón. »Es galt als weniger schwerwiegendes Vergehen.«

»Das dein Vater aber zweimal begangen hat? Zuerst mit Helga.«

»Das stimmt, Eure Hoheit.«

»Das macht die Sache gravierender, nicht wahr?«

»Am meisten bedauerte er, nicht auf die warnenden

Worte meiner Mutter gehört zu haben, als er sah, welche Folgen seine Taten für Guðrún haben würden, Eure Hoheit. Das war schlimmer für ihn als alles andere.«

»All unsere Taten haben Folgen«, sagte der König und senkte die Stimme, bis er nur noch flüsterte. »Komm«, sagte er, so leise, dass es kaum zu hören war. »Komm näher.«

Jón beugte sich in seinem Stuhl nach vorne.

»Befreie mich«, flüsterte der König.

»Majestät?«

»Ich will, dass du mich aus dem Bett befreist«, sagte der König.

»Euch befreien, Majestät? Warum sagt Ihr so etwas? Ich verstehe nicht …«

»Sieh doch selbst«, flüsterte der König und gab Jón mit einer Kopfbewegung zu verstehen, er solle unter die Decke schauen. Er musste es Jón noch zwei- oder dreimal sagen, bevor der vorsichtig die Decke anhob und sah, dass der König mit beiden Händen an der Bettkante festgebunden war.

»Die Ärzte …«, sagte der König.

»Majestät …?«

»Befreie mich, Uhrmacher, ich werde mich entsprechend bedanken«, sagte der König und sah Jón aus seinen geröteten Augen an. »Außer dir vertraue ich niemandem.«

In dem Moment öffneten sich die Türen, und der Kammerherr trat ein und kündigte den Kronprinzen an, dieses Treffen sei damit beendet. Dann eilte er zum Bett und bedeckte schnell die Fesseln, schob Jón zur Tür hinaus und befahl ihm, sich schleunigst wieder in seine Werkstatt zu verziehen und kein Wort über diesen Besuch zu verlieren.

Einundvierzig

Ólafur brummte zufrieden, während er kleine Bissen von dem Schafskopf abschnitt und sich in den Mund steckte. Die ehemaligen Amtleute waren zu Besuch bei ihren Freunden in Vatneyri und bekamen das Beste serviert, was vorhanden war. Ólafur hatte, sehr zum Ärger seiner Frau, den ganzen Tag getrunken, und sie hatten sich beschimpft und gestritten, aber inzwischen auch wieder etwas beruhigt, langten reichlich zu und kauten zufrieden. Er lobte die Hausfrau für die Zubereitung des Schafskopfs, als er das Auge herausschnitt und es schmatzend verspeiste. Dabei empörte er sich lautstark darüber, dass man den direkten Befehl des Königs nicht befolgt und das Todesurteil an den Leuten aus Geirseyri immer noch nicht vollstreckt hatte.

Die ehemalige Amtleute waren von Hagi nach Stóri-Laugardalur in Tálknafjörður gezogen. Ihre Ehe hielt immer noch, was viele in ihrem näheren Umfeld überraschte, wenn man an die Trunksucht und die vielen Affären dachte, und wie Ólafur seine Frau seit Langem behandelte. Wenn man Halldóra fragte, warum in aller Welt sie den Mann nicht einfach verlasse, antwortete sie nur, dass sie ihm diesen Gefallen nicht tun wolle.

Halldóra war Ólafurs Gerede über den alten Fall leid, auch wenn es sie nicht minder überraschte, wie dieser neue Bezirksamtmann mit den Befehlen des Königs verfuhr. Er wirkte jedenfalls wie ein ziemlicher Feigling. Doch lieber wollte sie darüber sprechen, wie sehr sie in ihrer neuen Umgebung geachtet wurden und wie gut sie sich mit dem Pfarrer und seiner Frau verstanden. Sie erwähnte auch, dass sie einiges an die Kirche gespendet hatten, zweimal sogar, falls es jemand überhört haben sollte, es bereite ihnen nämlich sehr viel Freude, die gute Arbeit des Pfarrers zu unterstützen.

»Sei so gut und bring mir einen der Haifischknorpel, die ich vorne gesehen habe, und etwas von dem Bodensatz des Lebertrans«, bat Halldóra eine Magd, die eine leere Milchkanne vom Tisch räumte. Sie tunkte gerne die Knorpel in Lebertran und saugte daran herum.

»Und es endete damit«, fuhr sie fort, »dass Sveinn, der Tischler aus Stóri-Laugardalur, uns in einer der Kirchenbanken verewigt hat, eine wunderschöne und einzigartige Darstellung. Ich selbst natürlich im Festgewand. Und auf dieser Bank sitzen Óli und ich immer während der Messe, und alle sind sehr beeindruckt, das ist klar. Alle sind sehr beeindruckt.«

Ólafur brummte immer noch vor sich hin, und so saßen sie da, er mampfte den Schafskopf und sie lutschte am Knorpel, als der Bezirksamtmann Davíð plötzlich eintrat. Er kannte die Bauersleute und war sehr überrascht, seinen Vorgänger und dessen Frau zu sehen, ließ sich aber nichts anmerken und sagte: »Seid gesegnet und guten Appetit.« Nein, er habe keine Zeit, sich zu ihnen zu setzen, wolle nur kurz seine Freunde begrüßen und nach Hagi weiterziehen, sagte er etwas verlegen.

Davíð behielt für sich, dass er in aller Eile nach Vatneyri geritten war, um das dänische Schiff noch zu erwischen, bevor es wieder ablegte. Er hatte sich mit einem kleinen Boot zum Schiff bringen lassen und den Kapitän selbst gebeten, dem dänischen König diesen wichtigen Brief zu überbringen, den er am Morgen geschrieben hatte, ein weiteres Begnadigungsschreiben, in dem er sich erlaubt hatte, seine Hoheit noch einmal inständig zu bitten, das Urteil in Anbetracht des eigentlichen Tatbestands zu überdenken. Er hatte noch einmal die Aspekte erläutert, die ihm am wichtigsten schienen, zu Gunsten von Sigurður und Guðrún Valdadóttir, aber die Botschaft dennoch vorsichtig formuliert, um den König nicht zu verärgern. Den Brief hatte er mit zittriger Hand geschrieben, schließlich befürchtete er, in der Verteidigung der Verurteilten zu weit zu gehen und sich selbst in eine Lage zu bringen, die ihm über den Kopf wachsen könnte.

Der Kapitän nahm den versiegelten Brief entgegen, und nachdem er erfahren hatte, was darin stand, gelobte er, ihn nach der Ankunft in Kopenhagen so schnell wie möglich in die richtigen Hände weiterzuleiten. Kurz darauf lichtete das Schiff den Anker, und Davíð beobachtete, wie es über den Fjord hinauskroch, und schickte gute Gedanken mit.

»Ach, der Bezirksamtmann höchstpersönlich?«, rief Ólafur, als er Davíð sah, und legte den Schafskopf beiseite.

»Sei gegrüßt, Ólafur«, sagte Davíð, »Halldóra, Gott segne dich«, fügte er dann an dessen Frau gewandt hinzu und verneigte sich kurz.

»Warum hast du Sigurður noch immer nicht einen Kopf kürzer gemacht?«, fragte Ólafur und drehte sich noch weiter um, damit er den neuen Bezirksamtmann besser betrachten konnte.

»Wir hoffen, dass es nicht so weit kommt«, antwortete Davíð und hatte keine Lust, die Sache weiter zu diskutieren.

»Aber kam mit dem Schiff nicht ein Befehl unseres Königs?«, fragte Ólafur.

Davíð stritt das nicht ab.

»Und was stand darin, wenn ich fragen darf?«, wollte Ólafur wissen und knabberte weiter an dem Schafskopf.

»Das ist allein Sache des Bezirksamtmanns«, meinte Davíð. »Ich sollte los«, sagte er dann zu dem Hausherrn Eiríkur, der ihm während seiner ersten Monate in der Gegend sehr geholfen hatte, genau wie dessen Frau Kristín auch. »Ich muss weiter.«

»Willst du denn nicht übernachten?«, fragte Eiríkur.

»Danke dir, aber nein, ein andermal vielleicht«, sagte Davíð, der sich eigentlich gerne über Nacht bei ihnen ausgeruht hätte.

»Hat der König deine Bitte um Begnadigung in dem neuen Brief abgelehnt?«, krähte Ólafur.

»Das hat er, ja«, antwortete Davíð zögerlich.

»Hat man dir dann nicht schon zweimal befohlen, ihn hinzurichten«, rief Ólafur. »Und sie zu ertränken? Warum hast du das noch nicht gemacht? Widersetzt du dich unserem König?«

»Keineswegs«, sagte Davíð.

»Erlaube mir, das recht zu verstehen, mein Freund. Sie werden von der lokalen Obrigkeit zum Tode verurteilt. Das Alþingi unterzeichnet das Todesurteil ganz ohne Weiteres. Der König bestätigt das Urteil. Stimmt's? Und du weigerst dich, es auszuführen. Stimmt das? Du schreibst Seiner Hoheit einen Brief und bittest um Begnadigung. Er wiederholt noch einmal, dass du die beiden hinrichten sollst, und du beschließt, nichts zu tun. Stimmt das?«

Davíð hatte keine Lust, mit dem ehemaligen Bezirksamtmann zu streiten, und machte sich bereit zu gehen. Halldóra tauchte den Knorpel wieder in den Lebertran und saugte daran.

»Du hast vielleicht nicht den Mumm dazu«, meinte Ólafur. »Soweit ich weiß, drängt der Gouverneur Magnús auch schon, dass endlich etwas passiert. Weiß er von deinen seltsamen Briefwechseln? Aber das kümmert dich natürlich nicht, oder was?«

»Ich befolge die Anweisungen des Königs«, sagte Davíð. »Mach dir darüber keine Sorgen.«

»Ja, du scheinst mir die Sache nur etwas zögerlich anzugehen«, hustete Ólafur hervor. Ein Stück Fleisch war ihm im Hals steckengeblieben, das er wieder ausspuckte. »So arbeitet man nicht als Bezirksamtmann.«

»Ich habe ihm einen weiteren Brief geschrieben«, sagte Davíð.

»Noch einen Brief?! Dem König? Mit diesem Schiff? Bist du deshalb hier?«

»Ich sollte mich beeilen«, sagte Davíð zu dem Hausherrn.

»Willst du also sagen«, rief Ólafur und begann zwischen den Worten wieder laut zu husten, »dass der König das Todesurteil bereits zweimal bestätigt hat und du seine Anweisungen trotzdem nicht befolgst? Was soll er davon denn halten? Glaubst du, das sieht er gerne?«

»Das wird sich herausstellen«, sagte Davíð.

»Zögerst du mit diesem Unsinn nicht nur das Unvermeidbare hinaus? Du weißt doch, was der König antworten wird. Du weißt, dass du nicht darum herumkommen wirst.«

Davíð blieb keine Gelegenheit, etwas zu antworten, denn Ólafur redete aufgebracht weiter.

»Wenn er den Brief bekommt, wird er dich selbst einen Kopf kürzer machen, das sag ich dir«, rief er und lachte. »Dich selbst, lieber Davíð! Da kannst du sicher sein!«

»Halt den Mund, du alter Murrkopf«, fauchte Halldóra, die unangebracht fand, wie ihr Mann mit den Gästen eines anderen Hausherrn sprach.

Dann verschwand Davíð. Eiríkur brachte ihn hinaus, und sie wechselten noch ein paar Worte, bevor der Bezirksamtmann auf sein Pferd stieg und wieder nach Hagi ritt. Als Eiríkur zurück zu seinen Gästen kam, war ein ziemlicher Aufruhr entstanden. Ólafur keuchte, weil er einen weiteren Fleischbissen in die falsche Röhre bekommen hatte. Er war aufgestanden und schon ganz blau im Gesicht, versuchte vergeblich, nach Luft zu schnappen und den Bissen auszuhusten. Eiríkur eilte zu ihm und schlug ihm mit der Faust auf den Rücken. Seine Frau Kristín holte schnell die Milchkanne und wollte dem Gast zu trinken geben, aber er schob sie weg, sie verlor das Gleichgewicht und die Milch rann über den ganzen Tisch. Schließlich sank Ólafur zu Boden, und noch bevor ihm jemand helfen konnte, hatte er den Geist aufgegeben.

»Er hat das prophezeit«, seufzte Halldóra, während sie über ihrem Mann stand und den Haifischknorpel im Mund hin und her schob. »Der Landstreicher. Er solle ersticken, hat er gesagt.«

Zweiundvierzig

Eines Tages hielt eine große Kutsche vor Jón Sívertsens Uhrmacherwerkstatt, auf den Türen und hinten war deutlich das Wappen des Königs zu sehen, und heraus trat der oberste Ratgeber des Kronprinzen. Die gestriegelten Pferde schnaubten und schüttelten ihre Mähnen, sodass das Zaumzeug klirrte, und der Ratgeber blieb eine Weile vor der Werkstatt stehen und besah sich das Gebäude, bevor er hineinging und bat, den Uhrmacher zu sprechen, wenn dies möglich sei. Es war derselbe junge Mann, den Jón schon zweimal bei der Habrechtsuhr getroffen hatte, und er wirkte genauso sympathisch wie bei den ersten beiden Malen. Er redete nicht lange um den heißen Brei herum und sagte, auf Schloss Christiansborg habe sich wieder einiges verändert. Der König habe ein paar schwierige Wochen hinter sich und sei auf Rat der Ärzte im Bett geblieben, doch mittlerweile gehe es ihm besser und das Verhältnis zu Seiner Hoheit dem Kronprinzen Friedrich habe sich wieder entspannt. Bei einer ihrer sehr konstruktiven Beratungen sei man auf die Uhr des Schweizers zu sprechen gekommen, und Vater und Sohn hätten zusammen beschlossen, dem Uhrmacher zu erlauben, die Arbeit daran fortzusetzen.

Beim Anblick der Kutsche war Jóns erster Gedanke gewesen, dass man gekommen sei, um ihn für das heimliche Treffen mit dem König zu bestrafen. Deshalb überraschte ihn die Nachricht ganz besonders, und in gewisser Hinsicht freute er sich, mit der Arbeit fortfahren zu dürfen. Andererseits wurde ihm bei dem Gedanken, wieder in die Sammlung zu gehen, auch etwas mulmig zumute, und er befürchtete allerlei unerwartete Besuche und Vorfälle, die nichts mit Uhrmacherei zu tun hatten. Er traute sich nicht zu fragen, ob sich sein heimliches Treffen mit Christian VII. herumgesprochen hatte oder ob diese neuen Wendungen vielleicht sogar damit zu tun hatten. Es war eine schmerzliche Erinnerung, den König so leiden gesehen zu haben, und die Gedanken daran ließen ihn nicht los. Immer wieder sah er die geschwollenen Augen des Königs vor sich, voller Schmerz und Qualen.

Als er sein Anliegen vorgetragen hatte, blieb der Ratgeber schweigend vor Jón stehen und wartete auf eine Antwort. Jón dachte immer noch nach. Er warf einen Blick auf seine Werkzeugtasche. Sah wieder den Ratgeber an, der schließlich beschloss, ihm das lange Überlegen zu ersparen.

»Ich fürchte, es ist bereits beschlossen. Der König wünscht es so.«

»Was?«, rief Jón.

»Ich denke, es geht ihm vor allem um die Geschichten aus Island, er möchte mehr von den Leuten dort hören«, sagte der Ratgeber. »Geschichten mochte er schon immer, er kann ihnen stundenlang zuhören, und sie haben meist eine beruhigende Wirkung auf ihn. Das scheint auch bei diesen Geschichten der Fall zu sein, aus … aus … wie heißt noch mal die Gegend dort?«

»Aus Breiðafjörður und dem Umland.«

»Genau.«

»Eine beruhigende Wirkung hatten die Geschichten nicht immer«, räumte Jón ein. »Ganz im Gegenteil.«

»Mag sein, aber sie fehlen ihm. Das hat er dem Kronprinzen gesagt. Wer weiß, vielleicht ist es auch der Erzähler selbst, der diese beruhigende Wirkung auf ihn hat.«

»Aber ich darf ihm ja nichts erzählen«, meinte Jón.

»Das Thema der falschen Vaterschaften sollte vermieden werden, aber der Rest geht in Ordnung«, sagte der Ratgeber. »Er hat sich wieder im Griff.«

»Im Griff?«

Der Ratgeber nickte, ohne sich weiter zu erklären.

Immer noch stand er mitten in der Werkstatt und sah den Uhrmacher an, und endlich verstand Jón, dass er ohne ihn nicht wieder in die Kutsche steigen würde, die draußen wartete.

»Soll ich mitkommen?«, fragte Jón. »Jetzt sofort?«

»Wenn es möglich wäre«, sagte der Ratgeber geduldig.

»Dann werde ich das wohl tun«, sagte Jón und räumte seinen Arbeitsplatz auf, bevor er seine Tasche nahm und dem Ratgeber zur Kutsche mit den schwarzen, gepolsterten Ledersitzen folgte. Sie fuhren direkt zum Schloss, und der Ratgeber brachte Jón zur Uhr und wünschte ihm gutes Gelingen. Jón nahm vor dem Uhrwerk Platz und hatte das Gefühl, einen alten Freund wiederzutreffen, als er den Blick über all die Einzelteile schweifen ließ und zugleich auch sah, wie viel er bereits erreicht hatte. Er hatte die Muttergottes wiedergefunden, der Umlauf der Weisen funktionierte, und die Zahnräder, Federn und Haken waren so zusammengesetzt, dass alles ineinandergriff, wie schon vor zweihundert Jahren. Vorsichtig schnippte er mit dem Finger gegen eine der Glocken, und sie antwortete mit einem schönen, klaren Klang. Schon kurz darauf war Jón wieder voll und ganz in die Arbeit vertieft.

So vergingen drei oder vier Tage, und Jón konnte in aller Ruhe an der Uhr arbeiten, niemand kam und störte ihn, höchstens der Wärter der Sammlung, der demütig und diesmal völlig frei von Neugier und Sensationslust fragte, ob er etwas für den werten Herrn Uhrmacher tun könne, worauf dieser aber meinte, ihm fehle nichts.

Eines Nachmittags stand Jón kurz von seiner Arbeit auf, doch als er wieder zur Uhr zurückkehrte, sah er einen jungen Mann auf dem Boden liegen und schlafen. Er hatte ihn noch nie zuvor gesehen und schätzte ihn auf Mitte zwanzig, er hatte eine dichte Haarpracht und ein schönes Gesicht, und er trug ein schickes weißes Hemd. Der Mann schien sich dort bei der Uhr zum Schlafen hingelegt zu haben, und Jón stand eine Weile über ihm, bevor er ihn mit dem Fuß anstupste, um ihn zu wecken. Endlich öffnete der junge Mann die Augen und sah Jón an, er lächelte kurz, stand in aller Ruhe auf und stellte sich vor, Bertel sei sein Name.

»Aha?«, sagte Jón. Der Name sagte ihm nichts.

»Ich bin mit Grímur gekommen«, sagte der Mann und blickte sich um. »Ist er nicht hier?«

»Welchen Grímur meinst du?«, fragte Jón.

»Thorkelín«, sagte der Mann. »Er wollte dich treffen, und ich wollte gerne einmal die Uhr sehen, an der du hier arbeitest. Verzeihung, wenn ich … Grímur meinte, ich könne mich ruhig hinlegen, wenn mir danach wäre. Ich sehe, dass manche dieser kleinen Männchen repariert werden müssen«, sagte er dann und zeigte auf die Darstellungen der verschiedenen Lebensalter. Sie lagen auf dem Tisch verteilt, und Jón war noch nicht dazu gekommen, sich ihnen zu widmen. Sie waren in unterschiedlich gutem Zustand, mussten aber fast alle repariert werden. Besonders die Figur des Kindes.

»Ja, manche sind besser erhalten als andere, insgesamt sind es vier und sie symbolisieren die Lebensalter«, sagte Jón und zeigte auf den Teil der Uhr, wo die Figuren hingehörten.

In dem Moment betrat Grímur Thorkelín die Sammlung und kam fröhlich auf sie zu. Er war der Geheime Archivar des Königs, und Jón kannte ihn ein wenig.

»Sei gegrüßt, Jón«, sagte Grímur mit seinen zerzausten Haaren und den Schuppen auf den Schultern und reichte Jón die Hand. Sie war trocken und fühlte sich ein wenig an wie ein vergilbtes Geheimdokument mit ausgefransten Rändern. »Hier bei der Uhr findet man dich also. Wie ich gehört habe, war in letzter Zeit viel los bei dir.«

»Nichts, was der Erwähnung wert wäre«, sagte Jón und begrüßte ihn ebenfalls.

»Ich sehe, du hast Bertel bereits kennengelernt«, sagte Grímur und stellte ihm den jungen Mann vor, der eigentlich Albert hieß. »Er ist der Sohn von Gottskálkur, einem Tischlermeister, von dem du sicherlich schon gehört hast. Niemand kann so gut mit einem Schnitzmesser umgehen wie Bertel«, sagte Grímur. »Er ist ein wahrer Künstler«, fügte er noch hinzu, und es war offensichtlich, dass er den Jungen sehr mochte.

Jón hatte tatsächlich schon einmal von dem Vater des Jungen gehört, der unten an der Werft bei Gammelholm arbeitete und Zierleisten und schöne Galionsfiguren für die Handelsschiffe schnitzte. »Gottskálkur Þorvaldsson, heißt er, nicht wahr? Aus Skagafjörður?«

»Der Junge nennt sich jetzt Thorvaldsen, wie man auf Dänisch sagt, und er hat eine große Zukunft vor sich«, sagte Grímur. Dann erzählte er, dass Albert, der immer nur Bertel genannt wurde, für ihn kürzlich eine schöne Büste von Jón Eiríksson gefertigt hatte, der sich von Langebro, der Brücke zwischen Amager und Seeland, gestürzt hatte, Konferenzrat und Leiter der königlichen Bibliothek, ein armer Mann, der keinen anderen Ausweg für sich gesehen hatte.

»Ja, richtig, das war in der Tat eine tragische Geschichte«, antwortete Jón, der sich noch gut an den Vorfall erinnerte. »Studierst du Kunst?«, fragte er den jungen Mann.

»Ja, hier an der Akademie«, antwortet Bertel geistesabwesend und nahm Habrechts Figur des Kindes in die Hand.

»Er möchte nach Rom gehen«, sagte Grímur stolz.

Der junge Mann sah Jón etwas verlegen an und stellte ihm ein paar Fragen zu den Einzelteilen der Uhr und ihren Funktionen. Als er ihm die wichtigsten Aspekte erklärt hatte, richtete Bertel seine Aufmerksamkeit wieder auf die Figuren, die vier verschiedene Lebensalter darstellten.

»Ich könnte mal sehen, was ich machen kann«, sagte er. »Sie mit in die Akademie nehmen. Wenn du magst.«

Bevor Jón antworten konnte, hatte Grímur ihn beiseite gezogen und Bertel gebeten, sie kurz zu entschuldigen, er müsse mit dem Uhrmacher etwas unter vier Augen besprechen. Der junge Mann bekam ohnehin fast nichts mit, so hingerissen war er von dem Uhrwerk und den Figuren.

»Ich habe gehört«, sagte der Archivar, »dass du hier in dieser Sammlung eine besondere Beziehung zu König Christian aufgebaut hast, stimmt das?«

»Er kommt regelmäßig vorbei, das stimmt«, sagte Jón zögerlich.

»Warum?«, fragte Grímur. »Was will er hier?«

»Er sieht mir bei der Arbeit zu«, sagte Jón, der sich nicht sicher war, ob er mehr darüber sagen sollte. »Er interessiert sich für die Uhr.«

»Sonst nichts?«

»Er sitzt da und redet, er erfreut sich daran, denke ich«, sagte Jón.

»Woran?«, fragte Grímur. »Worüber redet ihr?«

»Über alles und nichts«, antwortete Jón.

»Wenn ich das richtig verstehe, hast du ihn in große Unruhe versetzt, stimmt das?«, fragte Grímur. »Mit den Geschichten, die du ihm erzählt hast.«

Jón zögerte wieder. Er sah Grímur lange an, während er überlegte, ob er dem Geheimen Archivar vertrauen konnte, denn Gott wusste, dass er sich nur zu gerne alles, was in den letzten Monaten passiert war, von der Seele geredet hätte. Schließlich seufzte er laut und begann zu erzählen, von den seltsamen Dingen, die er bei der Habrechtsuhr erlebt hatte, den Besuchen des Königs und anderer Leute von hohem Rang, und je länger er redete, desto leichter wurde ihm ums Herz. Es fühlte sich gut an, endlich mit jemandem über die Geschehnisse dort im Schloss Christiansborg sprechen zu können, auch wenn er vielleicht nicht alles preisgab. Aber irgendwann bekannte er, dass der König sehr heftig reagiert habe, als Jón ihm dummerweise vom Schicksal seines Vaters und dessen Haushälterin erzählte, und der Rolle, die Friedrich V., also der Vater von Christian VII., bei der Sache spielte. Daraufhin habe der König ihn gedrängt, ihm bis ins kleinste Detail die Vorgeschichte zu erzählen und ja nichts auszulassen. All das sei schwer für Jón gewesen, er habe sich verpflichtet gefühlt, die Geschehnisse wahrheitsgetreu zu schildern, so schlimm diese auch waren, und ja, gewiss, der König habe auf manches verärgert reagiert, und sowohl seine Tochter, Louise Auguste, als auch sein Sohn, der Kronprinz, hätten ihn aufgesucht und zu den Gesprächen mit dem König befragt und ihm verboten, weiter an der Uhr zu arbeiten. Ein Befehl, der schließlich zurückgenommen worden sei.

Grímur Thorkelín hörte Jón aufmerksam zu und meinte, den Fall seines Vaters nicht zu kennen, doch als Jón ihm in groben Zügen von den Geschehnissen erzählte, erinnerte er sich, davon gehört zu haben, und es überraschte ihn, dass Jón Sívertsens Vater einer der Verurteilten gewesen war.

»Das Leben kann so ungerecht sein«, sagte Jón. »Drei Vergehen wegen Unzucht ziehen in Island die Todesstrafe nach sich. Hier in Kopenhagen kann man in einer gewissen Straße nicht weit von hier alle Unzüchtigkeiten begehen, die man will.«

»Was genau hat den König denn aufgeregt?«, fragte Grímur.

»Ich bin nicht ganz sicher. Bei dem ganzen Fall ging es natürlich um Unzucht, auch wenn die eigentlich nie stattgefunden hat, um Notlügen und falsche Vaterschaft, derer sich mein Vater und Guðrún schuldig gemacht haben.«

»Falsche Vaterschaft?«, fragte Grímur.

»Ja, wie gesagt, mein Vater hat erst behauptet, dass

Einar der Sohn von ihm und meiner Mutter sei, aber das stimmte nicht. Später, als Guðrún mit seinem Kind schwanger war, hat er einen anderen Mann überredet, sich als Vater auszugeben. Þórður hieß er. Þórður aus Fjörukot.«

»Hast du viel mit dem König darüber gesprochen«, fragte Grímur neugierig. »Über diese … falsche Vaterschaft.«

»Darum dreht sich der ganze Fall«, sagte Jón. »Also haben wir viel darüber gesprochen.«

»Er hat Anfälle bekommen, wenn ich das richtig verstanden habe«, sagte der Geheimarchivar. »Wurde in seinem Zimmer festgehalten, und die Ärzte und Ratgeber hatten alle Hände voll mit ihm zu tun, ganz zu schweigen vom Kronprinzen.«

»Ich weiß nicht, ob man das so sagen kann.«

»Weißt du nicht?«

»Nein.«

»Meine Güte, Jón, wie kannst du so naiv sein?«, seufzte Grímur Thorkelín.

Jón wusste nicht, was er sagen sollte. Er sah Grímur nur an, der seinen Blick fragend erwiderte.

»Weißt du es wirklich nicht?«, fragte Grímur.

»Was meinst du?«

»Du denkst also, dass König Christian der wahre Vater von Louise Auguste ist?«

»Ja, selbstverständlich tue ich das.«

»Nichts daran ist selbstverständlich«, sagte Grímur und senkte die Stimme. »Das wird tatsächlich sehr bezweifelt.«

»Oh?«

»Es ist allgemein bekannt, dass er hier im Schloss ein

Kuckuckskind großgezogen hat und die Vaterschaft für das Mädchen anerkannt hat, obwohl sie nicht von ihm ist. Wen wundert es, dass deine Geschichten ihn so aufgewühlt haben!«

Jón sah den Geheimarchivaren verdutzt an.

»Weißt du denn nicht, wie man sie hier im Schloss nennt?«, flüsterte Grímur. »Die Tochter des Königs? Louise Auguste? Tochter von Christian VII. und Schwester des Kronprinzen? Weißt du das nicht?«

»Nein, wie … wie wird sie genannt?«

»Die kleine Struensee! Man nennt sie die kleine Struensee!!«

Dreiundvierzig

Die Bewohner von Hagi bemerkten den Besucher schon von Weitem, wie er langsam auf sie zukam, mit seinem sonderbaren Gang, den sich manche hier auf den buckeligen Wiesen angewöhnten. Sie sahen zu, wie er sich mit schweren, raumgreifenden Schritten von der Küste her näherte, und meinten, ihn zu erkennen, es musste Bauer Bjarni sein, der in den letzten Tagen von Ólafurs Amtszeit in Handschellen nach Hagi gebracht worden war. Wahrscheinlich wollte er den neuen Bezirksamtmann treffen, und dann konnte es nur einen Grund für seinen Besuch geben. Mit dem Bezirksamtmann Ólafur sollte er nämlich eine Vereinbarung getroffen haben, auch wenn das nur Gerüchte waren. Und jetzt wollte der Lump vermutlich wissen, ob die Vereinbarung trotz des Amtswechsels noch bestehe.

Bei dem Besucher handelte es sich tatsächlich um Bjarni, den alle nur Bauer Bjarni nannten, einen großen, stämmigen Mann mit einer dicken hervorstehenden Unterlippe, breitem Kiefer, kleinen müden Augen und dichtem schulterlangen Haar, der etwas vor sich hinmurmelte, das keiner verstand. Er ging direkt ins Haus, ohne jemanden zu begrüßen, und fragte nach dem Bezirksamtmann, nur um zu erfahren, dass der werte Davíð Scheving gerade nicht vor Ort sei. Er wurde in eine Rumpelkammer gebracht, die man ein wenig eingerichtet hatte, falls er auf ihn warten wolle. Man erwarte den Bezirksamtmann zum Abendessen. Bjarni wirkte wenig erfreut und murmelte etwas durch seine große Unterlippe, die irgendwann einen Spalt bekommen hatte und nicht wieder ordentlich zusammengewachsen war. Dann fragte er barsch, ob er nicht etwas zu essen bekommen könne. Man reichte ihm eine Schüssel Brei, die er unverzüglich verputzte und sofort um Nachschlag bat. Auch dieser Wunsch wurde ihm gewährt. Dann fragte er, ob sie nicht auch etwas Seewolf hätten, und bekam ein Stück von dem getrockneten Fisch mit einer Messerspitze Butter. Danach gab er Ruhe und schlief auf der Bank ein.

Währenddessen tuschelte das Gesinde, denn er war in der ganzen Gegend um Rauðisandur und darüber hinaus berüchtigt. Er galt nicht gerade als besonders schlau, war aber gefürchtet wie kein anderer. Alle wussten, dass er einer dieser Streuner war und ein Widerling obendrein, der nicht wie die meisten irgendwo angestellt war oder eine eigene Landwirtschaft betrieb, sondern durch die Gegend zog und mit seiner unbändigen, gewalttätigen und gaunerhaften Art ständig Probleme machte. Je größer und kräftiger diese Landstreicher waren, desto gefürchteter waren sie auch, wie im Fall von Bauer Bjarni, der ein ziemlicher Muskelprotz war und grimmig obendrein. Er war bekannt dafür, arme Leute auszunutzen, Leute, die ohnehin nur gerade so über die Runden kamen, und hatte bereits mehrere Strafen verbüßt, ohne je aus seinen Fehlern zu lernen.

Gegen Abend kam Davíð angeritten, und man erzählte ihm von dem Vagabunden, der gekommen war, um die Obrigkeit zu treffen, und gerade in der Kammer schlief. Davíð wusste nichts von der Abmachung mit seinem Vorgänger und wunderte sich über Bjarnis Besuch. Lumpengesindel klopfte für gewöhnlich nicht von sich aus bei ihm an, sondern ließ sich eher in Fesseln bringen. Deshalb war Davíð neugierig, was es mit dem Besuch auf sich hatte, wollte die Sache aber schnell erledigen und ging also direkt in die Kammer. Als er eintrat, wachte Bjarni auf. Davíð meinte, er habe gehört, dass er ihn sprechen wolle.

Bjarni brauchte eine Weile, um ordentlich wach zu werden. Er wischte mit dem Handrücken über seine entstellte Lippe und sah den Bezirksamtmann an.

»Ja, das stimmt, ich muss mit dem Herrn Beamten sprechen«, sagte er.

Davíð wartete auf weitere Erklärungen.

»Ólafur wollte mich gut bezahlen«, sagte er. »Wir haben eine Vereinbarung getroffen. Er hat alle Anschuldigungen gegen mich fallengelassen und ... und außerdem wollte er dafür ein paar Schillinge rausrücken.«

»Meinst du den verstorbenen Bezirksamtmann Ólafur?«, fragte Davíð.

Bjarni nickte.

»Wir haben eine Vereinbarung getroffen«, wiederholte er auf sehr bestimmte, ja beinahe unverschämte Weise. »Ich will wissen, ob die noch gilt, und wenn ja, wann sie denn umgesetzt werden soll. Herr Ólafur hat sogar etwas von einem Vorschuss gesagt. Ich habe überlegt, ob ich nicht jetzt schon etwas davon bekommen könnte.«

»Was war das für eine Vereinbarung?«

»Hat Ólafur das nicht erzählt? Eigentlich sollte sie ja schon längst eingelöst sein.«

»Was? Worum ging es bei der Vereinbarung?«

»Na, die Hinrichtungen«, sagte Bjarni. »Ihn köpfen, sie ertränken. Ich soll das übernehmen.«

Davíð war sich nicht sicher, ob er richtig gehört hatte. Das zweite Begnadigungsschreiben hatte er schon vor einer Weile abgeschickt, aber noch keine Antwort aus Dänemark erhalten. Also hatte er sich in der Zwischenzeit auf andere Dinge konzentriert und versucht, sich über den schrecklichen Fall nicht allzu sehr den Kopf zu zerbrechen. Sigurður zählte zu den fleißigsten Arbeitern hier am Sitz des Bezirksamtmanns, und Guðrún hatte längst einen hübschen Jungen zur Welt gebracht und kümmerte sich vorbildhaft um die Landwirtschaft in Geirseyri, obwohl die Dinge, von denen sie hofften, dass sie nie passieren würden, wie eine dunkle Wolke über ihnen hingen.

»Hast du Hinrichtungen gesagt?«, rief Davíð. »Meinst du …?«

»Ja, die beiden«, sagte Bjarni, ein klein wenig selbstzufrieden, und zog die Nase hoch. »Ólafur hat gesagt, dass er sonst niemanden kennt, dem er das zutrauen würde. Ich wäre der beste Mann für die Aufgabe.«

»Ich … ich weiß nichts von einer derartigen Vereinbarung«, sagte Davíð. »Hast du etwas … etwas von dem ehemaligen Bezirksamtmann bekommen, um das zu belegen?«

»Nein, nichts«, schnauzte Bjarni. »Ich habe nichts. Glaubt Ihr mir etwa nicht? Denkt Ihr, ich lüge?«

»Nein, also …«

»Wir haben es mit Handschlag besiegelt, Ólafur und ich. Er meinte, das würde reichen. So werden solche Abmachungen doch getroffen.«

»Ja, ich schätze, so ist es«, sagte Davíð.

»Ich wollte fragen, wann ich gebraucht werde«, sagte Bjarni.

»Wir hoffen, dass wir deine Dienste gar nicht in Anspruch nehmen müssen«, sagte Davíð. »Es ist noch keine endgültige Entscheidung gefallen, und wir wissen nicht, wann das geschieht, also fällt es mir schwer, diese Frage zu beantworten.«

»Ólafur hat gesagt …«

»Es spielt keine Rolle mehr, was Ólafur gesagt hat.«

»… dass es für mich nicht zur Belastung werden soll und er die Sache so schnell wie möglich in die Wege leiten wird«, sprach Bjarni den Satz zu Ende, steckte sich einen Finger ins Ohr und rüttelte fest, bevor er ihn ableckte und an der Hose abwischte. »Außerdem hat Ólafur gesagt, dass es nicht viele in der Gegend gibt, die so eine Aufgabe übernehmen würden. Ich habe gesagt, es wäre mir eine Ehre, der Bezirksbehörde zu dienen, und dann haben wir uns die Hand gegeben, Ólafur und ich, und die Sache besiegelt, und jetzt wollte ich fragen, ob ich den Vorschuss bekommen könnte, weil das schon vor einer ganzen Weile war, aber bisher nichts passiert ist und ich meinen Anteil noch nicht bekommen habe.«

»Nein, daraus wird nichts«, sagte Davíð. »Ich weiß nicht, was ihr besprochen habt, und …«

»Ich lüge nicht«, sagte Bjarni und sah ihm direkt in die Augen. »Denkt Ihr etwa, ich habe mir das ausgedacht?«

»Nein, ich weiß es einfach nicht«, sagte Davíð und glaubte ihm sogar wirklich. »Aber der Fall ist noch nicht abgeschlossen, also bringt es nichts, jetzt darüber zu sprechen.«

»Würde es hier passieren?«, fragte Bjarni. »Damit ich

mir eine Vorstellung machen kann. Wo soll er geköpft werden? Hier vor dem Hof?«

»Ich möchte dich bitten, jetzt zu gehen«, sagte Davíð. »Deine Dienste werden hier vorerst nicht gebraucht.«

»Und die Frau … wo soll sie ertränkt werden?«, fragte Bjarni und machte keine Anstalten zu gehen. »Vielleicht in Geirseyri? Soll ich das nicht auch übernehmen?«

Davíð starrte Bjarni lange an. Er erinnerte ihn an ein Tier, mit den schlaffen Backen, der furchteinflößenden Unterlippe und dem dummen Blick. Bjarni verzog keine Miene und starrte zurück, grinste sogar ein wenig, und es wirkte beinahe, als würde er damit seine Missachtung gegenüber der Behörde zum Ausdruck bringen wollen. Davíð wusste, dass an dem, was Ólafur dem Hohlkopf erzählt hatte, vermutlich etwas dran war, nur wenige andere würden sich bereiterklären, die Aufgabe des Henkers zu übernehmen.

»Verschwinde jetzt von hier«, sagte Davíð und konnte beim Hinausgehen seine Abneigung gegenüber dem Mann nicht verbergen. »Ich habe dir nichts mehr zu sagen.«

Bjarni lachte laut.

»Niemand sonst will das tun!«, rief er dem Bezirksamtmann hinterher. Dann blieb er allein zurück und murmelte mit seinem hässlichen Mund vor sich hin, dass der Herr Bezirksamtmann ihn eigentlich auf Knien bitten müsse, ja, ihn anflehen müsse er, doch bitte die Drecksarbeit zu übernehmen …

Vierundvierzig

Als der Geheime Archivar Grímur wieder gegangen war, und der junge Künstler ebenfalls, mitsamt der vier Figuren, die er für den Uhrmacher reparieren wollte, ließ sich Jón auf den Sessel des Königs fallen und versuchte sich zu erinnern, wie oft das Thema der falschen Vaterschaft in seinen Geschichten aus Island aufgekommen war. Und wie oft er es mit Täuschungen, Lügen, Betrug und Ausflüchten in Zusammenhang gebracht hatte. Der Archivar hatte ihn mit seiner Behauptung ziemlich erschüttert, dass die Prinzessin selbst, die liebe Louise Auguste, die mit ihrem Fächer seine Wange gestreichelt hatte, in Wahrheit nicht die Tochter des Königs war, sondern die des deutschen Arztes, des Verräters und Liebhabers der Königin, Johann Friedrich Struensee. Gewisse Reaktionen des Königs konnte Jón jetzt, wo er wusste, dass Seine Hoheit auch einmal eine falsche Vaterschaft bezeugt hatte, besser nachvollziehen und sah alles in einem neuen Licht.

»Er hat nie etwas darüber erzählt«, hatte Jón zu Grímur gesagt.

»Nie etwas erzählt?!«, schnaubte Grímur. »Diese Dinge sind höchst vertraulich. Warum sollte er sich mit einem Uhrmacher aus Island darüber unterhalten?«

Der Geheime Archivar war erstaunt, dass Jón es nicht

besser wusste, und machte keinen Hehl aus seiner Verwunderung, schließlich sei die Geschichte allgemein bekannt, zumindest bei Hofe. Aber Grímur hatte leicht reden, er gehörte in der Regierungskanzlei zum inneren Kreis und konnte in den Festsälen mit Gleichgestellten tratschen, soviel er wollte. Jón war ein einfacher Mann, nur ein Uhrmacher aus dem ländlichen Island, und er käme gar nicht auf die Idee, sich über Höhergestellte das Maul zu zerreißen. Außerdem interessierte er sich nicht im Geringsten für das Königreich, die höfische Gesellschaft und die königlichen Klatschgeschichten. Sein ganzes Interesse galt allein der Uhrmacherei, und er freute sich zwar, wenn er in Kneipen Landsleute traf oder sie ihn in seiner Werkstatt besuchten und Nachrichten aus der Heimat überbrachten, aber ansonsten lebte er ein eintöniges Leben in der Wohnung über der Werkstatt und ließ den Rest der Welt an sich vorbeiziehen, ohne viel Notiz davon zu nehmen.

Wie konnte es passieren, dass er seinen ohnehin schon so labilen, hochverehrten König noch mehr aus der Fassung gebracht, ja, ihn mit seinen Geschichten sogar deprimiert hatte? Dass er, natürlich völlig unbeabsichtigt, so einen großen Fehler begangen, den Zustand des Königs nicht bemerkt und so auch nicht verstanden hatte, was die Geschichten bei seinem einzigen Zuhörer auslösten? Hätte er nicht zwischendurch kurz innehalten müssen, um zu überlegen, warum die Situation immer komplizierter geworden war, hätte er sich nicht fragen müssen, ob es vielleicht auch an ihm lag? Ihm war doch aufgefallen, dass der König mit jedem Treffen unruhiger und seltsamer gewirkt hatte, bis er sogar zu Madame Isaksen geflohen war und in einen heftigen Streit mit dem Kronprinzen geraten war, sodass man ihn an sein Bett gebunden hatte?

Ach du liebe Güte, dachte Jón zunehmend besorgt und verzweifelt. War diese ganze Aufregung um den König etwa seine Schuld? Wie hätte er auf die Idee kommen sollen, dass seine Geschichten aus den Westfjorden so eine Wirkung haben könnten? Er hatte seinen König mit den Geschichten aus Island doch nur unterhalten wollen, und zwar – das sollte man nicht vergessen – auf dessen eigenen Wunsch! Tragische Geschichten, gewiss, über das traurige Schicksal seiner Familie, aber mit keiner anderen Absicht, als bestmöglich über die Ungerechtigkeiten zu berichten. Wie hätte er ahnen sollen, welche Wirkung diese Erzählungen auf Seine Hoheit haben würden? Er wusste nichts über das Leben und die Verhältnisse der Könige und Königinnen und Prinzen. Er war Uhrmacher.

Jón seufzte wieder.

Wenn alles stimmte, was Grímur sagte, hatte der König sich in den Erzählungen von den Leuten in den Westfjorden und ihren falschen Vaterschaften und Lügengespinsten wiedererkannt. Er hatte etwas von sich selbst in Jóns Geschichten gesehen, das vielleicht erklärte, weshalb er so viele Fragen gestellt hatte und immer wieder gekommen war, um mehr zu hören. Aber wer in den Geschichten war dann Struensee, wer Louise Auguste und wer Christian VII.? Bei der ersten falschen Vaterschaft hatte der König sich vielleicht in der Rolle von Sigurður gesehen, Helga als die Königin und Gunnar aus Hvammeyri als den deutschen Arzt. Aber bei dem zweiten Fall? War Sigurður dann nicht der deutsche Arzt? Und Guðrún die Königin Caroline und … ach du liebe Güte … Wie hatte er nur so blind sein können? War Seine Hoheit,

König Christian VII., dann der arme Þórður aus Fjörukot?!

Und was war mit dem stillen Komplott? Die geheime Intrige in den Westfjorden flog auf, so stümperhaft und aus der Not geboren, wie sie war. Im Schloss Christiansborg nahm das Leben aber seinen gewohnten Lauf, und die Verantwortlichen schwiegen eisern. Musste das den König nicht bedrücken? Hatten diese Angelegenheiten nicht schon lange unter der Oberfläche geschlummert, bis er gekommen war, der Uhrmacher, der sich nicht nur mit dem kniffligen Uhrwerk befasste, sondern auch noch ständig von irgendwelchen Mitgliedern der Königsfamilie behelligt wurde? War er mit seinen Geschichten von den tragischen Vorfällen, die er als Kind miterlebt hatte, vielleicht zu weit gegangen? Und durfte er nicht auch ein wenig stolz auf sich sein, dass die Geschichten seinen König bewegt hatten, schließlich war dem König in letzter Zeit nichts anderes durch den Kopf gegangen als falsche Vaterschaften?

Jón schüttelte den Kopf. Nein, ihn traf wohl kaum eine Schuld. Er kannte sich nicht wirklich mit den Liebesgeschichten innerhalb der Mauern des Schlosses aus und hatte nur erzählt, was ihm auf dem Herzen lag. Vielleicht hatte er die Geschichten ab und zu ein wenig ausgeschmückt und sich nicht bei jedem kleinsten Detail an die Wahrheit gehalten, doch als Erzähler hatte er doch das Recht, ein wenig auszuwählen, was er schildern und was er lieber weglassen wollte. Die Geschichte zu erzählen, die er erzählen wollte, und das auf seine Art zu tun und ohne, dass sich jemand einmischte. Er hatte gewiss von Männern gehört, die verbannt worden waren und sogar hingerichtet wegen der Art, wie sie Geschichten erzählt und weil sie vielleicht nicht die richtigen Inhalte gewählt hatten, aber …

Jón hörte ein leises Geräusch vor der Tür und sprang vom Sessel auf, bevor König Christian auf ihn zukam, ziemlich bedrückt und schweigsam, in seinem Samtumhang und der Nachtmütze auf dem Kopf, obwohl Mittag war. Er begrüßte den Uhrmacher nicht, obwohl er das sonst meist tat, sondern ließ sich sofort in den Sessel fallen, stützte das Kinn auf der Hand ab und saß eine Weile still und regungslos da. Jón stellte sich vor die Uhr und senkte den Kopf. Als der König dort im Sessel keine Anstalten zu machen schien, etwas zu sagen, erlaubte er sich, Seine Hoheit unaufgefordert anzusprechen und zu fragen, ob er etwas für ihn tun könne.

»Erzähl die Geschichte weiter«, bat König Christian. »Wo waren wir stehengeblieben?«

»Wir warten auf die Antwort Eures Vaters, Majestät. Die ist noch nicht gekommen. In der Zwischenzeit wollte ich Euch erzählen, wie der Henker kam, um sich bei dem neuen Bezirksamtmann vorzustellen«, sagte Jón.

»Der Henker?«

»Er hieß Bjarni und wurde immer Bauer Bjarni genannt, warum, weiß ich nicht. Bauer bedeutet im alten Isländisch Landwirt und Nachbar, aber in Wahrheit war Bjarni ein schlechter Bauer und ein noch schlechterer Nachbar, wenn ich so sagen darf. Er war ein ziemlicher Unmensch, Majestät. Der Bezirksamtmann Ólafur hatte mit ihm abgemacht, dass er die Hinrichtung meines Vaters und auch die von Guðrún vollstrecken solle.«

»Nun gut, er war dann vermutlich der richtige Mann dafür«, murmelte der König.

»Wahrscheinlich der einzige Mann«, erlaubte sich Jón

zu mutmaßen. »Man sagte, dass kein anderer bereit gewesen wäre, die Rolle des Henkers zu übernehmen, Eure Hoheit.«

Der König schnaubte leise, sagte aber nichts. Bei ihrem letzten Treffen war er an sein Bett gebunden gewesen, und wenn man dem jungen Ratgeber, der Jón in der Werkstatt besucht und nach Schloss Christiansborg gebracht hatte, glauben durfte, ging es ihm mittlerweile deutlich besser. Er solle also auf Wunsch des Königs mit der Erzählung fortfahren, wo sie aufgehört hätten. Alles sei auf einem guten Weg. Das passte nicht ganz zu der wirren Erscheinung des Königs, wie er da vor Jón in seinem Sessel hockte und nur etwas sagte, wenn er direkt angesprochen wurde. Er wirkte, als wäre er in einer anderen Welt, und Jón hatte ihn dort bei der Uhr noch nie so niedergeschlagen gesehen.

»Bevor ich mit der Geschichte fortfahre, Eure Hoheit«, sagte Jón und wählte seine Worte mit Sorgfalt, »wollte ich Euch mitteilen, wie sehr ich unsere gemeinsamen Stunden hier bei der Habrechtsuhr schätze. Wie erfrischend und lehrreich sie für einen einfachen Uhrmacher wie mich sind.«

Der König antwortete nicht. Jón zögerte. Sein Rang erlaubte ihm natürlich nicht, so ungezwungen mit dem Monarchen zu sprechen, wie sie es mittlerweile taten. Eigentlich durfte er in der Anwesenheit des Königs ohne ausdrückliche Erlaubnis überhaupt nicht sprechen. Doch im Laufe ihrer vielen Begegnungen hatte sich einiges verändert, und obwohl Jón nicht wirklich mutiger geworden war, wurden ihre Gespräche deutlich vertrauter, als das Protokoll über den Umgang zwischen einfachen Bürgern und dem Herrscher über das dänische Königreich vorsah. Doch auch jetzt fürchtete Jón, dass er zu weit gegangen war und seinem König, der obendrein momentan nicht in der besten mentalen Verfassung war, nicht taktvoll genug oder gar respektlos gegenübergetreten war.

»Und außerdem, mit Verlaub, Eure Hoheit«, sagte er, »hoffe ich, dass nichts von dem, was ich Euch hier bei der Uhr erzählt habe, Euch beunruhigt hat oder mich respektlos Euch gegenüber erscheinen ließ. Falls dies der Fall ist, möchte ich demütig um Verzeihung bitten. Ich käme nie auf die Idee, Euch, Durchlauchtige Majestät, etwas anderes als meine tiefste Hochachtung entgegenzubringen, während ich versuche, so wahrheitsgetreu wie möglich von den Geschehnissen in den Westfjorden Islands zu berichten.«

Der König reagierte immer noch nicht. Jón beschloss, zu Ende zu bringen, was er sagen wollte, damit es erledigt war.

»Es ist mein sehnlichster Wunsch, Eure Hoheit, dass diese Geschichten meinen König nicht beunruhigt haben oder Auslöser der Ereignisse der vergangenen Wochen waren.«

Endlich kam Bewegung in den König, er richtete sich auf und lehnte sich vor.

»Dann fahr doch bitte mit der Geschichte fort, Uhrmacher«, sagte er. »Der Rest ist meine Sorge.«

Fünfundvierzig

Vor der Kammer traf Davíð Scheving seine Frau an. Sie sah sehr besorgt aus und fragte, weshalb Bjarni gekommen sei. Davíð antwortete erst ausweichend, aber als sie nachfragte, erklärte er ihr, Bjarni habe mit dem ehemaligen Bezirksamtmann vereinbart, dass er zu gegebener Zeit die Rolle des Henkers übernehmen und Sigurður und Guðrún hinrichten werde. Am Ende habe er ihm gesagt, er solle sich verziehen, aber er bereue es inzwischen ein wenig, so barsch gewesen zu sein, er könne schließlich nicht wissen, ob er die Dienste des Mannes noch brauchen werde, und das vielleicht früher, als ihm lieb sei. Seine Frau sah immer noch besorgt aus und schüttelte den Kopf. Dann murmelte sie etwas von unerwarteten Zufällen. Davíð fragte, was mit ihr los sei, was denn in seiner Abwesenheit passiert sei. Sie erzählte ihm, dass ein dänisches Handelsschiff in den Patreksfjörður eingefahren sei und Post für den Bezirksamtmann gebracht habe, die ihr Freund Eiríkur aus Vatneyri ihm so schnell wie möglich nach Hagi habe bringen lassen. In der Sendung sei ein Brief aus Schloss Christiansborg.

»Er liegt auf deinem Schreibtisch.«

»Nun gut«, sagte Davíð, »dann ist also die Antwort gekommen.«

»Ein Päckchen war auch dabei«, sagte seine Frau.

»Ein Päckchen?«

»Sieh selbst.«

Davíð ging in sein Arbeitszimmer und schloss hinter sich die Tür. Diesen Moment hatte er mehr gefürchtet als alles andere. Er sah den Brief auf dem Tisch liegen, an ihn adressiert, versiegelt und zugebunden, genau wie die beiden Briefe zuvor auch. Daneben lag ein Paket, das offensichtlich zu dem Brief gehörte, gleich adressiert und mit dem Siegel des Königs verschlossen. Davíð nahm es in die Hand, es fühlte sich weich an, vermutlich Stoff oder ein Kleidungsstück. Dann legte er es beiseite, betrachtete eine Weile den Brief mit dem Urteil des Königs und brach dann das Siegel.

Es waren gerade erst zehn Tage vergangen, seitdem er sich nach Patreksfjörður aufgemacht hatte, um sich umzuhören, ob Schiffe gekommen wären, und er eine Nacht bei Eiríkur in Vatneyri verbracht und auf dem Rückweg bei Guðrún Valdadóttir in Geirseyri vorbeigesehen hatte. Sie beobachte ebenfalls die ankommenden Schiffe, hatte sie ihm erzählt und ihn hineingebeten, die Antwort aus Kopenhagen müsse jeden Tag eintreffen. Er fragte, wie es ihr gehe, und sie meinte, sie könne nicht klagen. Der Junge gedeihe gut und sehe seinem Vater sehr ähnlich, und sie, die immer eine gute Christin gewesen sei, habe Kraft im Glauben gefunden, vor allem in den Passionspsalmen von Hallgrímur Pétursson. Wenn die schlimmsten Gedanken ihr keine Ruhe ließen, las und sang sie die Psalmen. Sie spendeten ihr Trost und gaben ihr Sicherheit und Bestätigung, beinhalteten Lektionen über Wahrheit und die Liebe Gottes und Jesus Christus und die Torheit der Menschen. Außerdem habe sie die

Psalmen von Pfarrer Sigurður in Presthólar bei sich, die ihr nicht weniger geholfen hätten.

»Ich höre, dass du Kraft in deinem Glauben suchst«, sagte Davíð. »Das ist gut.«

»Ja, den Glauben habe ich trotz allem nicht verloren«, sagte Guðrún. »Die Gnade und der Segen Gottes begleiten mich jeden Tag. Außerdem kommt Pfarrer Björn aus Sauðlauksdalur manchmal vorbei. Immerhin ein Mensch, der mich noch besucht.«

Sie erzählte, dass sie bereit sei für das, was kommen würde, sollten ihre Gebete nicht erhört werden. Ihr jüngster Sohn mit Sigurður würde zu Einar geschickt werden, und auch der Junge, den sie mit Einar hatte, der aber von Anfang an bei ihr in Geirseyri gelebt hatte. Er würde sich gut um die Jungen kümmern, das wusste sie. Ihre Habseligkeiten würde sie an Arme spenden. Sie trage niemandem etwas nach und sei bereit, sich ihrem Schicksal zu stellen.

Er bewunderte ihre Seelenruhe.

»Vielleicht bist du etwas voreilig«, sagte Davíð. »Noch ist keine Antwort gekommen.«

»Es schadet nicht, sich vorzubereiten«, sagte sie. »Außerdem befürchte ich das Schlimmste, wenn ich ganz ehrlich sein soll. Ich glaube, dass unser werter König die Ungerechtigkeiten bereits erkannt haben müsste. Mein Leben ist nicht länger in seinen Händen, sondern in den Händen Gottes, so viel ist sicher.«

Sie holte einen kleinen Lodenpullover hervor, den sie gerade nähte und der schon fast fertig war. Er musste für den kleinen Jungen sein.

»Ich bin nicht die Erste«, sagte sie und roch an dem Pullover.

»Die Erste?«, fragte Davíð.

»Die ertränkt wird«, sagte Guðrún. »Einigen meiner Mitbürgerinnen ist es bereits so ergangen.«

»Gewiss.«

»Pfarrer Björn sagte, wenn es dazu käme, würde ich die dreißigste Frau sein, die hingerichtet wird. Fünfundzwanzig davon, nachdem die Gesetze des Stóridómur in Kraft getreten sind. Und etwa genauso viele Männer haben aus demselben Grund ihr Leben verloren. Das sind nicht wenige.«

»Es sind ungerechte Gesetze«, sagte Davíð. »Verdammt sei es, das ganze Gesetzesbuch, für alle Ewigkeit.«

»Am meisten Sorgen mache ich mir um meinen Sigurður«, sagte Guðrún. »Er hat mir immer wieder und wieder erklärt, wie leid ihm die Sache tut.«

»Er hat gute Tage und schlechte«, sagte Davíð.

»Ihm fehlt der Glaube«, sagte Guðrún. »Das habe ich ihm gesagt. Er bittet mich andauernd um Verzeihung. Als habe er mir Unrecht getan. Es ist egal, was ich sage, er ist untröstlich. Wenn Ihr mit ihm reden könntet, um ihn zu beruhigen, dann wäre ich Euch sehr verbunden.«

»Ich werde mein Bestes versuchen«, antwortete Davíð

»Er fehlt mir«, sagte Guðrún. »Ich vermisse es, ihn bei mir zu haben ...«

Davíð schnitt das Band des Briefes auf, brach das Siegel und holte das Schreiben des Königs hervor. Er las es, bevor er es zur Seite legte und das dazugehörige Päckchen in die Hand nahm. Dann brach er das zweite königliche Siegel und öffnete das Paket. Darin lag ein weißes Seidenhemd, sorgfältig zusammengelegt. Für eine Weile starrte er verwundert darauf. Zögernd breitete er das

Hemd auf dem Tisch aus und verstand schließlich die Botschaft.

Kurz darauf rief er seine Frau zu sich, und sie bemerkte sofort, wie aufgewühlt er war.

»Bitte Bauer Bjarni, hierzubleiben«, sagte er und nahm ihre Hand, aus seinem Blick sprach Verzweiflung. »Biete ihm an, hier zu übernachten, und erfülle ihm jeden Wunsch. Der König hat seine letztgültige Antwort geschickt.«

Sechsundvierzig

Davíð blieb noch lange in seinem Arbeitszimmer sitzen, ganz allein mit seinen Gedanken. In der Hoffnung, damit seine Qualen lindern zu können, hatte er sich etwas Rum eingeschenkt und nippte daran. Er nahm den Brief des Königs in die Hand und las ihn immer und immer wieder. Es war eine vernichtende Kritik an ihm als Bezirksamtmann und seinem Umgang mit diesem Fall. Der König begann damit, ihn dafür zurechtzuweisen, seinen Befehl nicht befolgt und die Krone missachtet zu haben, indem er den Vollzug des bereits gefällten Urteils verschoben und hinausgezögert hatte. Dann folgten Drohungen. Nicht nur die Entfernung aus dem Amt, sondern etwas, das viel schlimmer war, auch wenn es nur umschrieben wurde. Er schielte zu dem Hemd hinüber. Am Ende wurde ihm noch einmal befohlen, die Hinrichtungen unverzüglich durchzuführen, andernfalls würde er mit einer harten Strafe zu rechnen haben.

Davíð trank einen Schluck Rum.

Die Sache hatte natürlich schon lange über ihnen gehangen wie eine dunkle Wolke, aber wie teilte man einem Mann mit, dass er sterben müsse?

Schließlich nahm er das Hemd und die Rumflasche und ging zum Schafstall, wo Sigurður gerade Leder walkte. Er hatte ein Widderhorn an einem Holzpfahl befestigt und zog die Tierhaut darüber, um sie aufzuweichen. Aus dem Leder sollte Seemannskleidung genäht werden, es war mit Lebertran bearbeitet worden und danach stank es auch.

»Da bist du ja, Sigurður«, sagte Davíð. »Ich muss mit dir reden.«

Sigurður unterbrach seine Arbeit und sah den Bezirksamtmann an, der eine Rumflasche in der einen und ein weißes Hemd in der anderen Hand hielt, das aussah, als wäre es aus feinster Seide.

»Ich habe gehört, dass Post aus Vatneyri gekommen ist«, sagte Sigurður.

»Das ist richtig.«

»Mit einem Brief vom König.«

»Auch das ist richtig.«

»Gibt es etwas zu feiern?«, fragte Sigurður und warf einen Blick auf die Rumflasche und dann auf das Hemd.

Davíð schüttelte den Kopf.

»Ich habe alles getan, was in meiner Macht steht«, sagte er und reichte Sigurður den Rum. »Mehr kann ich nicht tun.«

»Es hat sich also nichts geändert?«

»Nein.«

»Und Guðrún?«

»Das Gleiche. Habe ich dir schon gesagt, wie sehr sie dich vermisst?«

Sigurður nahm die Flasche und trank einen Schluck.

»Ja, danke«, sagte er. »Das hattet Ihr erzählt.«

»Er hat mir auch dieses Hemd schicken lassen«, sagte Davíð, nahm die Flasche zurück und trank einen großen Schluck, bevor er sie wieder Sigurður reichte. »Der König höchstpersönlich.«

»Was ist das für ein Hemd?«

»Es ist für mich«, sagte Davíð. »Der König beließ es nicht dabei, mir einen Antwortbrief mit einer ausführlichen Zurechtweisung zu schicken. Es ist als Drohung zu verstehen, als Hinweis darauf, was mit mir geschehen wird, wenn ich seinen Befehl nicht sofort befolge.«

»Eine Drohung?«

»Er findet, dass ich zu weit gegangen bin. Dass ich die Krone beleidigt habe. Ich solle mich in Acht nehmen und gefälligst tun, was er von mir verlangt.«

Davíð reichte Sigurður das Hemd, der sofort den rot umsäumten Kragen bemerkte.

»Was ist das?«, fragte er und strich über den roten Rand.

»Das ist eine Botschaft an mich«, sagte Davíð. »Wenn ich nicht gehorche, lande ich selbst auf dem Richtblock. Ich werde also keine weiteren Briefe mehr schreiben, die Entscheidung steht fest. Ich habe von ganz oben ein Ultimatum bekommen, mir bleibt nichts anderes übrig, als das Urteil zu vollstrecken. Auch wenn es mir widerstrebt, wie du weißt. Wie ihr beide, Guðrún und du, wisst.«

»Damit habe ich gerechnet«, sagte Sigurður. »Meine Hoffnung war nur, dass er sich im Fall von Guðrún vielleicht umentscheiden würde.«

»Nein. Es wird keine unterschiedliche Behandlung geben.«

»Weiß sie schon davon?«

»Ich schicke ihr schnellstmöglich eine Nachricht. Ich habe den König verärgert«, sagte Davíð. »Bei dem zweiten Begnadigungsschreiben war ich unsicher, weil ich nicht wusste, wie er reagieren würde. Jetzt weiß ich es.«

»Ihr habt gut gehandelt«, sagte Sigurður.

»Da bin ich mir nicht sicher. Ich hätte mich vielleicht noch einmal an das Alþingi wenden können. Ein paar gute Männer auf meine Seite ziehen. Mehr Unterstützer finden. Ich hätte mehr tun können.«

»Ich hatte deswegen schon viele schlaflose Nächte«, sagte Sigurður. »Habe ich Euch erzählt, wie ich einmal auf Haifischjagd war und beinahe auf einer Eisscholle festgesessen hätte und aufs offene Meer getrieben wäre?«

»Nein, das musst du mir noch erzählen.«

»Wäre ich doch bloß auf dem Eis davongetrieben.«

Sigurður schaute auf seine Konstruktion aus Horn und Holz. Auf das Leder, das er gerade walkte. Er dachte an den Tag, der zum Abend geworden war. Sein Leben, das bald vorbei sein würde. Wieder überkam ihn ein Gefühl, das er die ganze Zeit verdrängt hatte, weil es ihn deprimierte. Erst hielt er es für die Angst vor dem Tod, aber in Wahrheit war es etwas anderes, das ihn am meisten bedrückte. Es war eine Sehnsucht nach dem Leben. Zum ersten Mal hatte er sie gespürt, als Ólafur ihn in Handschellen bei seinen Lämmern gefangen gehalten hatte und er nicht mit den anderen Leuten am Hof verkehren durfte. In der Einsamkeit hatte er genug Zeit gehabt, über die Dinge nachzudenken, und jetzt überkam ihn dieses Gefühl erneut. Eines Morgens würde er nicht mehr aufwachen. Nie wieder die befriedigende Müdigkeit nach einem langen Arbeitstag spüren. Beobachten, wie die Abenddämmerung sich über den Fjord legte. Nie wieder sehen, wie die Pflanzen nach dem Winter erwachten, das Licht bewundern, das die langen Sommernächte erstrahlen ließ, und den Winden lauschen, die den Herbst mit sich brachten. Er würde nie wieder mit seiner Familie zusammensitzen. Seinen Söhnen, die er so sehr liebte. Der Frau, die ihn jeden Abend in den Traum begleitete.

Nein, es war nicht der Tod, vor dem er Angst hatte. Er bedauerte, nicht leben zu dürfen.

»Ich weiß, dass du dir selbst die Schuld gibst für alles, was passiert ist«, sagte Davíð.

Sigurður nickte.

»Ich habe die Warnungen ignoriert«, sagte er.

»Du darfst nicht so hart mit dir sein«, sagte Davíð.

»Darüber will ich nicht streiten«, sagte Sigurður. »Ich bereue alles, was ich falsch gemacht habe. Bereue es zutiefst. Ich hätte … ich hätte nicht die Unwahrheit sagen dürfen, als ich vorgab, Einars Vater zu sein. Ich hätte nichts vortäuschen dürfen, als ich Þórður bat, die Vaterschaft für mein Kind mit Guðrún zu übernehmen. Ich habe Fehler gemacht, und meine liebe Guðrún muss jetzt die Suppe auslöffeln. Was mit mir selbst passiert, ist mir egal. Aber Guðrúns Schicksal bedrückt mich sehr.«

»Gibt es nichts, was ich tun kann, um dein Leid zu lindern?«, fragte Davíð.

Sigurður schüttelte den Kopf.

»Soll ich nach dem Pfarrer schicken?«

»Nein, ich brauche keinen Pfarrer. Ich weiß, dass ich nicht in einem geweihten Grab liegen darf, Verbrecher, der ich bin, aber ich möchte so nahe wie möglich an geweihter Erde beigesetzt werden.«

Der Bezirksamtmann versprach, dafür zu sorgen, und dann standen sie sich verlegen im Stall gegenüber, als gäbe es in der Angelegenheit nichts mehr zu sagen.

»Ich wollte den Herrn Bezirksamtmann noch etwas bitten, wenn ich darf«, sagte Sigurður und reichte Davíð die Rumflasche.

»Egal was«, sagte Davíð.

»Ich möchte Euch bitten, die Sache nicht hinauszuzögern, sondern so schnell wie möglich zu vollstrecken. Ich habe gehört, dass der Bauer Bjarni nach Hagi gekommen ist, um Lohn für seine Dienste zu verlangen.«

»Es wird mir nicht leichtfallen, das musst du wissen.«

»Wenn ich sage, so schnell wie möglich, meine ich, dass ich vor meiner lieben Guðrún gehen will. Ich will bereits gegangen sein. Ich kann nicht ertragen, sie vor dem Henker zu sehen. Und außerdem, wenn es irgendwie geht, möchte ich darum bitten, dass sie noch so viel Zeit wie möglich bekommt. So viele Tage wie irgend möglich mit unserem Kind, mit all den Kindern. Gott weiß, sie hat es verdient. Und Gott weiß, dass niemand verdient hat, durchzumachen, was sie durchmachen muss.«

Siebenundvierzig

König Christian rührte sich nicht in seinem Sessel. Er hatte aufmerksam zugehört, was Jón über das Gespräch zwischen seinem Vater und dem Bezirksamtmann erzählt hatte, die Maßreglungen des Königs und die Botschaft des roten Kragens. Mit der Zeit war sein Blick immer ernster geworden, und gegen Ende der Geschichte wirkte er ziemlich mürrisch und sah den Erzähler alles andere als fröhlich an.

Jón fürchtete deshalb seine Reaktion. Er hatte versucht, sich in Acht zu nehmen, wusste auch, dass dem König möglicherweise nicht gefallen würde, was er zu erzählen hatte. Jedenfalls ließ er weg, was der Bezirksamtmann angeblich noch über die Ungerechtigkeit des Todesurteils gesagt hatte, als er am Abend zurück ins Haus gegangen war und sich zu seiner Frau schlafen gelegt hatte. Das wollte Jón dort im Schloss nicht erzählen, wo die Stimmung so leicht kippen konnte. Kurz überlegte er, ob er es nicht trotzdem erwähnen müsste, um der Geschichte treu zu bleiben, doch er beschloss, es zu unterlassen.

Die Reaktion blieb vorerst aus. Oft arbeitete Jón nebenher an der Uhr, wenn er dem König Geschichten erzählte, und Seine Hoheit hatte das nie kommentiert. Doch jetzt hatte er das Gefühl, sich voll und ganz auf die

Erzählung konzentrieren zu müssen, und die Uhr nicht angerührt, sogar kaum einen Blick darauf geworfen.

»Ein roter Kragen«, seufzte der König schließlich. »Diese Maßnahme haben wir nie ergreifen müssen.«

»Damit war ihr Schicksal besiegelt, Eure Hoheit«, sagte Jón.

»Warum sagst du das?«

»Der letzte Ausweg wäre gewesen …«

»Nein!«, rief der König plötzlich. Er richtete sich im Sessel auf und sah Jón wütend an, stand auf und ging verzweifelt vor der Uhr auf und ab.

»Ihr Schicksal war in dem Moment besiegelt, als sie das Täuschungsmanöver begonnen haben«, rief der König. »Wage es ja nicht, Meister Uhrmacher, hier die Krone zum … zum Sündenbock zu machen. Diese Leute haben betrogen und gelogen … und gelogen und es geschah ihnen recht, was passiert ist … diese Leute …«

Der König schien den Faden verloren zu haben und verstummte. Jón stand immer noch schweigend neben der Uhr.

»Ich kann ein Lied davon singen … dieses Täuschungsspiel habe ich selbst gespielt«, gestand der König plötzlich und unterbrach damit die Stille. »Genau wie dein Vater.«

Jón hielt es für angebracht, nichts dazu zu sagen.

»Ja, natürlich«, rief der König, als würde er plötzlich verstehen.

»Eure Hoheit?«

»Du weißt natürlich von meiner Louise Auguste«, rief der König aufgebracht. »Sonst hättest du mir diese Geschichten nicht erzählt. Wie sollte es sonst sein? Das ist doch der Grund, warum du mir diese schrecklichen

Geschichten von deiner Familie erzählst. Um dich über mich lustig zu machen?!«

»Wie könnte ich, Eure Hoheit.«

»Zum Narren werde ich gehalten!«

»Das käme mir nie in den Sinn, Eure Hoheit«, betonte Jón schnell. »Das habe ich nie getan.«

»Es gibt genug Leute, die das machen«, rief der König und zeigte mit dem Finger auf Jón. »Du wusstest es? Weißt viel mehr, als du preisgibst. Wusstest es die ganze Zeit!«

»Sprecht Ihr etwa von …«

»Keine Ausreden!«, rief der König und hob die Hand, als wollte er Jón ohrfeigen. »Ich spreche von Louise Auguste und Caroline und dem verdammten Struensee! Du weißt alles! Hast immer alles gewusst!«

»Zu Beginn meiner Erzählungen wusste ich gar nichts, Eure Hoheit«, sagte Jón und versuchte, sich vor dem wütenden König so gewählt wie möglich auszudrücken. »Erst mit der Zeit habe ich mehr erfahren. Falls Ihr mit Täuschungsmanöver meint, dass Ihr nicht der wirkliche …«

»Ja? Was wolltest du sagen? Raus damit! Los, raus damit!«

»Der eigentliche Vater von Louise Auguste seid, Eure Hoheit«, fuhr Jón fort und bereute seine Worte sofort.

»Ganz genau! Du weißt also davon!«

»Erst seit Kurzem«, erlaubte sich Jón zu sagen.

»Wer hat dir davon erzählt?!«, rief der König. »Wer verbreitet solche Geschichten?!«

Jón schwieg. Er fürchtete sich vor der Wut des Königs und hatte nicht damit gerechnet, dass ihre Unterhaltung sich in diese Richtung entwickeln und der König so wütend werden würde. Auf derartige Fragen hatte er keine

Antworten. Sollte er dem König von Grímur Thorkelín erzählen? Den Steigbügelhaltern in der Regierung? Von den Gerüchten bei Hofe? Was die Leute untereinander munkelten? Dass der König zum Narren gehalten wurde? Dass man seine Tochter die kleine Struensee nannte? Wie konnte ich nur so verdammt dumm sein?, dachte Jón im Stillen, und das nicht zum ersten Mal, dort, wo er stand, zwischen der Habrechtsuhr und seinem König. Warum hatte er Louise Auguste namentlich erwähnt? Musste das unbedingt heraus, musste er so tun, als wüsste er alles über den Skandal, jetzt, wo man ihn endlich in Frieden an der Uhr arbeiten ließ?

»Das ist nur etwas, das ich von Straßenjungen aufgeschnappt habe, Eure Hoheit«, sagte Jón, dachte an Grímur Thorkelín und meinte, damit nah genug an der Wahrheit zu bleiben. »Ich interessiere mich nicht für solche Geschichten, Eure Hoheit. Solche Gerüchte. Das müsst Ihr wissen.«

»In der Holmensgade etwa?!«, rief der König, als wäre ihm nicht minder wichtig, was man dort von ihm hielt.

Jón antwortete mit Schweigen.

»Quält Ihr mich deshalb mit den Geschichten von diesen verdammten Isländern?«

»Es bedrückt mich sehr zu hören, dass Ihr keinen Gefallen an meinen Erzählungen findet, Majestät. Dass sie Euch gar quälen und belasten. Und doch habt Ihr mich immer wieder gerufen, bei Tag und bei Nacht, Eure Hoheit, damit ich weitererzähle. Wie ich schon sagte, es würde mir nie einfallen, Euch zusätzlichen Kummer zu bereiten, und wenn Ihr nicht wollt, dass ich fortfahre, werde ich das natürlich beherzigen, es wäre mir sogar eine Erleichterung.«

In dem Moment betrat der Kronprinz Friedrich die Sammlung, begleitet von zwei Leibwächtern, und fragte sofort, was es mit dem Geschrei auf sich habe. Er sei zufällig vorbeigekommen und habe die Rufe bis nach draußen gehört.

»Ist alles in Ordnung?«, fragte er.

Jón sah den König an, der hochrot im Gesicht war und versuchte, sich vor seinem Sohn zusammenzureißen.

»Nein«, sagte der König. »Es ist nicht alles in Ordnung. Ganz im Gegenteil!«

»Warum schreist du so?«

»Er hat sich über die Krone lustig gemacht«, sagte der König und zeigte mit dem Finger auf Jón, den Uhrmacher, Sívertsen. »Hat Spielchen mit mir gespielt. Mich missachtet. Und dich. Und unsere Louise Auguste. Wir hätten sie nach ihrer Geburt besser im Schlossgarten begraben sollen, hat er gesagt.«

»Ist das wahr?«, fragte Kronprinz Friedrich verwundert und sah Jón an.

»Ich habe nichts dergleichen gesagt, Eure Hoheit«, erlaubte sich Jón zu widersprechen.

»Er lügt!«, rief der König. »Das ist eine Lüge! Er erdreistet sich, mich der falschen Vaterschaft zu beschuldigen. Mich! Hier im Schloss! Mich!«

»Das habe ich nie getan«, sagte Jón. »Das würde ich niemals tun.«

»Er lügt!«, rief der König wieder, gefolgt von Flüchen über die Falschheit des Uhrmachers und sein verderbtes Spiel. Hinterlistig habe er sich mit schönem Gerede beim König eingeschmeichelt, nur um plötzlich sein wahres Ich zu offenbaren.

»Ich will, dass du ihn festnehmen lässt!«, schrie der

König. »Lass ihm sofort Handschellen anlegen! Sofort!«, rief er seinem Sohn zu und murmelte noch etwas, das sie nicht verstanden. Plötzlich fiel dem König auf, dass das dreckige Tuch, mit dem er die Büste seines Vaters bedeckt hatte, nicht mehr dort hing.

»Wer hat den Lappen entfernt?«, fragte er und zeigte auf die Büste von Friedrich V.

»Das war ich«, antwortete sein Sohn.

»Du?!«

»Ich finde, du solltest ihn nicht so respektlos behandeln.«

»Respektlos behandeln!«, äffte der König ihn nach. »Respektlos behandeln! Denkst du etwa, er hat mich nicht respektlos behandelt?!«

Er stürmte zur Büste, hob sie hoch und warf sie mit aller Wucht auf den Boden, sodass sie in tausend Stücke zerbrach. Dann ging er zu seinem Sohn, der ihn schweigend beobachtete, und wedelte bedrohlich mit dem Zeigefinger.

»Und eins werde ich dir auch noch sagen«, rief er. »Sie ist nicht von mir, das war sie nie und wird sie nie sein! In ihr steckt nichts von mir!«, rief der König.

»Ich verbitte mir solches Gerede«, sagte der Kronprinz, doch er bewahrte Haltung.

»Nichts! Egal, was du sagst! Nichts!«, rief der König und stürmte endlich hinaus.

»So musste es ja enden, Uhrmacher?«, sagte Kronprinz Friedrich und sah Jón abfällig an.

»Eure Hoheit ... ich ...«

»Mit dem König über meine Schwester zu reden, das ist unerhört«, sagte der Kronprinz.

Jón schüttelte verzweifelt den Kopf.

»Und meinen Vater einer Straftat zu verdächtigen …«

»Das habe ich nicht getan, Eure Hoheit«, sagte Jón. »Ich bitte demütig um Verzeihung, falls ich den verehrten König ein weiteres Mal aufgewühlt habe, aber ich habe mein Bestes versucht, das zu verhindern. Seine Majestät hat darum gebeten, das Ende der Geschichte zu hören, und ich glaube, jetzt, wo absehbar ist, was passieren wird, fällt es ihm immer schwerer, sich die Sache nicht zu Herzen zu nehmen. Ich kann nur mutmaßen, aber ich denke, die Geschichte weckt bei Seiner Hoheit Erinnerungen an die Beziehung zu seinem Vater. Darüber weiß ich nichts, aber leider richtet seine Wut sich nun gegen mich. Ich habe keine Ahnung, wie ich diese Geschichte erzählen soll, ohne … dass so etwas passiert, und ich weiß mir keinen anderen Rat, als mich an die Wahrheit zu halten. Ich bin der Erste, der zugibt, dass ich kein guter Erzähler bin, aber immerhin weiß ich genau, was passiert ist, und habe von Anfang an versucht, nach bestem Wissen wahrheitsgetreu zu erzählen. Das schwöre ich bei Gott.«

Der Kronprinz befahl den Leibwächtern, sich zu entfernen, und blickte ihnen hinterher.

»Und meine Schwester?«, fragte er, als sie nicht mehr zu sehen waren.

»Das ist ein Gerücht, von dem ich erst vor Kurzem erfahren habe, Eure Hoheit«, sagte Jón. »Ich habe ihm nicht den geringsten Glauben geschenkt.«

»Aha?«

»Ein Gerücht über Louise Auguste, Eure verehrte Schwester, Hoheit, und Schande über mein Haupt, dass ich es wiederholt habe. Dieses Geschwätz.«

»Aha?«

»Mehr möchte ich nicht sagen, Eure Hoheit«, sagte Jón und dachte an Grímur Thorkelín. Er fragte sich, ob er am Ende dann nicht doch den Namen des Geheimen Archivaren nennen müsste. Vielleicht sogar auch den von seinem jungen Freund Bertel.

»Sprecht, Uhrmacher«, befahl der Kronprinz.

Jón zögerte.

»Weiter!«, zischte der Kronprinz.

»Dass sie in Wahrheit nicht die Tochter von Christian VII. sei«, sagte Jón.

Der Kronprinz lehnte sich vor, bis sein Gesicht fast das von Jón berührte.

»Wo wird so etwas geredet?«, flüsterte er.

Wieder zögerte Jón.

»Wo?«, fragt der Kronprinz nach außen hin immer noch ruhig, aber Jón wusste, wie aufgebracht er mittlerweile war.

»Das war … Eure Hoheit, das war in der Holmensgade«, log Jón. »Als ich Euren Vater dort ausfindig gemacht habe. Es waren irgendwelche Betrunkenen, Wachleute, von denen ich diesen elenden Tratsch gehört habe.«

Der Kronprinz starrte ihn an.

»Wachleute?«

»Sie waren betrunken, Hoheit. Und als sie erfuhren, dass ich hier im Schloss arbeite, haben sie mir allerlei Unsinn über unseren verehrten König erzählt, darunter auch das.«

»Würde der Herr Uhrmacher sie denn wiedererkennen?«

»Nein, auf keinen Fall, Hoheit, ich wollte nichts mit diesen Dummköpfen zu tun haben«, antwortete Jón.

Der Kronprinz sah Jón mit scharfem Blick an, der keine Miene verzog, sich aber auch nicht traute, dem Prinzen in die Augen zu sehen, sondern die drei Weisen anstarrte, die er am richtigen Platz befestigt hatte. So verging eine Weile, bis der Kronprinz einen Schritt zurücktrat, nicht völlig überzeugt, aber auch nicht unzufrieden mit der Antwort.

»Wer soll denn ihr Vater sein?«, fragte er. »Wenn nicht der König?«

»Sie haben einen Namen genannt, den ich nicht wiederholen möchte, Hoheit.«

»Wie lautete er? Nur zu ... was haben sie gesagt?«

»Struensee, Hoheit. Der deutsche Arzt und Verräter Johann Struensee.«

Achtundvierzig

Eines Tages wurden frühmorgens schließlich zwei Arbeiter von Hagi aus losgeschickt, um die Küste abzusuchen. Sie hoben den einen oder anderen Treibholzstamm auf und prüften ihn sorgfältig, bevor sie ihn wieder in den Sand fallen ließen und nach einem besseren weitersuchten. Sie hatten keine Eile. Eine Aufgabe wie diese hatten sie noch nie aufgetragen bekommen, und sie gingen auch nicht davon aus, dass es je wieder passieren würde. Keiner der beiden hatte aber versucht, sich davor zu drücken, denn sie wussten, dass es nicht viel gebracht hätte, zu protestieren.

Zu dem Zeitpunkt nahmen die Dinge bereits ihren Lauf, als folgten sie einem Naturgesetz.

Der Bezirksamtmann war am Vorabend spät zu ihnen gekommen und hatte sie gebeten, einen Treibholzstamm zu finden, der etwa zwei Arme lang war, aber nicht zu dick. Wenn sie damit fertig waren, sollten sie noch eine zweite Aufgabe erledigen. Auch die würde ihnen keine Freude bereiten.

»Direkt vor dem Friedhof, hat er gesagt, richtig?«, fragte der eine und hob einen Stamm hoch.

»Ja, so habe ich es auch verstanden«, sagte der andere und blickte über den Fjord.

Ein leichter Nieselregen benetzte ihre Kleidung. Am

frühen Morgen hatte die Sonne sich blicken lassen, war aber kurz darauf wieder verschwunden. Eine dicke Wolkendecke legte sich über den Fjord und brachte etwas Wind mit sich. Es hatte sich herumgesprochen, dass es jetzt so weit war, und auch wenn die Leute in Hagi sich bereits darauf eingestellt hatten, sorgte es doch für eine trübe Stimmung.

Die Ungewissheit war also vorbei.

»Was ist mit dem?« Einer der Arbeiter hielt einen weiteren Stamm hoch.

Am Strand lag eine Menge Treibholz herum, und sie nahmen sich viel Zeit für die Auswahl. Für Sigurður wollten sie sich bemühen. Seit geraumer Zeit war er in Hagi ein ganz normaler Arbeiter gewesen, genau wie sie, und hatte weder Fleiß noch Mühe gescheut. Er war beliebt, und niemand verlor ein Wort über die Vorfälle, die ihn in diese schwierige Lage gebracht hatten, zusammen mit Guðrún aus Geirseyri und ihren Kindern. Nur manchmal, wenn er das Thema selbst aufbrachte, sagte jemand, dass es schon gut ausgehen würde, oder etwas anderes in dieser Art. Der Bezirksamtmann Davíð sei ein gerechter und kluger Mann, er habe das Glück, ihn auf seiner Seite zu haben. So redeten die Leute, und ihre Worte zeugten von dem Willen, den Verurteilten aufzumuntern, aber vor allem auch von Wohlwollen ihm gegenüber. Als sich schließlich herumsprach, dass es trotz der vielen Briefe keinen anderen Ausweg mehr gab, legte sich eine tiefe Trauer über den Hof. Alle wussten, dass Davíð nicht lange damit warten wollte, das Urteil zu vollstrecken, denn die Entscheidung stand fest, und je länger er es hinauszögerte, desto bedrückender würde die Stimmung werden. Eine Woche war vergangen, seit das

Schreiben des Königs eingetroffen war. Vor zwei Tagen war Guðrún mit den beiden kleinen Kindern nach Hagi gekommen und hatte sich von Sigurður verabschiedet.

»Ja, der sieht ganz gut aus. Wollen wir ihn also zum Hof schleppen?«

Sie nahmen je ein Ende des Stammes und trugen ihn von der Küste hoch zum Hof. Sie gingen langsam und machten einige Pausen, doch auf einer freien Fläche stellten sie ihn schließlich ab. Einer der beiden holte eine Dechsel, schlug in die Mitte des Stammes eine Einkerbung und glättete sie. Der andere legte seinen Hals in die Vertiefung und meinte, das sollte passen. Zusammen befestigten sie den Stamm schließlich auf einem Buckel in der Wiese, damit er nicht verrutschte.

»Das ist eine komische Gerechtigkeit«, sagte der eine und trat gegen den Stamm, um zu prüfen, ob er gut festgemacht war.

»Sie wird also nicht hier sein, wenn es dazu kommt«, sagte der andere mit der Dechsel in der Hand.

»Nein, und seine Söhne auch nicht. Das ist ihnen nicht zuzumuten. Ich habe gehört, dass Davíð seine wenigen Habseligkeiten gleich morgen früh nach Geirseyri schicken und ihnen zugleich die Nachricht überbringen will.«

»Er nimmt sich die Sache sehr zu Herzen«, sagte der andere.

»Jemand hat gestern Abend lautes Schluchzen aus dem Arbeitszimmer des Bezirksamtmanns gehört.«

»Etwas Schlimmes sollte man schnell hinter sich bringen, sage ich immer. Er hat getan, was er konnte.«

»Es gibt nicht viele, die es wagen würden, den König so zu verärgern.«

»Meinst du den Hemdskragen?«

»Wir sind ihnen völlig ausgeliefert. Waren es schon immer.«

»Ja, diese Dänen …«

»Zum Teufel mit ihnen«, fauchte der eine.

»Diese Zuhälter«, sagte der andere verächtlich.

»Verdammte Diebe.«

»Willst du es dir ansehen?«

»Ich weiß nicht, ob ich das über mich bringe.«

»Man lässt uns die Wahl.«

»Sollen wir nicht die Schaufeln holen?«

Sie gingen zu den Ställen und sahen Bauer Bjarni, der bei einem der Tröge auf einen Wetzstein spuckte, bevor er ihn über das Blatt einer Axt zog. Das knirschende Geräusch, als der Wetzstein die Schneide berührte, tat ihnen in den Ohren weh. Für einen Moment hielten sie inne und beobachteten Bjarni, der sie ansah und die gespaltene Lippe zu einem seltsamen Lächeln verzog.

»Die Sonne will heute nicht rauskommen«, sagte er, spuckte wieder auf den Wetzstein und fuhr mit den rhythmischen Schleifbewegungen fort.

Sie murmelten etwas über den Regen und holten die Geräte, die sie brauchten. In aller Ruhe gingen sie damit zur Kirche, hinter der ein gepflegter Friedhof lag. Ganz am Rand fanden sie eine passende Stelle, die ihrer Ansicht nach die geforderten Kriterien erfüllte, und begannen, das Grab auszuheben, das sie am Abend wieder zuschaufeln würden.

Es regnete mittlerweile stärker, aber der Wind hatte sich gelegt. Die Tropfen fielen still und weich zur Erde.

Neunundvierzig

Sigurður hatte sich von Guðrún sein bestes Hemd bringen lassen, das mit den vergoldeten Silberknöpfen, und die französische Hose von dem havarierten Schiff. Er war gerade dabei, das Hemd anzuziehen, als Davíð zu ihm trat und fragte, ob er noch etwas brauche. Davíð hatte die ganze Nacht kein Auge zugemacht, was ihm anzusehen war, denn er hatte tiefe Augenringe und wirkte müde, niedergeschlagen und bedrückt. Er trug seine feinste Uniform und konnte nicht glauben, dass die Hinrichtung seine erste große Amtshandlungen in Hagi werden sollte. Obwohl er sich mit aller Macht dagegen gewehrt hatte, musste er das Urteil jetzt in jenem würdevollen Schein vollstrecken lassen, den der Anlass verlangte.

»Nein, nichts«, sagte Sigurður ruhig. Vor ihrer endgültigen Verabschiedung hatte er noch ein langes Gespräch mit seiner geliebten Guðrún geführt, und das schien ihm gutgetan zu haben. »Ich kann froh sein, dass die Ungewissheit endlich ein Ende hat«, sagte er. »Es war nicht gut, diese Sache über sich hängen zu haben.«

»Ich hätte mir einen anderen Ausgang gewünscht«, sagte Davíð, und das nicht zum ersten Mal. »Gott weiß, ich hätte mir einen anderen Ausgang gewünscht.«

»Ich habe gesehen, dass sie das Schafott vorbereitet haben«, sagte Sigurður.

»Wenn man es überhaupt ein Schafott nennen kann«, sagte Davíð, der sich die Konstruktion angesehen hatte. Es war nicht mehr als ein Treibholzpfahl, den sie beim Meer gefunden hatten. Die Bezirksbehörde hatte kein Schafott. Hatte noch nie eines gebraucht.

»Und Bjarni hat die Axt geschliffen?«

»Das hatte er heute Morgen vor«, sagte Davíð.

»Ich hoffe, sie ist scharf genug«, sagte Sigurður.

»Ich habe ihm eine Draufgabe versprochen, wenn es gut gelingt. Ihm klargemacht, dass wir keine Sauerei wollen.«

»Haben wir uns ausreichend bei Euch bedankt für alles, was Ihr für mich und Guðrún getan habt?«

»Dafür gibt es nichts zu danken«, sagte Davíð.

»Ganz im Gegenteil. Ihr seid mir ein wahrer Freund gewesen«, sagte Sigurður. »Und habt meine Guðrún empfangen, als sie mit den Jungen gekommen ist. Wir haben darüber gesprochen, wie gut ihr zu uns wart.«

Es stimmte, der Bezirksamtmann hatte ein paar Worte mit Guðrún gewechselt und versucht, sie aufzumuntern, nachdem sie sich von Sigurður verabschiedet hatte und sich mit ihren Söhnen wieder nach Geirseyri aufmachen wollte. Sie hatte ihn gebeten, es zu lassen, meinte, sie fände Trost im Wort Gottes, und zeigte ihm die Passionspsalmen, die sie immer bei sich trug. Er sah, dass sie wütend war, aber sich in gewisser Weise auch mit den vollendeten Tatsachen abgefunden hatte. Sie wollte nicht dabei sein, wenn die Ungerechtigkeit dort in Hagi vollzogen wurde, sondern mit den Kindern zu Hause in Geirseyri bleiben und vielleicht ein paar der Psalmen von Hallgrímur Pétursson lesen. Oder etwas über Vergebung aus der Bibel.

Davíð hatte ihnen für das Abschiedstreffen sein Arbeitszimmer überlassen. Mit ihren letzten Worten, die sie an Sigurður richtete, hatte Guðrún versucht, ihm etwas von ihrem Glauben an den Allmächtigen zu vermitteln. Die Jungen hatten sich in einem schönen Moment bereits von ihrem Vater verabschiedet, also waren sie allein. Sie saßen auf einer Bank, hielten einander im Arm, und er sagte, er würde jeden Tag an sie denken, sie würde bis zum Ende bei ihm sein.

»Bis ich meinen letzten Atemzug tue«, flüsterte er.

»Liebster Freund«, flüsterte sie und strich über seine zerzausten Haare. »Lass uns nicht darüber reden. Lass uns nicht über den Tod reden.«

Sie hatten über mögliche Fluchtwege gesprochen, aber nicht wirklich ernsthaft. Sie hätten leicht fliehen können, er, der sich frei in Hagi bewegte, und sie in Geirseyri-. In einen anderen Landesteil. Ins Hochland, wo sie sich verstecken könnten. Beide hielten das aber für keine gute Option. Es gab auch noch andere Möglichkeiten. Es gab Geschichten von flüchtigen Häftlingen, die auf Schiffe gelangt waren, holländische Fischerboote oder französische Haifangschiffe, sie waren losgesegelt, und man hatte nie wieder von ihnen gehört. Er konnte sich aber nicht vorstellen, irgendwo draußen in der weiten Welt als Verbrecher zu verkümmern. Und sie hatte ihren Glauben und meinte, sie brauche keinen Ausweg, das Reich Gottes würde sie erwarten.

Guðrún erzählte ihm, wie der Glaube ihr geholfen habe, den Tatsachen ins Auge zu sehen, der Tod sei nicht das Ende von allem. Sie beide erwarte ein besseres Dasein im Himmel.

»Manchmal überlege ich, was danach kommen wird«, sagte er. »Ob es der Himmel sein wird oder die Hölle.«

»Das Paradies, ganz gewiss«, sagte sie. »Egal, was die hohen Herren sagen, vor dem Einzigen, der über alles bestimmt, sind wir unschuldig. Und das solltest du keinen Augenblick anzweifeln.«

Und so sprachen sie miteinander, bis zwischen ihnen alles gesagt war und ein Friede über ihnen und ihrer Zusammenkunft lag.

»Mögen die Trolle diese Gesetze fressen«, sagte er.

»Fürchte nicht den Tod«, erwiderte sie. »Deine Sünden sind alle unbedeutend.«

»Das tue ich nicht«, sagte Sigurður. »Ich fürchte mich nicht vor dem, was geschehen wird.«

»Du wirst mich auf der anderen Seite erwarten«, sagte sie. »Daran glaube ich felsenfest. Gott sei mit dir, mein liebster Freund.«

Er legte die abgearbeiteten Hände um ihr Gesicht.

»Stern meiner Augen«, flüsterte er leise und küsste sie vorsichtig auf die Stirn.

Davíð brachte ihn zu der Stelle, wo der Treibholzpfahl im Gras befestigt worden war. Bjarni stand nicht weit entfernt und stützte sich auf der Axt ab. Jene Bewohner von Hagi, die sich zutrauten, dabei zu sein, standen rundherum, darunter auch ein paar Besucher, die sich am Morgen in Hagi versammelt hatten. Sie waren von hier und dort, vor allem Leute aus der Gegend, und standen still im Regen. Pfarrer Björn aus Sauðlauksdalur war auch unter ihnen, er hatte soeben im Arbeitszimmer des Bezirksamtmanns noch einmal mit Sigurður gesprochen. Davíð ging zu Bjarni und hielt ihn noch einmal an, sich die größte Mühe zu geben.

Dann las der Bezirksamtmann das Urteil vor und erklärte, dass die Bitte um Begnadigung von der höchsten Obrigkeit abgelehnt worden sei, und das zweimal. Als er von der zweiten Ablehnung sprach, musste er kurz innehalten und an den roten Kragen denken, doch dann fuhr er fort und beendete seinen Bericht.

Im Anschluss trug Pfarrer Björn ein kurzes Gebet vor und segnete den Ort, sprach von Vergebung und dem Himmelsreich aller, in dem keine Könige herrschten, sondern allein der liebe und allmächtige Gott.

»Möchtest du zum Schluss noch etwas sagen?«, richtete sich der Bezirksamtmann dann an Sigurður.

»So viele Tage wie möglich«, sagte Sigurður.

Da war Bjarni bereits zu ihm gegangen und bemerkte plötzlich die Silberknöpfe an seinem Hemd. Er wollte sie mit seinen dreckigen Pranken an sich reißen, aber Sigurður reagierte schnell, trat einen Schritt zurück und schlug die Hand weg.

»Die nehme ich mit ins Grab«, sagte er. »Seht zu«, bat er die Totengräber neben sich, »dass er nicht die Leiche stiehlt.«

Dann sollte er zum Treibholzpfahl gebracht werden, und die beiden Männer standen bereit, falls der Verurteilte sich weigern oder wehren sollte, aber Sigurður schob sie höflich beiseite. Dann blickte er hinauf in den düsteren Himmel und ließ den milden Regen auf sein Gesicht fallen. Er betrachtete ein letztes Mal die Landschaft, das Meer, die Schären und in der Ferne die Berge, und seine Lippen bewegten sich, als würde er ein kurzes Gebet sprechen.

»Bestellt Gunnar meine Grüße«, sagte er schließlich, bevor er sich auf das Schafott legte und Bjarni zu ihm ging und ohne zu zögern die Axt hob und mit voller Wucht zuschlug.

Fünfzig

Jón Sívertsen hörte tagelang nichts von seinem König, nachdem Seine Hoheit blindwütig aus der Sammlung gestürmt war. Kronprinz Friedrich hatte ihm zumindest nicht verboten, weiter an der Uhr zu arbeiten, auch wenn er seinen Vater andauernd in Aufruhr versetzte, und dafür war Jón dankbar. Also war er jeden Tag früh ins Schloss gekommen und hatte bis spät in die Nacht hinein gearbeitet. Endlich schien er gut voranzukommen und feierte ab und an kleine Erfolge, die sein Herz erwärmten. Wie der goldene Hahn, der jetzt seine Flügel ausbreitete, wenn der Zeiger auf der vollen Stunde stand, oder die Jungfrau Maria, die inzwischen auf ihrem Sockel thronte, wenn die Weisen aus dem Morgenland mit ihren Gaben an ihr vorbeizogen und sich verbeugten, ganz ohne Ruckeln oder Klappern.

Und so wurden die Einzelteile, die rund um die Uhr verstreut gelegen hatten, immer weniger, und immer mehr fanden ihren Platz in der Uhr und wurden wieder ein Teil der komplexen inneren Struktur, die dem lieben Gott zu Ehren die Stunden des Tages und der Nacht zählte. Eines Nachmittags brachte der junge Künstler Bertel Thorvaldsen die Figuren der vier Lebensalter und holte sie vorsichtig eine nach der anderen aus seiner Tasche hervor. Er hatte sie so meisterhaft repariert, dass es Jón Sívertsen die Sprache verschlug. Sie mussten nur noch auf ihren Plätzen befestigt werden, und Bertel half dem Uhrmacher, sie richtig zu platzieren, und erzählte ihm, dass er versucht habe, ihnen wieder ihren früheren Glanz zu verleihen, ohne die Spuren der Zeit völlig auszulöschen.

Doch sonst kam tagelang niemand, um Jón bei der Uhr zu besuchen, bis er eines Abends ein altbekanntes Geräusch von der Tür her hörte und sich von seinem Hocker erhob. Im selben Augenblick sah er Christian VII. an den Wappen und Falkenkäfigen vorbeigleiten, gekleidet wie bei ihrer ersten Begegnung, in ein Nachthemd und einen Samtumhang, mit roten Flecken im Gesicht und einer Flasche Madeirawein in der Hand. Er kam vermutlich aus der Küche und trug weder Perücke noch Rouge, seine Haare standen in alle Richtungen ab, und er hatte sich nicht rasiert. Er nahm ohne Gruß in seinem Sessel Platz und schwieg eine Zeitlang. Jón stand daneben und verspürte einen starken Drang, ihn anzusprechen, so froh war er, seinen König wohlauf zu sehen. Er hatte sich Sorgen um ihn gemacht, und es hatte ihm leidgetan, ihn so wütend und entsetzt zu sehen, wie vor ein paar Tagen, als er aus der Sammlung gestürmt war, wegen etwas, das Jón über die Menschen in den Westfjorden gesagt hatte, und womit er offenbar einen wunden Punkt beim König getroffen hatte.

So verging eine Weile, bis der König sich räusperte und meinte, einen kleinen Fortschritt an der Uhr zu erkennen, seit er zuletzt gekommen sei, oder seien das etwa nicht die Figuren der vier Lebensalter, die jetzt wieder auf ihren Plätzen standen?

»Gewiss, Eure Hoheit, ein junger Künstler, Bertel, der

Sohn eines Holzschnitzers aus Island und Freund von Herrn Thorkelín, dem Geheimen Archivaren, hat sie kunstvoll repariert. Außerdem, wenn ich darf…«

Dann erzählte Jón von den Fortschritten der Reparatur, und er hatte das Gefühl, dass der König sich immer noch dafür interessierte, denn er fragte nach einigen Dingen, die seine Aufmerksamkeit erregten. Doch als über das Uhrwerk irgendwann alles gesagt war, breitete sich eine unangenehme Stille zwischen ihnen aus, die Jón nicht wagte, zu unterbrechen.

»Ich reagiere sensibel, wenn über meine Familie gesprochen wird«, sagte der König plötzlich. »Meinen Vater zum Beispiel. Obwohl er kein guter Vater war. Er hat mich immer schlecht behandelt. Es war, als hätte er Spaß daran, mich zu bestrafen. Er hat mich nie verstanden. Hatte kaum Geduld mit mir. Mein Sohn trägt nur seinen Namen, weil sich das in Königsfamilien so gehört. Die Freude an Bestrafungen hat sich natürlich nicht nur mir gegenüber gezeigt. Die Geschichte von dem roten Kragen überrascht mich nicht. Aber eigentlich will ich darüber nicht reden…«

Christian VII. verstummte wieder. Jón schwieg. Er wusste nicht, ob er antworten sollte.

»Durftest du deinen Vater vor der Hinrichtung noch einmal sehen?«, fragte der König schließlich.

»Mein Bruder und ich haben ihn in Hagi getroffen, ja, und uns verabschiedet, Eure Hoheit.«

»Das muss schwer gewesen sein.«

»Er hat uns beide gebeten, nicht um ihn zu trauern, sondern uns an die schönen Stunden zu erinnern, die wir zusammen hatten«, sagte Jón. »Er gab meinem Bruder Þórarinn einige Ratschläge für die Landwirtschaft, und aus ihm ist dort in den Westfjorden ein großer Bauer geworden. Mich hat er dazu ermutigt, hierher nach Kopenhagen zu gehen und die Uhrmacherei zu erlernen. Das hatte er so mit Eggert besprochen, von dem ich einmal erzählt habe, dem Dichter. Das Abschiedstreffen mit unserem Vater hat uns viel bedeutet, Eure Hoheit.«

»Ihr wart wütend auf meinen Vater«, sagte der König. »Vor allem Sigurður.«

»Nein«, sagte Jón. »In Hagi saß damals ein böswilliger Bezirksamtmann, der nach böswilligen Gesetzen urteilte. Wenn mein Vater jemals wütend auf jemanden war, dann auf die isländischen Obrigkeiten, Eure Hoheit. Aber die Wut hatte er größtenteils losgelassen, abgesehen von der auf Gunnar, Helgas Kindsvater. Dem konnte er nur schwer verzeihen.«

Dann erzählte Jón von der Hinrichtung und den Grüßen, die sein Vater Gunnar bestellen ließ. Es bedrückte ihn sehr. Jón war nicht klar gewesen, wie schwierig es für ihn sein würde, sich an das ungerechte Schicksal seines Vaters zu erinnern, und der König schien das zu verstehen. Als Jón kaum weitersprechen konnte und eine Pause einlegen musste, um sich kurz zu fangen, wartete er geduldig ab. Das war, als der Henker Bjarni versuchte, ihm die Knöpfe vom Hemd zu reißen.

Jón beendete die Geschichte, als Bjarni die Axt hob und seinen Vater enthauptete. Er beschloss, nicht von dem leisen Weinen der Leute zu erzählen, von dem man ihm berichtet hatte, und auch nicht von den tröstenden Worten, die man sich zuflüsterte oder den Fürbitten, die den Bauern aus Geirseyri ins Jenseits begleiteten. Er erzählte auch nicht von den Totengräbern, die ein paar Bretter zu einer Art Sarg zusammennagelten und darauf achteten, dass alle Knöpfe noch am Hemd waren, bevor sie die Leiche zum Rand des Friedhofs brachten, wo sie das Grab vorbereitet hatten. Sie beschlossen auch, ein kleines bisschen in den Boden des Friedhofs zu graben, natürlich ohne dass es von oben erkennbar war. So konnten sie zumindest einen Teil von Sigurður Überresten in heiligen Boden legen. Dann schaufelten sie das Grab sorgfältig zu und erzählten sich und allen, die es hören wollten, dass vermutlich kaum jemand dem eigenen Tod mit so viel Mut und Gelassenheit entgegengetreten war wie Sigurður Jónsson.

Jón erzählte dem König auch nicht von der Trauer, die ihn überkam, als alles vorbei war. Oder von der Angst, in der er drei Jahre lang gelebt hatte, weil er gewusst hatte, was seinem Vater und Guðrún im schlimmsten Fall bevorstehen würde. Immer wieder gab es Lichtblicke, und als der neue Bezirksamtmann Davíð das Amt übernahm und Optimismus verbreitete, ging es ihm zwischenzeitlich besser. Doch an anderen Tagen überrollte ihn eine Welle der Finsternis, er träumte von der Hinrichtung und befürchtete das Schlimmste. Als eintrat, wovor er am meisten Angst gehabt hatte, ergriff ihn eine schwere Wehmut, die ihn von da an begleiten würde. Kaum ein Tag verging, an dem er nicht an seinen Vater auf dem Schafott dachte oder an Guðrún beim Bach. Wenige Jahre später reiste er schließlich nach Kopenhagen und kehrte nie wieder nach Island zurück. Nichts zog ihn dorthin, an den Ort, wo jeder Schritt und Tritt an den Tod von geliebten Menschen erinnerte.

Wie sich herausstellte, brachte ihm die Uhrmacherei den inneren Frieden, den er ersehnt hatte. Vermutlich befasste er sich mit der Reparatur von Uhren, weil er sie verstand und daran Freude fand, etwas Kaputtes wiederherzustellen. Hatte er nicht sein Leben damit verbracht, die Messgeräte der Zeit in Gang zu bringen und auszubessern, was sich verformt hatte, damit sie wieder funktionierten, als wäre nie etwas passiert? Die Bruchstücke aufzuklauben und wieder zu einem Ganzen zusammenzusetzen?

»Wollte der Pfarrer mit dem Gerede über das Himmelreich, in dem es keine Könige außer dem Allmächtigen gäbe, meinen Vater kritisieren?«, fragte Christian VII.

»Das kann ich nicht bezeugen, Eure Hoheit«, sagte Jón, und dachte sich, dass er diesen Teil vermutlich auch besser ausgelassen hätte. Er war nicht einmal sicher, ob der Pfarrer das überhaupt gesagt hatte.

»Und Gunnar, hat er die Nachricht bekommen?«

»Sie wurde ihm sofort überbracht, Majestät«, sagte Jón.

»Er wird es wohl kaum gut aufgenommen haben.«

»Nein, Eure Hoheit, nach dem, was man sich erzählt, hat er es sehr schlecht aufgefasst. Zu dem Zeitpunkt war er bereits umgezogen, auf eine Insel im Breiðafjörður namens Flatey, und soll entsetzt gewesen sein, als man ihm die Grüße bestellte. Er hatte sogar Angst, dass mein Vater ihn aus dem Jenseits verfolgen würde. Isländer glauben stark an Geister, Eure Hoheit. Kurz darauf erkrankte er und starb.«

»Und Guðrún?«

»Das ist eine noch schlimmere Geschichte, Eure Hoheit.«

Einundfünfzig

Jón wusste nicht, ob er gleich fortfahren oder lieber noch ein wenig warten sollte. Der König saß eine Weile in Gedanken versunken da. Es war bereits sehr spät, und alle Geräusche im Schloss waren verstummt. Er nippte an dem Madeirawein und stellte dann die Flasche beiseite, richtete sich im Sessel auf und sah aus, als wollte er gehen. Doch erst besah er sich eine Weile die Uhr und die losen Teile, die immer noch um sie herum verstreut lagen, und für einen Moment hatte Jón das Gefühl, dass er auf die Scherben seines eigenen Lebens blickte.

Der König seufzte tief, und anstatt in sein Gemach zu gehen, ließ er sich wieder in den Sessel fallen und bewegte sich nicht. Dann machte er etwas, das Könige ansonsten nie taten, er entschuldigte sich dafür, dass er sich bei ihrem letzten Treffen im Namen seines Vaters aufgeregt hatte und so höllisch fluchend hinausgestürmt war. Jón versuchte, seine Verwunderung nicht offen zu zeigen, und sagte, Seine Hoheit müsse sich für nichts entschuldigen, auf keinen Fall, aber der König winkte ab, als wollte er das absolut nicht hören.

»Hat dein Vater jemals darüber gesprochen, wie es ist, das Kind eines anderen großzuziehen?«, fragte er dann nach langem Schweigen.

»Soweit ich mich erinnere, hat er nie ein Wort darüber

verloren, Eure Hoheit«, sagte Jón. »Er zeigte aber allen, die es sehen wollten, dass Einar keinen anderen Vater hatte als ihn.«

»Er muss diesen Gunnar in seinem Gesicht gesehen haben.«

»Darüber wurde nie gesprochen, Eure Hoheit«, behauptete Jón.

»Der Junge muss aber doch eine ständige Erinnerung daran gewesen sein.«

»Wenn das der Fall war, geschah es im Stillen, Majestät.«

»Hat man ihn nicht ›den kleinen Gunnar‹ genannt?«

»Nicht dass ich wüsste, Eure Hoheit«, antwortet Jón und bedauerte, in welche Richtung das Gespräch sich entwickelte.

»Aha«, sagte der König, aber darauf folgte eine lange Stille, und Jón war nicht sicher, was im Kopf seines Königs vorging.

»Ich sehe ihn nicht in meiner Louise«, sagte Christian schließlich. »Das ist die Wahrheit, ich sehe ihn nicht.«

»Eure Hoheit?«

»Meine Caroline Mathilde hat gestanden, dass Louise nicht meine Tochter ist. Ich habe es natürlich geahnt, als sie immer runder wurde. Wir hatten schon lange nicht zusammengelegen, weißt du. Also habe ich sie direkt gefragt, und dann hat sich herausgestellt, dass Struensee bei ihr war. Und alle wussten von ihrem Verhältnis. Niemand wäre auf die Idee gekommen, das Kind sei von mir. Vielleicht wusstest du das alles schon?«

»Das war mir nicht in den Sinn gekommen, Eure Hoheit«, sagte Jón, was auch stimmte. Die Angelegenheiten der Bewohner des Schlosses interessierten ihn nicht.

Wieder seufzte der König, er starrte auf die Einzelteile der Uhr und erzählte dann, dass er nicht gemerkt hatte, wie nahe sich die Königin und Struensee gekommen waren. Die Königinwitwe, seine Stiefmutter, und die Machthaber im Schloss riefen jede Menge Versammlungen ein und kamen schließlich zu einem Ergebnis. Der deutsche Arzt habe den König verhöhnt, er habe seine Güte nach Strich und Faden ausgenutzt und auch Caroline Mathilde missbraucht und zu allem Übel noch ein Andenken im dänischen Mutterleib hinterlassen. Das war der Tropfen, der das Fass zum Überlaufen brachte. Jedenfalls wurde Struensee wenige Monate nach Louise Augustes Geburt festgenommen. Das Königreich durfte sich keinen weiteren Skandal erlauben. Anders konnten die Ratgeber es nicht ausdrücken. Die Königinwitwe Juliane fragte den König, was er bezüglich der Vaterschaft tun wolle. Ob er bereit sei, das Problem aus dem Weg zu schaffen. Den Vater konnte man einfach rädern, aber das Mädchen durfte man natürlich nicht töten. Ein anderer Weg musste gefunden werden, damit umzugehen. Die Königinwitwe setzte sich stark dafür ein, dass er sie annehme, wie sagt man … dieses …?

»Kuckuckskind, Eure Hoheit?«, erlaubte sich Jón einzuwerfen.

»Ja, ein Kuckuckskind. Genau«, sagte der König.

Ansonsten hätte man schnell jemand anderen finden müssen, um die Vaterschaft anzuerkennen, und auch wenn es nur ein kleiner Skandal gewesen wäre, einen dänischen Adeligen dazu zu bringen, sich als der Kindsvater der Königin auszugeben, hätte es dennoch viel Aufsehen erregt. Die beste Lösung war, dass König Christian sie als seine Tochter anerkannte. Die einfachste Lösung.

Der Name Struensees musste in jedem Fall ausgelöscht werden. Die wahre Vaterschaft musste absolut geheim gehalten werden, und es durfte nie wieder über den Fall gesprochen werden, auch wenn klar war, dass man in den Korridoren des Schlosses munkeln würde.

»Und so kam es auch«, sagte Christian VII. traurig. »Es wurde geschwiegen, und ich habe lange nicht darüber nachgedacht.«

»Bis ich begonnen habe, von meiner Familie in den Westfjorden zu erzählen«, sagte Jón Sívertsen.

»Erst dachte ich, du willst mit deinem ständigen Gerede über die falsche Vaterschaft die Krone verhöhnen, indem du es als Schwerstverbrechen darstellst...«

»Eure Hoheit, ich würde nie ... ich wusste nicht ...«

Der König unterbrach Jón.

»Mein Sohn will nichts davon hören. Er liebt seine Schwester sehr. Hasst den deutschen Arzt und hat alles getan, um seine Spuren hier im Schloss auszulöschen. Louise Auguste sieht mich als ihren Vater an und sonst niemanden. Sie kennt den Tratsch, hat ihn aber nie ernstgenommen. Du hast vielleicht gehört, wie sie genannt wird?«

»Das habe ich, Eure Hoheit«, bekannte Jón beschämt.

»Es ist abscheulich.«

»Das ist es, Majestät«, stimmte Jón dem König zu.

»Sie hatten es wohl in letzter Zeit nicht leicht mit mir«, sagte der König nach einem kurzen Schweigen.

Jón wusste nicht, was er darauf sagen sollte.

»Caroline Mathilde hat sich natürlich darauf eingelassen, sie wusste ja um ihre Schuld, und so wurde Louise Auguste meine Tochter«, sagte der König. »Sie ist meine Tochter und wird es immer sein. Egal, was passiert. Egal, welche Wahrheit sich dahinter verbirgt. Ich liebe niemanden so sehr wie sie, weißt du.«

»Natürlich, Eure Hoheit.«

»Ich bin nicht der Ansicht, dass meine Tochter das Kind eines anderen Mannes ist.«

»Das war auch die Einstellung meines Vaters, Majestät«, sagte Jón.

»Die Umstände waren aber nicht die gleichen. Dein Vater hat es aus Liebe getan, zu dieser … wie hieß sie noch einmal? Helga? Ich war gezwungen, die Ehre der Krone zu retten.«

Der König rappelte sich unbeholfen auf und meinte, genug Zeit dort bei der Uhr verbracht zu haben.

»Ich habe noch nie mit jemandem über diese Sache gesprochen«, sagte der König. »Ich vertraue darauf, dass alles unter uns bleibt.«

»Selbstverständlich, Eure Hoheit.«

»Es gibt schon genug Gerüchte.«

»Gewiss, Majestät.«

»Es ist nicht so, dass ich Struensee nicht gemocht hätte«, sagte der König und hob zum Abschied die Hand. »Man kann nicht sagen, ich hätte ihn nicht gemocht«, hörte Jón ihn murmeln, bevor er verschwand, langsam und niedergeschlagen und so gebückt unter dem Samtumhang, dass es auf Jón wirkte, als wäre die Glanzzeit des dänischen Königreichs endgültig vorbei.

Zweiundfünfzig

Er bewegte sich still voran, der Tross, der eines Nachmittags von Geirseyri nach Miklidalur zog, etwa eine Woche nachdem man Sigurður bei Hagi hingerichtet hatte. Mehr Tage waren es nicht geworden. Der Henker, Bauer Bjarni, ging voran und wies den Weg, denn nur er wusste, wo sich die tiefste Stelle im Bach befand. Neben ihm ritt der Bezirksamtmann Davíð, gefolgt von Pfarrer Björn aus Sauðlauksdalur und Guðrún, die zu Fuß gingen. Björn in seinem Talar mit weißer Halskrause hielt eine Bibel in der Hand. Guðrún trug ein schwarzes Überkleid, das von einem Band um die Taille zusammengehalten wurde. In der Hand hielt sie den Sack, den sie am Abend zuvor zusammengeflickt hatte. Dahinter folgten die Kaufleute aus Vatneyri und einige Männer aus Hagi. Das Schlusslicht bildeten Bauern und Gesinde aus Sauðlauksdalur, Hænuvík und Örlygshöfn und andere Bewohner der Gegend, der Dorfschulze und seine Frau etwa, und Angestellte aus dem Laden in Vatneyri.

Die Schar zog langsam in das Tal hinein, niemand sprach ein Wort, höchstens die Leute ganz hinten murmelten, wie kalt der Nordwind sei, was aber niemanden verwunderte, schließlich war immer noch Winter, erst im April würde er wieder wärmer werden. Viele fanden, dass Guðrún eine gute Haltung bewahrte und würdevoll wirkte, während der Bezirksamtmann wenig erhaben auf seinem Pferd hing, und einige flüsterten auch etwas über den Henker und seinen seltsamen Buckelwiesengang. Doch alle verstummten, als sie meinten, Guðrún in der Stille des Tales singen zu hören.

Der Bezirksamtmann saß tatsächlich tief gebeugt und kraftlos auf seinem Pferd und sagte kein Wort. Er war bereits gestern in Hagi losgeritten und hatte in Vatneyri übernachtet. Seine Frau hatte sich nicht imstande gesehen, Guðrúns Hinrichtung beizuwohnen. Sie hatte ihren Mann gefragt, ob er ihr nicht noch mehr Tage geben könne, doch Davíð meinte, er dürfe nicht länger warten, das sei für niemanden gesund. Er hatte immerhin eine Woche verstreichen lassen, nachdem man Sigurður in halbwegs heiligem Boden begraben hatte. Doch er hatte die Worte des Gouverneurs im Kopf, dass ein weiteres Hinauszögern der Angelegenheit nicht geduldet würde. Und so ritt er schließlich los. Begleitet wurde er vom Bezirkssekretär, dem Verwalter auf Hagi und zwei Arbeitern, und natürlich dem Henker, der einen langen Stock mit einer Eisenspitze bei sich führte, den er in Hagi bei dem Werkzeug im Stall gefunden hatte.

»Was willst du damit?«, fragte Davíð, als er in den Sattel stieg und den Stock bemerkte.

»Falls ich ihn brauche«, sagte Bjarni ohne weitere Erklärung, aber die war auch nicht nötig, denn Davíð wusste von Berichten, dass derartige Hinrichtungen nicht immer reibungslos abliefen.

Das Verfahren hatte Davíð Scheving zugesetzt. Außerdem machte er sich Sorgen, dass er wegen der Begnadigungsschreiben an den König, seines Zögerns und dem offenen Mitgefühl für die Verbrecher beim Gouverneur

Magnús in Ungnade gefallen war. Seit seinem ersten Tag als Bezirksamtmann in Hagi hatte er versucht, sich vor der bevorstehenden Aufgabe zu drücken, und nicht nur Briefe nach Kopenhagen geschickt, sondern auch an Magnús, in denen er ihm erklärte, dass die Vollstreckung der Strafe seiner Ansicht nach in den Zuständigkeitsbereich seines Vorgängers Ólafur falle. Der Gouverneur antwortete darauf, dass er selbst zusehen müsse, das Urteil zu vollstrecken, und als er erfuhr, dass Davíð den König auch noch behelligte, als dieser bereits das Urteil bestätigt hatte, ließ er ihm mitteilen, dass es völlig inakzeptabel sei, sich so über den obersten Vertreter des Königs im Land hinwegzusetzen, was darüber hinaus einen schwerwiegenden Amtsmissbrauch darstelle, und das stehe unter Strafe. Derartige Briefe müsse der Gouverneur selbst verfassen, und er sehe im Falle der Leute aus Geirseyri keinen Grund zur Rechtfertigung ihrer Taten. Die Geschichte über die Vaterschaft glaube er nicht, schließlich habe Gunnar entschieden abgestritten, der Vater des Kindes zu sein, und außerdem sei diese Information erst verdächtig spät publik geworden. Überdies erwarte er, von allem anderen abgesehen, dass die Entscheidungen des Königs ohne Widerrede respektiert würden.

All das ging Davíð auf dem Weg zum Bach Mikladalsá durch den Kopf, und es war nicht verwunderlich, dass er nicht ganz aufrecht im Sattel saß. Zumindest hatte er alles getan, was in seiner Macht stand, um zu verhindern, dass hier eine gewaltige Ungerechtigkeit verübt wurde, wenn nicht gar ein Justizmord. Er warf einen Blick über die Schulter auf Guðrún und den Pfarrer Björn und hörte, dass sie begonnen hatte zu singen.

Der Pfarrer ging still und bedrückt neben Guðrún her. Er war am Abend zuvor nach Geirseyri gekommen und hatte sich für eine Weile zu ihr gesetzt. Guðrún hatte gerade an einem großen Stück Jute genäht, und als er fragte, woran sie da arbeite, erklärte sie, dass sie den Sack zusammennähe.

Björn wusste, was sie meinte. Er hatte in Vatneyri den Bezirksamtmann getroffen, mit ihm gebetet und erfahren, wie am nächsten Tag alles ablaufen sollte.

»Ich danke Euch fürs Kommen, aber ich brauche keinen Trost, Pfarrer Björn«, sagte Guðrún. »Meine Seele ist gerettet.«

»Gott segne deine Worte«, sagte Björn und lobte ihren festen Glauben.

Sie fragte, wie die Hinrichtung in Hagi abgelaufen sei, und Pfarrer Björn erzählte ihr von dem regnerischen Tag. Die Beschreibungen schienen Guðrún nicht zu erschrecken. Sie betonte erneut Sigurðurs Unschuld und sprach von ungerechten Gesetzen und den Menschen, die sie missbrauchten.

»Du hattest es gut hier in Geirseyri«, sagte Björn.

»Ich hätte nie woanders sein wollen«, sagte Guðrún. »Hier waren mir alle wohlgesonnen, vor allem, als die Schwierigkeiten begannen. Die Kaufleute wollten immer mein Bestes«, fügte sie hinzu, »und alle anderen auch.«

»Das ist gut zu wissen.«

»Am schlimmsten hat es meinen kleinen Jón mitgenommen«, sagte Guðrún. »Þórarinn ist stärker, aber Jón trauert um seinen Vater, vor allem nachts leidet er. Ich habe versucht, ihn zu beruhigen, aber die Sache geht ihm sehr nahe. Er ist untröstlich.«

»Ja, das ist natürlich schwer für die Jungen«, sagte der Pfarrer.

»Mittlerweile sind drei Jahre vergangen, seit Sigurður in Handschellen nach Hagi gebracht wurde«, sagte Guðrún. »Bald hat die Sache ein Ende. Weiß der Herr Pfarrer etwas über die Ausflüge von Bauer Bjarni? Angeblich wurde er beim Bach in Miklidalur gesehen.«

»Er hat nach einer passenden Stelle gesucht«, sagte Björn.

»Für die Hinrichtung?«

Björn nickte und erzählte ihr alles, was er vom Bezirksamtmann darüber erfahren hatte, wie alles ablaufen sollte. Dass Bauer Bjarni, der auch Sigurður geköpft hatte, die Ertränkung durchführen würde, die in Miklidalur stattfinden sollte, in dem schönen Bach, der nach dem Tal benannt war, durch das er rein wie die Unschuld floss. Dort hatte Bjarni eine geeignete Stelle für die Hinrichtung gefunden.

Guðrún kannte den Bach wie sonst niemand, und auch das Tal, das quasi im Hinterhof von Geirseyri lag. Im Herbst war sie oft entlang des Ufers weit in das Tal hineingewandert, um Beeren und Kräuter zu sammeln. Es tat ihr im Herzen weh, dass der Bach Schauplatz ihrer Hinrichtung sein würde, aber sie war auch froh, dass sie zumindest an einem Ort stattfinden würde, an dem sie sich wohlgefühlt hatte, und nicht irgendwo weit weg von ihrem Zuhause.

»Du wolltest ihn also selbst nähen«, sagte der Pfarrer und warf einen Blick auf den Jutesack in Guðrúns Händen. Sie zog gerade eine Schnur ein, mit der die Öffnung zugebunden werden konnte.

»Ich weiß nur, dass ich in einen Sack gelegt werde, also

will ich ihn am liebsten selbst anfertigen«, sagte Guðrún. »Wenn ich richtig verstanden habe, soll das Wasser des Baches mich von meinen Sünden reinwaschen.«

»Das ist die Idee«, antwortete der Pfarrer.

»Und wenn es nichts reinzuwaschen gibt?«

»Wir sind alle sündig«, sagte der Pfarrer. »Das sind wir alle.«

Pfarrer Björn blickte über die Schulter auf die Menschengruppe, die ihnen mit ein wenig Abstand von Geirseyri gefolgt war. Er blickte in das Tal vor ihnen und schließlich sah er Guðrún an, die neben ihm ging, und hörte, dass sie angefangen hatte zu singen, voller Wehmut und Melancholie. Er erkannte sofort das Lied und verstand die Botschaft darin. Es war ein Vers aus den Passionspsalmen von Hallgrímur Pétursson. Guðrún war bekannt für ihre schöne Stimme und hatte in der Kirche oft aus den Psalmen vorgesungen. Sie hatte zwei Strophen ausgewählt, die gut zu diesem Trauermarsch passten, der bald zu Ende sein würde.

Weh euch Richtern, die klar ihr wisst,
Wo das Recht und wo Unrecht ist,
Und vom Weg doch der Wahrheit biegt,
Weil euch Menschengunst schwerer wiegt!

All' die Unbill, Herr, all' die Pein,
Einst wird mir sie Errettung sein,
Wenn dein Stuhl in den Wolken steht,
In Staub zerfallend die Welt vergeht.

Dreiundfünfzig

Schließlich gab Bjarni ein Zeichen, und der Bezirksamtmann stieg vom Pferd. Der Henker führte ihn zum Ufer und zeigte mit der Spitze des Stocks auf eine tiefe Stelle im Wasser. Sie wechselten ein paar Worte, und der Bezirksamtmann schien keine Einwände zu haben. Die Menschen traten näher und sahen bis auf die Steine am Boden hinunter, denn das Wasser war ziemlich klar und floss in einem schönen Bogen zwischen den Ufern, die von abgestorbenem Gras gesäumt waren.

»Ist die Strömung nicht ziemlich stark?«, wurde geflüstert.

Davíð ging zu Guðrún und schüttelte wortlos ihre Hand. Dann stellte er sich ans Ufer, holte ein Blatt Papier aus seiner Tasche und las das Urteil vor, schilderte kurz den Fall und kam schließlich zum Urteilsspruch. »Möge Gott dich behüten«, sagte er zum Schluss an Guðrún gerichtet.

Pfarrer Björn sagte ein paar Worte über die Gnade Gottes, bat alle Anwesenden, mit ihm zu beten, und sprach dann das Vaterunser.

Guðrún lauschte dem Plätschern des Baches und ließ den Blick ein letztes Mal durch das Tal schweifen. Sie sah, dass die Natur nach dem harten Winter soeben erwachte, und in dem Moment wurde ihr etwas bewusst, worüber sie bisher nicht nachgedacht hatte. Sie würde keinen Frühling mehr erleben.

Bjarni ging zu Guðrún und riss ihr den Sack aus den Händen, legte ihn auf den Boden und öffnete ihn weit. Dann befahl er ihr, sich hineinzusetzen. Als Guðrún kurz zögerte, ging er zu ihr und führte sie zum Sack, dann trat er ihr in die Kniekehlen, sodass sie hinfiel, und zwang sie so hinein. Im Sack kauerte sich Guðrún zusammen und legte den Kopf auf die Knie. Bjarni holte ein paar schwere Steine und platzierte sie neben ihr. Dann schloss er die Öffnung mit dem Band, und im letzten Moment blickte Guðrún noch einmal kurz auf und sah, wie der Himmel sich über ihrem Kopf zuzog.

Bjarni verknotete den Sack und befestigte einen schmalen Strick daran. Dann hörte sie, dass er jemanden der Anwesenden um Hilfe bat. Die Steine taten weh und drückten gegen ihre Beine, als Bjarni und sein Helfer sie hochhoben. Sie spürte das eiskalte Wasser des Bachs, das sie plötzlich umhüllte. Viele der Anwesenden waren bis ganz ans Ufer herangetreten und beobachteten das Geschehen. In dem glasklaren Wasser sahen sie, wie der Sack zu Boden sank.

Die Kälte war unerträglich, und Guðrún hatte vor dem Untertauchten tief Luft geholt, um ihre Lungen vollständig zu füllen. Sie spürte, dass sie bis zum Boden gesunken war, und so verging eine Weile und sie wartete regungslos ab, dass ihr der Atem ausging. Doch dann spürte sie plötzlich, dass der Sack in Bewegung geriet und sie auf einmal wieder zur Oberfläche trieb.

Als der Sack auftauchte, schnappte sie sofort nach Luft. Sie kannte den Bach gut genug, um zu wissen, dass sie am schroffen Flussbett entlang in Richtung einer seichten Stelle trieb. Bevor sie dort ankam, spürte sie aber, dass fest an der Schnur um ihren Sack gezerrt und er wieder an Land gehievt wurde. Kurz darauf öffnete sich der Sack, und sie sah den Bauern Bjarni, der sie anstarrte.

»Verdammt«, fauchte er. »Wir brauchen mehr Steine.«

Der Sack ging auf, und sie saß klatschnass am Ufer und zitterte vor Kälte und Erschöpfung. Die Menschen sahen sie entsetzt an, etwas weiter oberhalb musste der Bezirksamtmann Davíð sich gerade übergeben. Bjarni brachte weitere Steine und legte sie unsanft zu ihr in den Sack. Sie hörte ihn schimpfen, dass die Strömung stärker sei als erwartet, viel zu stark sei er, der verdammte Strom.

»Kann ich nicht einfach die Axt wählen?«, seufzte Guðrún.

Sie konnte das Zittern nicht mehr beherrschen, als der kalte Wind um sie wehte. Bjarni zog den Sack wieder über ihren Kopf, knüpfte ihn zu und bat noch einmal um Hilfe. Guðrún spürte, dass sie hochgehoben wurde, die Kälte des Wassers sie umhüllte und sie zu Boden sank.

Aber es half nichts. Kaum hatte Guðrún den Grund erreicht, trieb der Sack wieder zur Oberfläche und wurde erneut an Land gezogen. Der Stoff klebte an ihrer Haut, als sie ein zweites Mal aus dem Wasser gehoben und aufs Ufer gelegt wurde. Der Knoten in der Schnur wurde geöffnet, und wieder sah sie Bjarnis Gesicht, der von dem Kampf mit dem Sack und dem Strom und dem Wasser ganz rot im Gesicht war und vor sich hin schimpfte, während er noch mehr Steine holte. Sie war völlig erschöpft von den zwei misslungen Ertränkungsversuchen, hustete Wasser aus und zitterte wie Espenlaub. Bevor der Sack wieder zuging, sah sie die bestürzten und verweinten Gesichter der Zuschauer. Als Letztes fiel ihr Blick auf das kreidebleiche Gesicht des Bezirksamtmanns, der die Geschehnisse mit zunehmendem Entsetzen verfolgte, außer Stande, in die Absonderlichkeiten einzugreifen.

Eh Guðrún sich's versah, rollte sie wie ein Ball über den Boden, bevor Bjarni sie ein drittes Mal unsanft ins Wasser warf. Wieder traf sie das eiskalte Wasser wie ein Schlag, und wieder holte sie tief Luft, bevor sie zu Boden sank. Sie saß aufrecht im Sack und hoffte auf ein schnelles Ende. Mit der Zeit leerten sich ihre Lungen, doch zu ihrem Entsetzen spürte sie, dass der Sack wieder in Bewegung geriet. Im selben Augenblick schrie sie vor Schmerz auf, als der spitze Stock sich in ihre Schulter bohrte, um sie unter Wasser zu halten. Das klare Wasser färbte sich rot, und sie spürte, dass der Stock aus der Wunde gezogen wurde, und schrie ein weiteres Mal auf, als er sie diesmal in die Seite traf.

Plötzlich sahen die Menschen am Ufer, dass sie unten im Wasser um ihr Leben kämpfte und sich im Sack wälzte. Sie sahen, dass Bjarni unverdrossen weitermachte, während er mit zittrigen Händen den Stock umklammerte, und sie sahen das Blut und Guðrúns Bewegungen im Sack, als sie verzweifelt versuchte, ihn aufzureißen. Nach und nach ging ihr unter dem Wasser aber die Kraft aus, und ihr Widerstand ließ nach, bis der Tod sich ihrer erbarmte, während der Bach vom Blut gefärbt weiterfloss.

Vierundfünfzig

Eines späten Abends war es dann so weit. Der letzte Besuch des Königs in der Sammlung war etwa eine Woche her, und Frühlingsduft lag in der Luft, die Bäume im Schlossgarten trieben bereits aus. Alle Teile der Uhr befanden sich dort, wo sie hingehörten und wo sie auch zweihundert Jahre zuvor gewesen waren. Es war in aller Stille vonstattengegangen, eigentlich hatte es Jón Sívertsen nicht einmal richtig bemerkt. Plötzlich stand er vor der Uhr, die Hände in den Taschen unter der Lederschürze. Er war ein wenig verwundert, dass es jetzt nichts mehr für ihn zu tun gab und die Arbeit vollbracht war. Er hatte das Kunstwerk zwischendurch ein paar Mal aufgezogen und das Uhrwerk immer noch hier und da nachjustieren müssen. Ein anerkannter Astronom hatte ihm mit den Bewegungen des Mondes geholfen, und bis zuletzt hatte er noch die Glocken ausgerichtet, die zur vollen Stunde einen Psalm spielten. Doch jetzt klangen sie, wie sie sollten.

Jón kratzte sich am Kopf und bildete sich nichts auf seine Leistung ein. Stattdessen war er demütig und dankte dem Schicksal, dass es ihn zu der Uhr geführt hatte. Er kam ins Grübeln und dachte über die Zeit an sich nach und die zwei Jahrhunderte, die vergangen waren, seit Habrecht selbst an der Uhr gearbeitet hatte.

Manchmal spürte er dort in der Sammlung die Nähe des Schweizer Meisters und wusste, dass viele dieser Teile einzig von ihm berührt worden waren, seit Habrecht sie einst zusammengesetzt hatte. Und so kam es Jón vor, als wäre die Zeit zwischen ihnen ausgelöscht, als wären Vergangenheit, Gegenwart und Zukunft eins geworden.

Der Gedanke tauchte den Erfolg in eine seltsame Melancholie, und es schien fast, als würde Jón Sívertsen die gemeinsame Zeit mit dem großen Uhrmacher und seinem Kunstwerk bereits vermissen.

Wie so oft zuvor wurde er aus seinen Gedanken gerissen, als der König ohne Ankündigung plötzlich vor ihm stand, gekleidet in den Samtumhang und mit der Nachtmütze auf dem Kopf. Jón machte einen Schritt zur Seite und verneigte sich, es wirkte, als habe der König sich am Rum bedient. Nach allem, was Jón von den Küchenleuten gehört hatte, war sein Zustand gerade nicht der beste, sondern unbeständig und chaotisch. Angeblich stritt er wieder mit dem Kronprinzen, während Louise Auguste versuchte, zwischen ihnen zu vermitteln. König Christian wurde dabei beobachtet, wie er leicht bekleidet und schreiend durchs Schloss rannte, sodass man schließlich die Ärzte rufen musste. Jón sah es dem König aber nicht an, der lange und in Gedanken vertieft vor der Habrechtsuhr stand und sie betrachtete, die Figuren, die Glocken, den Hahn und die Muttergottes.

»Aha«, sagte er dann und blickte sich um. Er bemerkte, dass keine Einzelteile mehr auf dem Tisch oder den Bänken lagen.

»Jedes Teil ist dort, wo es hingehört, Eure Hoheit«,

sagte Jón und hatte vergessen, dass gewöhnliche Menschen den König nicht unaufgefordert ansprechen sollten.

»Ist es also fertig?«, fragte der König.

»Ja, Majestät, endlich strahlt die Uhr wieder in ihrer alten Pracht«, antwortete Jón.

»Sie ist schön«, sagte der König und betrachtete zufrieden einige Details, die ihm gefielen, ihm aber bisher nicht aufgefallen waren. Die Gaben in den Händen der drei Weisen aus dem Morgenland. Die perfekt reparierten Figuren der Lebensalter. Die herrliche Jungfrau Maria.

»Gewiss, Eure Hoheit, die schönste Uhr in ganz Kopenhagen, das wage ich zu behaupten. Die schönste Uhr weit und breit. Darauf könnt Ihr stolz sein. Die Uhr ist ein einzigartiges Stück.«

»Du hast gute Dienste geleistet«, sagte der König voller Anerkennung und setzte sich in den Sessel, den man für ihn neben das Uhrwerk gestellt hatte. »Besser hätte es niemand machen können.«

»Wenn ich ganz ehrlich sein soll, hatte ich zwischendurch meine Zweifel, ob es mir gelingen würde, Eure Hoheit«, sagte Jón und spürte, wie erleichtert er war, das knifflige Werk vollbracht zu haben.

Eine Weile lang betrachteten sie beide still die Uhr, aber wie immer, wenn der König in die Sammlung kam, dauerte es nicht lang, bis er nach Jóns Familie in Island fragte. Er wusste, dass auch die Geschichte bald zu Ende sein würde.

»Du meintest, dass Guðrúns Hinrichtung noch schlimmer war als die von Sigurður«, sagte er dann und unterbrach damit die Stille.

»Zu allem Unglück, ja«, sagte Jón und war bereit, mit der Erzählung fortzufahren. »Das war ein äußerst trauriges Ereignis.«

»Inwiefern?«

»Haben Eure Hoheit noch etwas Rum übrig, wenn ich so unverfroren sein darf?«, erlaubte sich Jón zu fragen, und der König zog ein kleines Fläschchen aus der Tasche des Umhangs und reichte es ihm. Er trank zwei große Schlucke, aber als er die Flasche zurückgeben wollte, meinte der König, er dürfe sie behalten.

»Du musst dir Mut antrinken«, sagte er leicht verwundert.

»Es ist keine schöne Geschichte«, sagte Jón, der sich immer davor geängstigt hatte, dem König von der kläglichen Hinrichtung Guðrúns zu erzählen. Doch es führte kein Weg daran vorbei, und er erzählte von all den unerhörten Geschehnissen, die sich an dem Tag in Miklidalur ereignet hatten, und er achtete darauf, nichts zu unterschlagen, sondern die ganze Wahrheit zu sagen. Er schilderte, dass die Hinrichtung dem Bezirksamtmann Davíð Scheving am allermeisten zugesetzt hatte, der dort am Bachufer zusammengebrochen war, sich hatte übergeben müssen und schließlich in Ohnmacht fiel, als der Bauer Bjarni den Stock ins Wasser rammte und den Sack dort festhielt. Danach brachte man Davíð, der nur noch ein Häufchen Elend war, nach Vatneyri. Und es gehörte auch dazu, zu berichten, dass er danach lange nicht schlafen konnte und viele Nächte in Hagi kein Auge zumachte.

Außerdem erzählte Jón seinem König, dass man Guðrúns Leiche an Land gezogen, aus dem Sack gehoben und bei einem Hügel nicht weit vom Bach ganz ohne Zeremonie oder Gebete vergraben habe.

Jón war tief in seine Erzählung von der schwierigen Stunde vertieft, und doch fiel ihm auf, dass er damit auch den König bewegte. Seine Hoheit konnte nicht mehr stillsitzen, als der Uhrmacher fertig erzählt hatte, und er starrte auf die Uhr.

»Wart ihr Brüder dabei, bei dieser … dieser Hinrichtung?«, fragte Christian VII. schließlich.

»Nein, Majestät«, antwortete Jón. »Wir sind zu Hause in Geirseyri geblieben und haben uns am Abend zuvor von Guðrún verabschiedet. Sie hat für uns gesungen, so wie sie es manchmal getan hat. Wir mochten sie sehr gerne, Eure Hoheit.«

»Sie hat sich wohl Sorgen um euch beide gemacht.«

»Der Pfarrer erzählte später einmal, dass sie mit ihm über uns Brüder und vor allem über mich gesprochen habe. Das wollte ich nicht unerwähnt lassen, Majestät, denn ich denke, es zeugt von ihrer Herzensgüte. Das waren schwere Tage für uns alle, sie waren beinahe unerträglich«, erzählte Jón bedrückt.

»Dieser Hallgrímur … mit den Psalmen?«, fragte der König nach einer Weile. »Wer war das?«

»Ein armer Pfarrer, Eure Hoheit, aus dem letzten Jahrhundert, der einen langen Gedichtzyklus über die Leiden Jesu verfasst hat«, sagte Jón. »Er ist schwer an Lepra erkrankt, wenn ich das noch hinzufügen darf.«

Der König saß immer noch schweigend und tief in Gedanken versunken da.

»Gelehrte Männer haben mir geschrieben«, fuhr Jón fort, »dass sie, als der Frühling eingekehrt war und die Winde durch das Tal zogen, meinten, Guðrúns Gesänge beim Bach zu hören.«

»Und was hatte es mit diesen Gesängen auf sich …

woher kommt das ganze Gerede von Recht und Unrecht und alldem?«, fragte der König.

»Ich weiß nicht viel über die Psalmen, nur, dass sie Gott zu Ehren verfasst wurden, Eure Hoheit«, sagte Jón. »Guðrún soll von jenen Menschen gesungen haben, die den Weg der Wahrheit verlassen, weil ihnen etwas anderes gerade besser passt, Majestät.«

Jón hatte den Satz kaum zu Ende gesprochen, da beschlich ihn das Gefühl, dass die Stimmung in der Sammlung wieder kippte, und er überlegte, ob er besser auf seine Wortwahl hätte achten müssen. Der König schien seine Aussage jedenfalls nicht gut aufzunehmen, und er befürchtete, dass er etwas an seinen Schilderungen von Guðrúns Tod auszusetzen hatte.

»Wollte sie also auf meinen Vater anspielen, mit diesem ... diesem Gesang?«, fragte der König.

»Das denke ich nicht, Eure Hoheit«, antwortete Jón vorsichtig.

»Aber du gibst meinem Vater die Schuld an all dem?«, rief der König und stand auf. »Am Tod deines Vaters. Ihrem Tod. Sonst würdest du das alles nicht erzählen. Alles, was im Leben dieser Leute schiefgelaufen ist. Sonst würdest du nicht ... mich und meine Familie so bloßstellen ... meinen Vater beschuldigen ... Das willst du mir doch schon die ganze Zeit über einreden, nicht wahr? Mit diesen Geschichten? Hinterlistig. Unterschwellig. Deine Verachtung. Die Kritik an unseren höchsten Gesetzen. An mir als ... als Vater ... an der Krone, der Rechtsprechung ...«

Jón war völlig verwirrt.

»Das käme mir nie in den Sinn, Eure Hoheit«, sagte er. »Ich bringe Eurer Majestät und der Krone nichts als meine ungetrübte Hochachtung und Treue entgegen. Ich hoffe, Ihr glaubt mir, Eure Hoheit.«

»Treue?«

»Ja, Eure Hoheit.«

»Habt Ihr Treue gesagt?!«

»Ungetrübte Treue, Eure Hoheit«, sagte Jón.

»Dann zeig sie mir«, sagte der König.

»Euch zeigen?«

»Zeig mir diese Treue.«

»Ich ... ich finde, dass ich das getan habe, Majestät, in jeder Hinsicht«, behauptete Jón. »Mit Verlaub, Eure Hoheit, ich habe euch nie etwas anderes entgegengebracht als meinen tiefsten Respekt.«

Seine Worte beeindruckten den König nicht. Christian VII. sah sich prüfend im Raum um, bis sein Blick auf ein paar Waffen in einer Ecke fiel, Schilder, Schwerter, Äxte und Speere. Er ging hin und nahm eines der Schwerter in die Hand, es war verrostet und stumpf. Er besah es sich für eine Weile, doch dann legte er es wieder beiseite, griff stattdessen nach einem Beil und ging damit zurück zur Uhr. Jón beobachtete verdutzt, wie er mit dem Beil auf ihn zukam, und suchte nach etwas, mit dem er sich verteidigen könnte. Er dachte, der König wolle ihn angreifen, doch zu seiner Überraschung reichte Seine Hoheit ihm die Waffe. Jón nahm das Beil zögerlich entgegen und konnte sich nicht im Geringsten zusammenreimen, was gerade passierte.

»Zeig mir deine Treue«, sagte der König.

»Eure Hoheit? Was ... wie ...?«

»Zerstör die Uhr«, befahl Christian VII.

Jón war nicht sicher, ob er richtig gehört hatte.

»Eure Hoheit?«, fragte er.

»Ich will, dass du mir deine Treue beweist«, sagte der König.

»Aber ...?«

»Zerstör die verdammte Uhr!«, rief der König.

Jón blickte auf das Uhrwerk und dachte an all die Arbeit, die er in die Reparatur gesteckt hatte, und die vielen Hindernisse, die ihm an diesem Ort hier begegnet waren. All das war eine schwere Probe für ihn gewesen, doch nichts im Vergleich zu dem, was sein König jetzt von ihm verlangte.

»Ich kann nicht ... Eure Hoheit? Ich ... Ihr ...«

»Tu es!«

»Ich bitte Euch, verschont die Uhr, Majestät«, sagte Jón verwirrt. »Sie ist unbezahlbar ... ein unbezahlbares Kunstwerk.«

»Ich befehle dir, sie zu zerstören«, rief der König.

Jón starrte ihn an.

»Das könnt Ihr nicht von mir verlangen, Eure Hoheit«, sagte er flehend.

»Zerstör sie!«, rief der König wieder und machte keinen Anschein, sich zu beruhigen. »Zerstör sie!«

Jón zögerte immer noch und starrte den Monarchen ungläubig an.

»Ihr entscheidet, was Ihr tun wollt«, flüsterte er schließlich und schüttelte resigniert den Kopf. »Ich kann das nicht. Ich werde das nicht tun, Eure Hoheit. Ich kann es nicht.«

»Was sagst du?«

»Ich kann das nicht, Eure Hoheit. Ich bin dazu nicht fähig, Majestät. Alles andere würde ich für Euch tun, nur das nicht.«

»Willst du dich etwa deinem König widersetzen?«

»Ich kann die Uhr nicht zerstören«, antwortete Jón und ließ das Beil zu Boden fallen. »Das sollte niemand tun müssen, Majestät. Ein Kunstwerk wie dieses darf nicht zerstört werden.«

»Willst du also lieber am Galgen enden, als deinem König zu gehorchen?«

»Ich kann die Uhr nicht zerstören, Eure Hoheit«, wiederholte Jón leise.

»Nun gut«, sagte der König und nahm das Beil auf, »dann werde ich es tun.«

Er starrte Jón an, als warte er auf seine Reaktion, aber als die ausblieb, hob er das Beil und schwang es hoch in die Luft. In dem Moment warf sich Jón vor die Uhr und blieb regungslos davor stehen.

»Zur Seite!«, befahl der König.

»Tut es nicht, Majestät. Ich bitte Euch ... denkt an ihre herrliche Pracht ...«

»Aus dem Weg, Uhrmacher! Geh zur Seite! Weg mit dir«, rief der König und holte aus.

Jón sah, dass der König seine Drohung tatsächlich wahrmachen wollte, und griff nach seiner Hand, die das Beil hielt. Der König wollte seine Hand zurückziehen, doch Jón hielt sie fest.

»Fass mich nicht an!«, rief Christian VII. »Wie kannst du es wagen, mich anzufassen?!«

Der König versuchte, sich zu befreien, und kurz darauf entbrannte ein Handgemenge dort in der Sammlung. Der König wollte zur Uhr gelangen, und Jón musste all seine Kraft anwenden, um den fuchsteufelswilden Monarchen zurückzuhalten.

Plötzlich hörten sie hinter sich ein Geräusch, das klang wie ein Fächer, der sich gerade öffnete.

»Vater! Was machst du da?«

Sie blickten beide auf und sahen Louise Auguste, die ein paar Schritte entfernt dastand und die Szene verwunderte beobachtete. Der König in seinem Samtumhang mit der Nachtmütze auf dem Kopf, im Begriff, die Uhr mit einem Beil in tausend Stücke zu schlagen, und der Uhrmacher in seiner Schürze, kurz davor, ihren Vater zu verprügeln.

In dem Augenblick machte Isaak Habrechts Uhr ein leises Geräusch und zeigte die volle Stunde an. Wie von Geisterhand setzte die Mechanik sich in Bewegung und erweckte die Uhr zum Leben. Die Figuren der Lebensalter bewegten sich, und die Kindheit machte Platz für die Jugend, der Mond zog langsam über die Himmelskugel, die drei Weisen traten, einer würdevoller als der andere, vor die Muttergottes und verneigten sich, der Tod läutete die volle Stunde ein, der Hahn legte den Kopf nach hinten, breitete die Flügel aus und krähte mit Leib und Seele, und die Glocken des Spielwerks, das Jón selbst gebaut hatte, ließen die Melodie zum Psalm über Recht und Unrecht erklingen, den Guðrún in Miklidalur auf dem Weg zu ihrer Hinrichtung gesungen hatte.

Der König blickte verblüfft auf die Uhr mit all den komplexen Mechanismen, die wie vor zweihundert Jahren zu Ehren Gottes im Himmel arbeiteten. Unwillkürlich ließ er Jón los und stand wie versteinert vor der Uhr. Jón strich seine Schürze glatt und sah tatsächlich Tränen in den Augen des dänischen Herrschers. Louise Auguste starrte ebenfalls ehrfürchtig auf das Kunstwerk und griff nach der Hand ihres Vaters.

»Gott, wie schön sie ist«, hauchte die Prinzessin, und eine ehrliche Freude leuchtete in ihren Augen auf.

Christian VII. sah seine Tochter an, er lächelte wie ein begeistertes Kind und ließ das Beil fallen. Bevor Jón verstand, was vor sich ging, schloss der König ihn in seine Arme.

»Sie ist herrlich«, flüsterte er dem Uhrmacher zu. »Sie ist herrlich …«

Fünfundfünfzig

Als Jón alles aufgeräumt hatte und meinte, wirklich nichts mehr tun zu können, traf er den König ein letztes Mal bei der Uhr. Jón hatte bereits all seine Sachen gepackt, sich von seinen Freunden im Schloss verabschiedet, als er ein altbekanntes Geräusch in der Nähe der Tür hörte. Es war gegen Abend, und der König trat auf Jón zu, gekleidet in seinen Samtmantel, und begrüßte ihn freundlich.

»Mir wurde gesagt, dass ich dich hier finde«, sagte er.

»Eure Hoheit«, erwiderte Jón Sívertsen zum Gruß und verneigte sich.

Es hatte sich herumgesprochen, dass die Zeit im Schloss Christiansborg wieder angelaufen war, und es galt als äußerst bemerkenswert, dass es Jón Sívertsen gelungen war, die herrliche Habrechtsuhr zu reparieren. Schon jetzt strömten neugierige Uhrmacher, die besten ihrer Zunft und viele wohlbekannt in der Welt der Künste und Wissenschaft, aus ganz Dänemark und darüber hinaus ins Schloss, um das historische Uhrwerk und die Arbeit des Herrn Sívertsen zu bestaunen. Sie waren sich einig, dass Jón ein Meisterwerk gelungen war, die Uhr in ihrer früheren Pracht wieder zum Laufen zu bringen.

Eine Weile standen sie beisammen, der König und der Uhrmacher, und bewunderten still Habrechts Werk, bevor Seine Hoheit sich räusperte und erklärte, dass er beschlossen habe, sie nach Schloss Rosenborg bringen zu lassen und dort auszustellen, damit das Volk sie bewundern und sich bis in alle Ewigkeit an ihr erfreuen könne. Er sprach noch einmal sein Lob aus und bedankte sich bei Jón für sein Verständnis, was beinahe klang wie eine Entschuldigung dafür, dass er manchmal so schwierig gewesen war. Die gemeinsame Zeit bei der Uhr habe ihm viel bedeutet, er werde noch lange daran zurückdenken und Jón in freudiger Erinnerung behalten.

»Deshalb will ich dir zum Dank eine Kleinigkeit überreichen«, sagte der König und zog aus seiner Tasche eine wunderschöne kleine Uhr. »Die hat ihm gehört, Johann, meinem Arzt und Freund, und jetzt möchte ich, dass du sie bekommst.«

Jón nahm die Taschenuhr entgegen und erkannte den Stempel, der ihre Herkunft verriet, sie war sehr wertvoll und stammte von einem großen Schweizer Uhrmacher in Luzern.

»Ich danke Euch, Majestät«, sagte er und bewunderte die Uhr.

»Ich habe zu danken, für deine Arbeit und die Geschichten aus Island«, sagte der König. »Mein Vater, Friedrich«, fuhr er leise fort, »hat sich nie für irgendetwas entschuldigt. Das war nicht seine Art, und damit will ich ausdrücken, wie sehr ich es bedauere, dass deinem Vater Unrecht geschehen ist und seiner Haushälterin auch, und selbst wenn ich dir nichts zur Bestätigung geben kann, möchte ich mich meinerseits entschuldigen, für alles, was ihnen angetan wurde.«

Die Worte bedeuteten Jón viel. Er sah, dass der König sie auch wirklich so meinte, und nahm die Entschuldigung demütig an. Sie blieben noch eine Weile vor der Uhr stehen, und Jón strich ein Staubkorn von der Muttergottes, bevor sie zusammen die Sammlung verließen. Dann verabschiedete der König Jón mit den Worten, dass er immer im Schloss willkommen sei, bei Tag und bei Nacht.

Tief in Gedanken versunken ging Jón Sívertsen nach Hause und stand bereits vor seiner Werkstatt, als Passanten bemerkten, wie er plötzlich stehen blieb und etwas tat, das er schon einmal getan hatte. Es war eine seltsame Choreografie, er trat einen Schritt nach vorne, hielt inne, trat zwei Schritte zurück und blieb wieder stehen. Dann wiederholte er das Ganze ein zweites und ein drittes Mal, bevor er in seiner Werkstatt verschwand und hinter sich die Tür schloss. Die Passanten hatten nicht gesehen, wie dieser Mann vor vielen Jahren mit dem Dichter Eggert zusammen in Geirseyri die Erde losgelassen und die Wahrheit über die Weltmeere erkannt hatte. Sie konnten also nicht wissen, dass der Uhrmacher inzwischen Experimente mit den Gesetzen der Zeit durchführte, um für sich den Beweis zu erbringen, dass jeder Schritt nach vorne ein Schritt in die Vergangenheit war …

Der Kalte Krieg war in Island stets gegenwärtig ...

Arnaldur Indriðason
ZERBROCHENE STILLE
Island Krimi. Nominiert
für den »Blóðdropinn«,
den isländischen
Krimipreis
Aus dem Isländischen
von Freyja Melsted
368 Seiten
ISBN 978-3-7577-0086-7

Auf der Anhöhe Öskuhlið in Reykjavík werden die sterblichen Überreste eines Mannes gefunden, der seit den 70er-Jahren als vermisst galt. Skafti war von einem Tag auf den anderen verschwunden. Man war schließlich von einem Mord ausgegangen, und hatte Natan festgenommen. Als dieser nach unzähligen Verhören im Gefängnis gestand, schien der Fall gelöst. Nun, nach vielen Jahren, stellt sich heraus, dass er nicht der Mörder gewesen sein kann und unschuldig im Gefängnis saß. Wurde Natan zu einem falschen Geständnis gezwungen? Kommissar Konráð kontaktiert Léo, seinen ehemaligen Kollegen und vormals besten Freund. Denn es war Léo, der damals die Ermittlungen leitete.